# 해록나록

## 오천 년의 예언 ❶

# 해루나루 오천 년의 예언 ❶

발행일     2017년 6월 16일

지은이     진 강
펴낸이     손 형 국
펴낸곳     (주)북랩
편집인     선일영     편집   이종무, 권혁신, 송재병, 최예은, 이소현, 김한결
디자인     이현수, 이정아, 김민하, 한수희     제작   박기성, 황동현, 구성우
마케팅     김회란, 박진관
출판등록   2004. 12. 1(제2012-000051호)
주소       서울시 금천구 가산디지털 1로 168, 우림라이온스밸리 B동 B113, 114호
홈페이지    www.book.co.kr
전화번호    (02)2026-5777                     팩스     (02)2026-5747

ISBN      979-11-5987-608-0 04810(종이책)    979-11-5987-609-7 05810(전자책)
          979-11-5987-612-7 04810 (세트)

이 도서의 국립중앙도서관 출판예정도서목록(CIP)은 서지정보유통지원시스템 홈페이지(http://seoji.nl.go.kr)와
국가자료공동목록시스템(http://www.nl.go.kr/kolisnet)에서 이용하실 수 있습니다.
(CIP제어번호 : CIP2017014172)

진강 장편소설

# 해록나록

## 오천 년의 예언 ❶

북랩 book Lab

# 모든 것에 감사드리며……

어린 시절 나는 수많은 영웅들을 보면서 자랐다. 그들 중에는 슈퍼맨, 배트맨, 셜록 홈즈, 007, 우주소년 아톰, 밀림의 왕자 레오같이 외국에서 온 이들도 있었지만 마루치 아라치, 로보트 태권브이, 머털도사처럼 우리나라 고유의 영웅들도 많이 있었다. 그 영웅들이 악당들을 물리치는 장면을 보면서 어린 나는 그들과 같은 정의로운 사람이 되겠다고 다짐하곤 했다. 정말 즐거운 기억들이다. 하지만 성장해 가면서 이상한 점을 발견했다. 슈퍼맨, 배트맨, 007, 코난, 김전일 같은 외국의 영웅들은 수십 년이 지난 지금까지 TV나 영화 등을 통해서 건재한데 우리나라의 영웅들은 어느 순간 잠깐 반짝하고 사라진다는 것이었다. 왜 그럴까? 한 때 온 국민들의 가슴을 설레게 했던 로보트 태권브이가 이제는 추억 속 아재들의 아이템이 되어야만 할까? 왜 머털도사는 더 이상 활약하지 않을까?

모든 것이 다른 나라에 뒤지지 않는 우리나라에 외국의 영웅처럼 세대를 이어가며 활약하는 영웅이 없다는 사실을 깨달은 나는 그 이유를 정말 알 수 없었다. 사실 그 사이에 그런 시도가 없었던 것은 아니었다. 『인간시장』(김홍신 제)의 장총찬, 『퇴마록』(이우혁 제)의 현암 등 간혹 매력적인 영웅 캐릭터가 우리를 매료시킨 적이 있었다. 하지만 그들의 생명력 역시 외국 캐릭터에 비할 바는 아니었다. 나이 들어서도 계속 영웅에 열광하던 나는 그것이 억울했다. 왜 우리나라에는 생명력 긴 영웅이 없을까? 왜 나와 우리 아이들은 왜 외국의 영웅에 열광하여야 할까?

그 억울함이 25년이 넘는 직장 생활을 마치며 제2의 삶을 준비하는 나에게 새로운 사명으로 다가왔다. 내가 직접 그것을 해 보기로 마음 먹은 것이다. 그래서 지난 2년 동안 정말 미친 듯이 몰두했다. 내 손으로 우리 고유의 영웅을 만들고 싶은 마음이 그만큼 간절했을까? 지금까지 없었던 것을 내가 만들어 보겠다는 자부심 하나로 하루에 10시간씩 노트북을 마주하고 인터넷을 검색하며 굳은 머리를 굴려서 글을 썼다. 아니 짜내었다고 하는 편이 맞을 것이다. 마침내 나는 단군신화에서 그 해답을 찾았다.

또한 나는 이 글의 영웅을 통하여 분명한 메시지를 전하고 싶었다. 그것은 바로 우리 고유의 인간 존중 정신인 홍익인간의 이념이었다. 우리나라의 건국 이념이면서도 지금 아무도 챙기지 않는 이 정신을 다시 한 번 돌이켜보고 싶었다. 이기심과 물질만능주의에 빠져 사는 우리가 되새겨 보아야 하고 더 좋은 나라에서 살게 하고 싶은 우리 아이들에게 꼭 알려 주고 싶은 정신이었다. 비록 이 메시지가 허공에 외치는 공염불이 될지라도 만약 단 한 명의 독자만 동감해 준다면 그것으로 족하다. 글 속에서 해루가 말했듯이 단 한 명의 선인이 악에 빠진 세상을 구할 수 있다고 믿기 때문이다.

정식으로 소설을 공부하지 않았고 글쓰기 교육을 받은 경험조차 없는 내가 오십 중반에 어울리지 않는 판타지 장르로 첫 소설을 썼다는 것은 스스로도 신기하다. 여기까지 오게 해주신 하나님께 감사드릴 뿐이다. 항상 격려를 아끼지 않으신 어머니께 감사드린다. 또한 거칠기만 한 나의 글을 글답게 만들어 주신 북랩의 권혁신 과장님을 비롯한 여러분께도 감사드리고 싶다.

　2년이라는 시간을 통하여 이 글을 완성하고 보니 정말 감화가 새롭다. 부끄럽고, 두렵기도 하다. 세상에 많고 많은, 나보다 훨씬 더 훌륭한 문장력을 가진 젊고 똑똑한 작가들이 아닌 나 같은 글쓰기 문외한이 이런 시도를 하는 것이 맞는지 의문이 들기 때문이다. 더구나 나의 글 속에는 오십 넘은 꼰대 작가의 글이라는 표시가 덕지덕지 붙어 있다. 전개도 느리고 등장인물들의 사고도 고리타분해서 많이 지루할 것이다. 그런 면에서 이 글을 끝까지 읽어주시는 독자들께 감사드리고 싶다.

2017. 5. 5 탈고하며

진강

# 목차

모든 것에 감사드리며…… / 4

# 천인들의 회의

서울의 남부와 과천, 안양 등에 걸쳐 있는 관악산은 계절과 관계없이 등산객들의 발길이 많은 곳이었다. 더구나 이제 조금만 지나면 더운 여름의 열기가 기승을 부릴 것이 걱정되는 6월의 그곳에는 한여름이 찾아오기 전에 산에 오르려는 많은 사람들이 있었다. 사람들은 완연한 녹음에 젖어 있는 나뭇잎들의 생기를 느끼면서 젊은 산의 아름다움을 즐기고 있었다.

이들에게 다행인 것은 오늘이 월요일이라서 이곳이 어제만큼은 사람들로 붐비지 않는다는 것이었다. 그런데도 관악산을 오르는 등산로에는 산을 오르는 이들의 각양각색 등산복들이 수놓은 화려한 색채가 길게 꼬리를 물어 봄이 떠나가는 산을 예쁘게 물들이고 있었다.

이렇게 여름의 길목에서 산을 오르고 있는 많은 등산객들 사이에는 날렵한 걸음의 이선영 선생도 끼어 있었다. 삼십 대 중반으로 보이는 그녀는 주변 대부분의 등산객들이 그렇듯이 등산복, 등산화, 스틱 등 모든 장비를 완벽하게 갖춘 복장이었다. 모자와 선글라스를 쓰고 정면에 시선을 준 채 스틱 잡은 두 손을 힘차게 젓는 그녀는 자신감이 넘쳐 보였다.

모두가 산에 오르기 바빠 신경을 쓸 수 없었지만, 누군가 이선영 선생에 대해 조금이라도 관심을 가졌다면 그녀가 굉장히 꼼꼼하고 최선을 다하는 성격의 사람임을 한눈에 알아볼 수 있었을 것이다. 완벽한 등산 장비 이외에도 작고 오뚝한 콧날과 야무지게 다물어진 입 모양은 그녀가 자존심이 강하고 만만한 인물이 아니라는 것을 잘 보여주고 있었다.

이 선생은 등산하기에 과해 보일 정도로 화장을 꼼꼼하고 정성스럽게 하고 있었다. 땀을 많이 흘리는 등산인데 그렇게 꼼꼼한 화장이 필요할까? 하지만 놀라운 것은 비탈진 산길을 쉬지도 않고 걷고 있는 그녀가 전혀 땀을 흘린 기색이 전혀 없다는 사실이었다. 더구나 그녀는 주변의 남자들보다도 더 빠르게 산을 오르고 있었다. 한눈에 보기에도 그녀가 날렵하고 건강하기는 했지만 그렇게 빠른 속도로 쉬지 않고 걸으면서 땀 한 방울 흘리지 않는다는 것은 이상한 일이었다. 그녀는 정성 들인 화장을 하나도 망치지 않고 있었다.

이 선생에게는 다른 점이 또 있었다. 주변 경치를 보고 즐기며 관악산을 오르는 다른 사람들과는 달리 그녀는 산의 경치에는 전혀 관심이 없어 보였다. 무엇인가 다른 것을 신경을 쓰는 모습이 등산 말고 다른 목적이 있는 것처럼 보였다. 이윽고 그녀는 커다란 나무 그루터기를 중심으로 등산로가 두 갈래로 갈라지는 곳에 이르자 얼굴이 밝아지며 발걸음을 멈췄다.

두 갈래 중의 오른쪽 길에는 〈정상 1.5km〉라고 쓰인 푯말이 있었고 왼쪽 길에는 〈위험-등산로 폐쇄〉라는 푯말이 있었다. 그리고 폐쇄된 왼쪽 길의 조금 앞에는 〈진입 금지〉라고 쓰인 안내판이 붙어 있는 두꺼운 나무 차단기가 설치되어 사람들의 출입을 막고 있었다. 지나던 등산객들은 안내 푯말들을 보고 모두 자연스럽게 오른쪽 길로 향했다.

그러나 이 선생은 왼쪽 길로 걸어가더니 나무 차단기에 몸을 기대고 물을 한 모금 마셨다. 지나던 사람들이 보기에 그녀는 그곳에서 잠시 쉬는 것으로 보였다. 마침 지나던 중년 여자들의 무리 중이던 빨간 모자를 쓴 여자가 이 선생이 서 있는 모습을 보더니 일행에게 말했다.

"우리도 이곳에서 좀 쉬어 갈까?"

그러자 그 여자 바로 옆에 있던 보라색 모자의 여자가 대답했다.

"이 산모퉁이만 돌면 약수터가 있는 쉼터가 있으니 거기서 쉬면 돼!"

대답을 듣자 질문했던 빨간 모자가 일행에게 이 선생을 눈짓으로 가리키며 살짝 이야기했다.

"저 여자는 그것을 모르나 봐? 여기서 쉬고 있잖아."

이 선생은 그 보라색 모자가 빨간 모자에게 소곤거리는 소리를 정확히 들을 수 있었다.

"그러니까 산에 올 때는 그 산에 대해 미리 잘 알고 와야지. 안 그러면 저 여자처럼 되는 거야!"

이 선생은 하마터면 자기도 저 너머에 약수터가 있는 것을 알고 있다고 소리칠 뻔했다. 자신은 그 쉼터가 만들어지기 훨씬 전부터 관악산을 다닌 사람이라고 말하고 싶었다. 누군가에게 무시당하는 것은 자존심 강한 그녀로서는 참기 어려운 일이었다. 하지만 그녀는 어금니를 꽉 깨물고 참아냈다. 그녀에게는 지금 그것보다 더 급하고 중요한 일이 있기 때문이었다.

'그래요, 아줌마들…… 좋을 대로 생각하세요. 하지만 관악산에 대해서는 내가 댁들의 조상들을 모두 합친 것보다도 더 잘 알고 있답니다……'

이 선생이 혼잣말로 자신을 위로하는 동안 여자들은 수다를 떨며 지나갔다. 그리고 잠깐 인적이 뜸해진 것을 확인한 이 선생은 재빠르게 출입금지라고 쓰인 차단기를 뛰어넘었다. 이 선생은 차단기를 넘자마자 나무 뒤로 급히 몸을 숨겼다. 그리고 주변의 사람이 아무도 없다는 것을 다시 한 번 확인한 후에 폐쇄된 등산로 방향으로 빠르게 걸어가기 시작했다. 그녀는 곧 시야에서 사라졌고 그녀가 길을 벗어나는 것을 본 사람은 없었다.

이 선생이 가고 있는 방향은 폐쇄된 길답게 걷기에 많이 불편했다. 군데군데 키가 큰 잡초들이 돋아나 있었고 며칠 전 내린 소나기에 팬 곳도 많이 있었다. 무엇보다도 안전을 위해 설치된 손잡이나 계단 같은 인공 구조물이 전혀 없어 위험한 길이었다. 하지만 이 선생은 아무 거리낌 없이 익숙하게 걸어갔다. 보는 사람이 없다고 생각했는지 더욱 빠른 걸음이었다. 험한 길 따위는 그녀에게 문제가 되지 않는 것 같았다.

뛰는 속도로 걸어가던 이 선생 앞에 잠시 후 커다란 바위벽이 나타났다. 관악산이 바위산이라는 것을 보여주듯 굉장히 커다란 바위로 3층 건물의 높이가 넘어 보였다. 그녀는 바위벽 앞에 멈춰 서서 다시 한 번 주변을 살폈다. 일반인들의 출입이 금지된 이곳에 누가 올 리는 없었지만 꼼꼼한 그녀의 성격을 다시 보여주는 행동이었다.

주변에 아무도 없다는 것이 확인되자 이 선생은 바위벽 옆에 움푹 들어간 구멍을 찾아 손을 넣었다. 그러자 잠시 후 그녀의 앞에 있는 바위의 귀퉁이가 마치 자동문처럼 조금 뒤로 밀리더니 옆으로 열렸다. 이 선생이 재빠르게 그 안으로 들어가자 바위 귀퉁이는 다시 밀려서 닫힌 후 앞으로 밀려 나와 문이 열렸던 흔적조차 없었다. 누군가 이 광경을 보았더라도 문의 위치를 다시 찾을 수 없을 정도였다.

이 선생이 들어간 곳에는 도저히 믿을 수 없는 광경이 펼쳐져 있었다. 바위 문 안, 그곳에는 밝은 조명 속에 현대식 설비와 장치들로 지어진 첨단 시설이 있었다. 관악산 속에, 그것도 커다란 바위 안에 이런 현대식 시설이 있다는 것을 누가 믿을 수 있을까? 위치로, 보나 시설로 보나 이곳은 세상 사람들의 눈을 피하여 지은 비밀 장소임이 틀림없었다.

이 선생은 건물에 들어오고 나서야 안심한 듯 지금까지의 긴장된 모습에서 벗어났다. 입구를 지난 넓은 로비에 있는 안내대의 중년 여자의 밝은 인사에 손을 들어 미소로 답례한 그녀는 데스크 뒤에 있는 문을 열고 들어갔다.

그곳은 옷을 갈아입는 라커룸이었다. 그녀는 등산복을 벗고 라커에 있던 옷으로 갈아입었다. 정장 차림의 검은색 상의와 바지였다. 지금 일하고 있는 공무원 학원에서 강의할 때 수강생들의 주목을 받기 위해 선택한, 정장 상의 안에 밝은색의 셔츠를 받쳐 입는 스타일이었다. 옷을 갈아입은 후에 그녀는 먼지가 가득한 등산화 대신에 정장에 어울리는 구두로 갈아 신었다. 그 후에 그녀는 거울을 보며 귀걸이를 하고 화장을 고쳤다. 하지만 땀 한 방울 나지 않은 얼굴은 다시 손을 볼 곳이 거의 없어 보였다.

이선영 선생의 현재 직업은 학원 강사였다. 그녀는 빈틈없는 성격과 재미있는 강의 내용 때문에 많은 수강생들에게 좋은 반응을 얻고 있었다. 학원 강사라는 직업은 이곳에 있는 동료들도 그녀를 이 선생이라고 부르게 하였다. 그녀도 선생이라는 그 호칭이 싫지 않았다. 가르침을 주는 사람이란 뜻의 이 호칭은 사람들에게 존중받기를 원하는 그녀의 기대에 부응하는 것이기도 했기 때문이었다.

그녀는 라커룸을 나와 로비를 조금 걸은 뒤 에스컬레이터를 타고 한 층 위로 올라갔다. 그녀는 움직이는 에스컬레이터 위에서 주변을 살펴보았다. 2층으로 된 이곳은 바위 안에 지어진 시설에 비해서는 넓은 공간이었다. 1층에 라커룸을 비롯한 방들이 여러 개 있었고, 2층에도 자신이 향하는 회의실을 비롯한 방들이 많이 있었다. 그 사이를 이어주는 것이 지금 그녀가 타고 있는 에스컬레이터였다. 그리고 입구의 로비와 각 층 복도에는 여러 사람들이 분주히 오가고 있었다.

2층 복도를 걷고 있는데 뒤에서 부르는 소리가 들려 뒤를 돌아본 이 선생은 반가운 얼굴을 봤다. 김영란 원장이었다. 이 선생은 몇 개월 만에 만난 김영란 원장을 보고 자신도 모르게 얼굴 가득 웃음이 떠올랐다. 생각의 차이가 있어 간혹 다투기는 하지만 항상 어머니나 언니같이 자신을 보살피고 아껴주는 가장 친한 사람이기 때문이었다.

짧은 다리로 바쁘게 걸어오느라 얼굴이 발갛게 상기된 김 원장을 보면서 이 선생은 빙그레 웃을 수밖에 없었다. 언제나 그 모습 그대로였다. 사십 대 후반의 자상한 어머니 같은 모습, 외모에는 신경을 쓰지 않는지 화장이라고는 전혀 하지 않고 남녀 구별이 되지 않는 넉넉한 크기의 남방에 카디건을 걸치고 작은 키에 어울리지 않는 발목 길이의 긴치마를 즐겨 입는 옷차림은 여전했다. 뽀글거리는 아줌마 펌을 한 머리는 그녀가 김 원장에게서 느끼는 촌스러움의 극치였다.

만약 다른 사람이 김 원장의 반만큼 만이라도 촌스러웠다면 이 선생은 절대 아는 척을 하지 않았을 것이다. 하지만 김 원장은 그녀가 외모를 따지지 않는 단 한 사람이었다. 지난 오랜 시간들을 통해 두 사람은 서로를 자신보다도 더 잘 아는 사이가 되었다. 그것은 서로의 생각이 다른 부분조차도 이해하고 받아들일 만큼의 친밀함이었다. 그녀에게 있어 김 원장은 외모나 생각의 차이로 따질 수 없는 더 큰 무엇이 있는 사람이었다. 그녀가 김 원장에게 소리쳤다.

"천천히 오세요! 기다릴게요."

마침내 이 선생의 옆으로 다가온 김 원장은 안도하는 표정을 지으며 자상한 웃음을 보여주었다. 마치 오랜만에 딸을 만난 어머니의 표정이었다. 이 선생은 그 모습을 보고 마음이 따뜻해지는 것을 느꼈다. 그녀도 평소에는 잘 보여주지 않는 신뢰감 가득한 얼굴로 김 원장을 바라보았다.

"그동안 잘 지냈어? 하는 일은 잘되고 있는 거지?"

김 원장의 물음에 이 선생은 엄마의 간섭을 경계하는 딸의 목소리로 대답했다.

"그럼요. 제가 하는 일은 모두 틀림없으니까요."

김 원장은 대견한 표정을 지었다. 하지만 엄격한 표정으로 충고하는 것도 잊지 않았다.

"이 선생이야 틀림없으니까 잘하겠지만 그래도 너무 자만하진 말아야지."

이 선생이 기다렸다는 듯이 입을 삐죽거리며 말했다.

"역시 잔소리 대장님이 어디 가지 않으셨네요! 그 잔소리가 정말 그리웠답니다."

김 원장도 지지 않고 웃으면서 응수했다.

"맞아. 나도 이 선생이 없으니까 잔소리할 사람이 없어서 너무 심심했다니까!"

두 사람은 마주 보며 큰 소리로 웃었다. 잠시 후 웃음을 멈춘 이 선생이 김 원장에게 물었다.

"보육원 운영은 잘되죠?"

그러나 김 원장은 걱정스러운 표정으로 대답했다.

"글쎄, 그게 예전보다는 도와주는 사람들이 많이 줄어들었어. 그래서 요즘은 내가 직접 뛰어다니느라 좀 바빠졌어."

"직접 뛰어다니시다니요? 모금하러 다니신다는 말씀이신가요?"

"응, 편지도 쓰고, 전화도 하긴 하지만, 역시 얼굴을 보고 이야기하는 것이 제일 효과적이지."

"그렇군요. 사람들이 많이 어려워지긴 했나 봐요. 기부도 줄어들고……"

이 선생이 안타까운 어조로 이야기하자 김 원장이 대답했다.

"그런 것 같아. 그것도 그렇지만 더 큰 문제는 사람들의 이기심이 더욱 커져서 세상에 악의 기운이 점점 강해지고 있다는 거야. 우리가 살아온 시간 동안 악의 기운이 가장 강한 시기가 지금인 것 같아. 어쩌면 지금이 그 예언의 시기인지도 모르겠어."

이 선생이 놀란 표정이 되어 되물었다.

"그 정도인가요?"

김 원장은 더욱 단호한 표정이 되어서 대답했다.

"응, 그런 것 같아. 신원 님이 오늘 모임을 요청한 것도 그것과 관련이 있다는 생각이 들거든."

"신원 님이 우리에게 맡긴 임무도 그것들과 관련이 있을까요?"

"그럴 거야. 아무래도 그분은 우리보다는 더 많은 것을 알고 있을 테니까."

잠깐 두 사람은 말없이 걸었다. 무거운 이야기로 갑자기 분위기가 가라앉은 것 같자 이 선생이 일부러 목소리를 높여 말했다.

"그건 그렇고, 저 오늘 관악산도 모르는 무식한 여자가 되었던 것 아세요?"

김 원장이 무슨 소리냐며 궁금해하자 이 선생은 산에서 만난 여자들에 관한 이야기를 해주었다. 눈을 반짝이며 듣고 있던 김 원장이 웃으면서 말했다.

"하하…… 오늘 이 선생 자존심에 흠집이 많이 났겠는걸? 그 여자들이 이 선생이 누군지도 모르고 정말 큰 실수했네, 실수했어……"

웃음을 멈춘 김 원장이 충고하듯이 이 선생에게 말했다.

"그러니까 나처럼 공간이동 통로로 들어오면 편하잖아. 왜 괜히 산으로 걸어와서……"

이 선생이 새침한 얼굴로 말했다.

"또 잔소리하시네요! 저도 모처럼 운동 좀 하려고 했던 거죠!"

김 원장이 계속 웃으며 더 이상 대꾸하지 않자 이 선생이 심통 난 듯 물었다.

"만약 세상 사람들이 우리의 존재를 안다면 어떤 표정을 지을까요?"

그 말을 들은 김 원장이 웃음을 멈추고 조용히 대답했다.

"세상 사람들이 우리에 대하여 모르는 것이 가장 좋은 거야. 만약 사람들에게 우리의 존재를 알려야 한다는 것은 그것은 이미 그들이 큰 위험에 처했다는 말이거든? 그러니 우리가 천인이라는 것을 모르는 것이 그들에게는 가장 좋은 일이야."

김 원장의 대답을 들은 이 선생은 고개를 끄덕이면서도 조심스럽게 말했다.

"그렇군요. 사람들은 우리에 대해 모르는 것이 좋겠네요. 하지만 저는 가끔 우리가 이곳에 이런 훌륭한 시설을 가지고 무작정 기다리고 있는 것보다 우리가 먼저 뭔가를 하는 편이 낫지 않나 하는 생각이 들어요."

김 원장은 자상한 웃음을 보이며 대답했다.

"이 선생의 말이 맞을 수도 있어. 사실 지금까지 많은 천인들이 그런 의견을 이야기했지. 하지만 우리가 꼭 지켜야 할 원칙이 있는데 그중 하나가 절대로 인간들의 일에 개입해서는 안 된다는 거야. 꼭 필요한 순간이 아니면 우리를 드러내서 그들의 삶에 영향을 주어서는 안 돼. 이것은 우리를 이곳에 남게 하신 환웅 황제께서 내리신 원칙이야. 만약 우리가 먼저 움직인다면 필연적으로 우리 존재가 세상 사람들에게 알려지고 그들의 삶에 큰 영향을 줄 거야. 그러니 우리는 절대로 먼저 움직여서는 안 돼!"

"하지만 무조건 상대의 움직임을 기다려야 한다는 것은 저에게는 맞지 않는 것 같아요."

이 선생이 입을 삐죽이며 말하자 김 원장이 그녀의 손을 부드럽게 잡으며 말했다.

"그건 나도 그래. 나라고 가만히 있는 게 좋겠어? 나도 빨리 모든 것을 마치고 이 기다림을 끝내고 싶어. 이 선생도 내 성질이 얼마나 급한지 잘 알잖아? 그건 아마 모든 천인들이 다 답답해하는 부분일 거야. 하지만 환인 폐하의 지시가 그러니…… 기다려야지. 뭐."

김 원장의 대답에 이 선생은 더 이상 할 말이 없었다. 잠시 우울해진 그들이 다시 말없이 걷고 있을 때 누군가 뒤에서 말을 걸었다.

"두 분께서는 항상 함께 다니시네요! 역시 모녀지간이란 소문이 날 만해요."

뒤를 돌아보자 시설관리를 맡은 심혜천이 두 사람을 보고 미소 짓고 있었다. 작은 키에 머리는 벗겨졌지만 책임감이 강한 남자였다. 항상 열심히 일하고 붙임성 있게 인사를 하여 다른 이들의 마음을 편하게 해 주는 사람이었다. 그의 미소를 보자 두 사람의 마음도 따뜻해졌다.

"글쎄 말이에요. 귀찮아 죽겠는데 김 원장님께서 저를 놓아주시질 않네요."

이 선생이 대답하자 김 원장도 웃으며 반갑게 혜천에게 인사했다. 그와 인사하고 헤어진 두 사람은 잠시 걸어서 2층의 복도 끝에 있는 회의실로 들어갔다.

그곳에는 이미 한 남자가 그들을 기다리고 있었다. 남자는 조금 큰 키에 다부진 체격이었다. 그을린 피부가 강인해 보였다. 짙은 눈매의 굳은 표정이 신뢰감을 주었다. 검은 셔츠 위에 갈색 가죽점퍼를 입고 카키색 바지와 검은색 하프 부츠를 신고 있는 단정한 모습은 규율이 잘 잡힌 생활 습관을 반영하는 것 같았다. 깔끔한 성격을 보여주듯 정리가 잘된 수염을 코와 턱 밑에 기른 그는 한 손에 삼단봉을 들고 습관처럼 다른 쪽 손바닥을 가볍게 치고 있었다.

남자를 보자 김 원장이 밝은 목소리로 인사했다.

"신원 님 잘 지내셨죠? 저희 왔어요. 벌써 한 달 만이네요."

이 선생도 고개를 숙여 인사했다. 신원이라 불린 남자 역시 반가운 표정으로 두 사람을 맞았다.

"저야 이곳에 있으니 어려울 것이 없지요. 하지만 두 분이야말로 생업을 하시면서 임무를 수행하시려니 많이 힘드시죠? 오시느라 수고하셨습니다. 차부터 한 잔씩 드세요."

회의실 뒤에 마련되어 있는 에스프레소 기계를 보자 이 선생의 입가에 미소가 떠올랐다.

"어머, 새로운 기계네요! 그렇지 않아도 뜨거운 아메리카노를 한 잔 마시고 싶었어요!"

이 선생이 서둘러 기계 앞으로 갔다. 그리고 신원과 김 원장에게 물었다.

"두 분도 한 잔씩 하실래요?"

신원은 이미 들고 있는 커피 잔을 보여주며 고개를 저었다. 김 원장은 직접 이 선생의 옆으로 와서 믹스커피 봉지를 하나 집으며 말했다.

"난 커피는 단맛으로 마시니까……"

잠시 후 잔을 하나씩 든 세 사람은 회의 탁자를 사이에 두고 앉았다.

"그럼 이 선생님부터 지난 3개월 동안 조사하신 내용에 대해서 말씀해 주시겠습니까?"

신원이 이야기하자 이 선생은 두 사람의 시선을 받으면서 스크린이 있는 앞쪽으로 나갔다. 두 사람이 자신의 발표를 기다리고 있는 것을 확인하자 그녀는 신원을 보면서 물었다.

"저는 신원 님의 지시대로 지난 3개월 동안 그 젊은 남자에 대해서 깊이 있는 조사를 했습니다. 그리고 그 내용은 모두 여기 있는 USB 메모리 안에 담겨 있습니다. 그런데……"

이 선생이 이야기를 멈추고 계속 머뭇거리며 신원을 바라보자 그가 의아한 표정으로 물었다.

"그런데 무슨 일이시죠? 무슨 문제가 있나요?"

이 선생은 잠시 주저하다가 투정하는 말투로 내뱉듯이 참았던 말을 하기 시작했다.

"저에게 이 조사의 목적이 무엇인지 이야기해 주시면 안 될까요? 그것을 알아야 제가 무엇을 조사하고 어떤 식으로 보고를 드려야 할지가 좀 더 확실해질 것 같아서요. 지난번에 나중에 알려 주신다고 하셨지만 모르고 무작정 일을 하다가 중요한 부분을 놓칠지 모른다는 생각이 들더군요. 혹시 지금도 그 목적을 제가 알아서는 안 되나요?"

이 선생이 칭얼거리는 식으로 질문하자 신원과 김 원장의 입가에 미소가 돌았다. 두 사람이 서로 마주 보고 눈빛을 교환한 후 신원이 말했다.

"아, 미안해요. 제가 먼저 말씀드린다는 것을 잊었군요. 그렇지 않아도 지난번 김 원장님께서 말씀하셔서 오늘 두 분의 보고를 받기 전에 그 목적을 먼저 설명해 드리기로 했었죠."

이 선생이 놀라서 김 원장을 쳐다보자 김 원장이 윙크를 했다. 그때 신원이 자리에서 일어나더니 앞으로 나가 이 선생의 옆에 섰다. 그리고 이 선생을 쳐다보면서 말했다.

"이번에 이 선생님께서 하신 일은 우리에게 정말 중요한 일입니다!"

신원이 진지한 얼굴로 이야기하자 이 선생의 얼굴이 발그레해졌다. 그가 말을 이었다.

"그 일은 세상의 기맥과 관련이 있는 일입니다."

신원은 긴장한 표정으로 자신을 보고 있는 이 선생과 김 원장을 보면서 다시 말을 이었다.

"이곳 은신처에서 우리가 하는 여러 가지 일 중의 하나가 세상의 기운을 측정하는 일이라는 것은 두 분도 잘 아실 겁니다. 이것은 세상의 선과 악의 기운을 측정하여 분석하는 일이지요. 그것은 오천 년 전의 예언에 의한 우리 천인들의 사명과도 밀접한 관련이 있습니다."

신원은 자신을 주목하고 있는 두 사람을 쳐다본 후 말을 이었다.

"아시다시피 우리는 그 예언으로 이 세상에 남아 있는 존재들입니다. 원래는 우리 모두 환웅 폐하께서 천국으로 돌아가실 때 그분을 따라 떠나야 했지만 역천인들이 다시 세상을 위협한다는 예언이 있어 그것으로부터 인간들을 구하기 위해 이곳에 남은 것 아닙니까?"

그러자 이 선생이 대답을 했다.

"네, 저희도 잘 알고 있어요. 역천인들의 괴수가 다시 세상에 나와 인간들을 위협하면 그분의 봉인을 해제하여 그들과 맞서 싸우는 것이 우리의 사명이잖아요?"

신원이 미소를 지으며 대답했다.

"맞습니다. 그런데 바로 그 역천인들이 창궐하는 것은 세상의 기운과 상관이 있습니다. 예언에 따르면 세상에 악의 기운이 선의 기운을 압도하게 되면 역천인들이 힘을 강해진다고 했습니다. 그래서 우리는 이곳 은신처에서 세상에 있는 선악의 기운을 측정하고 기록하여 그 조짐을 예측하는 일을 하고 있었던 겁니다."

신원은 잠시 두 사람의 걱정스러운 표정을 확인하고 이야기를 이었다.

"그런데 세상 선악의 기운은 인간들의 심성이나 행동에 좌우되게 됩니다. 인간들이 서로를 배려하고, 도우면서, 사랑이 가득한 관계를 만들어 간다면 세상에 선의 기운이 커지게 되지만 반대로 그들이 서로 미워하고, 질투하여, 해치려고 한다면 세상에는 악의 기운이 강해지게 됩니다. 결국 그 기운들 중에 어느 쪽이 큰가에 의하여 세상의 기운은 결정되죠."

그때 김 원장이 걱정스러운 표정으로 물었다.

"저는 지금의 세상이 지금까지 그 어느 때보다도 악의 기운이 크다고 느끼고 있거든요. 혹시 저의 생각이 맞는 건가요? 제발 그렇지 않았으면 좋겠어요…"

갑작스러운 질문이었지만 신원은 무거운 표정으로 고개를 끄덕이며 말했다.

"역시 김 원장님은 예리하군요. 맞습니다. 저희가 이곳에서 선악의 기운을 측정하기 시작한 이후 지금의 지표는 그 유래를 알 수 없을 정도로 악의 기운이 강한 것으로 나타나고 있습니다. 지금 인간들은 마치 환웅 폐하께서 신시를 세우시기 이전의 세상이 홍익인간이라는 하늘의 가르침을 모를 때처럼 타인을 증오하고 해치면서 자신의 이익만을 찾고 있는 것 같습니다……"

"그럼 이제 어떻게 되는 건가요?"

이 선생이 겁먹은 얼굴로 묻자 신원이 단호하게 대답했다.

"올 것이 온 것입니다. 이런 시대가 온다는 것은 이미 오천 년 전에 예언된 일이고 그 때문에 우리가 이곳에 남은 것입니다. 그러니 우리는 지금의 상황을 정확하게 이해하여 맞서 나가야 합니다. 환인 천제께서 말씀하신 대로 세상에 단 한 사람이라도 선한 사람이 있다면 우리는 그 사람을 통해 세상의 기운을 바꿀 수 있습니다. 예전에 환웅 폐하께서 우리 천인들과 함께 신시를 세우시어 악에 빠진 세상의 인간들을 구한 것처럼 말입니다."

신원은 다시 이야기를 멈추고 단호한 표정이 되었다. 김 원장과 이 선생 역시 그를 결의에 찬 표정으로 쳐다보고 있었다. 그가 다시 이야기를 이었다.

"그동안 우리 천인들은 작은 힘이나마 세상의 선의 기운을 세우기 위해서 노력했습니다. 김 원장님이 보육원을 운영하듯이 어떤 분은 아이들을 가르치고 어떤 분은 봉사로, 또 어떤 분은 종교 활동으로 인간들이 서로 돕고 사랑하는 마음을 갖게 하도록 애를 썼습니다. 하지만 그런 노력으로는 한계가 있는 것이 사실입니다. 인간들의 강한 이기심을 고쳐주기에는 너무 약해요……"

여기서 이야기를 멈춘 신원이 이 선생을 보면서 말했다.

"그러다가 그 젊은이를 본 것입니다. 그 젊은이는 정말 놀라운 기맥을 가지고 있는 사람입니다. 어쩌면 우리 천인보다도 더 강한 기맥을 가지고 있을지도 모릅니다!"

"그 젊은이가 제가 계속 지켜봐야 했던 천나루라는 젊은 남자인가요?"

이 선생의 물음에 신원이 기다렸다는 듯 대답했다.

"맞습니다! 몇 달 전 어느 날, 제가 TV를 보고 있는데 자기 목숨을 돌보지 않고 철길에 떨어진 노인을 구한 젊은이에 대한 뉴스가 나오더군요. 그 젊은이였습니다. 그런데 TV에서조차 그의 강한 기맥이 느껴질 정도였습니다. 정말 강했습니다!"

"그 젊은이가 왜 그렇게 강한 기맥을 가지고 있을까요?"

잠자코 이야기를 듣던 김 원장이 질문하자 신원은 잠시 주저하다가 대답했다.

"그것은 저도 확실히 모릅니다. 하지만 제가 생각하기로는 그 젊은이가 지난 시간 동안 천인들의 후손 사이에서 이어져 오던 유전자가 가장 완전한 조건으로 결합하여 절대기맥을 받은 것으로 추측할 뿐입니다. 또한 정말 하늘이 우리를 돕는다면 그 젊은이가 환웅 폐하 같은 진성천인의 기맥도 이어받았을 것으로 생각합니다."

신원의 대답의 두 사람은 깜짝 놀라면서 소리쳤다.

"뭐라고요? 그 젊은이가 환웅 폐하와 같은 진성천인의 기맥까지 가진 사람이란 말이에요?"

"아직 확실한 것은 아닙니다. 하지만 두 분도 아시다시피 환웅 폐하께서 강한 절대기맥의 소유자셨고 만약 그 젊은이가 그분의 유전자를 물려받았다면 그분께서 갖고 계셨던 진성천인의 기맥까지 함께 물려받았을지도 모른다는 말이지요. 물론 확인을 해봐야 할 일입니다. 어쨌거나 단군님 이후 명맥이 끊어져 버렸던 절대기맥이 그 후손들에게 희미하게나마 물리다가 우연과 기적에 힘입어 그 젊은이에게 다시 완전한 모습으로 나타났다는 것은 확실한 사실입니다!"

신원은 말을 멈추고 아무 말도 못 하고 자신을 바라보는 두 여자를 보았다. 그들은 그의 이야기에 굉장한 충격을 받은 모습이었다. 그는 이야기를 계속했다.

"그 젊은이의 기맥이라면 수련에 따라서는 천인들 이상의 능력을 갖추게 될 것입니다. 오천 년 전의 예언 중에는 절대기맥을 가진 자가 영웅을 도와 세상을 평정한다는 이야기가 있습니다. 그것이 사실이라면 그 젊은이는 그분을 도와 세상을 구하는 존재가 될 수 있을지도 모릅니다. 하지만 그 젊은이 스스로는 아직 자신의 기맥에 대해서 잘 모르고 있는 것 같더군요. 지금 제가 걱정하는 것은 누군가 저 친구를 잘못 이끌어서 그 능력을 나쁜 곳에 사용하려고 하거나 아니면 그가 천성적으로 나쁜 성품을 가져 악한 일을 행하려 하는 것입니다. 만약 그렇게 된다면 우리가 나서서 그 젊은이를 처리해야 할지도 모릅니다. 물론 그가 진성천인이라면 그런 걱정은 필요 없죠!"

"아! 그래서 저에게 저 천나루라는 젊은이에 대해서 관찰하면서 알아보라고 하신 거군요."

이 선생이 모든 것을 다 이해했다는 표정으로 말하자 신원이 빙긋이 웃으며 말했다.

"그렇습니다. 이제 그 목적을 아셨으니 그 젊은이를 조사한 결과를 말씀해 주실 수 있을까요?"

"그럼요. 물론이죠!"

신원이 자리로 돌아가자 이 선생이 USB를 노트북 컴퓨터에 연결하며 밝은 표정으로 대답했다.

이 선생이 컴퓨터를 조작하자 스크린에는 한 젊은 남자의 사진이 나타났다. 반 곱슬 머리에 단단해 보이는 팔뚝과 가슴을 가진 남자였다. 햇볕에 그을린 구릿빛 피부가 건강해 보였다. 청바지와 흰 운동화 그리고 하얀 면 티셔츠 위에 하늘색 후드 티를 아무렇게나 입고 있었지만 긴 다리와 균형 잡힌 몸매 덕분에 잘 어울리고 있었다.

김 원장이 휘파람을 한 번 불더니 속삭였다.

"엄청난 미남인데? 이 선생 일하면서 가슴 설레지 않았어?"

이 선생이 장단을 맞추듯 한숨을 내쉬며 말했다.

"그러니까요. 이런 미남에게 말도 못 걸고 숨어서 보기만 해야 했으니 내가 얼마나 답답했겠어요? 더구나 스토커처럼 사진을 찍으면서 뒤를 밟으려니 마음은 또 얼마나 아프게요. 그래도 이유를 알고 나니 이제는 마음이 한결 편하네요."

김 원장과 신원이 웃음으로 화답하자 이 선생은 웃음기를 지우고 이야기를 계속했다.

"여러분께서 지금 보시는 사람이 바로 천나루 씨입니다. 올해 스물일곱입니다. 4월 1일 생이라서 만우절에 태어났다고 친구들에게 놀림 좀 받았을 것 같아요. 작년에 받은 건강검진 기록에 따르면 키 182cm에 몸무게 70kg이네요. 아주 건장한 체격이에요. 뒤에 있는 이력서에 따르면 육군 병장 제대로 특전사에서 근무했다고 하네요. 운동 신경도 굉장히 좋은 사람 같았어요. 제가 자기를 쫓는 것을 눈치채고 어찌나 저를 잡으려고 하던지…… 하지만 결국 포기했지요."

이 선생이 웃으면서 이야기하자 신원도 미소를 지으면서 말했다.

"역시 이 선생을 눈치채는군요. 저도 그가 보통 사람보다는 감각이 우수할 거라 생각했어요."

이 선생은 슬라이드를 하나 넘기자 화면에는 서류의 사진이 나타났다. 그것은 천나루의 이력서였다. 이 선생이 이력서를 보면서 설명을 계속했다.

"그는 현재 혜성대학교 전산학과 졸업반입니다. 학교나 전공, 그리고 성적을 보아 취업에는 크게 문제가 없을 것 같습니다. 하지만 천나루 씨의 특기가 격투기라는 점이 흥미롭더군요. 중학교 2학년 때부터 2년간 권투를 배웠고 실제로 고등학교 때에는 격투기 국내 대회에서 결승전까지 오른 경험도 있습니다. 그런데 그때 판정에 문제가 있었던 모양이에요. 우세한 경기 내용에도 편파적인 판정으로 경기에서 패하자 그 다음부터는 아예 그런 대회 참가를 안 한 것 같아요."

김 원장이 안타까운 얼굴로 혀를 차며 말했다.

"세상에 악한 기운이 가득하다는 것이 그런 곳에서도 나타나고 있군요. 어른들의 탐욕 때문에 어린 학생들의 꿈조차 짓밟히고 있으니까요."

신원이 무겁게 고개를 끄덕였고 이 선생은 계속 이야기했다.

"아까 신원 님께서도 말씀하셨지만 천나루 씨는 남을 돕는 일로 가끔 매스컴을 타는 편입니다. TV에 나온 대로 철로에서 노인을 구한 것도 그렇고 길에서 여자의 가방을 빼앗아 달아나는 강도를 추격하여 붙잡아 경찰에 넘긴 일도 있습니다. 그래서 모범 시민상도 받았어요."

"그래요?"

신원이 좀 놀랐다는 듯이 날이 선 목소리를 낸 후 말했다.

"그렇다면 위험한 일을 자주 한다는 이야기네요? 빨리 보호를 시작해야겠군요."

김 원장도 신원의 이야기에 동의하며 말했다.

"그래요. 귀한 기맥의 주인공이 사고라도 당한다면 안 되죠. 빨리 손을 써야겠어요."

이 선생은 신원과 김 원장의 이야기가 끝나자 이야기를 계속했다.

"가족 관계는…… 그게 아무도 없습니다. 어머니는 나루 씨가 초등학교 때 돌아가셨고 아버지는 3년 전에 나루 씨가 군대에 있을 때 교통사고로 돌아가셨습니다. 할머니께서 한 분 계셔서 간혹 돌봐주시긴 하지만 지금은 예전에 아버지와 살던 집에 혼자 살고 있습니다."

"가엾어라…… 부모님께서 돌아가셨군요. 그럼 혼자서 생활은 어떻게 하고 있나요?"

김 원장이 측은한 표정으로 두 손을 감싸며 물었다.

"예, 저도 궁금해서 확인해 보니 집을 포함해서 물려받은 유산이 좀 있고 아버지의 사고 보험금으로 학교를 마칠 때까지는 생활이 가능할 것 같아요."

이 선생이 기다렸다는 듯이 대답하자 김 원장이 기특하다는 듯이 말했다.

"부모도 없이 착하게 잘 자란 젊은이네요. 제발 아무 탈이 없어야 할 텐데……"

그러자 이 선생이 갑자기 생각났다는 듯이 손가락을 튕기며 말했다.

"그러게요. 그런데 이 나루란 젊은이가 정말 재미있는 것이……"

김 원장이 관심 있게 고개를 내밀고 있는 모습을 보면서 이 선생이 웃으며 이야기를 이었다.

"중학교 1학년까지만 해도 학교에서 왕따에 친구들한테 괴롭힘의 대상이었나 봐요. 그런데 아버지의 권유로 권투를 배우고 나서 2년 후에는 오히려 학교에서 제일 싸움을 잘하게 되었대요. 그런데 재미있는 건 그 후에는 오히려 괴롭힘을 받는 아이들을 도와줬다지 뭐예요? 그 아이들이 자신이 당한 괴로움을 겪게 하지 않겠다고 하면서요……"

신원과 감탄한 듯 손으로 감싼 수염이 가득한 턱을 끄덕이며 말했다.

"아마 저 천나루라는 친구는 세상에 얼마 남지 않은 선한 사람이 틀림없는 것 같군요. 그래요. 이제 문제는 아직 백지 같은 저 친구를 어떻게 가르치고 훈련하느냐일 거예요."

신원의 이야기를 들으며 고개를 끄덕이던 김 원장이 물었다.

"그런데 저 젊은이가 친하게 지내는 친구는 없나요?"

그 말을 들은 이 선생이 슬라이드를 한 장 더 넘겼다. 그러자 천나루와 그 옆에 젊은 여자가 커피숍에 앉아 있는 사진이 나타났다. 그녀는 눈이 동그랗고 콧날이 오뚝한 귀여운 외모였다. 긴 생머리를 뒤로 질끈 묶은 모습이 무엇이든 열심히 할 것 같은 인상을 주고 있었다. 청반바지에 운동화를 신은 모습도 그녀의 활동적인 면을 부각해주고 있었다.

정신없이 여자의 사진을 보고 있는 신원과 김 원장의 주의를 끌기 위하여 이 선생은 헛기침을 몇 번 한 후 설명을 하기 시작했다.

"느끼셨겠지만 여기 있는 지여울 양이 천나루 군의 여자 친구입니다. 올해 스물다섯으로 현재 천나루 군과 같은 혜성대학교 물리학과 석사 과정에 있습니다. 아버지는 혜성대학의 물리학과 교수인 지동석 박사입니다. 지 교수는 대한민국 자연 에너지 분야의 권위자로 알려져 있습니다. 어머니는 보통 가정주부이고요. 여울 양이 물리학도가 된 것은 아무래도 아버지의 영향이 큰 것 같습니다. 두 사람이 사귄 지는 1년 정도 된 것 같아요."

이 선생이 사무적인 목소리로 지여울을 소개하자 김 원장은 그녀의 표정을 살피며 말했다.

"그래도 예쁘고 똑똑한 여자 친구를 사귀고 있네요? 저들은 어떻게 만나게 된 거예요?"

김 원장의 질문에 이 선생은 귀찮은 표정을 지으며 차갑게 대답했다.

"아마 같은 학교를 다니다 보니까 알게 되었겠죠. 제가 거기까지 조사할 필요는 없지 않나요?"

이 선생의 대답에 김 원장은 짓궂은 표정으로 장난스럽게 말했다.

"이 선생, 설마 잘생긴 천나루 군에게 예쁜 여자 친구가 있는 것이 샘나서 그러는 거야?"

그 말을 들은 이 선생이 얼굴을 빨갛게 붉히고 말했다.

"김 원장님께서는 무슨 말씀을 그렇게 하세요? 그래도 뭐…… 하긴 천나루 씨가 요즘 보기 드물게 좀 남자답긴 하죠. 그래요! 잘생기고 생각도 건강하고, 멋있는 건 사실이잖아요? 왜 이렇게 괜찮은 남자들은 항상 임자가 있는 거죠?"

그러자 신원이 어이없다는 표정으로 말했다.

"아니, 이 선생님 진담이세요? 이 선생님은 천나루 군의 30대 조상보다도 나이가 많아요!"

그러자 이 선생은 신원을 살짝 흘기고 김 원장을 향하여 눈을 찡긋해 보이며 말했다.

"역시 신원 님은 옛날 분이시네요. 지금이 어떤 시대인지 모르시나 봐요. 요즘은 연상연하가 대세랍니다. 나이 차가 많이 나도 생각과 대화가 통하면 얼마든지 사귀고 결혼하는 세상이라니까요!"

신원과 김 원장이 어이없어 서로를 바라보는 동안 이 선생은 시침을 떼고 계속 이야기했다.

"음…… 그래서 천나루 씨는 안타깝게도 예쁜 여자 친구를 사귀고 있는 것으로 확인되었고 그 외의 특별하게 자주 만나는 친구는 별로 없는 것 같습니다. 그 이유는 천나루 씨가 친구들을 사귀지 못한다기 보다는 술 담배를 하지 않고 노는 것에 익숙하지 않으니까 친구들과 어울릴 기회가 별로 없어서일 겁니다. 하지만 그에게 신세 진 친구들이 많아서 어려울 때 부르면 달려올 사람들은 아주 많다고 해요."

"역시 모범 시민이야…… 완전 요새 말로 엄친아 같은 젊은이네!"

김 원장이 다시 감탄한 듯이 중얼거리자 신원이 이 선생에게 질문을 했다.

"그럼 이제 우리가 보다 적극적으로 보호하면 되겠네요. 그 밖에 특이한 사항은 없나요?"

"예, 대학 졸업반인 천나루 씨도 요즘 최대의 관심사는 취업인 것 같습니다. 그래서 취업 정보에 신경을 쓰면서 여기저기 자리를 알아보는 중인데 재미있는 일이 있어요!"

이 선생은 재미있다는 표정으로 신원과 김 원장을 바라본 후 이야기를 계속했다.

"글쎄 어느 회사에서 나루 씨의 실력을 알고 회장 비서로 면접을 보라고 연락이 온 거예요. 정말 놀랍지 않아요? 컴퓨터를 전공한 사람한테 비서 면접이라니요! 그런데 그 이유가 더 재미있는 거 있죠? 그 회사에서는 회장 비서가 경호업무를 같이 한다나 봐요? 나루 씨가 직접 떠들고 다니는 것은 아니지만, 그의 격투 실력이 좋다는 소문이 나서 연락을 한 것 같아요. 하긴 요즘 SNS나 뭐 그런 것들을 통해 정보가 정말 빠른 시대가 되었으니까요……"

"그렇군요……"

이야기를 듣는 김 원장은 계속 천나루의 사진을 보면서 대견해 했다. 신원도 흥미로워하는 것 같았다. 그러다가 그가 갑자기 무덤덤하게 이 선생에게 물었다.

"그 면접 보는 회사가 어디인가요?"

이 선생이 기억을 더듬는 표정을 짓더니 대답했다.

"네 아마 모두 아실 거예요. 우리나라에서 몇 손가락 안에 들어가는 큰 회사니까. 아시죠? YCI그룹이라고 있잖아요. 전자제품에서부터 건설까지 많은 계열 회사가 있는…… 그 그룹의 비서실에서 연락을 받았대요. 뭐, 회장님의 비서를 뽑는 거니까 대우가 아주 좋대요."

그러자 일순간 신원과 김 원장의 표정이 굳으면서 다급하게 물었다.

"뭐라고요? YCI그룹 비서실이요?"

이 선생은 갑자기 변해 버린 두 사람의 반응에 순간 당황하면서 물었다.

"네 확실히 YCI그룹 비서실이라고 들었는데요. 뭐가 잘못되었나요?"

신원이 말없이 굳은 얼굴이 되어 자리에서 벌떡 일어났다. 어느 새 김 원장도 어두운 표정이 되어 있었다. 이 선생은 두 사람을 보면서 다시 한 번 물었다.

"두 분 왜 그러시는 거죠? 무슨 문제가 있나요? 어서 이유를 이야기해 주세요!"

궁금한 표정으로 자신을 쳐다보는 이 선생을 보고 신원이 무겁게 입을 열었다.

"YCI그룹은 천나루 군에게 위험한 곳이라고 생각하기 때문입니다."

"그건 또 무슨 말씀이에요? YCI그룹이 위험하다니요?"

신원은 김 원장을 향해서 눈길을 보내며 말했다.

"그 이유는 김 원장님께서 설명해 주실 겁니다. 김 원장님, 말씀해 주시죠."

김 원장이 자리에서 일어서며 말했다.

"이 선생의 이야기는 다 끝난 거지?"

이 선생이 고개를 끄덕이자 김 원장이 앞으로 나갔다. 이 선생은 자리로 들어와 앉아 당황스러운 듯 머리를 쓸어 올리며 불안한 얼굴로 김 원장을 바라봤다.

"공교롭게도 내가 신원 님의 지시를 받고 지난 한 달 동안 조사한 곳이 바로 YCI그룹이야."

김 원장은 아직도 창백한 얼굴로 이 선생에게 말했다. 신원이 끼어들었다.

"이 부분도 제가 우연한 기회에 본 것에 대해 조사를 부탁드렸던 거예요."

신원이 다시 한 번 회의실의 앞으로 나가 김 원장의 옆에 섰다.

"어떻게 보면 이것은 나루 군과는 정반대의 경우라고 할 수 있습니다. 몇 개월 전 제가 우연히 여의도 YCI본사 건물을 지나다가 그 입구에서 누군가 차에서 내리는 것을 보았습니다. 젊은 남자였는데, 회사에서 상당히 높은 지위였는지 경비원들이 모두 뛰어나와 인사하고 문을 열어주더군요. 그런데 저를 정말 놀라게 한 사람은 그 남자를 따라 내리던 여자였습니다."

신원은 동그란 눈으로 자신을 쳐다보고 있는 이 선생을 다시 보더니 이야기를 계속했다.

"그 여자도 젊은 사람이었는데 저는 그 여자가 차에서 내릴 때 순간적으로 엄청나게 강한 어두운 기맥을 보았습니다. 그것은 다음 순간에 사라졌는데 아마 여자가 차에서 내리는 순간 실수로 보였다가 스스로가 감춘 것 같습니다. 하지만 순간적이나마 본 그 기맥은 정말 강렬한 것이었습니다. 간혹 기맥이 강한 사람들을 보긴 했지만, 그 여자의 것은 그것들과는 비교도 안 될 정도로 강했습니다. 절대로 보통 사람의 기맥이 아닌 것 같아 김 원장님께 그 여자와 같이 있었던 남자에 대하여 조사를 부탁드린 겁니다. 그렇게 강하고 어두운 기맥을 보여주는 것은 역천인밖에는 없을 거라는 생각에서 말입니다."

신원의 설명을 들은 이 선생이 놀란 눈을 크게 뜨고 벌떡 일어나서 물었다.

"아! 그럼 YCI그룹이라는 회사가 역천인들과 관련이 있는 건가요? 그들이 벌써 천나루 씨를 알아보고 그를 해치려 하는 것인가요?"

그러자 김 원장이 손을 들어 이 선생을 진정시키며 말했다.

"아니, 아직 그런 것 같지는 않아. 내가 조사한 바로는 그들은 아직은 천나루 군을 모르고 있는 것 같거든. 신원 님, 이제부터는 제가 설명하도록 할게요."

신원이 손을 내밀어 부탁한다는 몸짓을 보인 후 자리로 돌아가자 김 원장은 두 손을 마주 잡고 차분한 모습으로 두 사람을 바라보며 손에 있는 리모컨의 단추를 눌렀다. 그러자 그녀의 뒤에 있는 슬라이드 화면에 정장한 남자의 사진이 나타났다. 운동으로 어깨가 벌어지고 다부진 체격에 비해 하얀 얼굴이 특이해 보이는 남자였다. 가는 눈매와 얇은 입술은 매서운 인상을 주고 있었으며 의심이 많아 보였다. 단정한 옷차림과 말끔하게 가르마를 탄 머리 스타일은 화려한 모임에 참석할 기회가 많은 상류층 사람의 표본을 보여주는 것 같았다. 아닌 게 아니라 시계, 구두 등 그를 감싸고 있는 모든 것은 고가의 명품들로 보였다. 김 원장이 설명을 시작했다.

"그때 신원 님이 여의도 YCI빌딩 앞에서 보신 사람이 바로 이 남자였을 겁니다. 바로 YCI그룹의 회장인 표무상이라는 사람이죠. 올해 32세입니다. 2년 전에 아버지와 형이 미국 출장에서 돌아오는 길에 비행기 사고로 갑자기 사망하면서 30대 초반이라는 어린 나이에 갑자기 국내 굴지의 대그룹의 총수가 된 사람입니다. 그 당시에도 화제가 되었는데 그룹의 막대한 재산을 상속할 사람이 이 사람, 표무상 회장밖에는 없었거든요. 어머니는 어릴 때 이미 돌아가셨고 다른 형제나 가까운 친척도 없었기 때문에 그가 유일한 상속자였죠. 그때가 미국 하버드에서 MBA를 마치고 돌아와 회사에서 일을 배운 지 1년밖에 안 된 때여서 모두가 어리고 경험이 일천한 그가 그 큰 그룹을 잘 이끌어 나갈 수 있을지 우려가 컸던 것 같습니다. 당연한 걱정이었지요."

"오호…… 어느 날 세상에 홀로 남겨진 사람이네요! 그럼, 불쌍한 건가요? 운이 좋은 건가요?"

이 선생이 턱에 손을 고인 채 김 원장의 설명에 집중하며 물었다. 김 원장은 그 질문에는 대답하지 않은 채 무덤덤한 목소리로 계속 설명을 이어 나갔다.

"하지만 그것이 그야말로 기우에 지나지 않았다는 것을 표 회장은 불과 2년 만에 승명해 주었습니다. 그는 취임 후 가장 먼저 할아버지인 표철성 초대 회장이 설립하여 지난 50년 동안 이어왔던 철성 그룹이라는 회사 이름을 'Young Challenge Inc.' 라는 의미의 YCI라는 이름으로 개명했습니다. 낡은 방식을 버리고 젊은 회사로 거듭나겠다는 뜻이었다고 합니다. 그리고 지난 2년 동안 YCI그룹의 외형을 두 배 이상 성장시켰습니다. 그는 취임 당시 가전 반도체 등 전기 전자 산업 분야에 집중되었던 그룹의 주력사업을 건설 사업 분야까지 확대했습니다. 그리고 뛰어난 수완을 발휘하여 지난 2년 동안 전국의 재개발 건설 사업의 40% 이상을 독식하고 해외 플랜트 사업을 잇달아 수주하면서 회사를 성장시켰습니다."

신원은 아무 말 없이 듣고 있었고 이 선생이 감탄하는 표정이 되었다.

"정말 대단하네요. 능력 있는 사람인가 봐요? 나도 능력 있는 남자가 좋던데…… "

그 말을 들은 신원의 눈꼬리가 올라가고 김 원장이 자신에게 눈을 흘기는 것을 느끼자 이 선생은 손을 흔들며 멋쩍게 웃는 표정으로 말했다.

"농담이에요. 농담…… 회의실 분위기가 너무 딱딱해서 농담 한 번 한 거예요……"

이 선생이 얼굴을 붉히며 입 다무는 것을 확인한 김 원장이 설명을 계속했다.

"농담할 것이 아닌 것이 이 표 회장이라는 사람이 지난 몇 년 동안 이룬 성공과 관련하여 안 좋은 소문들도 많이 있어요!"

"안 좋은 소문이라…… 혹시 그 사람을 질투하는 사람들이 만들어 낸 말들이 아닐까요?"

이 선생이 이번에는 진지하게 묻자 김 원장이 담담하게 대답했다.

"그럴지도 모르지. 하지만 내가 알아보는 동안에도 좀 이상하다는 느낌은 들었어."

"어떤 일이죠?"

"가장 먼저 아버지와 형의 죽음이에요. 아까 미국 출장에서 돌아오는 길에 비행기 사고로 사망했다고 이야기했지만, 사실은 실종된 것입니다. 사고 비행기는 갑자기 태평양 상공에서 무선이 끊긴 채 실종되어 승객과 승무원 347명이 전원 사라져 버렸습니다. 물론 탑승자 모두 사망한 것으로 추정하고 있지요. 대한민국을 비롯한 여러 나라에서 협력하여 사고 후 거의 일 년 동안 실종 해역을 수색했지만, 블랙박스뿐만 아니라 비행기의 잔해나 어떠한 흔적도 찾지 못했어요. 명확한 사고 원인도 밝혀지지 않아 그저 불순 세력의 테러나 조종사의 실수로 추정하고 있을 뿐이에요."

"그 사고가 표무상 회장과 관련이 있다는 근거가 있나요?"

신원이 묻자 김 원장이 의미심장한 표정으로 대답했다.

"아뇨, 하지만 그 사고로 가장 큰 이익을 본 사람이 표무상 회장이니까요. 그리고 이 사고를 시작으로 해서 이상하게도 표 회장이 추진한 사업과 관련된 사고가 많이 있었어요!"

이야기를 잠시 멈추고 신원과 이 선생의 경직된 표정을 확인한 김 원장은 설명을 계속했다.

"좀 굵직한 것만 이야기해도 YCI건설과 5,000억 규모의 재개발 공사 입찰을 다투던 상대 회사 사장이 교통사고로 사망했습니다. 집으로 돌아가는 길에 음주운전자가 트럭으로 운전석을 들이받은 사고로 결론이 난 것이었죠. 그리고 YCI전자의 노조위원장 후보 중에 강성 노조를 주장하던 사람도 위원장 선거를 불과 일주일 앞두고 사망한 일이 있었어요. 그 후보는 당선이 아주 유력한 후보였습니다. 그런데 당시 YCI전자의 베트남 공장 이전이 추진되던 시점이어서 그 사람이 당선되면 회사가 굉장히 어려워질 상황이었거든요. 사망 원인은 조기축구 시합 도중에 심장 마비였다는데 평소에도 매일 운동을 하던 건강한 사람이 갑자기 그렇게 죽었다는 것 때문에 주변에서는 많은 의혹 제기가 있었습니다. 그래서 정확한 사인을 밝히기 위해서 경찰에서는 시신을 부검했는데 외상이나 살인의 증거를 전혀 찾지는 못했습니다. 이외에도 표 회장의 YCI그룹과 관련하여 미심쩍은 사고들은 굉장히 많이 있어요."

"하지만 만약 문제가 있다면 경찰들의 조사에서 다 밝혀지지 않았을까요?"

설명을 듣고 있던 이 선생이 심각한 얼굴로 물었다.

"물론 경찰들은 다 조사했지. 하지만 사실이 그런 건지 경찰들의 의지가 부족한 건지, 어느 곳에서도 그 사고들이 YCI그룹과 관련 있다는 증거를 찾아내지는 못한 거 같아. 그러니 조사가 계속될 수가 없었던 거지. 심증은 가는데 물증이 없다는 것이 이런 경우를 말하는 걸 거야!"

김 원장이 답답한 표정으로 대답하자 이 선생이 깊은 한숨을 내쉬며 말했다.

"맞아요. 그것도 세상에 악의 기운이 강해졌다는 증거겠죠. 요즘 주변을 보면 사회 시스템이 제대로 돌아가고 있지 않다는 느낌이 들 때가 많아요. 유전무죄 무전유죄라고 하는 것처럼 죄를 짓고도 돈과 권력이 있으면 벌을 받지 않는다고 믿는 사람들이 많으니까요."

두 사람의 이야기를 듣고 있던 신원도 안타까운 듯 무겁게 입을 열었다.

"아무리 사리에 맞지 않는 일들이라고 해도 인간들 사이의 일이라면 우리는 개입할 수 없습니다. 환웅 폐하께서 직접 지시하신 일이지요. 그러니 그 이야기는 그만하시고 이제는 제가 봤던 여자에 대한 조사 내용을 말씀해 주시겠습니까?"

신원의 이야기를 들은 김 원장은 이 선생과의 대화를 멈추고 리모컨을 눌러 슬라이드를 한 장 넘겼다. 그러자 화면에는 말쑥한 옷차림의 여자가 나타났다. 손질이 많이 가는 펌을 하여 어깨까지 오게 한 갈색 톤의 웨이브 머리에 하얀 피부와 치아를 가진 날씬한 미녀였다. 하얀 블라우스에 베이지색 투피스를 단정하게 입고 있는 그녀는 전형적인 커리어우먼처럼 보였다. 그녀가 들고 있는 가방과 시계 그리고 구두에는 고가 명품의 상표가 큼직하게 두드러져 있어 그녀의 성공을 말해 주고 있었다. 앞으로 내려진 머리카락의 그늘에도 불구하고 광채를 내뿜는 눈매와 날카로운 턱선은 그녀가 상당히 집요한 성격이라는 것을 보여주었다. 아름답기는 하지만 왠지 모르게 가까이하기 어려워 보이는 인상이었다.

"아! 굉장한 미인이네요! 나보다는 조금 못하지만……"

이 선생이 말하고는 두 사람의 눈치를 살폈다. 아무도 웃지 않자 머쓱해서 화면으로 시선을 돌렸다. 신원은 아무 말을 하지 않고 계속 화면을 응시하고 있었다. 사진에서나마 다시 한 번 그녀의 기맥을 느껴보려는 것 같았다. 잠시 후 그는 불안한 표정으로 말했다.

"이 여자가 맞습니다. 내가 강한 기맥을 느낀 사람이 맞아요."

김 원장이 알았다는 듯 고개를 끄덕이더니 입을 열었다.

"이 여자는 이태선이라는 여자입니다. 현재 표무상 회장의 비서실장으로 있는 사람입니다. 표 회장은 그룹 회장으로 취임하고 나서 자신의 주변을 젊은 사람들 위주로 많이 바꿨는데 그중에서도 가장 대표적인 인물이 바로 이 여자입니다. 하지만 그녀의 개인적인 생활에 대해서는 거의 알려진 것이 없습니다. 국내 명문대인 한국대에서 경영학과를 졸업하자마자 YCI그룹의 전신인 철성 그룹의 비서실에 입사하여 근무하다가 미국으로 유학을 떠나는 표무상 회장의 수행 비서로 선발된 이후 지금까지 그와 인연을 이어오고 있다는 것이 전부인 정도입니다."

그 말을 들은 이 선생이 고개를 갸웃거리며 물었다.

"공부하러 외국에 유학을 가는데도 수행 비서가 따라가다니…… 역시 돈 많은 재벌이 다르긴 다르군요. 하지만 좀 이상하네요. 그런 경우에는 보통 경호 업무도 같이 할 수 있는 남자들을 선발하지 않나요? 더구나 표무상 회장이 여자가 아닌데……"

"그것이 모두 이상하게 생각하는 부분이에요. 누가 결정을 한 일인지는 모르겠지만 이태선이라는 여자는 표 회장의 미국 유학을 따라갔고 귀국 후에도 계속 그의 비서 역할을 수행했어요. 오랜 시간을 함께해서 그런지 원래 굉장히 까다롭다고 알려진 표무상 회장이 이 실장에 대해서만은 전적으로 신뢰하고 있다고 해요."

"미모만큼 능력도 뛰어난가 보죠?"

이 선생이 질문에 김 원장이 어깨를 으쓱해 보이며 대답했다.

"이 실장은 표 회장만큼이나 카리스마나 리더십이 있는 것으로 알려져 있어요. 표 회장의 신임을 한몸에 받아서 그런지 몰라도 회사 내의 권한이 막강하답니다. 능력은…… 아마, 능력도 출중한 것 같습니다. 표 회장은 공식 석상에서도 자주 그녀를 칭찬하면서 다른 사람들에게 본받으라고 한다는군요. 지금까지 표 회장의 지시한 것을 실패한 적이 한 번도 없었다고 해요!"

신원이 더욱 의심스러운 표정으로 나지막이 속삭였다.

"보통의 인간이 그렇게 하기는 힘든 일이겠지요……"

"네, 이태선이라는 여자의 성공 비밀이 무엇인지는 모르겠지만, 그녀가 표 회장의 오른팔 역할을 충실히 잘하고 있다는 것은 틀림없습니다."

"이태선 실장에게서 특별히 이상한 부분은 없나요?"

신원이 담담한 표정으로 묻자 김 원장이 빙그레 웃으며 말했다.

"이제부터 말씀드리려 한 부분이 바로 그것입니다. 이태선이라는 여자는 이상하지 않은 부분이 없을 정도로 모든 부분에서 이상한 것투성이에요."

"그래요? 정말 흥미로운 사람이네요."

이 선생이 신원을 쳐다보며 호기심 가득한 표정으로 말했다.

"일단 그녀는 가족 관계에 대해서 알려진 것이 없습니다. 제가 관찰하는 동안 따로 만나는 개인적인 친구들도 거의 없었습니다. 한국대를 졸업했다는 기록은 있지만, 그녀를 기억하는 교수나 동문을 찾을 수도 없었습니다. 마치 그림자 같은 존재 같았어요. 안 그런가요? 저 정도의 인물이라면 기억하고 있는 남자들도 많을 것 같은데 제가 만난 사람들은 아무도 그녀를 기억하지 못했거든요. 좀 이상하지 않나요? 누구랑 비슷한 거 같죠?"

이 선생이 얼굴에 웃음을 띠며 대답했다.

"마치 우리 같네요? 우리도 스스로 조작해 놓은 최근의 기록을 제외하고는 아무도 찾을 수 없을 테니까요. 우리 자신들을 제외하고는 아무도 우리와 젊은 시절을 함께할 수는 없죠."

이 선생이 무표정한 신원을 보면서 말했다. 김 원장이 설명을 계속했다.

"지금 그녀의 등록된 주소는 여의도 YCI사옥의 바로 옆에 있는 고급 주상복합 건물입니다. 그런데 그 건물의 임대료가 그녀의 한 달 월급과 맞먹을 정도로 비싼 곳입니다. 주로 외국계 회사의 고위 주재원들이 사는 곳으로 알려져 있는데 어떻게 그녀가 그런 곳에 사는지도 의문입니다. 주변에는 돈 많은 친척의 유산을 상속받았다고 이야기한다는데 말씀드렸다시피 그녀에게는 알려진 가족이 아무도 없습니다. 그뿐만 아니라 옷이나 장신구 등도 모두 최고급의 값비싼 것을 선호하는 것 같습니다. 일반적인 사람이라면 아마 진작 파산했을 것입니다."

"표 회장이 많이 신임한다니 따로 챙겨주는 것이 아닐까요?"

이 선생이 묻자 김 원장이 단호한 표정으로 대답했다.

"나도 그런가 싶어서 그녀의 금융기록 같은 것을 모두 확인해 봤는데 그런 흔적이 전혀 없어. 심지어 그 여자는 그 비싼 집에 제대로 들어가서 자는 것 같지도 않아. 세상이 얼마나 불공평한지 말이야, 지금도 저

밖에는 끼니가 어려운 사람들이 얼마나 많은데……"

이 선생에게 하소연을 마친 김 원장은 미안한 표정으로 신원을 쳐다본 후 이야기를 이었다.

"그리고 또 이상한 점은 회사 내에서 표 회장을 제외한 모든 사람들이 그 여자를 굉장히 두려워하는 것 같아요. 고작 삼십 대 중반 정도의 여자가 무서우면 얼마나 무서울까요? 하지만 회사 사람들은 그녀를 무척 겁내고 있었어요. 그녀에게 상대를 위압하는 기운이 나오는 걸까요?"

신원은 신중한 표정으로 뭔가 생각을 하고 난 후 말했다.

"그럴 수도 있습니다. 어쩌면 제가 그녀의 그런 모습을 본 것일 수도 있겠지요. 일반 사람들조차 느끼게 하는 기맥이라면 정말 대단한 것이네요. 그런데 김 원장님께서는 이번 조사를 하시면서 그 기운을 직접 느끼거나 보신 적이 있습니까?"

"아니요. 제가 직접 느끼지는 못했어요. 그 여자와 가까운 거리에 있은 적은 없거든요. 하지만 저는 이번 조사를 통해서 이 이태선이라는 여자가 역천인이라는 느낌은 강하게 들었어요!"

김 원장의 이야기를 들은 신원이 심각한 표정으로 말했다.

"아직 그 여자가 역천인이라는 확실한 증거는 없으니 좀 더 관찰이 필요할 것 같습니다. 하지만 김 원장님의 보고를 들으니 그 여자는 제가 아는 역천인일지도 모른다는 생각이 듭니다. 제발 그렇지 않기를 바라지만 그 여자는 다른 사람들의 어두운 기운으로 힘을 얻는 여자입니다. 그리고 상대의 약점을 이용하여 사람들을 현혹하는 것에 아주 능란합니다. 만약 그 여자가 맞는다면 YCI그룹이라는 회사는 지금 상당히 위험한 상황이라고 봐야 합니다!"

여기까지 이야기한 신원은 무엇인가 결심한 듯한 표정으로 두 사람을 보더니 말을 이었다.

"김 원장님, 이제부터는 그 여자가 주로 어떤 일을 하는지 좀 더 자세히 알아봐 주시기 바랍니다. 말씀을 들으니 원장님 혼자서는 위험할 것 같습니다. 이 선생님, 이제부터는 이 선생님도 김 원장님과 함께 그 여자를 조사해 주시기 바랍니다."

"그럼 천나루 군을 보호하는 것은 어떻게 하죠?"

이 선생이 입술을 삐죽이며 묻자 신원이 엄숙한 얼굴로 대답했다.

"천나루 군을 보호하는 것은 제가 직접 하도록 하겠습니다. 그 젊은 이가 하필이면 YCI라는 회사의 면접을 본다는 것이 걱정되는군요."

# 기이한 면접

얼마 전부터 누군가 자신을 따라다닌다는 것을 느낀 나루는 도저히 이해되지 않았다. 도대체 왜일까?

나루는 누군가에게 감시를 당한다는 불안함보다 자기 같은 사람을 왜 따라다니는 것인지가 더 궁금했다. 아무리 생각해도 자신은 누구에게 미행을 당할 정도로 중요한 사람이 아니었다. 그는 이제 대학 졸업을 앞둔 취업준비생에 불과했다. 새벽부터 밤까지 거의 온종일을 학교 도서관에서 지내면서 과 사무실과 취업 열람실을 오가며 취업 정보와 기업체에서 보내온 추천서에 온 신경을 쓰는 것이 일과의 대부분이었다. 만약 대한민국에서 자신과 같은 일상을 보내고 있는 사람들을 찾는다면 백만 명 이상일 텐데 왜 하필 자신을 쫓아다니는 것일까? 아무리 생각해도 특이할 것 없는 자신을 누군가가 따라다닌다는 것은 알 수 없는 일이었다. 그런데 그런 일이 벌어지고 있었다.

어느 날부터인가 검은 안경을 쓴 젊은 여자가 자꾸 주변에 나타나는 것을 느끼면서, 처음에 나루는 그럴 리가 없다고 생각하며 애써 무시하려 했다. 하지만 여자는 그가 앉아 있는 도서관 좌석 주변에서도, 그의 집 근처에서도, 심지어는 그가 모처럼 여자 친구 여울과 함께 시내의 영화관을 갔을 때도 눈에 띄었다. 비록 그녀는 나루의 눈을 피하려고 멀리 떨어져서 그를 지켜봤지만, 중학생 시절부터 권투를 비롯한 격투기를 열심히 하며 단련한 그의 날카로운 감각을 피하긴 어려웠다. 상대의 공격을 피하고 그 틈에 공격하는 운동을 오래 하다 보니 그가 다른 사람들에 비해 위험을 감지할 수 있는 감각이 강한 것은 분명했다.

그런데 문제는 나루가 아무리 해도 그 여자를 잡을 수가 없다는 것이었다. 젊은 남자이고 운동을 통하여 민첩성이 남다르다고 자부하는 그였기에 마음만 먹으면 쉽게 잡을 수 있다고 생각했지만, 그것은 큰 오산이었다. 그가 그녀를 발견하고 그녀가 있던 장소로 쫓아가면 그녀는 이미 사라지고 없었다. 그 나름의 머리를 써서 쉽게 도망가기 힘든 혼잡한 시장 거리를 걷는 척하다가 갑자기 뒤돌아 뛰어가서 잡아보려고 하기도 했지만, 그 여자가 얼마나 빠른지 그 역시 실패하였다. 심지어는 친구들의 도움을 받아 '협동 작전'을 해보기도 하였다. 빠져나갈 골목이 전혀 없는 길에서 앞에서는 그가 그리고 뒤에서는 친구들이 막으면서 토끼 몰듯이 해보기도 했지만, 그녀는 마치 연기처럼 사라져 버리고 그와 친구들만이 중간에서 맞닥뜨린 일도 있었다. 그는 그녀가 왜 자신 주변을 맴도는 지도 궁금하지만 어떻게 그렇게 잘 빠져나가는 지도 궁금했다. 어쩌면 더 궁금한 것은 오히려 후자였다. 기회가 된다면 그 기술을 배우고 싶을 정도였다.

나루는 최근 며칠 동안에 그녀가 쫓아다니는 기색이 없다는 것을 느꼈다. 혹시 자신이 알아채지 못한 것인가 해서 주변을 몇 번이나 살폈지만 역시 그녀의 흔적은 없었다. 그는 그녀가 더 이상 자신을 따라다니지 않는다는 것이 홀가분했지만, 마음에 뭔지 모를 아쉬움을 느꼈다.

이미 여자를 잡는 것을 포기한 나루였다. 이유가 궁금하고 신경이 쓰이는 것은 사실이지만 그녀가 자신에게 해를 입힌 것은 아무것도 없었다. 그러니 경찰에 신고할 일도 아니었다. 오히려 아무 해를 끼치지 않으면서 조용히 자신의 근처만을 맴돌고 있는 미지의 그녀가 자신의 수호천사가 아닐까 하는 생각이 들 정도였다. 그렇다면 지금은 그녀를 볼 수 없다는 것은 자신의 수호천사가 곁을 떠났다는 말이니 서운한 느낌이 드는 것이 당연했다. 그런 생각에 문득 온몸에 감도는 허전함을 느끼며 그는 혼잣말했다.

"이제 내가 위기에 빠졌을 때 나를 구해줄 사람은 아무도 없는 것일까?"

점심시간이 지난 지 얼마 지나지 않은 시간인데도 도서관의 좌석들은 학생들로 가득 차 있었다. 평소에도 그랬지만 기말고사 기간이라 특히 빈자리가 없었다. 낮인데도 창문마다 두꺼운 커튼이 쳐 있어서 따사로운 햇볕 대신 형광등의 쌀쌀한 빛이 실내를 밝히는 것이 야박한 느낌을 주는 열람실이었다. 각자의 의자에 앉아 공부에 몰두하고 있는 학생들의 앞에 무질서한 듯 놓여 있는 각각의 책들은 그 자리 주인들에 대한 정보를 제공해 주고 있었다. 천나루의 앞에는 『대기업 입사요령』, 『취업에 도움이 되는 일반 상식』, 『기업 면접의 첫걸음』과 같은 책들이 놓여 있었다. 누가 봐도 취업 준비생의 자리였다.

옆자리의 후배들이 교양과목의 책을 읽으며 열심히 공부하는 모습을 보면서 나루는 부럽다는 생각이 들었다. 지금 그들은 교양과목 책만 달달 외워서 시험만 잘 보면 될 것이기 때문이었다. 그들에게 이 순간 가장 중요한 것은 고작(?) 학교 성적일 뿐이었다. 물론 그들도 언젠가는 자신과 같은 처지에 놓이겠지만, 아직도 앞으로 몇 년 동안은 여유가 있는 사람들이었다. 그들에 비해서 자신은 그야말로 발등에 불이 떨어진 사람이었다.

아직 학기 중이라서 동기들의 대부분은 아직 취업 전이었다. 이미 취업한 친구들도 없진 않았지만, 극히 소수였다. 그래서 그를 비롯한 대부분의 동기들은 계속 도서관에서 취업 준비를 하며 고달픈 시간을 보내고 있었다. 취업 시장은 더욱더 힘들어지고 있다는 뉴스가 나루를 더욱 초조하게 했다. 인문계보다는 취업이 잘 된다는 이공계, 그중에서도 컴퓨터 공학을 전공한 사람들조차도 쉽게 직장을 얻기가 힘들다는 것을 몸소 체험하고 있는 그였다.

나루는 오후에 보기로 한 면접을 생각하면서 쓴웃음을 지었다. 흔하지 않은 면접 기회라서 그를 부러워하는 친구들도 있었지만, 그 자신이 생각하기에는 정말 당황스러운 면접이었다. 컴퓨터를 전공한 사람에게 비서직 면접이라니…… 물론 많은 사람들이 전공과 전혀 관련이 없는 일을 하고 있긴 하지만 그래도 그것들은 그 사람들의 취미나 뭔가 좋아하는 분야와 관련이 있는 것일 텐데 자신은 성격상 비서라는 일과는 전혀 관련이 없는 사람이기 때문이었다.

"호호호…… 비서라니…… 내가 그런 일을 할 수 있을까?"

나루는 혼잣말하며 싱글거렸다. 며칠 전에 받은 전화가 떠올랐다. YCI그룹의 비서실의 정성찬 과장이라고 자신을 소개한 남자는 그에게 자신의 회사에 입사 지원을 할 생각이 없냐고 물었다. 동영상을 보고 연락한다는 것이었다. 그조차도 잊고 있었던 오래전 일이었다. 몇 년 전, 길에서 어떤 여자의 가방을 훔쳐 달아나는 소매치기를 보고 따라가서 격투 끝에 잡아서 경찰에 넘긴 일이 있었는데 누군가 그 장면을 스마트폰으로 찍어 인터넷에 올려 그를 세상에 알린 일이 있었다. 정 과장이라는 사람은 그 동영상을 말하고 있었고 사전 조사도 이미 했는지 그가 고교 시절에 격투기 전국대회에 나갔다는 사실도 알고 있었다.

정 과장은 지금 채용하려는 직무는 그룹 회장의 비서직이라고 했다. YCI그룹 회장님을 가장 가까운 거리에서 보좌하는 일이라는 것이다.

그런데 이 일을 하다 보면 유사시에는 회장님의 신변을 보호해야 할 일이 있을 수도 있으므로 그 자격 조건 중의 하나가 격투 능력이라고 했다. 그런 점에서 좋은 대학에서 컴퓨터를 전공하고 격투 능력도 탁월한 나루 같은 사람이야말로 가장 적합한 후보자라고 하면서 꼭 면접에 참여해 달라고 했다. 자격이 까다로운 만큼 높은 급여와 차량을 지원하는 등 신입 사원으로서는 받기 어려운 최고의 조건이라고 했다.

나루는 지명도 있는 대기업에 취업할 기회라는 생각에 입사지원을 하기는 했지만 그가 떠올릴 수 있는 비서의 모습은 높은 사람들 옆에서 서류가방을 들고 따라다니며 그들의 일정을 설명하는 지루하고 무미건조한 모습이 전부라서 쉽게 호감이 가지 않았다.

다만 경호원의 모습은 언젠가 영화에서 본 것들을 떠올릴 수 있었다. 말없이 VIP의 주변을 맴돌면서 그들의 위험을 막으려 애쓰는 모습이었다. 그런 경호원들은 보통 여가수나 정치인의 딸을 경호하는 데 구속받지 않고 자유롭게 행동하려는 그녀들과 안전 문제로 다투며 갈등을 빚다가 마지막 부분에는 그녀들을 구하기 위해서 몸을 던짐으로써 암살자의 총이나 칼을 맞고 장엄하게 죽어갔다. 보통은 죽어가면서 그 경호원은 옆에서 자신의 부주의를 후회하며 울고 있는 여자에게 희미한 미소를 보이면서 당신 대신에 죽을 수 있어서 행복하다고 말하며 눈을 감고, 여자는 그 모습을 보면서 오열한다…… 이런 모습들을 떠올리자 나루는 경호원이란 직업을 훌륭히 완수하기 위해서는 왠지 모르게 결국 죽어야만 할 것 같다는 생각이 들어 섬뜩함을 느꼈다.

"내가 지금 무슨 생각을 하는 거야?"

나루는 고개를 흔들면서 자신을 추슬렀다. 아주 배부른 생각을 하고 있다는 생각이 들었기 때문이었다. 몇 년 전에 아버지마저 돌아가셔서 이제 세상에 피붙이라고는 나이 드신 할머니 한 분밖에 없는 그로서는 일자리를 구하는데 더운밥, 찬밥을 가릴 형편이 아니었다. 빨리 자립을 해야 했다. 월급을 많이 준다는데 전공과 관련이 없으면 어떻고 좋아하는 일이 아니면 어떻단 말인가? 세상에 자신이 하고 싶은 일을 하면서 살아가는 사람이 얼마나 있겠는가?

더구나 자신은 여자 친구도 있었다. 빨리 자리를 잡아서 경제적으로 안정되어야 그녀와의 결혼도 생각할 수 있지 않겠는가? 지금 자신이 정작 신경 써야 할 것은 그 일이 전공이나 적성에 맞는가가 아니라 월급을 얼마나 많고 그 일이 세상에서 보기에 얼마나 그럴싸한가 하는 것이었다. 그는 그렇게 자신을 다독거리며 마음을 바로잡았다.

시계를 보고 출발 시각이 가까웠음을 확인한 나루는 서둘러 면접용 가방을 가지고 화장실로 갔다. 면접용 가방이란 각종 면접용 준비물들이 들어 있는 가방이었다. 작년에 취직한 어느 선배의 조언을 따른 것이었다. 그 선배에 의하면 취업 준비생은 언제 어디서 면접을 볼지 모르니까 항상 면접에서 입을 양복, 와이셔츠, 넥타이 그리고 구두를 가까운 곳에 준비해 두어야 한다고 했다. 그 충고는 굉장히 요긴해서 학교에 있을 때 갑자기 생긴 면접을 준비하거나 오후에 예정된 면접을 학교에서 출발할 때도 도움이 되었다. 얼마 지나지 않아 가방에는 전기면도기도 추가되었다. 면접 직전에 면도하는 것이 아무래도 더 좋은 인상을 줄 수 있기 때문이었다.

도서관의 화장실 세면대에서 면도와 세수를 한 후 나루는 면접용 양복으로 갈아입었다. 머리를 빗으며 옷차림을 확인한 후 가방을 도서관 자리에 갖다 놓고 자리를 나섰다. 훤칠한 키에 정장을 입고 구두까지 신으니 그의 모습은 조금 전 청바지와 티셔츠를 입고 있을 때와는 전혀 달라졌다. 그를 아는 친구들은 물론이고 지금까지 눈앞의 책에만 몰두하고 있던 여학생들도 끌리듯 그에게 눈길을 주었다. 그 자신만이 그런 시선을 전혀 느끼지 못한 채 면접 예상 질문들에 대한 대답을 되뇌며 걷고 있었다.

오후 1시, 떠날 시간이 되었다. 지금 출발한다면 면접 시간인 오후 2시 반까지 도착하는 것에는 문제없었다. YCI그룹 본사까지는 1시간이면 충분히 갈 수 있는 거리였다. 그는 학교 정문 바로 앞에서 버스를 타는 대신 걸어서 5분 정도 거리에 있는 지하철을 이용하기로 했다. YCI그룹 본사 근처에도 지하철역이 있었다. 서울 시내의 교통상황을 고려할 때 지하철을 이용하는 것이 약속 시각을 지키는 데 더 안전하다는 것은 상식이었다. 시간이 조금 남을 것도 같았다. 하지만 면접인 만큼 일찍 가서 기다리는 것이 좋다고 생각했다. 시간에 딱 맞춰 가려다가 지각하는 것만큼 큰 낭패는 없을 테니까.

도서관 출구를 나서면서 나루는 여울이 오고 있는 것을 보았다. 약속한 것은 아니지만 반가운 마음에 그는 손을 흔들어 자신을 알렸지만, 그녀의 표정은 좋아 보이지 않았다. 항상 그렇듯이 긴 생머리를 뒤로 질끈 동여맨 생동감 있는 모습이었다. 청바지 위에 헐렁한 티셔츠를 입은 그녀의 모습은 학부를 졸업한 석사 2년차라는 것이 믿기 어려울 정도로 생기 있었다. 주변의 대부분의 여학생들이 그녀보다 어린 후배들이었지만 그녀가 가장 활기차 보였다. 적어도 그의 눈에는 그렇게 보였다. 하지만 지금 그녀의 표정은 그를 불안하게 했다.

"무슨 일 있어? 왜 이렇게 표정이 어두워?"

반갑게 올렸던 손을 조심스럽게 내리며 나루가 묻자 여울이 입술을 삐죽이며 말했다.

"내가 나 없을 때는 그렇게 멋있게 다니지 말라고 했어? 안 했어?"

농담인지 진담인지 도대체 알 수 없는 날카로운 억양이었다.

"뭐라고?"

나루가 무슨 말인지 모르겠다는 표정으로 물었다.

"백 미터 밖에서도 눈에 띌 정도로 빛이 나더라. 남자가 그렇게 멋있어도 되는 거야? 이렇게 멋있으면 내가 불안하겠어? 안 불안하겠어?"

여울은 자신의 이야기를 들으면서 계속 야단맞는 표정을 하고 있는 나루를 보고는 자신이 너무했다는 생각이 들었는지 피식 웃으면서 말했다.

"면접이 오늘이구나? 지금 출발하는 거지?"

그제야 나루는 여울이 자신의 정장 입은 모습을 놀리고 있음을 깨달았다.

"뭐야? 농담한 거였어? 난 무슨 일이 있는 줄 알고 걱정했잖아."

여울은 평소의 귀여운 얼굴로 돌아갔지만, 여전히 애교 있게 눈을 흘기며 말했다.

"아주 농담은 아니야. 내 남자친구가 너무 멋있어서 불안한 것은 사실이니까. 하지만 오늘은 면접을 보는 특별한 날이니까 용서해줄게."

"내가 멋있다고? 너니까 그렇게 봐주는 거겠지? 누가 나 같은 놈을 보기나 하겠어?"

나루가 답답해하는 표정으로 대답하자 여울이 주변을 둘러보며 말했다.

"뭐라고? 지금 저 애들이 누굴 보고 있다고 생각해? 버젓이 여자 친구와 이야기하고 있는데도 오빠한테 끈적끈적한 눈길을 주고 있는 저 어린 것들의 시선이 느껴지지 않는단 말이야? 나도 알겠는데? 오빠는 바보야?"

나루는 그제야 주변을 둘러보았다. 아닌 게 아니라 많은 여학생들이 자신과 여울이 도서관 앞에서 이야기하는 모습을 보고 있었다. 그리고 그녀들의 시선은 주로 멋있게 양복을 입고 있는 자신을 향하는 것이 맞는 것 같았다. 하지만 나루는 고개를 흔들며 말했다.

"누가 보고 있다고 그래? 나 중요한 면접인데 쓸데없는 소리 하지 말고…… 합격이나 기원해 줘."

여울이 빙그레 웃으며 말했다.

"그래 오늘은 면접에 늦으면 안 되니까 여기까지만 하자. 하긴, 양귀비가 달려들어도 도망갈 거야. 오빠는…… 그러니까 내가 찜한 거지. 이렇게 멋지지만, 나밖에 모르니까. 히히히……"

여울은 주변 여학생들이 보라는 듯이 나루의 손을 꼭 잡으며 말했다.

"내가 행운을 빌 테니까 꼭 합격할 거야. 파이팅!"

나루도 웃으며 여울의 손을 꼭 잡으면서 말했다.

"그래 나중에 저녁 먹으면서 면접이 어땠는지 이야기해 줄게. 다녀올 테니 기다리고 있어!"

여울이 나루의 억센 손길을 느끼며 반짝이는 눈을 나루에게 맞추고 말했다.

"혹시 중간에 누가 오빠를 채갈까 봐 불안해서 같이 따라가고 싶지만, 아녀자가 남정네 하는 일에 너무 나설 수 없으니 분부대로 조신하게 기다리고 있을게. 다녀와서 얘기해 줘."

여울과 헤어져 지하철역을 향하며 걸으면서 나루는 가슴이 뿌듯해짐을 느꼈다. 그것은 항상 자신을 알아주고 힘을 주려는 여울에 대한 고마움 때문이었다. 그는 만약 나중에 누군가와 평생을 함께해야 한다면 그 상대는 여울이 되었으면 좋겠다는 생각을 했다.

점심시간 직후의 지하철은 출퇴근 시간보다는 덜해도 상당히 많은 사람들이 이용하고 있었다. 그들 중에는 동행과 함께 이야기를 나누고 있는 사람들도 있었지만, 나루를 포함한 많은 사람들은 혼자서 가는 사람들이었다. 누군가는 귀에 이어폰을 꽂고 무언가를 듣고 있었지만, 대부분의 사람들은 무표정한 얼굴로 생각에 잠겨서 허공을 바라보고 있었다.

그런 사람들을 보면서 나루는 뭔가 묘한 허무감 같은 것을 느꼈다. 지금 자신을 포함한 많은 사람들이 지하철이라는 한 공간에 있지만 그들 중 아무도 자신과 같은 생각과 같은 목적을 가진 사람은 아무도 없을 것이라는 생각이 갑자기 든 것이다. 많은 사람들이 함께 있더라도 그 속에서 이렇게 혼자인 외로움을 느껴야 하니 만약 이 공간에 혼자밖에 없다면 더욱 힘들 것 같다는 생각에 쓸쓸함이 밀려왔다. 그런 점에서 함께 있으면서 생각을 공유해주는 여울 같은 사람이 있는 자신은 얼마나 행복한 사람인가 하는 생각을 해보기도 하였다.

나루가 지하철 안에 오랫동안 혼자 있으면 누구나 철학자가 될 것 같다는 생각을 하면서 몇 개의 정거장을 지나는 동안 열차는 환승역을 지났다. 많은 사람들이 내리고 타자 열차 안에는 이곳저곳에 빈자리들이 생겼다가 다시 채워졌다. 그는 환승할 필요가 없어 그냥 서 있었다. 주변에 빈자리가 나도 앉지 않았다. 스스로 서서 가도 괜찮을 만큼 젊고 건강하다고 생각했던 것이다. 빈자리들은 새로 열차에 오른 승객들로 곧 채워졌다.

그다음 정거장에서 나루 바로 앞에 앉아 있던 승객이 내리면서 빈자리가 생겼다. 그는 이번에도 자리에 앉지 않고 그냥 서 있으려 하였다. 그런데 갑자기 그 빈자리 옆에 앉아 있던 중년 남자가 그의 손목을 잡고 자리로 잡아끌면서 중얼거렸다.

"젊은 사람도 빈자리가 생겼으면 앉아야지……"

그 힘이 보통이 아니었다. 격투기를 하면서 근력을 키웠기에 나루 역시 힘쓰는 것에 있어서는 뒤지지 않는다고 자부했다. 하지만 지금 이 남자가 자신을 잡아끄는 힘은 젊은 그로서도 도저히 감당하기 어려운 힘이었다. 결국 그는 힘도 써보지 못하고 남자가 끄는 대로 자리에 앉고 말았다. 그가 엉겁결에 감사하다고 이야기하고 앉아 쳐다보았지만 남자는 무슨 일이 있었냐는 듯이 눈길을 주지 않은 채 무심하게 정면만 응시하고 있었다.

당황한 나루로서는 다시 일어나기도 무안해서 그냥 앉아 있기로 했다. 옆에 있는 남자의 위압감 때문에라도 그냥 앉아 있어야 할 것 같았다. 다행히 아직 목적지에 도착하려면 몇 개의 정거장이 더 남아 있었다.

그다음 정거장에서 옆에 있던 남자가 내리려는지 자리에서 일어섰다. 그가 일어서서 주춤주춤 움직일 때 열차가 조금 흔들렸다. 그렇게 큰 흔들림은 아니었는데 그는 갑자기 중심을 잃고 쓰러지면서 순간적으로 나루의 이마를 잠깐 짚었다. 그는 당황했는지 금방 일어서서 나루에게 미안하다고 사과했다.

"아, 젊은이 미안해요. 열차가 흔들려서 내가 실수했네……'

나루는 웃으면서 사과하는 남자에게 괜찮다고 이야기하려고 하였다. 그런데 그의 생각과는 달리 입과 몸이 움직여 주질 않았다. 귀가 먹먹하면서 갑자기 시야가 어두워지면서 주변이 까맣게 되어 버리는 것 같았다. 그가 마지막으로 볼 수 있었던 것은 남자의 미안해하는 표정이었다. 그리고 그는 자리에 앉은 채 그만 정신을 잃고 말았다.


"이봐요, 일어나요! 종착역에 다 왔어요! 일어나라니까요?"

나루는 누군가 자신을 흔들어 깨우는 소리에 정신이 들었다. 하지만 아직도 시야는 안갯속에 있는 것처럼 희미했다. 그는 앞에 서 있는 사람을 혼미한 눈으로 쳐다보며 물었다.

"여기가 어디죠?"

그러자 앞에 있던 남자가 신경질적으로 대답했다.

"어디긴 어디에요? 지하철 기차 안이지? 무슨 젊은 사람이 대낮부터 술을 그렇게 먹었어요?"

그리고 남자는 손으로 열려 있는 열차 입구를 가리키며 말했다.

"빨리 내려요! 이 기차는 빨리 차량기지로 들어가야 해요!"

남자의 등쌀에 나루는 밀리듯이 기차에서 내렸다. 내리면서 복장을 보니 남자는 기차의 기관사였다. 기관사는 시간이 지체된 것이 짜증이 나는 듯 그를 내보내고 서둘러 다른 칸으로 쿵쿵거리며 걸어갔다. 그는 비틀거리며 열차에 내려서 승강장에 있는 벤치에 앉았다. 귓가에 열차가 움직이기 시작하는 소리가 들렸다. 그제야 그는 뭔가 놓친 것이 있다는 것을 깨달았다.

"아! 면접!"

나루는 벌떡 일어나며 소리쳤다. 반사적으로 손목시계를 보았다. 오후 2시 30분이었다. 지금이 바로 면접 시간이었다. 이 시간에 그는 면접 장소에 있어야 했다. 이미 늦어버렸다! 그는 서둘러 스마트폰을 꺼내보았다. 부재중 전화가 몇 통 있었다. 예상한 대로 정성찬 과장의 전화였다. 그는 서둘러 통화 버튼을 눌렀다. 잠시 신호가 가는 듯싶더니 '여보세요' 라고 하는 정 과장의 목소리가 전화기 너머로 들렸다. 나루는 다급하게 말했다.

"안녕하세요? 저는 혜성대학교 컴퓨터 과의 천나루인데요, 제가 일이 생겨서 면접 시간이 늦었거든요? 혹시 지금 가도 면접을 볼 수 있을까요?"

정 과장이 짜증스럽게 말했다.

"맞아! 천나루 씨 어떻게 된 일이에요? 아무리 전화해도 안 받더니……"

"죄송합니다. 뭐라고 드릴 말씀이 없습니다……"

정 과장은 다른 사람과 잠시 이야기하는 듯하더니 말했다.

"지금 어디세요? 한 시간 내로 올 수 있어요?"

나루는 면접을 볼 수 있다는 반가운 마음에 두말없이 대답했다.

"네! 한 시간 내로 꼭 가겠습니다!"

정 과장의 목소리는 좀 누그러진 것 같았다. 하지만 이 말을 덧붙이는 것은 잊지 않았다.

"어쨌거나 지각을 한 것에 대한 감점은 각오하셔야 될 거예요!"

"네, 알겠습니다!

전화를 끊고 나서 나루는 서둘러서 자신이 있는 역이 어딘지 확인해 보았다. 다행히 YCI그룹이 있는 여의도역에서 그리 멀지 않은 곳이었다. 빨리 출발한다면 한 시간 내에 갈 수 있을 것 같았다. 그는 잠시 플랫폼에서 기다렸다가 출발하는 열차에 올랐다.

열차가 서서히 출발하기 시작하자 나루는 방금 지나간 정신없었던 순간들에 대해 생각할 여유를 찾을 수 있었다. 그런데 그는 아무리 생각해도 왜 자신이 정신을 잃고 쓰러져 있었는지 알 수 없었다. 맞은 기억도 없고 머리를 비롯해서 몸에 상처도 하나 없었다. 그렇다고 무엇을 마시거나 먹지도 않았다. 그런데도 그는 다른 사람이 깨워야 할 만큼 의식을 잃고 있었다.

나루는 다시 의식을 잃기 직전에 본 것이 무엇인가 곰곰이 생각해 보았다. 정확히 기억할 수는 없었지만, 그것은 자신의 옆에 앉았던 중년 남자의 미안해하는 얼굴이었다. 그렇지, 그는 일어서려다 열차가 흔들려 비틀거리면서 자신의 이마를 손으로 짚었다. 손으로…… 아니, 생각해 보니 그것은 손으로 짚은 것이 아니었다. 남자는 손이 아닌 검지로 짚었다. 그렇다면 그는 넘어지지 않기 위해 그를 짚은 것이 아니라 검지로 그의 이마를 누른 것인가?

그렇다고 해서 검지로 이마를 눌러 정신을 잃게 한다는 것이 가능한 일일까? 그때 나루는 그 남자가 자신의 팔을 당길 때 느꼈던 그 힘이 생각났다. 그런 힘을 가진 사람이라면 어쩌면 손가락 하나로 사람을 기절시킬 수도 있을지도 모르는 일이었다. 하지만 다시 생각하니 그런 일은 만화에서나 나오는 이야기같이 느껴졌다. 또 그 남자가 자신을 기절시킬 이유가 없지 않은가? 잃어버린 물건도 없었다. 그는 모두가 앉아 있는 열차에 홀로 서서 창밖을 응시하며 이런저런 생각을 해 보았지만, 도저히 명확한 해답을 얻을 수가 없었다. 결국 그는 지금은 면접에 집중하기로 하였다. 지각하고 어렵게 얻은 면접 기회를 망칠 수는 없었다.

열차에서 내린 후 열심히 뛰어서 나루가 면접 장소에 오는데 걸린 시간은 결국 30분 정도였다. 하지만 면접 장소인 YCI그룹 본사에 도착한 그는 그 높이와 웅장함에 놀라 자신이 지금 지각했다는 것도 잊을 정도였다. 그는 입을 쩍 벌리고 높은 건물을 한참 올려다보았다. 지상 70층의 YCI사옥은 그 지역에서 가장 높은 건물이었다. 지금까지 여울과 함께 대규모 쇼핑센터 같은 곳을 가보긴 했어도 이렇게 큰 건물에 들어와 본 것은 처음이었다. 건물 안으로 들어서고 나서도 그는 그 규모에 숨이 막히는 것 같았다. 족히 10m 이상 되어 보이는 천장에 화려하게 달린 자동차만 한 샹들리에는 그가 지금까지 본 조명시설 중 가장 큰 것이었다. 경기도에서 가장 개발이 늦은 지역에서 고등학교를 마치고 대학을 서울로 입학한 후에 거의 공부와 운동에만 집중한 그로서는 이렇게 화려하고 사치스러운 시설은 처음일 수밖에 없었다. 지금까지 면접을 보았던 몇 군데 작은 회사들의 건물에 비하면 이곳은 그야말로 궁궐 같았다.

잠시 얼이 빠진 듯이 천정을 올려 보다가 면접을 떠올리고 정신을 차린 나루는 아까부터 자신을 재미있는 얼굴로 보며 미소 짓고 있던 데스크 여직원의 안내를 받아 방문증을 받은 후 면접 장소인 68층으로 오르는 승강기를 탔다. 다행인지 불행인지 승객은 혼자였다. 그는 매일 집을 나설 때 아파트 승강기를 타긴 하지만 지금 타고 있는 것은 그것과는 차원이 다르다는 것을 금방 알 수 있었다. 60층 이상 전용인 이 승강기는 마치 로켓이 발사하듯 순식간에 그를 공중으로 쳐올렸다. 그는 자신이 생각한 것보다 훨씬 빠르게 68층에 도착한 것에 많이 놀랐지만 남들에게 그런 모습을 들킬까 봐 담담한 표정으로 승강기를 내렸다.

지상에서 150m 이상 높이에 있는 68층인데도 많은 사람들이 근무하고 있었다. 승강기 홀과 복도에서부터 많은 사람들이 오가고 있었다. 그중에서 몇 사람은 한눈에 봐도 나루와 마찬가지로 면접을 보러 온 사람들인 것 같았다. 반짝반짝 빛나는 새 양복에 머리는 단정하게 빗질이 되어 있었고 행동이 어딘지 모르게 경직되어 어색해 보이는 것이 틀림없었다. 그들에 비해 지하철에서 몸을 구부리고 있었던 그의 옷은 많이 구겨져 있었다. 뛰어오느라 머리도 많이 들떴다. 그는 손으로 구겨진 주름을 문지르고 머리를 만지고 나서 면접자로 보이는 사람들 중 하나에게 면접 장소를 물었다. 긴장하고 있던 그 사람은 잠시 멈칫하더니 조금 경계하는 표정으로 자신이 방금 걸어온 방향을 가리키며 알려 줬다. 그는 고맙다고 인사하며 알려 준 곳으로 향했다.

면접 장소는 바로 찾을 수 있었다. 군데군데 안내 표시가 있었다. 도착한 나루는 그곳에서 가슴에 〈진행요원〉이라고 쓴 명찰을 달고 있는 남자를 보았다. 그가 사정 이야기를 하자 자신이 전화했던 정성찬 과장이라고 소개한 남자는 친절하게 대기실 문을 직접 열어주며 그곳에서 기다리라고 했다. 그 방에는 의자들과 탁자가 있었고 물과 커피 등

음료들이 놓여 있었다.

대기하는 사람이 아무도 없는 것을 보고 나루는 자신이 마지막 면접 대상자임을 짐작했다. 나루는 시계를 보았다. 3시 20분, 요청대로 한 시간 안에 도착한 것이다. 아까 정 과장이 준 한 시간의 여유는 마지막 면접이 끝나는 시간인 것 같았다. 그를 모든 면접 후에 추가시키려는 정 과장의 배려였다. 그는 어렵게 면접 기회를 준 정 과장에게 감사하며 긴장된 호흡을 진정시켰다. 그리고 주머니에 넣어 두었던 면접 예상 문답을 꺼내 보며 차분히 자신의 면접 시간을 기다렸다.

한편, 나루의 대기실 옆에 있는 면접실에서는 일정상 마지막 면접이 한창 진행되고 있었다. 커다란 회의 탁자를 경계로 한쪽에는 세 남녀가 그리고 반대쪽에는 젊은 남자가 앉아 있었다. 당연히 젊은 남자는 면접 대상자였고 세 남녀는 면접관들이었다. 세 사람은 젊은 남자에게 지원 동기부터 특기, 취미, 입사 후 포부 등 이것저것을 한 사람씩 돌아가면서 묻고 있었고 젊은 남자는 최선의 대답을 하기 위해 애쓰고 있었다. 한참 동안 여러 가지 질문과 대답이 오간 후 면접 위원 세 사람 중 가운데 앉아 있던 여자가 좌우의 남자들을 보면서 말했다.

"저는 다 확인한 것 같은데 혹시 더 궁금하신 것이 있나요?"

좌우에 있던 두 남자도 고개를 끄덕이며 대답했다.

"아니요. 저희도 더 이상 질문 없습니다."

그러자 여자는 면접 대상자에게 다정한 목소리로 이야기했다.

"이제 돌아가셔도 좋습니다."

"기회를 주셔서 감사합니다. 안녕히 계십시오!"

면접 대상자는 의자에서 일어나 허리를 깊이 숙이면서 큰소리로 인사했다. 그리고 아직도 긴장이 가시지 않아 상기된 얼굴로 조심스럽게 자신이 앉았던 의자를 탁자 밑으로 밀어 넣고 뒷걸음으로 물러나 문을 열고 밖으로 나갔다.

젊은 남자가 나가고 나자 밖에서 정 과장이 안으로 들어왔다. 여자 면접관이 물었다.

"천나루란 친구 한 명이 불참했고 지금 이 친구가 마지막이니, 오늘 면접은 다 끝난 거죠?"

그러자 정 과장이 조심스럽게 이야기했다.

"아 그런데 실장님, 그 천나루라는 친구가 불가피한 일이 있었다고 해서 늦게라도 오라고 했는데 지금 도착했습니다. 지금 면접을 진행하시면 안 될까요?"

그러자 지금까지 차분한 표정으로 있던 여자의 눈꼬리가 위로 올라가면서 얼굴이 하얗게 변했다. 정 과장이 흠칫 놀라서 뒤로 물러설 정도였다. 그녀는 잠시 거칠게 숨을 쉬더니 말했다.

"누구 맘대로 지금 면접을 해요? 지각한 사람에게 무슨 사정을 봐줄 필요가 있겠어요?"

"이 친구는 컴퓨터 공학을 전공하고 소매치기를 잡아 선행상까지 받은 사람이라……"

"누구라도 상관없어! 면접에 지각했으면 안 되는 거야!"

정 과장이 설명하려는 것을 여자가 날카로운 목소리로 막아 버렸다. 그녀는 정 과장을 노려보다가 주변을 돌아보았다. 옆에 앉아 함께 면접을 보던 두 남자도 그녀의 심기가 불편해하는 것을 느꼈는지 잔뜩 긴장하면서 아무 말도 하지 못했다.

"아, 알겠습니다…… 그럼 면접을 할 수 없다고 전달하겠습니다!"

정 과장이 잠시 어쩔 줄을 모르며 서 있다가 결국 이렇게 말하고 밖으로 나가려 했다. 그러자 여자는 더욱 화를 내며 소리쳤다.

"무슨 소리를 하는 거야? 오라고 해놓고 면접도 안 보고 돌아가라고 한다고? 그런 일이 소문이라도 나면 사람들이 우리 회사를 어떻게 생각하겠어?"

그 말을 들은 정 과장은 겁에 질린 표정으로 얼굴이 하얗게 되어 더욱 안절부절못했다. 여자는 한참 동안 그가 서 있는 모습을 바라보다가 한심하다는 표정으로 말했다.

"어쩔 수 없지. 당신이 실수한 것을 우리가 만회해야지. 빨리 들어오라고 해! 면접 보는 시늉만 하고 보내 버리게. 도대체 신입 사원 면접에 지각이라니 말이 되는 소리야?"

그리고 옆의 두 면접관에게 명령하듯이 이야기했다.

"이 친구는 인성이 틀린 것 같으니 두 분께서는 우리 일이 얼마나 힘든지를 이야기하셔서 이 친구가 아예 우리 회사에 입사할 마음이 없어지도록 해 주세요!"

"네, 그렇게 하겠습니다!"

고분고분하게 대답하는 남자 면접관들은 여자보다는 열 살 이상이 더 많아 보이는 얼굴이었다. 하지만 그들은 아무 소리 하지 못하고 그녀의 지시를 따르고 있었다.

잠시 후, 나루는 갑자기 인상이 창백해진 정 과장의 안내를 받고 면접실로 들어갔다. 그는 안내대로 면접관들이 앉아 있는 회의 탁자 건너편 의자에 앉았다. 그의 바로 앞에는 셋 중에서 가장 젊어 보이는 여자가 앉아 있었다. 삼십 대 중후반 정도로 보이는 이 여자는 그의 눈에는 전형적인 소위 '콧대가 높아 보이는 여자'로 보였다.

아름답지만 차가운 인상의 이런 여자들은 비싼 옷과 화려한 것들을 좋아하고 자기보다 못한 사람들에게는 함부로 대했다. 나루의 주변에도 그런 여학생들이 있었다. 그들은 부모님을 잘 만나 좋은 옷을 입고 좋은 가방을 들고 다니면서 도서관에서 취업을 준비하는 남자들을 무시하는 태도를 보였다. 하지만 이상하게도 그들 역시 나루에게만은 눈을 반짝이며 친절했다.

그리고 여자의 옆에 앉아 있는 두 남자의 표정을 보면서 나루는 그들이 참 무기력해 보인다는 인상을 받았다. 무슨 이유인지 모르겠지만, 그 두 사람은 자신과 상관없는 일을 하기 위해 끌려온 사람들같이 보였다. 하지만 동시에 그는 그들이 자신에게 뭔가 묘한 적개심을 갖고 있다는 느낌을 받았다. 이제 곧 면접이 시작되면 그들에게서 굉장히 어려운 질문이 나올 것 같았다. 그런 것을 느끼면서 그는 마음을 비우기로 했다. 어렵게 온 면접이긴 했지만 조금 전 자신을 안내한 정 과장의 표정이나 앞에 앉아 있는 두 남자 면접관의 인상에서는 이 회사, 특히 이 부서는 직원들과 함께 행복한 분위기는 아니라는 것을 느꼈다.

나루는 특히 자신을 이상한 눈으로 바라보고 있는 여자의 느낌이 안 좋았다. 그녀는 그가 들어올 때만 해도 굉장히 무시하는 표정이었는데 어느 순간 갑자기 그에게 굉장히 큰 관심을 두는 표정으로 변하는 것이 느껴졌다. 그렇게 커다란 표정 변화는 처음 보았을 정도였다. 싸늘하게 자신을 바라보던 눈길이 갑자기 자신을 끌어들일 정도로 열망하는 눈빛이 되어 바라보는 것을 보면서 이 여자가 정신이 나간 것이 아닌가 하는 생각이 들 정도였다.

"천나루 씨에게는 자기소개를 듣기 전에 오늘 왜 늦었는지 먼저 이야기를 듣고 싶네요."

오른쪽에 앉아 있던 남자의 질문으로 면접이 시작되었다.

나루는 딱히 돌려서 대답할 말이 생각나지 않아 그냥 솔직하게 대답했다.

"지하철 안에서 저도 모르게 기절을 했습니다. 그래서 종착역에서 돌아오느라 늦었습니다."

나루의 예상치 못한 대답에 모두 놀란 표정이 되었다.

"그래서요? 지금은 괜찮은 거예요?"

여자가 황급히 물었다. 옆에 앉은 두 남자가 놀랄 정도로 다급한 목소리였다.

"예, 괜찮습니다. 저도 이런 일이 처음이라 그 이유를 모르겠습니다."

나루가 대답하자 왼쪽에 앉은 남자가 의심스러운 말투로 물었다.

"그거 확실합니까? 혹시 건강에 무슨 문제가 있는 것은 아니에요?"

"그렇지 않습니다. 이력서에도 나와 있듯이 저는 격투기를 했습니다. 격투기를 하면서도 힘에 밀리거나 미끄러진 적은 있어도 맞아서 정신을 잃은 적은 없었습니다."

나루는 사실대로 대답했으나 남자의 의심스러운 눈초리는 가셔지지를 않았다. 그런 눈초리는 다음 질문을 받고 그가 간략히 자기소개할 때도 계속되었다. 그런 표정으로 이야기를 듣는다면 어떤 사실도 거짓으로 들릴 것만 같았다. 나루 스스로가 그렇게 의심스러운 눈으로 쳐다보는 후보를 합격시키는 일은 결코 없을 것이라는 느낌이 들 정도였다. 하지만 그는 차라리 잘 되었다고 생각했다. 70층이나 되는 건물에 인테리어는 그 어디보다도 화려하지만, 그곳에 있는 사람들은 의심 덩어리였고 왠지 모르게 수동적이라는 생각이 들었다. 그 역시 이런 회사에는 입사하고 싶지 않다는 마음을 거의 굳히고 있을 때 왼쪽에 앉은 남자가 입을 열었다.

"아시다시피 비서 업무나 경호 업무는 항상 회장님을 보좌해야 하므로 자기 시간을 갖기 어렵습니다. 정해진 퇴근 시간도 없고 휴일에도 회장님의 일정이 있으면 출근해야 합니다. 자기 생활이 중요한 요즘 젊은 사람으로서 그런 직무를 수행하는 것이 가능하겠습니까? 제가 보기에는 자기 몸 관리도 제대로 못 하는 사람 같은데 괜찮을까요?"

나루는 은근히 자신을 무시하는 남자의 말투에 부아가 치밀어 대답했다.

"아까도 말씀드렸지만 오늘 일은 정말 저도 이유를 모릅니다. 사고였습니다. 그리고 저는 군대에 복무할 때에도 임무가 주어지면 반드시 수행해 내는 사람이었습니다. 지금도 제게 임무가 주어지면 어떤 것이라도 해내고 말 것입니다. 그것이 만약 회장님을 수행해야 하는 업무라서 그래야 한다면 퇴근 시간이나 휴일과 관계없이 저는 충실히 해낼 것입니다."

하지만 남자는 비웃는 표정으로 중얼거렸다.

"그래요? 퇴근 시간이나 휴일 상관없이 충실히 일하겠다는 말이죠? 믿어도 되죠?"

나루는 그런 반응에는 대답할 가치를 느끼지 못하여 가만히 있었다. 하지만 그 면접관은 그가 믿어 달라고 애원하는 장면을 예상했는지 그가 대답을 하지 않자 자신도 이야기를 잇지 못하고 가만히 있었다. 잠깐 어색한 침묵이 방안을 감쌌다. 그때 그 정적을 깬 것은 바로 가운데 그의 정면에 앉아 있었던 여자 면접관의 목소리였다.

"축하해요. 천나루 씨! 천나루 씨는 합격이에요. 언제부터 출근할 수 있어요?"

그녀의 이야기를 들은 나루는 자신의 귀를 의심했다. 놀란 것은 그뿐이 아니었다. 같이 면접을 보던 두 면접관도 큰 충격을 받은 표정이 되었다. 그들 중의 하나가 신음처럼 말했다.

"아니, 실장님…… 아직 회장님의 최종 결재도 받지 않으시고……"

그러자 조금 전까지 밝았던 여자의 표정이 갑자기 싸늘해지며 나지막한 소리로 물었다.

"그래서요? 두 분은 제가 이 천나루 씨를 채용하는 것에 대해서 반대하는 건가요?"

그러자 두 남자의 얼굴이 하얗게 변하며 서둘러 대답했다.

"아니요…… 저희가 그럴 리가…… 실장님께서 좋으시면 저희도 문제 없습니다!"

그 말을 들은 여자는 만족스러운 표정을 지으며 말했다.

"두 분께서도 이렇게 동의해 주시니 회장님께서도 반대하실 이유가 없잖아요? 제가 보기에 여기에 있는 천나루 씨는 정말 유능한 분 같거 든요? 그러니 두 분께서도 제 뜻에 따라 주세요. 회장님께는 제가 말씀 드릴게요."

그리고 그녀는 소녀처럼 활짝 웃는 표정으로 나루를 보면서 말했다.

"잠시 혼란스럽게 해서 죄송해요. 천나루 씨는 언제부터 출근할 수 있죠? 저로서는 오래되어서 기억이 잘 나지 않지만, 대학 졸업반이면 지금부터도 일할 수 있는 거 아닌가요? 보통 회사에서 취업 확인서를 주면 2학기 수업을 대체할 수 있다고 하던데요?"

그러자 두 남자 면접관들이 부산스럽게 동조하며 비굴한 웃음을 흘 렸다.

"하하하…… 맞습니다. 실장님이 그걸 기억을 못 하시다니…… 우리 중에서 가장 젊은 분인데……"

"호호호…… 그런가요? 인사팀장님 빨리 채용 수속을 서둘러 주세 요. 대우도 최고로 해주시고……"

"알겠습니다. 하하하……"

하지만 그들의 웃음은 나루가 조심스럽게 던지는 한 마디로 멈추고 말았다.

"죄송합니다. 저에게 생각할 시간을 좀 주셨으면 좋겠습니다……"

두 남자는 여자가 나루를 채용한다고 했을 때보다 더 충격을 받은 것 같았다.

"자네…… 뭐, 뭐라고?"

인사팀장이라는 남자가 믿기 힘들다는 표정으로 물었다. 여자도 놀란 얼굴이었다.

"저로서도 첫 직장이고 하니까 신중하게 골라야 할 것 같아서요. 좀 생각할 시간을 주시면 주변 분들과도 충분히 상의해보고 답변을 드리고 싶습니다."

나루는 최대한 예의 있게 대답을 하였다.

"자네, 우리 YCI그룹이 어떤 곳인지 알고나 하는 소리인가? 그것도 회사의 핵심 부서인 비서실에서 근무하는 거란 말일세! 이런 기회는 다시 오기 힘들어!"

나루는 자신이 갈등하는 이유가 당신들 때문이라고 말할 수가 없어 가만히 있었다. 한참 동안 나루의 대답을 기다리다가 무슨 생각을 했는지 여자가 자신 있는 표정으로 입을 열었다.

"좋아요. 일주일 시간을 줄게요. 그동안 생각해 보고 대답해 주세요."


나루를 돌려보내고 자신의 방으로 돌아온 태선은 의자에 털썩 몸을 던지듯이 앉았다. 깍지 낀 두 손을 입에 모으고 그녀는 방금 자신에게 생긴 일을 어떻게 받아들여야 하는지 생각했다. 지금까지 까맣게 잊고 있었던 일이었다. 그런 사람이 진짜 있다니…… 전설로 내려오던 이야기가 실현된 것이다. 영겁만큼 오랜 시간 동안 인간에서 인간으로 전달되던 유전자 속에서 수십억 분의 일의 확률로 나타날 수 있다는 바로 그 기맥…… 그리하여 인간의 한계를 초월할 가공할 만한 능력을 발휘할 수 있다는 기맥, 그녀가 방금 본 것이 바로 그 절대기맥을 가진 사람이었다.

그런 사람이 자신의 앞에 스스로 나타나 주다니…… 아무도 눈치채지는 못했겠지만, 면접실에서 나루를 보고 가장 놀란 사람은 바로 이태선이었다. 그녀의 눈에는 나루가 방으로 들어오는 순간부터 그의 등 뒤에서 비치는 기맥의 강렬한 광채로 인하여 눈을 뜰 수 없을 지경이었다. 그녀는 비명을 지를 뻔한 것을 가까스로 참았다.

그녀는 처음에는 확신을 가질 수 없었지만, 곧 면접에 응하며 답변하는 나루의 목소리와 몸짓에서 나오는 기의 강한 흐름을 느끼고는 그가 절대기맥의 소유자임이 틀림없다는 것을 확신했다. 그녀만이 볼 수 있었던 나루가 내뿜는 기의 흐름은 방 안을 가득 채우고 다른 모든 사람의 것을 압도하고 있었다. 그녀는 강한 기를 보고 느낄 수 있는 능력이 있었다. 타인의 기를 이용하여 자신의 능력을 키울 수 있는 사람이었다. 그런 그녀에게 절대기맥의 소유자인 나루는 정말 유용한 존재였다. 나루 같은 사람과 함께 할 수 있다면 그녀는 더욱 강해질 수 있었다.

이런 기막힌 행운에 놀라서 태선은 면접이 진행되는 동안 처음에는 나루를 바라보기만 할 뿐 아무 말도 할 수 없었다. 마침내 정신을 차린 그녀는 그를 어떻게 할 것인가에 대해서 생각했다. 그녀는 오천 년 전의 예언을 떠올렸다. 그것은 먼 훗날 언젠가 인간들 중에서 '절대기맥'을 가진 사람이 나타나 영웅을 도와 세상을 바로 잡을 수 있을 것이라는 이야기였다. 하지만 이 아이는 자신이 어떤 존재인지 전혀 모르는 눈치였다. 자신의 기맥에 대해서 누가 이야기해 준 일도 없어 보였다. 군 경험을 예를 들며 자신이 성실한 사람임을 강조하는 그를 보고 그녀는 생각보다 일이 쉬울 것 같다고 생각하며 스스로 속삭였다.

'누군가 수련하는 것을 조금만 도와줘서 저 기맥을 활용할 수 있게 해주면 엄청난 능력을 발휘할 수 있을 텐데…… 맞았어! 이것은 하늘이 나에게 준 절호의 기회야. 절대로 이런 기회를 놓칠 수는 없는 거

야! 어떻게 해서든지 천나루, 이 자를 내 사람으로 만들어야 해!'

그녀는 이런 결심을 굳히자마자 합격을 이야기했다. 그러면서 그녀는 나루라는 절대기맥의 소유자를 이미 손에 넣었다는 확신에 가득 차 있었다. 왜냐하면, 이 나루라는 사람은 지각하고도 면접에 참가를 사정할 만큼 취업이 다급한 처지였기 때문이었다. 그의 이력서를 보니 사는 곳이나 출신 학교를 볼 때 가정 형편이 그렇게 좋은 사람이 아닌 것이 틀림없었다. 더구나 가족란에는 부모도 없는 것으로 되어 있었다. 이렇게 경제적으로 여유롭지 못한 처지에 있는 사람을 그녀는 아주 잘 다룰 자신이 있었다. 그런 사람들은 그들이 경험하지 못한 세상의 화려한 모습들을 몇 개 보여준 후 그것들을 주겠다고 하면 쉽게 그녀의 사람들이 되곤 했다.

하지만 다음 순간 태선은 역시 절대기맥을 가진 존재가 호락호락하지 않음을 경험할 수 있었다. 자신의 제의가 거절당한 것이었다. 그녀는 당황하였지만, 이해는 되었다. 이 나루라는 아이는 자신의 강한 기맥도 느끼지 못할 정도로 둔하고 세상 물정을 모르는 사람이기 때문이었다. 그렇지 않다면 누가 감히 YCI그룹 회장의 비서실 입사 제의를 거절하겠는가?

그래서 태선은 나루에게 생각할 시간을 주더라도 자신있었다. 그가 주변 사람들과 YCI그룹 비서실 입사를 의논한다면 주변에서는 틀림없이 적극적으로 권할 것이라고 믿었다. 모두가 들어오지 못해서 안달인 회사였다. 그녀는 일주일이라는 기간을 주었지만, 그 이전에 그가 입사하겠다고 연락할 것이라고 확신했다. 그런 결론을 내리자 그녀는 나루라는 절대기맥의 소유자를 앞으로 어떻게 활용할 것인가에 대하여 즐거운 구상을 하기 시작했다.

나루는 학생식당에 여울과 함께 식사를 하고 있었다. 그는 가장 양이 푸짐한 새우볶음밥을 먹고 있었고 그녀는 학생식당에서 가장 인기 있는 함박스테이크를 먹고 있었다. 그는 일상복으로 옷을 갈아입은 모습이었다. 면접에서 돌아오자마자 그는 양복과 구두를 벗어서 깨끗하게 먼지를 턴 후 면접 용품 가방에 넣었다. 선배의 조언대로 언제든지 사용이 가능한 상태를 유지하기 위해서였다. 지금은 도서관에서 늘 입고 있는 목이 조금 늘어난 티셔츠와 청바지 차림이었다.

아까의 단정하고 말쑥한 모습에 비해서 뭔가 빈틈이 많아 보이는 나루의 복장이었다. 그는 자신의 옷과 여울의 옷을 번갈아 쳐다보면서 이상하다는 표정을 짓고 있었다. 그녀도 그와 같은 티셔츠에 청바지를 입고 있었지만, 굉장히 말쑥해 보였던 것이다.

"오빠는 뭐가 그렇게 재미있어서 그렇게 싱글싱글하는 거야?"

여울이 그녀의 입 크기에 어울리지 않게 커다랗게 썬 고기 조각을 입에 넣으며 물었다.

"그냥, 그런데 넌 어떻게 항상 그렇게 옷을 깔끔하게 입는 거야?"

나루가 궁금한 듯이 묻자 여울은 어깨를 으쓱하며 대답했다.

"그거야 내가 워낙 깔끔하니까 그렇지. 최소한 나는 옷을 빨아서 자주 갈아입고 다니거든? 누구처럼 일주일 동안 같은 옷을 입지는 않는다고!"

그 말을 마친 여울은 주의 깊게 나루의 티셔츠를 쳐다보더니 말했다.

"어제 저녁에 김치찌개 먹었지?"

여울의 이야기를 들은 나루가 눈이 휘둥그레지면서 대답했다.

"와우, 대단한데? 그걸 어떻게 알았어?"

여울은 아무렇지도 않은 듯이 대답했다.

"놀랄 것 없어. 오빠 옷에 다 쓰여 있거든? 오른쪽 가슴에 묻은 카레 자국은 어제 점심에 나랑 같이 먹은 거고 오빠는 보통 아침을 안 먹으니까 어제 점심까지 없었던 왼쪽 배 부분의 김치찌개 자국이 바로 어제저녁에 먹은 거 아니겠어? 뭘 그리 놀라고그래?"

나루는 혼이 빠진 표정으로 여울을 바라보며 감탄했다.

"야, 너 정말 대단하다! 그런 관찰력과 기억력이 있어야 석사 공부를 할 수 있는 거구나!"

그러자 여울은 나루에게 예쁘게 눈을 흘기며 말했다.

"내가 관찰력이 좋아서 아무 남자에게나 이러겠어? 오빠니까 구석구석을 챙기는 거지!"

말을 마친 그녀는 커다란 김치 조각을 하나 날름 입에 넣어서 우물거리고 씹었다. 나루는 그런 여울이 예뻐서 어쩔 수 없다는 표정으로 바라보느라 밥도 먹지 못하고 있었다.

"그렇게 쳐다보지 말고 밥 먹어. 괜히 그런 눈빛으로 쳐다봐서 나를 여기 있는 모든 여자애들의 공공의 적으로 만들지 말고……"

여울이 고개를 숙이고 나루와 눈을 맞추지 않은 채 이야기했다. 그는 그제야 숟가락으로 커다랗게 퍼서 입안에 쑤셔 넣기 시작했다. 그 모습을 본 여울이 또 한마디 했다.

"그것 봐, 그렇게 급하게 먹으니까 국물이 옷에 다 튀는 거잖아! 자주 옷 빨아 입기 싫으면 제발 천천히 좀 먹어!"

하지만 나루는 여울의 걱정에는 아랑곳하지 않고 잠깐 사이에 자신의 밥을 다 먹어 버렸다. 그리고 음식이 반 정도 남아 있는 여울이 식판을 물끄러미 쳐다보며 불쌍한 표정으로 물었다.

"그거 다 먹을 거야?"

"이그……"

여울은 귀엽게 얼굴을 찡그렸지만 기다렸다는 듯 식판을 나루에게 밀어주었다. 표정이 밝아진 그가 순식간에 그녀의 것까지 비워버렸다.

그의 모습을 그녀는 행복하게 바라보고 있었다.

식사를 마친 후 두 사람은 식당 근처의 휴게실에서 차를 마시며 이야기하기로 했다. 항상 그런 것은 아니었지만, 오늘은 여울이 나루의 면접 이야기를 듣고 싶어 했기 때문이었다. 여울은 카페에서 아메리카노를 주문해 왔고 나루는 휴게실에 있는 자판기에서 커피를 뽑아 왔다. 함께 빈 테이블을 찾아 앉은 후에 그는 잠깐 그녀가 뜨거운 아메리카노를 호호 불며 마시는 모습을 신기한 표정으로 쳐다보고 있었다.

"왜 또 그렇게 쳐다보는 거야?"

여울이 묻자 나루는 대단한 것을 본 표정으로 대답했다.

"응, 나는 사람들이 그 쓴 것을 그렇게 맛있게 마시는 것을 보면 정말 대단한 것 같아!"

여울이 궁금한 표정으로 물었다.

"그게 무슨 소리야?"

"응, 나는 커피를 단맛으로 먹는데 아메리카노는 설탕을 안 넣잖아. 그런 걸 어떻게 먹지?"

그러자 여울이 손으로 머리카락을 쓸어 넘기며 거만한 몸짓으로 대답했다.

"음, 그렇지. 이런 것을 마시는 사람은 사회적 지위가 좀 있다고 봐야지. 오빠도 나만 졸졸 따라다니다 보면 언젠가는 아메리카노의 깊은 맛을 느끼게 될 날이 올 거야. 나를 통해서 신분 상승을 하는 거지. 그러니 오빠는 나와 끝까지 가야 해. 그래야 신분이 올라갈 수 있거든?"

나루는 이런 여울이 너무나 좋았다. 그녀는 그가 아무리 썰렁한 농담을 하더라도 그것을 받아 주면서 한 번도 면박을 주지 않았다. 자신은 빈틈없이 꼼꼼한 성격이면서도 빈틈 많고 헐렁한 남자의 행동이나 말투를 있는 그대로 인정하고 받아들여 주는 여자였다.

여울은 항상 나루에게 그가 너무 잘생겨서 불안하다고 했지만, 여울의 아름다움도 남 못지않았다. 그녀는 2, 3년 후배들보다 어려 보일 정도로 귀여웠고 어깨를 넘어가는 긴 생머리가 어울리는 날씬한 몸매를 가지고 있었다. 이목구비가 뚜렷한 얼굴은 화장하지 않아도 어디에서든 눈에 띄어서 혼자 있을 때면 많은 남자들이 말을 걸어왔다.

"그런데 오빠, 오늘 면접은 어땠어? 우리나라에서 몇 번째 안에 드는 큰 회사니까 대단했겠지?"

여울이 세상 물정을 모르는 얼굴로 나루에게 물었다. 그는 YCI그룹의 70층짜리 빌딩을 떠올리며 대답했다.

"응, 맞아. 정말 그 규모가 대단하더라. 나 그렇게 큰 건물에는 처음 들어가 본 것 같아!"

여울은 더욱 흥미로운 얼굴로 나루를 쳐다보면서 다시 물었다.

"그랬어? 그런데 면접은 어땠어?"

나루는 여울이 이렇게 적극적으로 묻는 것을 보고 역시 그녀도 자신의 취업에 대해서 많은 관심이 있었음을 느꼈다. 지금까지 자신의 앞에서는 별 관심 없는 태도를 보였지만 그녀 역시 남자친구가 번듯한 직장에 들어가기를 왜 원하지 않겠는가? 순간 그는 자기 생각을 있는 그대로 말하는 것이 맞는 것인가 잠깐 갈등했지만, 솔직히 말하기로 했다. 그녀에게 거짓말을 하는 것은 더욱 잘못이라는 생각이었다. 그녀가 실망하더라도 솔직히 말하는 것이 맞다.

나루는 지하철에서 그가 기절한 이야기부터 해주었다. 하지만 면접 이야기를 꺼내기 위해 지나는 투로 한 그 말에 여울이 생각보다 더 놀라고 걱정하면서 병원부터 먼저 가보자는 것을 진정시키기 위해 그는 진땀을 빼야 했다. 그녀는 그가 지하철에서 정신을 잃었다는 사실에 몹시 충격을 받았는지 눈물부터 그렁그렁 보이며 한참 동안을 걱정했다. 그는 그녀의 기분이 진정되기를 기다리느라 정작 면접에 관한 이야기는 한동안 할 수가 없었다.

한참이 지나서 여울이 진정되자 나루는 마침내 면접 이야기를 시작할 수 있었다. 면접 분위기에 대해서 그가 설명하며 두 남자 면접관들이 여자 면접관에게 마구 당하면서도 자기 의견을 말하지 못하고 굉장히 수동적으로 행동했다는 이야기를 할 때 그녀는 고개를 끄덕였다.

"아빠도 그러셨어. 밖에서 돈 버는 것이 얼마나 어려운지 아느냐고 말이야. 아빠야 학교에 계시니까 덜하지만, 일반 직장에 다니는 사람들은 간, 쓸개를 다 빼놓고 다녀야 한대."

여울의 이야기를 들으면서 나루도 자기 생각을 말했다.

"응, 나도 그렇다고 들었어. 그래도 그분들은 너무 찌들어 있는 것 같았어. 마치 하루하루를 불안함 속에서 연명하는 사람들처럼 말이야. 그리고 자기들 스스로 강한 자에는 약하고 약한 자에게는 강하게 대하는 그런 모습을 보이는 것도 싫었고……"

여울은 나루가 회사에 대해서 부정적으로 이야기하는 것을 보고 무엇인가 느꼈는지 자상하게 웃는 얼굴로 그를 보며 말했다.

"응 오빠 괜찮아. 원래 오빠는 비서직을 원하지 않았잖아. 조금 더 기다리면 더 좋은 곳에서 연락이 올 거야."

"응, 나도 그랬으면 좋겠어. 좀 더 기다려 봐야지……"

나루가 힘없이 대답하자 여울은 나루가 들으라는 듯이 목소리에 힘을 주어 말했다.

"오빠 같은 인재를 몰라보다니 YCI그룹도 정말 사람 볼 줄 모른다!"

그리고 나루를 보면서 한 층 더 다정하게 말했다.

"요즘은 기본적으로 열 번은 떨어지고 회사에 들어간대. 오빠는 이제 겨우 네 번째인데 뭐……"

"뭐라고?"

"응, 그러니까 오빠 힘내라고. 아직 네 번밖에 안 떨어졌으니까."

"누가 떨어졌대? 내가?"

"아, 아직 발표는 나지 않은 거였어? 아…… 그만큼 면접 분위기가 안 좋았구나…… 대답을 잘못했어? 그래서 그냥 포기한 거구나. 뭐, 그래도 괜찮아. 다음에 잘 보면 되니까."

"무슨 소리를 하는 거야? 나 합격했어! 그런데 내가 가기 싫어서 안 가겠다는 거야!"

"뭐라고? 합격했다고? 그런데 오빠가 안 가겠다고?"

"그렇다니까!"

"왜 합격했는데 안 가? YCI그룹 비서실이면 괜찮은 곳 아니야?"

"글쎄 괜찮은지는 모르겠지만 내가 보기에는 내가 다닐 회사는 아닌 것 같아. 퇴근 시간도 일정하지 않고 휴일도 제대로 쉬지 못한다고 하고, 월급은 많이 준다고 하지만 그게 다는 아니니까"

그 순간 나루는 여울의 얼굴빛이 평소와 달라지는 것을 보았다. 몹시 실망한 얼굴이었다. 그는 그녀의 표정을 보자 더 이상 무슨 말을 할 수가 없었다. 그런 얼굴은 처음이었다. 잠깐의 침묵 후에 그녀가 결심한 듯이 싸늘한 목소리로 말했다.

"오빠, 나는 지금까지 오빠에게 실망한 적이 한 번도 없었는데 오늘은 크게 실망했어."

"그게 무슨 소리야?"

당황한 나루가 묻자 여울이 갑자기 눈물을 보이며 말했다.

"오빠는 우리가 몇 살인 줄 알아? 오빠는 이제 조금 있으면 서른이고 나도 곧 그렇게 돼! 그런데 월급 많이 주고 남들이 알아주는 회사를 마음에 안 들어서 못 가겠다고? 오빠가 꿈 따라 사는 어린애야? 우리에 대하여 생각은 해보기나 한 거야? 우리 결혼은 안 할 거야? 우리가 결혼하기 위해서 가장 시급한 것이 뭔지 알기나 알고 그런 말을 하는 거야?"

나루가 걱정했던 일이었다. 그 역시 자신이 YCI그룹의 입사를 포기한다고 이야기할 경우 일반적인 여자 친구들이라면 받아들이기 힘들 것이라고 생각했다. 하지만 여울은 다를 것이라 믿었을 뿐이었다. 그녀의 이야기는 하나도 틀린 것이 없었다. 그 또한 그녀의 이야기대로 하는 것이 맞는 것이라고 분명히 생각하고 있었다. 그런데 그는 그렇게 할 수가 없었다.

이상하게도 YCI그룹에 입사해서는 안 된다는 생각이 들었다. 그곳에서 오늘 만났던 사람들과 함께 일해서는 절대로 안 된다는 느낌이 강하게 그를 사로잡았다. 그런 생각이 어디서 나오는지는 그도 알 수 없었다. 그저 그의 가슴과 머리에서는 쉬지 않고 그들을 멀리하라고 외치고 있었다. 그래서 지금 여울을 순간적으로 달래기 위해서 다시 입사하겠다고 말을 바꿀 수는 없다고 생각했다. 그것은 더 큰 거짓말을 또 하게 만들 것이 분명하니까.

한동안 말없이 자신을 지켜보는 나루가 무슨 말을 해주길 기다리던 여울이 참지 못하고 먼저 입을 열었다. 나루는 기관총 사격을 당하는 느낌으로 그 말을 들어야 했다.

"나는 여자가 아닌 줄 알아? 난 오빠가 YCI그룹에 면접 보러 간다고 했을 때 처음으로 미래에 대한 기대라는 것을 해봤다고! 회사에서 돌아오는 남편을 기다리며 된장찌개를 보글보글 끓이는 그런 거 말이야. 그런데 이 오빠라는 사람은 여자 친구가 뭘 원하는지도 모르고 자기 감정대로 살아가려고 하니…… 참 그런 상상을 한 내가 창피해지려고 하네……."

나루는 서러워하는 여울을 보면서 뭔가 해야 하겠다는 생각으로 여울의 두 손을 잡았다.

"잠깐 내 얘기를 좀 들어 봐."

여울이 손을 뿌리치려 했지만, 나루는 그것을 놓지 않은 채 그녀를 자신이 있는 곳으로 당겨 얼굴을 마주하고 말했다.

"여울아, 내 말 좀 들어 봐. 내가 뭔가 설명을 잘못했다는 생각이 드는데 내 생각을 분명히 다시 말할게. 나도 너와 똑같이 우리의 미래를 생각하고 준비하려는 마음이 있어! 내가 그렇지 않은 것 같아? 내가 그 회사를 들어가지 않으려는 것은 그곳이 힘들다고 생각해서가 절대로 아니야! 너 나를 그렇게도 모르니? 내가 힘든 일을 피하는 사람처럼 보여? 여울이 너는 나를 알잖아? 나는 절대로 그런 사람이 아니야. 나는 너와의 미래를 위해서라면 아무리 어려운 일이라도 할 거야. 그런데 문제는 이상하게도 그 YCI그룹이라는 회사는 입사해서는 안 될 것 같은 느낌이 드는 것뿐이야! 나는 어떤 일이 있어도 너와 함께할 거고 너를 지켜 줄 거라고!"

나루의 감정이 격앙되자 목소리가 좀 커졌다. 휴게실에 앉아 있던 다른 사람들이 두 사람을 쳐다보며 수군대기 시작했다. 여울이 인상을 찌푸리며 말했다.

"오빠 나 아파. 손 좀 놔줘!"

나루는 깜짝 놀라서 여울의 손목을 놔주고 서둘러 두 손을 탁자 아래로 내리며 말했다.

"미안해. 나도 모르게 좀 흥분했나 봐. 내가 힘든 일을 피해서 그러는 게 아니라는 것을 말하고 싶었어. 그런데 그 회사는 이상하게 가서는 안 될 것 같은 기분이 들거든?"

여울은 손목을 잠시 어루만지긴 했지만, 곧 얼굴을 들고 나루의 얼굴을 쳐다보았다. 그리고 의심스러운 듯이 물었다.

"나를 위해서는 무슨 일이든지 한다면서 YCI그룹에서는 입사할 수 없다는 것은 말이 안 되잖아? 결국 오빠는 오빠가 하고 싶은 대로 하겠다는 거 아냐? 그런 사람이 나와 평생을 함께한다는 말을 내가 믿어도 되는 거야?"

나루는 그 말을 듣고 여울에게 뭐라고 대답할 말이 없어 힘없이 물었다.

"그럼 너는 내가 이 회사에 들어가지 않으면 너에 대한 마음이 없기 때문이라고 생각하는구나?"

"응, 난 오빠가 나를 생각한다면 가장 하기 싫은 것도 내가 원하면 해줘야 한다고 생각해."

여울이 단호하게 말했다. 나루는 그녀의 말이 끝나자마자 얼굴을 똑바로 보고 말했다.

"알았어."

"뭘 알아?"

"네가 원한다면 그 회사에 입사하겠다고."

여울의 표정이 의아한 듯하면서도 밝아졌다.

"정말이야? 나를 위해서 그 회사에 들어가겠다고?"

"응, 들어갈게. 하지만 거기는 퇴근도 늦고 휴일도 없다는데 널 만날 시간도 없을까 걱정이다."

나루가 힘없는 얼굴로 중얼거리다가 다시 고개를 들어 힘차게 말했다.

"그래도 지금 나에게 무엇보다도 소중한 것은 너니까. 너를 위해서는 무엇이든지 할 거야!"

나루는 이를 악무는 심정으로 이 이야기를 여울에게 하고 있었다. 온몸에 경련이 일어나는 것 같았다. 이야기하면서도 이상하게 불길한 기분을 떨쳐 버릴 수가 없었다. 금방이라도 무슨 일이 일어날 것 같은 느낌이었다. 하지만 그는 꾹 참고 그녀의 말을 따르기로 했다. 그에게 그녀가 없다는 자체가 가장 참을 수 없는 것이라고 그 자신을 타일렀다.

"그럼 됐어."

"그래, 내가 열심히 돈 많이 벌어서 우리의 미래를 준비할게!"

여울의 대답에 나루가 하얗게 된 입술로 억지로 활기찬 목소리를 만들어 대답했다.

"아니, 오빠가 그 회사 들어가지 않아도 된다고. 나도 오빠가 꺼림칙해 하는 곳에 억지로 밀어 넣고 싶은 생각은 없어. 오빠가 나를 사랑해서 가장 하기 싫은 일을 해 준다면 나는 그런 오빠가 가장 싫은 일을 하지 않도록 해줘야 하지 않겠어?"

"뭐라고?"

나루가 이해하지 못한 표정으로 묻자 여울은 방긋 웃으며 대답했다.

"나도 오빠가 가장 소중하다는 뜻이야. 물론 YCI그룹이 탐나긴 하지만 이렇게 나를 사랑해주는 오빠를 힘들게 하면서까지 그곳에 보내지는 않을 거야."

그제야 의미를 이해한 나루가 어이없다는 표정으로 물었다.

"그럼 나를 시험해본 거야?"

나루의 질문에 여울은 야무진 표정으로 대답했다.

"아니, 처음에는 오빠가 그 회사에 들어가는 것을 원했지만 정말 힘들어 하는 것 같아서 오빠 말을 들어주기로 한 거야. 하지만 오빠가 나를 위해서 무슨 일이라도 할 수 있는지는 알고 싶기도 했어."

말을 멈춘 여울이 나루의 손을 당겨 잡더니 이야기를 계속했다.

"나는 항상 오빠 의견을 존중할 거야. 하지만 오빠가 먼저 나의 의견을 존중해 주길 바라. 왜 오빠가 먼저 해야 하냐고? 내가 사랑스럽고 연약하고 귀여운 오빠의 여자이기 때문이야. 알았지?"

항상 그렇듯이 나루는 대답하지 못했다. 그저 가슴 속에 차오르는 느낌을 어떤 단어로 표현할 수가 없어서 머릿속에 뱅뱅 도는 단어들의 회오리를 느낄 뿐이었다. 눈앞에는 행복, 행운, 가슴 따뜻함, 푸근함, 뿌듯함 같은 단어들이 휘휘 돌아다니고 있었다. 하지만 그는 오늘도 그 중의 어떤 것도 입 밖으로 꺼내 놓지 못했다. 그저 감탄한 표정으로 여울을 바라보았다. 다시 그의 입술이 붉어졌고 두 사람 사이 테이블 위에는 이미 식어버린 찻잔 두 개가 놓여 있었다.

# 집요한 유혹

태선의 사무실은 넓은 편은 아니지만, 방 안에 가구나 집기가 거의 없어서 상대적으로 넓어 보였다. 회사의 중요한 임원들의 방에 있는 책장이나 금고 같은 것들을 그녀의 방에서는 찾아볼 수가 없었다. 단지 그녀의 체격에 비해서 큰 현대적 감각의 책상과 의자, 그리고 서랍장 두 개가 거의 전부였다. 그 밖에는 방문 바로 옆에 있는 옷걸이 하나가 더 있을 뿐이었다.

방에 집기를 놓는 것을 싫어하는 것처럼 그녀는 책상 위에 무엇을 올려놓은 것도 싫어했다. 그래서 그녀의 책상 위에는 전화기 하나만 덩그러니 있었다. 그렇다고 그녀가 깔끔한 성격이라서 그런 것은 아니었다. 그녀는 그저 복잡한 것을 싫어하는 사람이었다.

의자 뒤에 있는 창에는 여의도와 한강의 전경이 보였다. 태선은 무엇인가 생각할 때 의자를 뒤로 돌려 한강을 보는 것을 좋아했다. 하지만 그녀는 사무실에 있는 시간이 그리 많지 않았다. 주로 표무상 회장과 함께 있어야 했다. 그런데 지금이 그 흔하지 않은 순간이었다. 그녀는 오랜만에 사무실에서 여유를 즐기며 표 회장의 지시 사항과 진행되는 일들에 대해 생각하며 한강을 바라보고 있었다. 저녁 노을이 물결에 반사되는 그 모습은 언제 보아도 아름다운 광경이었다.

그 순간 그녀의 여유를 방해라도 하듯 책상 위의 전화벨 소리가 울렸다. 인사팀장이었다. 그녀는 천천히 수화기를 든 후 여유 있는 목소리로 물었다.

"아, 인사팀장님, 어쩐 일이시죠?"

전화기 저쪽에서 특유의 소심하지만 조금 급한 목소리가 말했다.

"아, 실장님, 계셨군요. 저는 지금도 회장님과 함께 계신가 하여 문자를 보낼까 생각했죠. 다름이 아니라 조금 전에 우리가 며칠 전 인터뷰를 했던 천나루란 친구한테 전화가 왔습니다."

"아, 그래요?"

천나루라는 이름이 나오자 태선은 벽에 걸린 달력을 흘깃 보았다. 면접을 본 후 아직 이틀밖에 지나지 않았다. 역시 자기 생각이 맞았다고 생각했다. 그가 입사를 고민하는 시간으로 일주일은 너무 길었다. 주변의 당연한 권유로 결국 이틀 만에 입사를 결정했나 보다. 이런 생각으로 태선은 최대한 여유를 부리며 물었다.

"역시 생각보다 빨리 회신을 주었군요. 그래, 언제부터 출근한다고 하던가요?"

그러나 소심한 인사팀장의 대답은 그녀의 예상을 전혀 벗어난 것이었다.

"그런데, 그것이…… 그 친구의 이야기는 우리 회사에 입사하기가 곤란하다는 것입니다."

태선이 놀라 자리에서 벌떡 일어나면서 소리쳤다.

"뭐라고요?"

태선의 큰소리를 듣자 인사팀장의 소심한 목소리는 더욱 작아져서 대답했다.

"예, 실장님께서 워낙 잘 보신 것 같아서 제가 계속 권유해 봤지만,

마음을 돌릴 수 없었습니다. 워낙 완강하더군요. 그 친구가 말은 예의 있게 했지만 결국 입사를 포기하고 말았습니다."

태선은 심호흡을 몇 번 하며 감정을 추스른 후 다시 물었다.

"우리 회사에 못 오는 이유가 뭐라고 하던가요? 어디 다른 곳에 입사했다고 하던가요?"

"그것도 물어봤는데 솔직한 대답인지는 모르겠지만 그렇지는 않다고 하더군요. 그 친구가 계속 이야기하는 포기 이유는 그저 우리 회사의 분위기가 자기와 안 맞는다는 것입니다."

태선은 인사팀장과 계속 이야기해 봐야 소용이 없다는 것을 알고 일단 전화를 끊었다. 그녀는 자신이 이 일을 너무 쉽게 생각했다는 생각을 하고 후회했다. 역시 절대기맥의 소유자는 만만한 상대가 아니라는 생각이 들었다. 그녀는 다시 뒤를 돌아 한강을 바라보기 시작했다. 이번에는 오직 어떻게 하면 천나루를 잡을 수 있을까 하는 생각에만 집중했다.

기말고사가 끝나고 얼마 지나지 않아 나루는 엉뚱하게도 건설 현장에서 아르바이트하고 있었다. 지난 몇 달 동안 계속 도서관에만 있었던 것이 외향적인 성격의 그로서는 답답하기도 하였지만 가장 중요한 이유는 몇 주 뒤에 다가올 여울의 생일에 의미 있는 선물을 하고 싶었기 때문이었다. 그녀를 만나서 두 번째로 맞는 생일이었다. 작년 생일은 만난 지 얼마 되지 않아 경황없이 보내다 보니 학교 매점에서 티셔츠를 하나 사주고 말았다. 그는 이번에야말로 분위기 있는 곳에 가서 근사한 식사를 한 후 그녀에게 목걸이라도 하나 걸어주려고 마음먹었던 것이다.

대충 계산을 해보니 삼 주 정도만 일하면 그 비용을 충분히 벌 수 있을 것 같았다. 다행히 수업을 월요일과 화요일 이틀에 다 몰아 놓은 덕분에 나머지 요일에는 일할 수 있었다. 나루는 집 근처 인력 업체에서 일자리를 구할 수 있었다. 부지런하고 힘이 좋아 무거운 것도 잘 들고 사람들과도 잘 어울리는 그는 현장 사람들과도 곧 친해지게 되었다.

물론 다른 아르바이트를 구할 수도 있었지만, 나루는 실내에서 근무하는 답답한 PC방이나 편의점보다는 건설 현장을 선호했다. 비록 일이 고되고 사고의 위험도 있지만, 몸을 움직이는 일이기에 활동적인 그의 적성에 더 잘 맞았다. 물론 일당이 PC방이나 편의점보다는 훨씬 더 많은 점도 마음에 들었다. 혹시라도 그의 몸이 상할 것을 걱정하는 여울에게는 체력 단련에 도움이 된다고 설득을 하여 간신히 허락을 받았다.

나루를 비롯한 현장 사람들은 현장에 있는 간이 식당에서 식사했다. 건설 현장에서 일하다 보니 먼지나 흙투성이의 작업복 때문에 현장 사람들은 주변의 일반 식당으로 가는 것을 꺼렸다. 하지만 간이 식당이 환영받는 이유는 따로 있었다. 음식 가격이 주변 식당보다 저렴했다. 비록 크지는 않지만 힘들게 번 돈을 함부로 쓸 수 없는 현장 사람들에게는 무시할 수 없는 금액이었다.

현장 사람들에게 점심시간은 특히 의미 있는 시간이었다. 어떻게 보면 그들의 점심시간은 점심을 먹는 시간이라기보다는 낮잠을 자는 시간이었다. 되도록 식사를 빨리 끝내고 남은 시간에 공사 현장 내의 그늘 자리를 확보하여 나무 판이든 종이상자건 아무거나 대충 깔아 놓고 모자란 잠을 청하는 것은 그들이 1시간이라는 점심시간을 최대로 활용하는 요령이었다.

현장 사람들에게 천천히 담소하며 점심식사를 하는 경우는 거의 없었다. 그들은 대부분 식판에 밥을 받아 식탁의 빈자리를 찾아 앉아 혼자 먹었다. 작업 중의 휴식시간에는 웃으며 대화를 나누는 그들도 점심식사 시간에는 되도록 혼자서 빨리 식사를 끝내려고 노력했다. 빨리 식사를 마치고 낮잠을 자기 위해서였다. 처음 나루는 혼자서 식사하는 이런 분위기가 낯설게 느껴졌지만, 그 이유를 알게 된 후에는 그 역시 이 짧은 시간의 낮잠을 즐기게 되었다.

시작한 지 일주일 정도가 지나 일이 몸에 익어갈 무렵의 점심식사 시간이었다. 그날도 나루는 그런 현장 분위기에 맞춰 혼자 간이식당에 왔다. 그는 빨리 식사를 하고 30분 정도 낮잠을 잘 것을 기대하면서 김치찌개 백반을 주문했다. 큰 대접을 하나 얻어서 거기에 모든 것을 함께 넣고 비벼 먹으면 보기에는 좀 그렇지만 훨씬 빨리 먹을 수 있다고 생각했다. 그는 대접에 밥과 김치찌개 그리고 몇 가지 밑반찬들을 한꺼번에 부어 넣은 후 이리저리 섞인 음식들을 숟가락으로 쓱쓱 비비면서 입맛을 다시고 있었다.

그런데 누군가 갑자기 나루의 앞에 앉았다. 처음에 현장 작업자 중 하나일 거라고 생각했다. 하지만 잠시 후 먼지와 땀 냄새 대신에 강한 향의 화장품 냄새가 코를 자극하는 것을 느끼고서 나루는 자신이 틀렸다는 것을 깨달았다. 그는 반사적으로 고개를 들어 앞을 보았다.

놀랍게도 나루의 앞에는 진한 화장을 한 여자가 앉아 있었다. 머리를 묶어서 뒤로 올려붙인 머리 모양은 먼지 투성이의 공사 현장에 오기에는 필요 이상으로 정성을 많이 들인 것 같았다. 더구나 그녀는 하이힐에 정장 치마까지 입고 있었다. 선글라스를 끼고 있어서 정확한 인상은 모르겠지만 가는 목이나 어깨선, 날씬한 허리로 보건대 상당한 미인인 것 같았다.

여자의 뒤에는 검은 양복을 입은 두 남자가 서 있었다. 그들의 양복역시 말끔하게 다려지고 구두도 잘 닦여 있었다. 역시 이곳에 어울리지 않는 복장이었다. 허겁지겁 밥을 먹고 있던 사람들까지 낯선 사람들을 보느라 눈을 흘끔거렸다.

"저에게 볼일이 있는 건가요?"

여자의 시선이 자신을 향하고 있는 것을 확인하고 나루가 물었다.

"천나루 씨 벌써 저를 잊었어요?"

여자가 선글라스의 테를 만지며 물었다. 다소 높은 음의 앙칼진 목소리였지만 여자는 최대한 부드럽게 말하는 것 같았다. 나루는 다시한 번 그녀를 자세히 보았다. 그리고 뜻하지 않은 그녀의 방문에 깜짝놀랐다. 선글라스 때문에 쉽게 알아볼 수 없었지만, 이 여자는 YCI그룹 비서실 면접을 볼 때 가운데 앉아 있던 그 면접관이었다.

"아! 여긴 어쩐 일이시죠?"

나루가 놀라며 일어서서 인사하자 여자는 만족스러운 표정으로 앉자고 이야기한 후 명품 로고가 새겨져 있는 주름 많은 검은 색 핸드백에서 명함을 한 장 꺼내서 그에게 내밀었다.

"안녕하세요, 지난번에는 제대로 인사를 못했으니 오늘 정식으로 인사할게요. 저는 YCI그룹 비서실장인 이태선이라고 해요. 우리 인사팀장님과 통화하셨다는 이야기는 들었어요."

나루는 앉아서 명함을 건네받았다. 그런데 곰곰이 생각해 보니 이렇게 약속도 없이 자신이 일하는 곳으로 불쑥 찾아오는 것은 예의가 아니라는 생각이 들어 조금 불쾌한 목소리로 물었다.

"무슨 일이시죠? 지금 저는 식사하는 중인데요."

여자는 선글라스로 가려진 눈 아래의 입가에 미소를 띄우며 말했다.

"예, 죄송합니다. 방해할 생각은 없었어요. 그저 저희의 제안을 거절하셨다기에 그 이유가 무엇인지 제가 직접 들어보고 싶어서요. 마침 이곳을 지날 일이 있어서 한 번 들려 봤어요."

태선은 아주 자신 있는 표정을 다시 한 번 나루에게 보여주면서 말을 이었다.

"그리고 여기 일에 대해서는 신경 안 쓰셔도 돼요. 이 현장도 저희 YCI그룹에서 하청을 준 현장이거든요. 제가 현장소장님께는 천나루 씨와 이야기를 좀 하겠다고 양해를 구해 놨어요."

나루는 하지만 더욱 기분이 상해서 물었다.

"그런데 제가 여기서 일하는 것은 어떻게 아셨어요?"

태선은 기분 상해하는 나루의 표정을 보면서도 당황하지 않고 태연한 표정으로 대답했다.

"저희 YCI그룹의 정보력은 막강하답니다. 우리는 천나루 씨가 우리 회사에서 꼭 필요한 인재라고 생각하고 있어서 나루 씨가 어디서 일하고 있는지 정도는 파악하고 있어요."

하지만 나루는 무엇이든지 자기 맘대로 한다는 것 같은 그 말에 기분이 더 상했다. 그는 숟가락을 탁자에 내려놓으며 말했다.

"예, 저도 제의는 감사하고 과분하게 생각하지만 저와는 맞지 않는 것 같아서요. 저는 좀 더 자유로운 분위기에서 일하고 싶거든요. 지금 상황도 저로서는 상당히 불편한 느낌입니다."

뜻밖에 나루가 강한 반응을 보이자 태선이 당황한 듯 선글라스를 벗어서 손에 들었다. 긴 속눈썹의 눈 화장이 화려한 도시형 미인의 눈이 나타났지만, 지난번처럼 그렇게 날카로운 눈매는 아니었다. 그녀가 선글라스의 테를 입술로 깨물며 말했다.

"그래요? 그래도 이런 먼지 속에서 일하는 것보다는 훨씬 괜찮을 것 같은데요. 보수도 여기와는 비교가 안 될 테고……. 나루 씨는 우리와 어떤 부분이 맞지 않나요? 저희는 최대한 나루 씨의 요구 조건을 수용할 의사가 있거든요?"

"감사한 말씀이지만 뭐라고 표현하기 어려운 이유에요. 그저 저와 맞지 않는다는 생각이 든다니까요? 정말 저를 좀 이해해 주시면 안 될까요?"

나루의 목소리가 조금 커지면서 갑자기 주변 사람들의 시선이 느껴졌다. 대부분 남자인 현장 사람들은 미모의 여자가 그녀와 전혀 어울리지 않는 이곳 식당에 들어서는 순간부터 관심이 있었다. 식사를 끝내고도 그 귀한 잠을 자러 가지 않고 그녀를 보고 있는 사람들이 있을 정도였다. 그리고 그들은 여자와 이야기하고 있는 나루에 대해서도 궁금해하는 눈치였다. 나중에 그들에게 일일이 설명을 할 생각을 하니 나루는 더 짜증이 나서 이야기를 덧붙였다.

"이 점심시간은 저에게 굉장히 중요하거든요? 이 시간에 저는 밥도 먹고 잠도 자야 한단 말입니다. 죄송하지만 이만 돌아가 주셨으면 하는데요!"

태선 역시 나루의 반응도 반응이지만 주변에서 쳐다보는 사람들의 시선이 편하지 않음을 느꼈다. 그녀는 자신을 흘끔흘끔 쳐다보는 주변 사람들의 눈길을 피하기 위해서인지 선글라스를 다시 쓰고 일어서며 말했다.

"알았어요. 불편하게 해드려서 죄송해요. 제가 생각이 부족했군요. 식사를 방해하면 안 되니까 이만 돌아갈게요. 대신 일이 끝나면 전화 주세요. 꼭 다시 만나서 이야기했으면 좋겠어요."

태선이 가볍게 인사를 하자 나루도 답례를 해주었다. 인사를 마친 그녀는 서둘러 식당을 나갔다. 검은 양복의 두 사람은 아무 말도 없이 그녀의 뒤에 서 있다가 식당을 나서는 그녀를 따랐다. 그들이 나가고 그가 다시 혼자 남게 되자 아닌 게 아니라 작업반장을 비롯해서 함께 일하는 사람들이 모두 다가와서 무슨 일이냐고 물었다. 그들은 지금까지 검은 양복을 입은 사람들의 위세에 눌려 근처에 오지 못하고 있었던 것이다.

"뭔가? 굉장한 미인이던데? 자네 애인은 아니지?"

"그 양복들은 뭐야?"

나루로서는 뭐라고 대답하기 곤란해서 그저 낯선 남녀들이 뭔가를 잘못 알고 자신을 찾아온 사람들 같다고 얼버무렸다. 그들은 믿지 않으며 질문을 더 했지만, 자신들의 호기심을 채울 것이 더 이상 없다는 것을 확인하고 아쉬운 표정으로 입맛을 다시며 떠나갔다. 그는 그제야 거의 식어버린 식사를 본격적으로 시작할 수 있었고 결국 그날 점심시간의 낮잠을 포기해야만 했다.

나루 또한 YCI그룹의 높은 사람이 이렇게 자신을 찾아와서까지 입사를 권유하는 것이 잠깐 이상하게 생각되긴 하였다. 누구에게도 이런 이야기는 들은 적이 없기 때문이었다. 하지만 지난 일을 되돌리며 생각하는 것에 익숙하지 않고 천성이 둔감한 그는 곧 그 사실을 잊고 말았다. 오후의 작업에 집중하여야 했기 때문이었다.

저녁이 되어 일과를 마친 나루는 대충 씻고 작업복을 갈아입은 후 공사 현장에서 빠져나왔다. 그때 그의 앞에 검은색 차가 한 대 다가와서 섰다. 그러고는 운전석의 남자가 차에서 내려 나루에게 와서 말했다. 아까 점심 때 태선과 함께 온 검은 양복 남자들 중의 한 명이었다.

"기다리고 있었습니다. 천나루 씨를 모시고 오라는 지시를 받았습니다. 자, 타시죠."

남자가 차의 뒷문을 열어 주었다. 하지만 나루는 역시 약속도 없이 맘대로 하는 이들의 행동이 굉장히 불쾌하게 여겨져서 인상을 찌푸리며 말했다.

"저는 분명히 말씀을 드린 것 같은데 도대체 저에게 왜 이러시는 거죠?"

남자는 표정은 없지만, 최대한 공손한 어조로 대답했다.

"저는 지시 받은 일만 할 뿐입니다. 아마 저희 실장님께서 천나루 씨와 이야기를 좀 더 하시려는 것 같습니다. 제가 지시를 따를 수 있도록 도와주시기 바랍니다."

퇴근하던 현장 사람들이 두런두런하며 다시 나루와 남자의 주변으로 모여들었다. 나루가 잠시 생각하니 상대는 무척 끈질긴 사람들인 것 같았다. 그래서 미적대다가 이런 일이 반복될 바에는 차라리 오늘 깨끗이 정리하는 것이 낫겠다는 생각이 들었다. 그는 중얼거리며 차에 올랐다.

"알았어요. 오늘 확실히 제 의견을 알려드려야겠군요."

남자가 환한 표정으로 차 문을 닫아 주었다.

남자가 운전하여 나루를 데려간 곳은 돌담으로 둘러싸인 고풍스러운 한옥 앞이었다.

"이곳이 어디죠?"

나루의 질문에 남자가 차분하게 대답했다.

"아마 함께 저녁 식사를 예약하신 것 같습니다."

나루는 차에서 내려서 한옥 앞에 서서 건물을 둘러보았다. 대문이 마치 옛날 대갓집의 것처럼 크고 웅장해 보였다. 그 문의 좌우는 마치 고궁의 돌담 같은 벽으로 길게 둘러싸여 있었다. 열린 문 안쪽으로 몇 채의 기와집이 세워져 있는 것이 보였다. 나루가 남자의 안내에 따라 문 안으로 들어가자 한복을 입은 남자가 나루를 맞았다. 그는 이곳의 종업원인 것 같았다.

"이리로 오시죠."

그 남자가 앞장서고 나루는 그를 따라갔다. 두 사람은 몇 개의 별도로 지어진 한옥들을 지나 마당의 중앙에 있는 연못 위로 놓인 구름다리를 지나 가장 큰 건물로 들어갔다. 외형이 고풍스러운 기와집인 것과는 달리 내부는 현대식이었다. 식탁들이 여러 개 놓여 있는 넓은 홀이 있었지만 조그만 작은 방들도 여러 개가 있었다. 그는 방 중 하나로 안내되었다. 그곳에 태선이 앉아 있다가 그를 보고 일어서서 반갑게 맞아주었다.

"어서 오세요. 자꾸 귀찮게 해서 죄송해요. 자, 앉으세요."

태선이 손을 뻗어 자신과 마주한 자리의 의자를 권했다.

"저의 복장이 이런 곳에 오기에는 전혀 어울리지 않는 것 같은데요."

이야기는 이렇게 했지만 나루는 주변의 호화로운 분위기에 위축되지 않으려고 노력했다. 그는 여유 있는 척하며 고급스러운 도자기와 그림으로 화려하게 꾸며져 있는 방 안을 둘러보았다. 그가 어색한 표정으로 자리에 앉자 그녀도 자리에 앉았다. 그리고 뒤에서 대기하고 있는 종업원에게 주문한 음식을 갖다 달라고 했다. 그리고 그를 보면서 싹싹한 말투로 말했다.

"나루 씨가 무엇을 좋아할지 몰라서 이곳에서 가장 잘 나가는 음식으로 미리 주문해 놨어요. 종일 힘들게 일하신 나루 씨니까 먼저 식사부터 하셔야 하겠죠?"

나루는 태선이 말하는 것을 보면서 지난번에 면접 때 보았던 모습과는 많이 다르다고 생각했다. 굉장히 싹싹하고 친절해 보였다. 그런 분위기가 상당히 부담스러웠지만, 이곳까지 온 이상 태선의 말을 따르기로 했다. 얼마 기다리지 않아 음식들이 나오기 시작했다. 음식들은 모양도 화려하여 먹음직스러웠고 그릇 역시 고급스러운 것들이었다. 종업원들도 익숙하게 최대한 예를 갖추어 음식들을 나르며 식사를 도왔다. 여러 가지 음식들이 순서에 의해서 차례대로 나왔다. 모두 나루로서는 처음 보고 맛보는 음식들이었다. 그는 점심에 큰 대접에 밥과 김

치찌개를 말아 먹은 것에 비해서 너무나 큰 차이라는 생각이 들었다. 나루는 사실 배가 고파서 음식이 나오기가 무섭게 먹었다. 요리들의 양이 적어 금방 비울 수밖에 없었다. 처음에는 양이 너무 작은 것 같아서 조금 실망하였지만 그런 음식들도 여러 가지를 계속해서 먹다 보니까 어느새 배가 불렀다. 태선은 음식이 나오자마자 빠르게 먹어 버리는 나루를 흥미로운 표정으로 쳐다보고 있었다. 하지만 정작 그녀는 거의 식사를 하지 않고 있었다. 그녀는 지금 먹는 것에는 전혀 관심이 없어 보였다.

식사가 끝난 후 디저트로 나온 조각 케이크와 과일까지 다 먹고 나자 종업원은 어떤 차를 마시겠냐고 두 사람에게 물었다. 잠시 후 식탁이 깨끗이 치워지고 나루의 앞에는 설탕을 넣은 커피가, 태선의 앞에는 매실차가 놓였다.

"정말 맛있게 잘 먹었습니다. 이제 하시는 말씀을 듣겠습니다."

음식을 다 먹은 나루가 이야기했다. 그러자 태선이 미소를 지으며 말했다.

"이런 식당은 처음이죠?"

"네, 밖에서는 식당인지도 몰랐는걸요. 음식들도 모두 처음 보는 것들이었어요. 이곳은 아무나 들어오는 곳은 아니지요? 지나다 배고프다고 막 들어올 수는 없어 보여요."

나루가 대답했다. 그러자 태선이 빙긋이 웃으며 말했다.

"나루 씨가 보기와는 달리 말을 재미있게 잘하네요. 맞아요. 이런 곳은 회원제로 운영되는 곳이 많거든요. 예약하지 않으면 이용하기 힘든 곳이죠."

그러자 나루가 궁금한 얼굴로 물었다.

"오늘 저를 위해 급히 예약을 하신 건가요? 생각보다 예약이 많이 밀리지는 않은가 보네요."

태선이 나루를 똑바로 쳐다보며 자신 있는 표정으로 말했다.

"저는 예약 없이도 언제나 이용할 수 있답니다. 예약이 필요한 것은 보통 회원들이죠."

나루는 태선의 얼굴에 다시 거만한 표정이 떠오른 것을 보고 이야기를 돌렸다.

"이제 본론을 이야기해주시면 좋겠습니다."

태선은 확신에 가득한 표정으로 나루를 보며 이야기를 이었다.

"저는 나루 씨가 아직 우리 YCI그룹 비서실을 잘 몰라서 그런 결정을 했다고 생각해요. 오늘 이곳에서 만난 것도 그런 이유에요. 우리는 세상 사람들이 생각하는 것보다 큰 힘을 가지고 있답니다. 이 식당을 예약과 관계없이 이용할 수 있는 것처럼 우리는 사소한 규칙에 구애받지 않는 사람들이에요. 세상에는 만들어진 규칙에 따라야 하는 사람과 그 규칙에 상관없이 오히려 그 규칙을 만들며 사는 사람이 있죠. 우리와 함께 일하면 좋은 점이 나루 씨도 언젠가는 세상의 규칙을 만드는 사람이 된다는 것이에요. 하지만 그것도 나루 씨가 우리와 함께 일을 하게 되면 누리게 될 많은 혜택 중의 하나일 뿐이죠. 나루 씨처럼 젊고 야망 있는 분에게 이런 조건은 충분히 매력적이지 않나요?"

하지만 나루는 의심스러운 표정이 되어 물었다.

"그런데 왜 저에게 이런 혜택을 주시려고 하시는 거죠? 저는 평범한 취업 준비생일 뿐인데요."

태선은 입가에 보일 듯 말 듯 미소를 지으며 대답했다.

"그거야, 천나루 씨가 우리에게 그만큼 필요한 사람이니까 그렇죠."

나루가 잠시 생각하더니 혹시 하는 표정이 되어 물었다.

"혹시 제가 싸움을 잘한다는 소리를 듣고 그러시는 건가요? 하지만 저보다 잘 싸우는 사람들은 얼마든지 있을 텐데요?"

태선은 웃음을 참는 얼굴로 대답했다.

"아무려면 그러겠어요? 싸움시키려고 YCI그룹에서 사람을 뽑지는 않겠죠. 나루 씨는 우리에게 그런 것보다 훨씬 더 큰 가치가 있는 사람이에요."

나루는 전혀 알아듣지 못하겠다는 얼굴이 되어 다시 물었다.

"제가 가치가 있다고요? 저에게 저도 모르는 가치가 있나요?"

태선은 미소 짓는 얼굴에 눈을 반짝이며 말했다.

"맞아요. 나루 씨는 굉장히 가치 있는 분이에요."

자꾸 알 수 없는 이야기에 짜증스러워진 나루가 목소리를 좀 높여서 다시 물었다.

"알아들을 수 있게 이야기해주실래요? 저는 무슨 말씀을 하시는지 모르겠거든요."

그러자 태선은 미소를 지우고 아주 진지한 표정이 되어 대답하기 시작했다.

"내가 볼 때 나루 씨는 굉장히 큰 잠재력을 가진 사람이에요. 우리 회사는 그 잠재력을 개발시킬 능력이 있는 곳이고요. 말로 설명하기는 어렵지만 저에게는 사람의 잠재력을 알아보는 능력이 있답니다. 저처럼 젊은 사람이 대그룹의 회장 비서실장이라는 것이 이상하지 않나요? 이런 능력을 갖추고 있기 때문에 제가 회장님에게 신임을 받을 수 있는 거예요. 그런 제가 보기에 나루 씨의 그 잠재력은 우리 회사가 가지고 있는 첨단 시스템과 프로그램으로 훈련한다면 더욱 개발될 수 있을 것이라고 믿어요."

그 말을 들은 나루가 이상하다는 표정으로 물었다.

"그런데 처음에는 저를 회장님 비서 업무 때문에 채용한다고 했는데 지금은 저의 잠재력을 개발한다고 하시네요? 도대체 제게 무슨 일을 시키려고 하는 거죠? 좀 이상하네요?"

태선은 순간 당황했지만, 아무렇지도 않은 표정으로 대답했다.

"나루 씨의 잠재력을 개발하고 나면 나루 씨는 YCI그룹에서 원하는 일은 아무거나 할 수 있어요. 그때 나루 씨는 그룹 내에서 정말 중요한 일을 맡게 될 거예요."

그리고는 절실한 말투로 말을 이었다.

"어떠세요? 나루 씨가 바라는 삶이 무엇인지 모르겠지만, 저희는 나루 씨를 일반적인 사람이 아닌 그 일반적인 사람들의 위에 있는 성공의 길로 좀 더 빠르게 안내해 드릴 수 있거든요."

태선의 말을 끝까지 들은 나루는 자세를 똑바로 고치고 진지한 표정으로 말했다.

"지금 들은 말씀이 굉장히 매력적이긴 하지만 저의 생각과는 많이 다른 것 같습니다. 저는 특별한 사람이 되고 싶지는 않아요. 저는 다른 사람들이랑 더불어 사는 것이 좋거든요. 그래서 뭐든지 더 좋고, 앞서가고, 더 뛰어나야 하는 YCI그룹의 분위기를 제가 받아들이지 못하는 것 같아요. 죄송하지만 저는 제가 원하는 분위기의 회사에서 먼저 일해보고 싶어요. 물론 잘못된 판단일 수도 있겠지만 일단은 원하는 곳에서 일해 보고 문제가 있다면 그때 가서 다시 생각해 보아도 늦지 않았다고 생각합니다. 저는 아직 한두 번의 실패는 감당할 만큼 젊으니까요!"

지금까지 눈을 맞추지 못하던 나루는 고개를 들더니 태선을 쳐다보면서 말했다.

"이건 정말 죄송한 말씀인데 처음부터 제가 이렇게 생각한 것은 아니에요. 지난번 면접을 보고 난 이후 이런 생각을 하게 되었으니까요. 저도 그 이유는 잘 모르겠지만, 이상하게도 YCI그룹과 저는 맞지 않는다는 생각이 들어요. 정말 죄송하지만, 이 이야기는 여기서 끝냈으면 좋겠습니다."

나루의 대답을 들은 태선의 눈초리가 순간적으로 날카롭게 올라가려 했지만, 그녀는 엄청난 인내심으로 그것을 감추었다. 그녀는 최대한 자신을 억제하며 낮은 어조로 말했다.

"글쎄 그런 근거 없는 느낌 때문에 서로에게 좋은 기회를 놓칠 필요가 있을까요? 이것은 누가 봐도 좋은 조건인데요. 내가 보기에 너무 안타까워서 그래요."

하지만 나루는 단호했다.

"아직 젊으니까 앞으로 기회가 있을 거라 생각합니다."

태선은 일이 생각대로 되지 않자 조금 흥분한 것 같았다. 주먹 쥔 손이 가볍게 떨렸다. 하지만 내색하지 않으려 최대한 애썼다. 그녀는 곧 평온을 되찾고 웃음 띤 표정으로 말했다.

"정말 아쉽네요. 하지만 나도 쉽게 포기할 생각은 없어요. 언제든지 생각이 변하면 연락해 주세요. 내가 명함을 드렸죠?"

순간적으로 태선의 얼굴에 나타난 차가운 표정에 긴장했던 나루도 부드러운 어조로 대답했다.

"예, 이해해 주셔서 감사합니다. 그리고 이렇게 기회를 주신 것에 대해서도 감사드립니다. 그럼 저는 나가도 되겠죠? 먼저 나가겠습니다."

방을 나가면서 나루는 한 마디 덧붙였다.

"저녁은 정말 맛있었어요. 제가 앞으로 이런 요리를 다시 먹을 수 있을지 모르겠어요."

나루가 허리를 숙여 인사하고 나갔다. 그의 모습이 사라지자 웃음으로 보냈던 태선의 표정이 일그러졌다. 그녀는 한참 동안 분을 삭이고 나서 스마트폰을 꺼내 어디론가 전화를 걸었다.

"네, 만나봤습니다. 그런데 잘 안 되었네요. 네, 네, 이 아이가 워낙 보통 젊은 아이들과는 생각하는 것이 달라서……. 뭔가 우리 회사에 대한 부정적인 느낌이 있는 것처럼 보였어요."

그리고 전화기에서 상대방의 이야기를 잠시 듣던 태선이 놀란 듯 말했다.

"네? 회장님이 직접이요? 그러실 필요까지……. 아, 알겠습니다. 네, 그렇게 하겠습니다."

전화를 끊은 태선은 잠시 자리에서 생각에 잠기는 듯했다. 그리고 혼잣말처럼 중얼거렸다.

"그래, 그렇게까지 해도 안 되면 그때는 다른 방법을 쓸 수밖에 없겠지……."


여울은 나루를 마치 심문하는 표정으로 보고 있었다. 그녀의 얼굴에는 호기심과 의심이 반반씩 섞인 표정이 서려 있었다. 그녀는 손에 들린 명함을 보면서 믿을 수 없다는 듯 다시 물었다.

"그러니까 정말 YCI그룹 비서실장이란 여자가 오빠를 보겠다고 찾아왔단 말이지?"

나루가 무덤덤하게 고개를 끄덕이자 여울은 마치 탐정 영화의 주인공이 하듯이 검지를 이마 한가운데 대고 골똘히 생각하는 표정으로 말했다.

"오빠가 숨겨진 재능이 있다고 했다고? 그래서 싫다는데도 자꾸 YCI그룹 비서실로 오라는 거지? 그거 정말 이상한 일인데…… 오빠 혹시 나한테도 말하지 않은 능력 같은 거 있어?"

"그런 게 어디 있니? 너도 알잖아. 나 그냥 보통 사람이라는 거. 격투

기야 오랫동안 연습한 거고. 그런데 우리나라에 나보다 싸움 잘하는 사람이야 많을 거고…… 그것 때문인 것 같지는 않은데?"

여울은 나루의 말을 듣고 이미 알고 있다는 듯한 표정을 지으며 말했다.

"그러니까 도대체 그 사람들이 오빠의 어디가 마음에 들어서 그러는 걸까……?"

잠깐을 생각하던 그녀는 갑자기 뭔가 찾았다는 표정으로 말했다.

"참, 이 비서실장이란 사람이 젊은 여자라고 그랬지?"

나루는 여울이 그 이유를 밝혀주기를 기대하는 표정으로 그녀를 보면서 대답했다.

"아주 젊지는 않아, 삼십 대 정도 될 거야. 뭔가 짚히는 것이 있어?"

"웅, 알아낸 것 같아. 그 여자가 오빠에게서 찾아낸 능력은 바로……"

"그래, 그게 뭔 것 같아? 나도 정말 궁금하다."

나루가 조바심 나는 표정으로 묻자 여울이 의기양양한 표정으로 대답했다.

"아마 여자들에게 멋있어 보이는 능력일 거야. 그렇지 않아?"

"뭐라고?"

나루가 어이없는 표정으로 묻자 여울은 나루를 흘겨보면서 말했다.

"도대체 어떻게 여자들은 모두 그 재능을 알아보는 거야? 그거 나만 알아보면 안 되는 거야?"

그리고 나루를 아래위로 훑어보면서 여울은 다시 말했다.

"하긴 이 외모에, 거기에다 멋있는 정장까지 입고 있었으니 어느 여자가 안 넘어오겠어? 오빠 잘못이 아닌 것은 알지만 좀 불안하다. 다음부터는 여자가 면접 보면 정장도 못 입게 해야 하나?"

나루가 짐짓 진지한 표정으로 장단을 맞춰줬다.

"음…… 그래 그 재능이구나. 이제 나는 여자가 면접 보는 회사는 무조건 합격이겠구나!"

"그러네, 이제 취업 걱정 안 해도 되겠네. 여자 면접관만 찾으면 되네! 하하하……"

두 사람은 잠시 서로 쳐다보면서 바보처럼 웃다가 멈췄다. 정말 자신들이 바보 같다는 생각이 들었던 것이다. 그런 생각에 서둘러 침착한 얼굴로 돌아온 여울이 말했다.

"어쨌거나 나도 정말 궁금하다. 도대체 오빠의 진짜 능력이 무언지……"

그 말을 들은 나루도 혼잣말하듯이 대답했다.

"나도 그렇다니까. 도대체 그 여자는 괜히 쓸데없는 이야기를 해서 사람 싱숭생숭하게 하고 있어. 그런데 더 이상한 것은 이제 YCI그룹 회장이란 사람도 나를 만나자고 하는 거야."

중얼거리는 소리였지만 여울은 금방 알아듣고 놀란 표정으로 물었다.

"뭐라고? YCI그룹 회장이 오빠를 만나자고 한다고?"

"응 그렇다는 거야. 그 연락도 누구를 통해서 한 줄 알아? 아까 오전에 지도 교수님께서 나를 부르셔서 말씀하시는 것 있지? 교수님이 산학협동 관련 프로젝트가 있어 YCI계열사의 임원을 아는데 그 사람이 자기 사장한테 그룹 회장이 부탁했다고 하면서 나를 만나고 싶다고 했다는 거야. 지도 교수님께 나더러 YCI그룹 회장이란 사람을 한번 만나라고 부탁하시게 하다니 말이 돼? 교수님께서 난처한 표정으로 그러시는 거야. 입사하고 않고는 내 자유니까 어쩔 수 없지만 당신 얼굴을 봐서 회장은 한 번 만나 주라는 거야. 그렇게까지 말씀하시는데 거절도 못 하고…… 내가 그 사람들한테 더 이상 찾아오지 마라니까 이제는 나더러 자기들한테 오라네?"

여울은 나루의 이야기에 듣고 이제는 진짜 감탄하는 표정이 되면서 의미 있는 미소를 지었다.

"그 정도야? 그 사람들 오빠가 진짜 필요한가 보다!"

나루가 그 얼굴을 보며 불안한 표정을 짓자 그녀는 거만하게 그의 어깨를 툭툭 치며 말했다.

"염려 마, 맘 같아서는 눈 딱 감고 그 회장이랑 담판 지어서 억대 연봉을 준다고 하면 가라고 하고 싶은 마음은 굴뚝같지만, 오빠가 싫다는 일은 시키지 않을게. 그래서 언제 가기로 했어?"

여울의 대답에 안도하면서 나루가 대답했다.

"응, 오늘 오후에 차를 보내준다고 했어. 역시 그룹 회장이라 초대하는 방법도 다르지?"


나루가 탄 최고급 세단은 강변도로를 미끄러지듯이 달리고 있었다. 오늘따라 교통 흐름도 좋았다. 조금 과장해서 자신의 방만 한 크기의 승용차 뒷좌석에 앉아 있는 나루는 지금 상황에 대해서 생각을 정리해보고 있었다. 자신이 지금까지 계속 입사를 거절한 YCI그룹에서 이제는 비서실장도 아닌 회장까지 지신을 직접 보겠다고 나서고 있었다. 도대체 알 수 없는 이유 때문이었다. 자신에게 대단한 잠재력이 있는데 그것을 개발시켜 준다니 그게 말이 되는가? 그 잠재력이 무엇인지는 이야기해주지 않고 있다. 그것이 무엇인지는 자신도 모른다. 이제 겨우 대학을 졸업하고 사회에 나갈 준비를 하는 자신에게 도대체 어떤 큰 잠재력이 있어서 이렇게 큰 그룹의 회장까지 만나자는 것일까?

더욱 이상한 것은 자신의 마음이었다. 이상하게 그는 YCI그룹에 입사하고 싶지가 않았다. 특히 면접에서 보았던 여자와는 더욱 같이 일하기 싫었다. 그녀가 자신에게 잘못한 것은 아무것도 없었다. 오히려 그녀는 먹는 것에 약한 자신에게 최고의 식사까지 대접해 주었다. 그런데도 결코 그녀에게 마음이 가지 않는 것은 자신도 이해가 되지 않는 일이었다. 자신을 그렇게 잘 대하는 그들도 이상하지만, 그들에게 벗어나려는 자신도 이상했다. 그는 아무리 생각해도 이 상황을 파악할 수 없었다. 생각에 지친 그는 일단 마음 가는 대로 행동하기로 했다.

차가 여의도로 들어서자 저 멀리 YCI사옥이 보였다. 70층 높이의 그것은 지난번에 보았을 때와 다름없는 위용을 보였다. 하지만 지난번에는 지하철로 갔기 때문에 먼 거리의 모습은 볼 수가 없었다. 지금 멀리서 본 YCI사옥은 더욱 인상적이었다. 주변의 키 작은 건물 여러 개를 마치 시종처럼 거느리고 서 있는 모습은 오만해 보이기까지 했다.

나루가 잠깐 딴생각을 하는 틈에 승용차는 사옥에 도착하여 어느새 빌딩의 출입구 앞 승하차장에 멈춰 섰다. 그는 문을 열기 위해 다가오는 경비원을 보고 서둘러 직접 문을 열고 내렸다. 당황한 표정의 경비원이 서둘러 출입문을 열어주고 그를 승강기 홀로 안내했다. 그곳에는 회장 전용 표시가 된 승강기의 문이 열려 있었다. 이미 연락을 받은 듯 대기하고 있던 안내 여직원이 경비원과 함께 오는 나루를 알아보고 빙긋 웃으며 안내했다.

"회장님께서 기다리고 계십니다. 어서 승강기에 오르시죠."

나루가 승강기에 오르자 안내 여직원은 70층의 단추를 눌러 준 후 밖으로 나갔다. 승강기가 움직이기 시작하자 그는 이것이 전망용이라는 것을 깨달았다. 빠르게 올라가면서 주변의 전경이 펼쳐지기 시작했다. 순식간에 작아지는 건물 주변의 사람들, 차들, 나무들이 보였다. 그것들은 크기가 빠르게 줄어들다가 결국에는 개미나 성냥갑만 한 크기가 되었다. 고층 전망 승강기를 처음 타 본 나루에게는 굉장히 신기한 광경이었다.

승강기는 나루에게 오래 생각할 틈을 주지 않기 위해서인지 빠른 속도로 순식간에 목적지인 70층에 데려다주었다. 승강기의 문이 열리자 그 앞에는 그가 이미 몇 번 만난 경험이 있는 태선이 기다리고 있었다. 한국 굴지의 기업 회장을 만나러 오면서 청바지에 후드티를 입고 있는 그를 보고 그녀는 잠시 재미있다는 표정을 지었다. 하지만 얼굴 가득 환하게 웃으며 말했다.

"천나루 씨, 다시 만나서 반갑습니다. 회장님께서 기다리고 계십니다. 저를 따라오시죠."

"아, 네……"

나루는 화려한 사무실 분위기에 질려 힘없이 대답하고 태선의 뒤를 따라갔다. 세상 경험이 많지 않은 나루였지만 지금 이 방은 지금까지 그가 본 방 중에서 가장 큰 방임에 틀림없었다. 방 대부분은 빈 곳이었고 단지 커다란 책상이 하나 그리고 그 앞에 응접세트가 하나 놓여 있을 뿐이었다. 주변을 둘러보면서 나루는 이 정도 공간이면 사무실 안에 작은 육상 트랙을 하나 놓을 수 있을 정도라고 생각했다. 의자에 앉아 있던 무상이 반가운 표정을 하며 일어섰다.

"아, 이 친구가 그 유명한 천나루 군이군?"

가까이 다가와서 나루를 바라보는 무상은 아주 재미있다는 표정이었다. 그룹 회장이라 하면 나이 지긋한 어른을 상상하던 나루는 무상이 생각보다 젊은 것에 좀 놀랐다. 서른을 조금 넘은 나이로 보였기 때문이었다. 무상은 나루보다 키는 작았지만, 어깨가 벌어진 다부진 인상으로 몸무게는 오히려 더 나갈 것처럼 보였다.

무상의 원래 모습은 이목구비가 뚜렷하지 않아 미남형은 아니었지만, 머리 스타일이나 의상, 장신구 등 외모에 대해서는 누군가의 조언을 받는 듯 상당히 잘 다듬어 세련된 모습이었다. 제품에 대해 잘 모르는 나루조차도 무상의 복장과 시계, 구두 등이 굉장히 고급이라는 느낌을 받았다.

무상의 작고 날카로운 눈매와 얇은 입술은 의심이 많아 보였다. 운동을 많이 한 것으로 보이는 체형에 비해서 얼굴이 하얀 그를 보고 나루는 그가 주로 실내 운동을 많이 했다고 생각했다.

무상이 나루를 만나야겠다고 생각한 것은 전적으로 태선의 이야기에 따른 것이었다. 그가 유일하게 신뢰하는 사람이 바로 그녀였다. 태선은 무상에게 천나루라는 이 젊은이가 굉장히 특별한 사람이며, 잠재력이 무궁무진한 사람이라고 했다. 그래서 어떻게 해서든지 YCI그룹에 입사시켜야 한다고 주장했다. 나루의 잠재된 능력을 활용한다면 그의 일에 많은 도움을 주리라는 것이었다.

무상은 태선의 사람 보는 눈을 믿었다. 지금까지 그녀의 말이 한 번도 틀린 적이 없었다. 더구나 자존심 강한 그로서는 그렇게 대단하다는 나루가 자신의 회사에 입사를 거절한다는 이야기를 듣고 직접 한번 보고 싶다는 생각이 들었다.

하지만 지금 무상의 눈에 보이는 나루는 일반적인 대학 졸업반의 취업 준비생과 크게 달라 보이지는 않았다. 주변을 두리번거리는 모습은 오히려 산만해 보이기도 했다. 하지만 지금까지 자신을 실망하게 한 적이 없는 태선의 이야기였다. 더구나 이 녀석은 누구나 들어오고 싶어 안달하는 YCI그룹의 비서실을 거절했다고 하지 않은가. 그러니 특이한 것은 분명했다. 그는 틀림없이 보이는 것과는 다른 뭔가가 있을 것이라고 믿으면서 나루를 대하려 노력했다. 그가 나루와 태선에게 자리를 권하자 모두 자리에 앉았다. 잠시 후 그들의 앞에 찻잔들이 놓였다.

"이렇게 초대에 응해 줘서 고마워요."

무상이 먼저 나루에게 말을 걸었다. 나루는 특별히 대답할 말이 없어 공손하게 고개를 끄덕거리면서 네 하고 대답했다. 그러자 무상이 말을 이었다.

"천나루 씨에 관한 이야기를 많이 들었어요. 어때요? 내가 형 같은데 내가 말을 편하게 해도 될까요? 나는 남동생은 없지만, 나루 씨처럼 젊은 사람을 만나면 격의 없이 지내고 싶어서요."

나루는 순간 당황했지만 어쨌거나 자신보다는 연배가 있는 것이 사실이니 그러라고 허락할 수밖에 없었다. 허락을 받은 무상이 바로 질문을 했다.

"나루 씨는 꿈이 뭐지? 이제 졸업도 얼마 남지 않았으니 뭔가 구체적인 것이 있겠지?"

나루는 뭔가 어색함이 느껴져 머리를 긁적이며 대답했다.

"예, 전공을 살려서 컴퓨터 관련 회사에 취직하여 일을 배운 후 창업을 하여 세계적인 경영자가 되고 싶습니다."

무상은 그럴 줄 알았다는 듯 고개를 끄덕이다가 이해가 안 간다는 듯 말했다.

"그럴 줄 알았어. 꿈이 크잖아. 그래서 우리가 그렇게 될 기회를 준다는 데 왜 싫다는 거지?"

나루는 무상의 직접적인 질문에 마음이 상했지만 대답하기로 하였다.

"글쎄요. 정말 감사하긴 하지만 이상하게 제가 이 YCI그룹과는 맞지 않는다는 생각이 들어요."

주저 없이 대답하는 나루를 보고 무상은 요것 봐라 하는 표정이 되었다. 잠시 천나루라는 사람에 관하여 연구하듯이 오래 바라보던 무상은 잠시 귀엽다는 미소를 보이며 화제를 바꿨다.

"방금 이곳에 오면서 승강기를 탔겠지?"

"네, 굉장히 빠르더군요. 그런 것은 처음 타 보았습니다. 정말 좋은 경험이었습니다."

나루의 이야기를 들은 무상은 여유 있는 몸동작으로 차를 한 모금 마시더니 말했다.

"나는 매일 아침 그것을 타고 오르면서 이런 생각이 들어……"

찻잔을 탁자에 놓은 무상이 나루를 똑바로 바라보았다. 나루는 시선을 돌렸다.

"세상을 내려다보는 것은 좋은 일이라는 생각 말이야. 높은 곳에서는 시야가 넓어져서 다른 사람이 보지 못하는 것을 볼 수 있거든? 사람이란 말이야 내 위치가 높아지면 다른 사람들은 올려다봐. 그리고 내 위치가 낮아지면 다른 사람들은 내려다보게 되지. 너는 아직 어려서 그런 것을 느끼지 못했겠지만 이제 몇 년만 지나면 바로 느끼게 될 거야."

나루가 잠자코 있자 무상은 이야기를 계속했다.

"그럼 어떻게 하면 자신의 위치를 높일 수 있을까? 그 하나는 태어나기를 높이 태어나면 돼. 옛날 신분제가 있을 때 왕자나 공주처럼 말이야. 그럼 출생부터 높은 위치를 보장받지. 그다음은 자신이 노력해서 그 위치를 차지하는 거야. 바로 나처럼 말이야. 너는 아마 내가 내 자리를 재벌 아들로 태어나 그냥 얻은 것이 아니냐고 말하고 싶겠지. 하지만 사실은 그렇지 않거든? 내가 이 자리를 차지하기 위해 한 노력을 알게 되면 넌 정말 놀랄 거야."

무상이 자신의 이야기에 취한 듯 조금 흥분한 모습을 보이자 태선이 급히 끼어들었다.

"그럼요, 회장님의 지난 노고에 대해서는 언론에도 많이 나왔는데요."

태선의 말을 들은 그는 그녀의 의도를 알겠다는 듯 침착함을 되찾고 이야기를 계속했다.

"어쨌거나 원래 이야기로 돌아가서, 그런데 지금 말한 첫 번째와 두 번째 방법은 너무 어려워. 확률도 낮고 큰 운이 따라야 하거든? 그럼 가장 쉬운 세 번째 방법이 있는데 그게 뭔지 알아?"

"혹시 높은 위치에 있는 분을 도와 옆에 같이 있는 건가요?"

나루가 의미심장한 표정을 지으면서 대답하자 무상이 흡족한 표정으로 말했다.

"이 친구, 역시 똑똑한 사람이네! 그래 바로 그거야! 높은 위치의 사람 옆에 붙어 있는 거!"

이야기를 마친 무상은 나루를 따뜻한 눈길로 쳐다보면서 손을 내밀고 말했다.

"그래서 내가 너한테 가장 편한 길을 주겠다는 거야. 그러니 내 옆으로 오란 말이야."

나루의 옆에 앉은 태선도 무상의 이야기에 만족스러운 듯이 나루를 쳐다보고 있었다. 그러나 무상의 이야기를 들은 나루는 오히려 조금 흥분한 표정이 되어 무상에게 대답했다.

"그런데 문제는 말이에요……"

나루는 잠시 주저하는 듯했지만 결심한 듯 이야기를 이었다.

"저는 다른 사람들을 위에서도 아래에서도 보고 싶지 않거든요. 제가 원하는 것은 모든 사람들이 모두 같은 위치에서 서로를 바라보는 것입니다. 그래서 누구보다 위로 가고 싶지도 않고 아래로 갈 생각도 없는 겁니다. 그리고 저는 절대로 사람이 가진 지위나 재산 때문에 위아래가 생긴다고는 생각하지 않습니다. 말씀하신 대로 회장님과 제가 격의 없이 지낼 수 있으려면 서로의 생각이 다를 수 있다는 것을 인정해 주시면 좋겠습니다."

나루의 이야기를 들은 무상은 한 대 맞은 표정을 지었다. 그러더니 갑자기 웃으며 말했다.

"하하하…… 이 친구 정말 재미있는 친구네…… 젊은 사람이 세상을 알아, 세상을……"

나루와 태선이 이해를 못 하는 표정으로 자신을 쳐다보는 것을 느끼고 무상이 말했다.

"그래, 맞아! 자본주의 사회에서는 기회가 있을 때 최대한 제값을 받아야지!"

그리고 다시 진지한 표정이 되어서 나루에게 말했다.

"좋아, 내가 이 회사의 최종 의사 결정권자야! 원하는 것이 뭐야?"

나루는 순간적으로 기분이 상했지만 지금 상황을 받아들이기로 하고 손사래를 치며 말했다.

"아니요. 지금 말씀해 주신 조건도 너무 훌륭해요. 하지만 저는 좋은 조건을 위해서 두 분의 말씀을 거절하는 것이 절대로 아니에요. 지금은 저도 알 수 없는 이유로 YCI가 아닌 다른 곳에서 일하고 싶은 생각이 드는 것뿐이에요. 제발 이해해 주시면 좋겠어요."

이 말을 듣고 무상과 태선은 어이없는 표정이 되고 말았다. 나루는 두 사람의 실망하는 표정을 보면서 조금은 미안한 생각이 들었다.

"다른 경험을 쌓은 후에 생각이 바뀌면 꼭 YCI그룹 입사를 생각해 볼게요. 이렇게 저를 생각해 주시는 분들인데 제가 모른 척할 수는 없을 것 같아요."

하지만 무상의 표정은 이미 일그러지고 있었다. 그는 자신의 표정을 숨기기 위하여 벌떡 일어서 몸을 돌려 창밖을 보며 심호흡을 했다. 태선은 걱정스러운 듯이 무상을 한번 보았지만 싸늘한 표정으로 나루에게 시선을 돌렸다. 그리고는 씁쓸한 미소를 지으며 나루에게 말했다.

"도저히 우리와 일할 수 없나요?"

나루는 갑자기 냉각된 분위기에 어쩔 줄 몰라 하며 말했다.

"네, 지금은 좀 곤란하네요. 하지만 나중에 기회가 되면 꼭 다시 생각해 볼게요."

모두 아무 대답이 없어 잠시 어색한 침묵이 흐르자 나루는 주저하더니 태선에게 말했다.

"그런데 저⋯⋯. 집에 돌아가도 될까요?"

나루의 목소리는 조심스러웠으나 속으로는 무상이라는 사람을 보고 자기 생각이 맞았다는 것을 확인하고 있었다. 지금 앞에 있는 두 사람은 자신과는 생각이 달랐다. 그들은 자신이 가진 것, 자신의 힘을 과시하여 다른 사람들에게 보이고 싶어 했다. 그들은 그들의 재산과 힘을 키우기 위해서 다른 사람들의 희생 따위는 우습게 생각하는 사람들 같았다. 같이 면접 보던 사람들을 옥박지르던 이 실장이나 모든 사람들을 위에서 굽어보려는 표 회장 모두 그런 사람들일 것이다. 나루는 그들의 생각이 맞고 틀리고는 지금 판단할 수 없다고 생각했다. 하지만 그들이 자신과 다르다는 것은 확신할 수 있었다. 그런 이유로 그는 너무 다른 그들과는 함께 일할 수 없었다.

나루의 가보겠다는 말에 무상이 대답 없이 고개를 끄덕이자 나루는 두 사람에게 정중하게 인사하고 승강기가 있는 곳으로 향했다. 멈칫하던 태선이 무상의 눈치를 보다가 서둘러 나루를 배웅하러 따라갔다. 잠시 후 나루는 승강기에 오르면서 태선에게 말했다.

"초대에 감사드립니다. 두 분의 제의를 받아들이지 못해 정말 죄송합니다."

태선이 말없이 가볍게 고개 숙여서 배웅했다. 나루의 승강기는 문을 닫히고 아래로 향했다.

잠시 후 그녀가 돌아오자 무상이 참을 수 없다는 듯이 붉어진 얼굴로 퉁명스럽게 물었다.

"저 녀석이 그렇게 대단한가? 왜 이 실장은 저 녀석을 높이 평가하는 거지?"

태선이 침착하게 대답했다.

"회장님, 이미 말씀드린 바와 같이 저는 사람들의 잠재력을 보는 눈이 있습니다. 제가 회장님을 존경하며 보좌하는 이유도 회장님께서 잠재력이 남다른 분이시기 때문입니다. 그런데 천나루 저 친구는 정말 큰 잠재력이 있습니다. 그런 친구가 우리 사람이 되면 활용할 곳이 많을 것입니다. 오늘 기분이 편치 않으셨더라도 저 친구에 관한 일은 제게 맡겨 주시기 바랍니다."

무상은 신념에 가득 찬 태선의 표정을 확인하며 말했다.

"나야 당연히 이 실장을 믿지. 그러니까 오늘 저 녀석을 만나 본 거고……. 그런데 저 녀석은 생각이 보통 아이들과 많이 다른 것 같아. 우리와 같이할 마음이 없어 보이는데? 그런데 저 녀석이 그렇게 잠재력이 커? 나만큼이나 큰 건가?"

태선이 조심스럽게 대답했다.

"그럴 리가 있습니까? 회장님에 비하면 미미한 수준입니다. 더구나 아직 어린 친구라서 세상 물정을 모르는 것 같습니다. 이제 하나씩 세상에 대해서 알려 줬고 오늘 회장님께서도 깊은 관심이 있으시다는 것을 보여주셨으니 조금씩 생각이 바뀔 것입니다."

무상이 얼굴에 비로소 웃음을 보이며 말했다.

"내가 이 실장의 잠재력 이야기를 완전히 믿는 것은 아니지만, 당신이 모든 일을 깔끔하게 처리하니까 인정해 주는 거야. 그렇지만 내 잠재력이 저 녀석보다 크다니 기분이 나쁘지 않네. 그럼 저 녀석 별것도 아니잖아. 알았어. 항상 그랬듯이 이 일도 이 실장이 알아서 잘하겠지."

"맡겨 주셔서 감사합니다."

태선이 깍듯이 고개를 숙이며 대답했다.

"하지만 기본 원칙은 알고 있지?"

태선이 긴장하여 무상을 바라보자 무상이 싸늘하게 웃으며 말했다.

"나는 적을 용납하지 않지만, 친구도 필요 없어. 이 세상에 나에게 필요한 것은 단지 내 부하뿐이라는 것을 명심해 둬. 나의 충실한 부하가 아니면 나에게는 모두 적이니까. 혹시라도 만약 저 녀석이 적이 될 존재라면 아예 제거해 버리는 것이 낫지 않겠어? 난 또 다시 저런 어린 애한테 거절당하고 싶지 않다고……."

"네, 명심하겠습니다."

태선이 긴장하여 대답했다. 그러자 갑자기 무상이 무엇을 생각했는지 껄껄 웃으며 말했다.

"아냐, 놔둬, 놔둬…… 그깟 녀석이 뭘 할 수 있겠어?"

태선은 웃고 있는 무상을 보며 속으로 말하고 있었다.

'당신의 잠재력은 천나루에 비하면 아무것도 아니에요. 그가 바로 절대기맥의 소유자랍니다!'


몇 주가 지난 어느 날 저녁, 나루는 시내의 분위기 좋은 식당에서 여울을 기다리고 있었다. 나루는 면접용 정장을 입고 있었고 그의 옆자리에는 장미꽃 한 다발이 얌전히 놓여 있었다. 그날은 바로 몇 주 전부터 준비한 여울의 생일이었다.

나루는 며칠 전부터 여울에게 그녀의 생일 저녁에 시내에서 식사하자고 이야기를 해두었다. 그래서 지금 그는 면접용 정장을 입고 꽃과 선물을 준비하여 분위기 있는 시내의 식당에서 그녀를 기다리는 중이었다. 처음으로 여자 친구의 생일을 챙기는 것이기에 아무것도 모르는 그는 모든 것을 인터넷 정보에 의지하여야 했다. 선물도 인터넷의 생일 선물 사이트에서 가장 인기가 많은 것으로 작은 하트 모양의 펜던트가 달린 18K 금목걸이였다.

나루가 혼자서 이 생각 저 생각 하며 얼마 동안을 기다리고 있자 마침내 여울이 식당 안으로 들어왔다. 말쑥하게 정장을 차려입은 나루를 발견한 그녀는 좀 놀란 표정이 되었다.

"뭐야, 이 분위기는…… 그럼 그렇다고 해야지 나도 거기에 드레스코드를 맞추지……"

조금 원망스러운 듯 투덜거렸지만, 곧 전후 사정을 파악했다는 여유 있는 표정으로 말했다.

"역시 초보 티가 팍팍 나는구먼……"

"뭐라고?"

"초보 티가 난다고…… 연애 초보!"

"어떻게 알았니? 나 초보인지?"

"그거야 보면 알지. 꽃 사 왔지? 그리고 그 선물은 뭐야? 금목걸이 정도 되겠다. 그래도 우리 나이가 있으니 18K 정도 산 거야? 흐흐흐…… 식사는 스테이크에 와인이겠네? 그렇지?"

자신이 지난 몇 주 동안 심혈을 기울여 준비한 것을 여울이 자리에 앉기도 전에 모두 까발리는 것을 듣고 나루는 마음이 상했다. 그는 김이 샌 목소리로 말했다.

"그래 맞아. 너는 이런 경험이 많은 모양이구나. 보기도 전에 척척 알고……"

나루가 실망한 표정을 보이자 여울도 조금 당황한 것 같았다.

"아니, 그런 게 아니라 오빠가 너무 연애 매뉴얼대로 하니까 재미있어서 그랬지. 그러게 뭐하러 이런 것들을 다 준비하고 그래? 난 맛있는 것만 사주면 되는데……."

하지만 아직 나루의 표정이 풀리지 않자 여울이 자신의 자리에서 일어나 그의 옆자리로 가서 꽃다발을 치우고 앉았다. 그리고 그의 팔에 자신의 팔을 끼고 애교 섞인 비음으로 말했다.

"오빠, 내가 이렇게까지 하는데도 화 안 풀 거야? 사실 나 지금 엄청 감동받았어!"

그리고 나루를 보며 아주 불쌍한 표정을 지어 보여주었다. 그는 여울의 그 모습을 보고 도저히 계속 화를 내고 있을 수가 없었다. 금방 웃는 표정이 되고 말았다.

"야, 웃었다! 웃었다! 이제 화 풀린 거지?"

여울이 기뻐하며 웃자 나루는 그 모습이 너무 귀여워서 한번 꼭 안아주고 싶은 것을 꾹 참았다. 그녀가 잠자코 있기로 약속한 후에는 모든 것이 그의 계획대로였다. 나루는 여울에게 꽃다발을 건네주었고 그녀의 가는 목에 목걸이를 직접 채워 주었다. 그리고 촛불이 밝혀주는 테이블에서 고급 스테이크를 먹으며 하우스 와인을 한 잔씩 마셨다. 그러는 동안 나루는 계속 행복했고 여울도 즐거운 표정이었다. 식사가 모두 끝나고 반쯤 남은 와인을 홀짝이면서 여울이 말했다.

"올해는 정말 작년이랑은 다른 것 같네. 우리 작년에는 떡볶이랑 라면을 먹었지?"

여울이 눈을 지그시 감으며 회상하는 표정으로 말했다.

"선물은 아마 학교 로고가 들어 있는 티셔츠였지?"

나루가 좀 부끄러운 듯이 말했다

"그때야 우리가 아직 완전히 사귈 때가 아니었으니까…… 네 생일인 것도 그날 알았잖아……"

그러자 여울이 기억을 더듬는 표정으로 말했다.

"나는 지금 작년이 안 좋았다고 이야기하는 것은 아니야. 그저 우리의 지난 일 년을 생각해 본 거란 말이야. 나는 오빠와 함께만 있으면 무엇을 먹어도 무엇을 하더라도 상관없는걸."

그녀는 목걸이를 만지작거리다가 갑자기 뭔가 깨달은 표정이 되어서 말했다.

"그런데 혹시 이거 준비하느라고 지난 몇 주 동안 공사장에서 아르바이트한 거야?"

나루가 부끄러운 듯 고개를 끄덕였다. 그러자 여울의 얼굴이 붉어지면서 눈에는 다시 그렁그렁 눈물이 맺히기 시작했다. 그녀는 부끄러움도 잊었는지 갑자기 소리 내어 떠들기 시작했다.

"아! 난 정말 바보였네. 오빠가 날 위해 그 위험한 일을 하는지도 모르고 잔소리만 하고 있었으니…… 오빠 미안해! 내가 진작 알았어야 했는데…… 그리고 다음부터는 절대 그런 짓 하지 마! 난 오빠만 있으면 된다니까!"

갑자기 큰 소리에 주변 사람들이 쳐다보는 바람에 나루는 크게 당황했다.

"야! 갑자기 왜 그래? 알았어, 알았어. 다음부터는 절대 위험한 일 안할게!"

항상 그렇듯이 감정이 격앙된 여울을 달래는 데는 시간이 오래 걸렸다. 그나마 다행인 것은 식사를 마친 후라는 것이다. 하마터면 음식이 모두 식을 뻔했다. 식사하며 마신 와인 반 잔도 술이 약한 그녀에게는 감정이 차오르게 하는 요인이 되었다. 간신히 여울을 진정시킨 나루는 그녀를 데리고 식당을 나왔다. 시간이 이미 오후 9시가 넘어서 집으로 돌아갈 시간이었다.

나루에게 여울을 집까지 데려다주는 것은 쉽지 않은 일이었다. 학교에서 서로 반대 방향으로 멀리 떨어져 있기 때문이었다. 주로 학교에서 헤어지고 학교 외의 곳에서는 늦게 헤어지는 경우도 드물다 보니 집에 데려다주는 경우는 거의 없었다. 또한 그의 입장을 이해하는 그녀가 집까지 데려다주는 것을 말렸기 때문이기도 했다. 하지만 오늘은 그녀의 생일이었다. 오늘만큼은 그녀의 집까지 함께 가기로 했다. 그들은 택시를 탔다.

"야, 오늘 진짜 나 호강한다!"

여울이 나루의 팔을 낀 손으로 장미 꽃다발을 품에 안으며 소리쳤다. 그러면서 덧붙였다.

"하지만 이런 거 다 필요 없어. 난 오빠만 있으면 돼!"

여울의 집은 강북의 한 아파트 단지였다. 택시가 집 근처에 도착하자 그들은 차를 그녀의 집에서 좀 떨어진 곳에서 세웠다. 헤어지기 전에 좀 걷기로 한 것이다. 두 사람은 손을 잡고 잠시 걷다가 그녀의 아파트 단지에 들어서니 놀이터가 눈에 띄었다. 밤늦은 시간이라 아무도 없었다. 그곳을 지나가면 바로 그녀의 집이었다. 그녀가 놀이터의 긴 의자들을 가리키며 아쉽게 물었다.

"우리 여기 잠깐 앉았다 갈까?"

나루가 고개를 끄덕이자 두 사람은 긴 의자에 앉았다. 그들은 잠시 말없이 하늘만 쳐다보았다. 둘 다 아무 말은 하지 않았지만 함께 있다는 사실에 무척 편안한 표정이었다. 한동안 말없이 나루의 손을 잡고 앉아 있던 여울이 갑자기 생각났다는 듯이 물었다.

"요즘은 YCI그룹에서 연락 안 와?"

"응, 그 후로 한두 번 정도 더 연락하다가 내가 싫다고 하니까 요즘은 연락하지 않던데?"

"응, 그 사람들도 오빠 고집에 질렸을 거야. 이 고집쟁이……"

여울이 예쁘게 나루를 흘겨보았다.

"근데 오빠는 그렇게 고집이 센데도 나한테는 한 번도 고집을 피우지 않네? 왜 그래?"

여울의 갑작스러운 질문에 나루가 부끄러운 듯 웃으며 말했다.

"너한테는 고집을 피울 일이 없으니까 그렇지 뭐."

"왜 그래? 왜 나한테는 고집 피울 일이 없는 거야?"

여울이 짓궂게 채근하듯이 묻자 나루는 진지한 표정으로 대답했다.

"난 네가 원하는 것은 뭐든지 다 해주고 싶으니까……. 여울이 너에게는 날 내세울 일이 없어……"

그 말을 들은 여울이 얼굴이 발그레해지며 한참 동안 고개를 숙이고 뭔가를 생각하다가 갑자기 고개를 들어 나루를 올려다보며 말했다.

"오빠, 나도 그래. 나도 오빠가 원하는 것은 뭐든지 다 해 주고 싶어!"

두 사람은 잠깐 그 자리에 서서 서로의 눈을 마주 보았다. 나루는 잡았던 한쪽 손을 더욱 세게 잡으면서 나머지 한 손으로 여울의 다른 손도 끌어 잡았다. 양손을 마주 잡은 그들은 서로의 눈을 계속 바라보면서 얼굴을 상대에게 그리고 서로의 얼굴을 천천히 가까이했다. 순간 그의 큰 손이 그녀의 작은 얼굴을 감쌌다. 그리고 잠시 후 그들은 입을 맞추고 있었다. 가끔 누군가 지나갔지만 아무도 그들을 발견하지는 못했다. 그들은 한동안 그렇게 서 있었다.

밤 12시가 다 되어 갈 무렵이 되어서야 나루는 집 근처 정류장에서 버스를 내릴 수 있었다. 여울을 집에 들여보내고 10시가 좀 넘어서 서둘러 출발했지만, 지하철과 버스를 갈아탄 끝에 도착한 시간이었다. 나루는 다시 한 번 자신의 집이 그녀의 집에서 멀다는 것을 실감하며 혀를 찼다.

버스 정류장에서 집까지는 조금 걸어야 하는 거리였다. 나루는 부지런히 걷기 시작했다. 조금 전까지만 해도 여울과 함께 있었는데 혼자 어두운 길을 가려니까 왠지 허전한 기분에 밤공기가 더 서늘하게 다가왔다. 익숙한 길조차 낯설게 느껴졌다. 밤늦은 길에는 인적이 거의 없었다.

집으로 가는 도중에는 큰 공터가 하나 있었다. 나루가 사는 지역은 한창 개발이 진행되고 있는 곳이어서 군데군데 공사 중인 빈 땅들이 많았다. 그중에서도 이 공터는 규모가 있는 건물이 들어올 예정인지 그 크기가 상당했다. 사람들은 빨리 가기 위해 그 공터를 가로질러 가곤 하였다. 그 넓은 곳은 밤에는 관광버스나 큰 트럭들의 주차장으로 이용되고 있었다.

나루가 요즘 경험하기 힘든 흙을 밟고 다닐 기회라고 생각하며 지나는 곳이었다. 밤이 되어 꽤 많은 버스들과 큰 트럭들이 주차했음에도 중앙에는 상당히 넓은 공간이 있었다. 하지만 지금 보니 크기에 비하여 터무니없이 작은 전등 두 개만이 공터의 양 끝을 비추고 있어 전체적으로 어두웠다. 주차되어 있는 커다란 차들의 그림자들은 이곳을 더욱 어둡게 만들고 있었다.

나루는 공터에 들어섰다. 이곳만 지나면 바로 저 건너가 그의 집인 것이다. 그런데 그날따라 매일 지나는 이곳에서 느껴지는 기분이 이상했다. 그는 왠지 모르게 잠시 도로를 따라 돌아갈 것인가 그냥 공터를 가로질러 갈 것인가 고민했다. 하지만 항상 지나는 길이고 더 빠르게 갈 수 있다는 생각에 그냥 공터를 질러가는 길을 택했다.

나루의 느낌이 이상했던 이유는 곧 밝혀졌다. 알 수 없이 불안하다고 생각했는데 아니나 다를까 공터의 가운데 부분을 지날 때 갑자기 반대편에서 몇 개의 그림자들이 나타났다. 그들은 아무 이야기 없이 걸어오고 있었다. 나루는 그들의 걸음이 보통 사람들과는 다르다는 것을 느꼈다. 걸으면서도 어깨를 거의 흔들지 않고 있었다. 뭔가를 준비하느라 긴장하고 있다는 표시였다. 과거 격투기 시합 전에 느꼈던 뭔가 묵직한 기운이었다. 그는 긴장했다.

나루의 육감은 틀리지 않았다. 스쳐 지나 걸어가던 그림자 중의 하나가 갑자기 나루를 공격했다. 빠른 공격이었지만 어느 정도 예상을 했기 때문에 빠르게 몸을 움직여 그 공격을 피할 수 있었다. 공격을 피해 그림자들로부터 좀 떨어진 곳에 자세를 잡은 나루는 이들이 보통 동네의 폭력배가 아니라고 생각했다. 폭력배라면 먼저 말을 걸어 금품을 요구했을 것이다. 그러나 이들은 아무 말 없이 공격부터 하고 있었다. 나루는 상대가 몇 명인지 확인했다. 세 개의 그림자였다.

"너희는 누구냐?"

나루가 소리쳤다. 하지만 그들은 아무런 대답을 하지 않았다. 대신 그들은 천천히 나루에게 다가오기 시작했다. 어둠 속이라 잘 보이지는 않았지만 아는 얼굴은 없었다. 그들은 모두 어둠 속에서 잘 보이지 않는 검은색 양복을 입고 있었다. 그런 양복을 어디서 본 것 같았다.

"도대체 왜 이러는 거예요?"

다가오는 그들을 보고 나루가 소리를 지르자 그중 하나가 오른손 주먹을 나루의 얼굴을 향해 뻗었다. 나루는 반사적으로 들어오는 그의 팔을 왼팔로 쳐냄과 동시에 오른쪽 주먹으로 그의 턱을 가격했다. 상대는 뒤로 나가떨어졌다.

이번에는 오른쪽 옆구리 쪽으로 다리가 날아들었다. 나루는 턱을 친 오른손을 내려 간신히 그의 다리를 쳐 내고 재빨리 왼발을 축으로 몸을 돌려 오른쪽 발로 상대의 디딤발을 있는 힘을 다해 걸어찼다. '억' 하는 소리를 내면서 두 번째 역시 땅바닥에 주저앉았다.

나루는 나뒹굴고 있는 두 명을 보면서 이제 한 명만 남아 있다고 생각하자 어느 정도 안도가 되었다. 턱을 맞은 사람은 바닥에 누워 있었고 다리를 맞은 다른 사람은 다리를 감싸 쥐고 움직이지 못하고 있었다.

"도대체 무슨 일인지 모르겠지만 잘못하면 당신들이 크게 다칠 것 같은데요? 오늘 내가 정장을 입은 날이라 옷 버리면 안 되니까 이제 그만하고 가던 길 가시죠?"

두 명을 쉽게 제압한 나루가 마지막으로 남은 남자를 보고 여유를 부리며 말했다.

하지만 상대는 아무런 동요가 없었다. 그는 잠시 자세를 취하는가 싶더니 갑자기 엄청나게 빠른 발차기로 얼굴을 공격했다. 나루는 흠칫 놀라며 뒤로 물러나서 첫 번째 공격을 피했다. 하지만 그의 발차기는 일반적인 발차기가 아니었다. 보통은 발차기를 하면 그다음 공격이 있기 위해서 어느 정도의 간격이 필요하고 그조차도 연속으로 몇 회를 계속하면 지쳐서 그 속도가 느려지게 마련인데 그는 처음과 같은 속도와 같은 강도로 다시 공격을 해왔다.

이미 10회 이상의 공격을 계속 받고 있는 나루는 그의 빠른 발차기를 피하느라 공격할 기회를 찾지 못하고 당황하고 있었다. 마침내 그의 발차기 공격이 멈췄다. 하지만 그사이 쓰러져 있던 두 사람이 다시 일어나서 공격 자세를 취했다. 다시 나루는 정면과 좌우에 상대를 두게 되었다.

나루는 순서상 발차기하는 상대가 먼저 공격을 한다면 나머지 두 사람의 공격을 피하기 어렵다고 생각했다. 이럴 때는 아직 충격이 남아 있는 대상을 먼저 공격하는 방법이 최선일 것이라는 판단이 섰다.

상대 세 사람이 호흡을 맞추려 하는 순간 나루는 재빠르게 공중으로 몸을 날려 오른쪽 무릎으로 오른쪽에 있는 남자의 턱을 가격했다.

그리고 착지와 동시에 왼 다리 옆차기로 왼쪽에 있던 남자의 명치를 타격했다. 순식간에 둘이 쓰러져 버렸다.

하지만 모든 것이 나루의 생각대로 완벽하게 성공하려면 가운데에 있는 남자가 가만히 기다려 줘야 하는데 그 부분이 생각대로 되지 않았다. 왼쪽 남자의 명치를 가격하고 착지하는 순간 나루는 머리에 강한 충격을 느꼈다. 가운데에 있던 남자의 돌려 차기가 나루의 뒤통수에 적중한 것이다. 나루는 순간적으로 중심을 잃고 바닥에 굴렀다. 몸이 공중에서 뜬 상태에서 맞은 것이었기 때문에 그 충격이 더 크게 느껴졌다.

남자는 말없이 조용하게 다가오면서 거리를 좁혀 나루를 압박하였다. 그는 머리가 깨지는 듯한 아픔을 느끼면서 중심을 잡으려 노력하고 있었다. 비록 남자의 공격 방향을 예측하고 있었지만 그의 다리는 심하게 떨리고 있었다.

마침내 남자의 주먹이 나루의 얼굴을 향해 날아들었다. 그는 본능적으로 허리를 앞으로 굽혀 그것을 피했다. 하지만 몸이 따라주지 않는 탓에 카운터펀치를 날릴 순은 없었다. 비록 얼굴에 주먹을 적중시키지는 못했지만 나루가 심하게 충격받은 상태임을 알아차린 남자는 이제 긴장을 풀고 여유 있는 모습이 되었다.

남자는 다시 나루에게 천천히 다가왔다. 나루에게 희미하게 보이는 남자의 얼굴에는 징그러운 웃음이 나타나고 있었다. 그것은 마치 다리가 부러져 도망치지 못하는 먹잇감을 희롱하며 천천히 입맛을 다시면서 다가가는 야수의 표정이었다.

나루의 충격은 점점 더 깊어졌다. 머리에는 피까지 흐르고 있었다. 출혈 때문인지 이제는 더 이상 서 있기도 힘들 정도였다. 시야가 점점 희미해져 왔다. 남자의 오른손 주먹이 날아오는 것을 보았지만, 몸을 움직일 수가 없었다. 그것은 그대로 나루의 옆구리에 꽂혔다. 잠시 동안 그는 몸이 정지되는 느낌이 들었다. 무릎을 꿇고 말았다. 다시 그의 복부에 강한 충격이 느껴졌다. 나루는 무릎을 꿇고 앞으로 고꾸라졌다. 쓰러지면서 간신히 더듬거리는 목소리를 냈다.

"도, 도, 도대체 왜 나를 이렇게……."

이제 나루의 시야는 완전히 어두워져 버렸다. 그리고 그 자리에 쓰러져 버렸다. 그를 쓰러뜨린 남자가 어디론가 전화를 걸었다. 잠시 후 주변에 쓰러져 있던 다른 남자들이 주섬주섬 일어나서 전화하는 남자의 근처로 비틀거리며 걸어왔다.

잠시 후 그들이 있는 곳으로 승합차 한 대가 전조등도 켜지 않은 채로 다가왔다. 승합차는 공터 안으로 들어가서 남자들이 서 있는 곳에 멈춰 섰다. 승합차의 문이 열리자 세 사람은 나루를 함께 들어 올려 승합차에 태운 뒤에 자신들도 올라탔다.

차 문이 닫히자 조수석에 탄 여자가 말했다.

"알아서 잘했겠죠?"

나루를 쓰러뜨린 세 번째 남자가 대답했다.

"예, 이쪽으로 들어오는 길목은 모두 차단하여 사람들이 통행하지 못하게 하고 이 지역을 중심으로 반경 50m 이내의 CCTV는 모두 못 쓰게 했습니다."

어둠 속에서 여자의 하얀 이가 보였다.

"잘했어요. 이 친구의 실력은 어땠어요?"

세 번째가 대답했다.

"예, 생각보다 훨씬 강한 녀석입니다. 저도 전력으로 상대하지 않았으면 힘들 뻔했습니다."

여자는 만족스러운 미소를 띠었다.

"너무 심하게 다룬 것은 아니겠죠? 많이 다치면 안 되는데……."

그러자 세 번째는 당황해하며 대답했다.

"처음엔 많이 다치게 할 생각은 없었는데 너무 반항이 심해서요. 이 정도가 아니었으면 이렇게 데려갈 수도 없었을 겁니다. 하지만 걱정 마십시오, 워낙 운동으로 단련되었고 젊어서 금방 회복될 겁니다."

"그래요? 하긴 보통이 아니라는 소문은 듣고 있었으니까. 알았어요. 빨리 이곳을 떠나요. 통로를 지키고 있는 인원들도 모두 철수하라고 해요."

"예, 알겠습니다."

남자 중의 하나가 무전기를 꺼내서 말했다.

"통로 인원들 각 조 상황 보고하고 철수!"

"1조 이상무 철수!"

"2조 이상무 철수!"

"……."

"4조 이상무 철수!"

3조의 대답이 없었다. 남자는 다시 무전기를 들어 다시 무전을 했다.

"3조 응답해!"

하지만 역시 대답이 없다.

"3조가 어디죠?"

여자가 물었다.

"예, 서쪽 도로변입니다. 그쪽은 특히 사람이 안 다니는 길인데요?"

무전을 하던 남자가 영문을 모르겠다는 표정으로 대답했다.

"그럼 도대체 어떻게 된 일이지?"

여자가 짜증 섞인 목소리를 낼 때 갑자기 운전하던 남자가 말했다.

"차 앞에 누가 있습니다!"

모두 깜짝 놀라 앞 유리창 쪽을 바라보았다. 전조등을 켜지 않은 탓에 잘 보이지는 않았지만, 거기에는 남자 한 명이 있었다. 그는 앞유리를 막대기 같은 것으로 톡톡 치면서 뭐라고 하고 있었다. 그는 어둠 속에서 여러 사람을 상대로 이런 엉뚱한 짓을 하면서도 전혀 위축되는 기색이 없었다. 오히려 웃음을 짓는 표정에는 여유마저 보였다. 그러자 여자가 소리쳤다.

"다들 뭐 하고 있어요? 어서 처리하고 가야지!"

승합차의 문을 열고 세 사람이 다시 쏟아져 나왔다. 남자는 그들을 보자 말했다.

"뭐 하는 사람들이 함부로 사람을 납치하고그래? 좋은 말 할 때 차에 실은 그 친구 내려놓고 가지그래? 안 그러면 나한테 혼이 날 텐데?"

세 사람은 역시 아무 말도 하지 않았다. 싸움하는 중에는 이야기를 하지 않는 것이 그들의 규칙인 것 같았다. 그들은 남자에게 맞서 공격 자세를 취했다. 남자는 보통보다는 큰 키에 건장한 체격으로 보였다. 어둠 속에서 희미하게 보이는 얼굴에는 단정한 콧수염과 턱수염이 보였다. 가죽점퍼에 짧은 부츠를 신고 있는 그의 오른손에는 삼단봉이 들려 있었다.

여자는 긴장한 모습으로 차 안에서 그들의 대결을 지켜보았다. 하지만 그 시간은 그렇게 길지 않았다. 차에서 내린 셋 중에 둘이 먼저 공격하였으나 남자가 그들을 가볍게 피하고 그들의 목덜미 부분을 삼단봉으로 가볍게 한 번씩 치자 그들이 모두 기절하여 쓰러져 버린 것이다. 나루를 상대할 때는 그렇게 빠른 발차기 동작을 보여주던 세 번째마저 두 번째 발차기를 시도하기도 전에 어느새 턱밑으로 파고든 남자에게 명치를 한 대 맞고 그냥 쓰러져 버렸다. 세 번째도 갑자기 나타난 남자의 움직임에는 상대가 되지 않았다. 이 남자와 싸우려면 인간 능력 이상이 필요한 것 같았다.

그 모습을 지켜보던 여자가 참을 수 없다는 표정으로 차에서 내렸다. 그리고 남자 앞에 서서 그를 공격할 준비를 하였다. 다음 순간, 가까이에서 남자의 얼굴을 확인한 그녀는 소스라치게 놀라는 표정이 되었다.

"아니, 다, 당신은…… 태신원!"

그리고 다음 순간에 여자가 신경질적으로 소리쳤다.

"이게 무슨 짓입니까? 본격적으로 우리와 싸우겠다는 겁니까? 이렇게 되면 일이 커질 텐데요?"

신원은 여자를 쳐다보며 말했다.

"민서련, 오랜만이군. 하지만 그걸 말이라고 하나? 너희가 납치하려는 저 젊은이가 누군지는 내가 더 잘 알고 있어. 내가 당연히 지켜야 할 사람이란 말이야. 나는 아직은 네놈들한테 볼 일이 없어. 그 젊은이만 내려놓고 간다면 오늘은 그냥 보내줄 거야."

신원은 고개를 돌려 쓰러져 있는 사람들을 쳐다보고는 다시 말했다.

"지금 너희가 내 상대가 안 된다는 것은 네가 더 잘 알지 않나? 더구나 너희 이곳에 이렇게 사람들을 뿌려 놓고 다니면 안 되는 거 아닌가? 다른 사람들이 보면 어쩌려고? 저쪽 길가에도 몇 명이 더 자고 있을 거야."

서련이라는 여자는 한참을 생각하는 듯하더니 독이 오른 얼굴로 분해하며 앙칼지게 말했다.

"오늘은 여기서 물러나 드리죠. 하지만 잊지 않겠습니다. 곧 갚아드릴 겁니다. 다음에 다시 만날 때는 오늘 같지는 않을 겁니다."

서련이 운전석에 있는 사람에게 눈짓하니까 그는 운전석에서 나와 나루를 차에서 내려놓았다. 여자가 다시 지시하자 운전수는 다시 서둘러 쓰러져 있는 사람들을 부축하여 차에 태운 후 시동을 걸고 빠르게 공터를 떠나갔다.

승합차가 시야에서 완전히 사라진 후에야 신원은 나루를 내려다보며 혀를 차면서 말했다.

"이 친구 인사불성이네……. 그럼 어떻게 한다?"

그때 갑자기 나루의 바지 주머니에서 노랫소리가 흘러나왔다. 스마트폰이었다. 잠시 머뭇거리던 신원은 스마트폰을 꺼내 통화 버튼을 눌렀다.

스마트폰에서 여울의 귀여운 목소리가 흘러나왔다.

"오빠 아직 집에 도착하지 않았어? 오빠 목소리 듣고 자려고 하는데 지금 어디야?"

신원은 당황했는지 한참 동안 그 목소리를 듣고 있었다. 여울은 한참을 이야기하다가 나루의 반응이 없는 것을 깨닫고는 말했다.

"내 얘기 듣고 있는 거야? 왜 대답이 없어? 집에 도착은 한 거야?"

그제야 신원은 전화기에 대고 말했다.

"학생, 남자친구가 여기 쓰러져 있어. 누구에게라도 연락해서 빨리 와 주었으면 좋겠는데……."

"네? 뭐라고요? 거기 어디에요? 아저씨는 누구에요?"

여울도 놀라서 소리치자 신원은 느긋이 목소리로 대답했다.

"내가 누군지는 중요한 것이 아니고…… 여기 이 친구 집 근처에 있는 공터야. 참, 구급차도 부르는 게 좋겠어. 그렇게 큰 상처는 아니니까 너무 걱정은 안 해도 될 거야."

# 링산의 여행객들


   나루가 괴한에게 습격당하기 몇 개월 전에 만주의 지린(吉林)성 창춘 (長春)시에서 300km 정도 떨어진 칭밍(淸明) 마을에서는 이상한 일이 있 었다. 그곳은 주변이 높지 않은 야산으로 둘러싸여 예로부터 여진족과 만주족들이 중국 본토로 진출하는 주요 통로로 쓰던 곳이었다. 그런 이유로 한때 이 마을에도 사람들이 많이 모이고 교류가 활발했던 시절 이 있었다.

   역사적 배경 탓에 칭밍 마을에서는 금(金)과 청(淸) 시대의 유적과 유 물이 많이 출토되었고 그들보다 수백, 수천 년 앞서 그 지역을 주름잡 았던 고구려와 고조선의 유물들도 드물게 발견되는 지역이었다. 그래 서 한창 중국 정부의 동북아공정 사업이 활발하던 시기에는 그 시대를 자신의 역사에 편입하기 위한 사료를 수집하던 중국 정부의 관심이 집 중되기도 하였다.

   하지만 동북아의 모든 역사를 중국으로 편입하려는 그들의 계획에 더 이상 진전이 없자 이제는 그런 발굴 작업도 시들해지고 있었다. 더 구나 최근 몇 년간 중국의 중앙과 지방 정부의 최대 관심사가 오직 경 제 개발 쪽에 집중되자 발굴 작업은 더욱 사람들의 관심에서 멀어지고 말았다. 칭밍 마을에서도 괜찮은 유물이 나올만한 곳은 이미 발굴이 대부분 끝났다고 알려져 있었다. 예전에는 우물을 파다가도 흔히 나왔던 유물들이 이제는 건물을 짓기 위해 땅을 헤쳐도 더 이상 나오지 않았다. 지하를 수십 미터 파 내려가거나 산 하나를 다 깎아 내어서 청대의 은전 하나라도 발견된다면 운이 좋다고 할 정도였다.

지난 수년 동안 마을을 방문하는 발굴단에서 뿌려주던 돈으로 연명하던 마을 사람들의 살림은 점점 어려워져 갔다. 그들은 살기 위한 새로운 방법을 찾아야 했다. 많은 칭밍 마을의 젊은이들은 창춘 같은 큰 도시로 일자리를 찾아 떠나가고 이제 마을에는 노인들과 어린 아이들만이 남게 되었다. 드물게 고대의 보물을 하나 발견하여 팔자를 고쳐보려는 소위 보물 사냥꾼들이 간혹 나타나기도 하였지만 지난 몇 년간의 허탕 끝에 이 마을에서는 더 이상 아무런 소득이 없었다는 소문이 나 버리자 이제는 그들의 발걸음마저도 거의 없어져 버렸다.

한때 보물 창고라고 불렸던 마을의 명성이 거의 모든 사람들에게서 잊혀 가는 봄의 어느 날 칭밍 마을에 10명 정도의 여행객들이 탄 차량 세 대가 도착했다. 그들은 창춘에서부터 차를 출발했다고 하는데 그들과 함께 온 안내원은 이 마을 출신이었던 류징(劉琼)이었다.

30대 중반의 류징은 이 마을 고아 출신이었다. 다른 마을의 젊은이들과 마찬가지로 일자리를 찾아 창춘시로 떠난 후 건설 현장의 일용직으로 일하며 하루하루를 살아가던 중에 칭밍 마을에 대해서 잘 아는 사람을 찾는다는 소문을 듣고 이 여행객들과 합류했다.

류징의 머릿속에는 부모 없이 자라던 어린 시절, 마을의 이곳저곳을 헤매며 놀러 다니던 기억이 가득 차 있었다. 특히 그는 마을의 지리와 사람들 그리고 주변 산과 골짜기에 대해서는 누구보다도 잘 알고 있다고 자부했다. 비록 마을을 떠난 지 3년이 넘었지만 그동안 변한 것이 있을 리 없는 그곳을 안내하는 데는 별문제가 없다고 생각했다.

많은 마을 사람들이 오랜만에 고향에 돌아온 류징을 알아봤다. 비록 피붙이 하나 없는 고향이었지만 그 역시 오랜만에 만난 마을의 어른들에게 반갑게 인사했다. 여행객들에게 돈까지 두둑하게 받으면서 귀향한 것이니 그는 마치 금의환향이라도 한 것 같은 기분이 들었다. 마을 사람들은 그의 안부와 함께 온 여행객에 대해서도 물었지만, 그는 부끄러운 듯 웃으며 대답을 잘하지 못했다. 그는 정말로 그 여행객들에 대해서는 잘 몰랐다.

류징이 이번에 채용되는 조건 중 하나는 여행객들에게 귀찮은 질문을 하지 않는 것이었다. 그 역시 그들이 누구인가에 대해서는 큰 관심이 없었다. 수고비 액수만이 가장 큰 관심사였는데 그것이 평소 일당의 세 배나 됐다. 더구나 먹고 자는 것까지 다 제공한다고 하니 더욱 남는 장사였다. 수고비는 반을 선불로 받고 일이 끝나면 나머지를 받기로 하였다. 그 나머지도 여행객들의 값 비싼 장비나 옷차림을 볼 때 결코 떼일 일은 없을 것 같았다.

류징은 여행객들에 대해서 그들의 팀장이라는 사람이 이야기해준 만큼만 알 수 있었다. 40대 정도로 보이는 그 사람은 자신의 이름도 가르쳐 주지 않고 그저 팀장으로만 불러 달라고 했다. 다른 일행은 필요한 경우를 제외하고는 아예 류징과 말도 섞지 않았다.

팀장은 류징에게 그 여행객들이 한국의 큰 기업의 직원들이고, 칭밍 마을에서 관광 겸 직원 교육을 진행한다는 것까지만 가르쳐 주었다. 회사 이름은 알려주지도 않았다. 그리고 그에게 칭밍 마을에서의 숙박과 식당들에 대한 예약, 주변 지역에 대한 안내를 부탁했다.

이들이 다른 여행객들에 비해 이상한 것은 휴식을 취하는 동안에도 고적지나 경치가 좋은 곳에 대한 관광에는 관심이 없다는 것이었다. 다만 마을에서 3Km 정도 떨어진 링산(靈山)에서 며칠간의 산악 훈련을 할 예정이 있다고 하면서 그곳의 지도를 구해 달라고 했다.

류징은 마을에 도착하기 전에 그들을 위하여 몇 개 남지 않은 호텔 중에서 가장 깨끗한 곳을 예약하고 깔끔하고 맛있는 식당을 수소문해 두었다. 그리고 이미 잘 아는 곳이었지만 링산으로 가는 길을 확인하고 등산로도 파악해 두었다. 또 팀장에게 링산의 지도를 구해주는 것과는 별도로 기억을 더듬어 링산의 지형에 대한 조언을 준비하는 것도 잊지 않았다. 그는 이렇게 후한 고객과 인연을 맺어두면 나중에도 여러 가지로 도움이 될 것이라 생각했다.

여행객들은 마을에 도착한 후 이틀 동안은 호텔에 머물면서 아무것도 하지 않고 주변을 돌아다니며 자유롭게 관광을 했다. 류징 역시 하는 일 없이 그냥 대기하고 있다가 간혹 팀장이란 사람이 물어보는 개인적으로 궁금해하는 질문에 대해서만 대답해 주고 있었다.

마을 사람들은 10명 정도가 되는 여행객들이 생각보다 많은 돈을 쓰는 것을 반가워했지만 얼마 지나지 않아 그들에게서 이상한 점을 한두 가지씩 발견하기 시작했다.

그 하나는 그들이 굉장히 조용하다는 것이었다. 중국 사람들에게 보통 한국 관광객들은 술과 노래를 좋아하는 것으로 알려져 있었다. 하지만 그들은 식사를 할 때도, 술을 마실 때도 조용했고 노래를 부르는 일은 전혀 없었다. 심지어는 자기들끼리의 얘기도 큰소리를 내지 않았다.

복장도 보통 여행객들의 복장인 원색의 울긋불긋한 색깔 대신에 모두 검은색 등산복으로 통일하여 입었고 거의 종일 검은 선글라스를 쓰고 있었다. 회사에서 함께 여행 온 사람들이라기보다는 마치 군인들처럼 보이는 사람들이었다. 실제로 그들은 머리도 군인들처럼 짧았다.

하지만 마을 사람들에게 그런 것은 문제가 되지 않았다. 그저 그들은 오랜만에 온 외지 사람들이 자신들의 마을에서 많은 돈을 써주는 것이 반가웠다. 여행객들은 마을에서 가장 고급 호텔에 묵었고, 음식을 먹을 때도 가장 고급 식당에서 좋은 음식을 먹고, 비싼 술을 마셨다. 돈을 아끼지 않아 호텔이나 식당 종업원들도 오랜만에 팁을 두둑이 받았다고 좋아했다.

이틀 동안 휴식을 취한 여행객들은 사흘째 되던 날 이른 아침에 창춘에서부터 타고 온 3대의 승합차에 나누어 타고 어디론가 출발했다. 류징에게서 이미 그들의 일정을 들은 마을 사람들은 그들이 산악 훈련을 위해 링산으로 떠났다는 것을 알고 있었다. 이른 아침부터 먼지를 일으키며 출발하는 여행객들의 차들을 바라보며 마을 사람들은 그들이 빨리 훈련을 마치고 돌아와서 다시 돈을 많이 써주기를 바랐다.

승합차 세 대는 일렬로 나아갔다. 승합차인데도 사람들이 많이 탈 수 없었던 이유는 차마다 어른 몸집만 한 배낭이 가득 실려져 있었기 때문이었다. 류징은 가장 앞 차량의 운전석 옆에 팀장과 함께 앉아서 방향을 안내했다. 목적지인 링산은 그리 멀지 않았다. 15분 남짓 포장 도로를 달리자 그들 앞에 커다란 산이 나타났다. 이미 마을에서부터 보였던 산이었지만 가까이에서 보니 더욱 크게 느껴졌다. 세월의 풍파를 보여주는 기암괴석과 오래된 나무들이 어우러진 산이었다.

승합차들은 산악 지대에 이르자 산길로 나 있는 비포장도로로 진입했다. 승합차들은 한참을 덜컹거리며 먼지 나는 산길을 따라 오르내리며 갔다. 차가 심하게 흔들렸지만 누구도 불평을 하거나 소리를 내지 않았다.

마침내 선도차가 멈춰 서자 뒤를 따르던 두 대의 차량도 멈춰 섰다. 그나마 비포장도로마저도 그곳에서 끊어졌다. 그들의 앞에는 걸어서야 갈 수 있는 좁은 등산로가 이어져 있었다.

"여기서부터는 걸어가야 합니다."

류징이 팀장에게 말하자 그는 모든 여행객들을 차에서 내리게 했다. 그리고 그들은 차들을 적당한 곳에 주차했다. 주차를 마치자 그들은 승합차 뒤에 있던 배낭들을 하나씩 꺼내기 시작하였다. 모두가 거의 자신의 몸 크기만 한 배낭을 하나씩 둘러메고 차량 앞에 일렬로 도열했다. 류징은 이들이 정말 군인들 같다고 생각했다. 아주 절도 있는 움직임인데다 이 모든 동작이 필요 없는 소리는 절대 내지 않고 눈짓과 수신호에 의해서 진행하고 있었다. 그는 그들의 정체가 궁금한 것을 꾹 참았다. 그들의 표정이 무엇을 물어볼 분위기가 아니었기 때문이었다. 그는 갑자기 그들이 이곳에 굉장히 중요한 목적을 가지고 왔다는 느낌이 들었다.

군인은 아니라 하더라도 이렇게 군사 훈련에 익숙한 사람들이 단순한 산악 훈련 목적으로 한국도 아닌 이곳까지 올 리는 없었다. 링산은 높이나 경치에 있어서 중국의 다른 산에 비하여 두드러진 점도 없었고 무엇보다 창춘에서 차로 몇 시간이 걸릴 정도로 교통도 안 좋은 곳이었다. 누가 봐도 좋은 훈련 장소는 아니었다.

마침내 팀장이 수신호를 보내자 일행은 일렬로 도열해서 등산로를 오르기 시작했다. 이제 겨우 봄에 들어섰지만, 낮의 햇볕은 따가웠다. 자신 몸 크기만 한 커다란 배낭을 지고 산길을 걷는 사람들은 땀을 비 오듯 흘려야 했다. 하지만 그들은 검은 선글라스에 커다란 배낭을 메고도 신음 소리 한 번 내지 않고 오르막길을 잘도 올라갔다.

류징이 팀장의 어깨너머로 본 지도에 표시된 장소는 등산로를 따라 몇 개의 고개를 넘어야 도착하는 곳이었다. 그곳에 있는 개활지가 바로 그들이 앞으로 며칠 동안 숙영할 장소였다. 류징은 그들이 그 주변에서 무슨 훈련을 할 것이라고 생각했다. 그 지역은 그 역시 몇 년 전에 어느 대학의 발굴팀을 따라 몇 번 갔었던 곳인데 결국 아무것도 발견하지 못한 곳이었다. 최근에는 모두가 포기했는지 그곳을 찾는 사람들은 전혀 없었다.

류징 자신도 어릴 때부터 여러 곳의 발굴을 따라 다니느라 산길에 익숙한 편이었지만 지금 이 사람들을 따라가는 것은 정말 힘들었다. 그들은 커다란 배낭을 지고도 조그만 백팩을 진 그보다도 빠르게 걸었다. 뭔가 특별한 훈련을 받은 사람들임에 틀림없다는 생각이 다시 들었다.

류징은 헉헉대면서 그들을 간신히 따라 걸었다. 몇 차례의 걷기와 쉬기를 반복하면서 3시간 정도를 걸은 끝에 그들은 마침내 개활지에 도착했다. 워낙 걷는 속도가 빨랐기 때문에 도착 시간은 예정보다 훨씬 빠른 시간이었다.

도착하자마자 잠시 도열한 그들은 팀장의 지시에 의해서 신속하게 텐트를 치기 시작했다. 정말 눈 깜빡할 순간에 텐트가 5개 만들어졌다. 그늘막과 배수로까지 완벽하게 설치되어 있는 텐트였다. 그리고 그들은 미리 호텔에서 준비한 도시락으로 식사를 하였다.

식사를 마친 사람들은 다시 팀장의 지시로 일제히 텐트로 들어가 잠을 자기 시작했다. 류징은 깜짝 놀랐다. 아직 오후 1시 정도밖에 되지 않았는데 잠을 자다니! 하지만 질문을 할 수도 없었고 그 역시 특별히 할 일이 없기에 다른 사람들과 마찬가지로 텐트 안에 들어갔다.

텐트는 모두 4, 5인용 텐트였지만 그들은 한 곳에 2, 3명씩 사용했다. 류징만이 그들이 준비해 준 텐트를 혼자 사용했다. 사실 류징으로서는 일행을 이곳까지 안내하는 것이 자신의 임무였기 때문에 그다음부터는 대기하는 것이 일의 전부였다. 그로서는 계속 자유 시간인 셈이었다.

어둠이 내려질 무렵 팀장의 텐트에서 사람이 나와서 류징의 텐트를 제외한 모든 텐트를 두 번씩 가볍게 쳤다. 그러자 텐트에서 자고 있던 사람들이 하나하나 밖으로 나왔다. 오래지 않아 그들은 다시 복장을 갖추고 도열하여 앉았다. 그리고는 주머니에서 무엇인가를 꺼내어 먹기 시작했다. 그것은 스틱 모양으로 된 야전 식량이었다.

신속하게 식사를 마친 그들은 다시 텐트에서 각자의 배낭을 꺼냈다. 배낭을 메고 다시 도열한 그들은 이번에는 류징도 없이 산길을 걷기 시작했다. 칠흑 같은 산길의 어둠 속이었지만 아무도 발을 헛디디지 않고 길을 걷는 것은 그들이 모두 적외선 안경을 착용하고 있기 때문이었다. 다른 사람들에게 눈에 띄지 않기 위해서 소리와 빛을 철저히 통제하는 것 같았다. 팀장만이 간간이 소형 손전등으로 지도를 확인했다. 어둠 속에서 그들의 발걸음 소리만이 규칙적으로 들렸다.

그들의 이동은 그렇게 오래 걸리지 않았다. 숙영지에서 10분 정도 떨어진 산기슭에 도착한 사람들은 다시 도열을 하여 등에 메고 있던 배낭을 내려놓았다. 자신의 몸집만 한 크기의 배낭을 메고 온 탓에 지칠 법도 했지만 모두 이런 일이 익숙한 것처럼 여유 있는 모습이었다.

팀장이 손짓을 하자 모두 일사불란하게 배낭에서 장비를 꺼냈다. 어떤 사람의 배낭에서는 삽, 다른 사람의 배낭에서는 곡괭이 같은 것이 나왔다. 그리고 팀장은 자신의 배낭에서 보통 검의 삼 분의 일 크기의 검을 하나 꺼내 허공을 두드리면서 마치 뭔가를 탐색하는 행동을 하였다.

그것은 손잡이 위로 깃털 모양으로 양날이 붙어 있는 청동검이었다. 상당히 오래되어 보였으나 관리는 잘 되었는지 반짝반짝 빛나고 있었다. 사람들은 이제 팀장의 주변으로 몰려들어 그가 그 청동검을 사방으로 돌려 가며 탐색하는 장면을 지켜보고 있었다. 한참 동안 주변을 검으로 휘저으며 다녀도 아무런 반응이 없자 팀장의 표정은 조금씩 초조해지기 시작했다.

지금까지 여유 있었던 팀장의 얼굴 위로 땀방울이 맺혔다. 그의 초조함은 얼굴에서 몸으로 이어져서 청동검을 잡은 손놀림이 조금 부산해

지기 시작했다. 팀장의 그런 모습을 보며 뒤에서 지켜보고 있는 다른 사람들의 얼굴에도 실망스러운 표정이 나타나기 시작했다.

한참 동안 더 탐색을 해도 아무런 반응이 없자 마침내 팀장의 얼굴이 땀으로 가득 차고 창백하게 변해가려고 할 때였다. 이곳저곳으로 옮겨 다니다가 처음 장소에서 한참을 떨어진 곳에 도착했을 때 갑자기 그의 손에 있던 청동검이 강하게 좌우로 흔들리기 시작했다.

팀장은 놀라서 순간적으로 검을 놓칠 뻔했으나 간신히 두 손으로 움켜쥘 수 있었다. 하지만 그다음 순간 그의 표정이 밝아지기 시작했다. 뒤에 서 있던 일행도 안도하는 표정이 되었다. 하지만 그들은 아직도 긴장하고 있었다. 팀장은 조심스럽게 흔들리는 청동검이 가리키는 방향으로 천천히 몸을 돌렸다.

방향이 맞춰지자 청동검은 더 이상 좌우로 흔들리지 않고 아래위로 흔들리기 시작했다. 그리고 그 흔들림은 점점 그 진동이 빨라지며 이제는 떨림이라는 표현이 적당할 정도의 빠른 움직임이 되었다. 팀장은 빠르게 움직이는 청동검을 놓치지 않기 위해서 안간힘을 썼으나 마침내 검은 그의 손을 벗어나 하늘로 솟구쳐 올랐다가 다시 땅으로 떨어져 한 곳에 깊이 박혀 버렸다.

청동검을 놓치는 순간 바닥에 주저앉아 버린 팀장이 주변의 부축을 받고 다시 일어났다. 일어서는 그의 표정은 기쁨에 가득 차 있었다. 그는 천천히 청동검이 있는 곳으로 가더니 맨손으로 그것을 뽑았다. 엄청난 힘이었다. 상당히 깊이 박힌 것을 전혀 힘들이지 않고 가볍게 뽑아 올린 것이다. 주변에 모인 사람들의 웅성거림이 잠시 있었지만, 팀장은 손을 들어 그것을 저지하고 청동검을 들어 방금 그것을 뽑은 곳을 가리키며 사람들에게 고개를 끄덕여 보였다.

그러자 일제히 사람들이 모여들어 그곳을 파헤치기 시작했다. 그들은 지름 2m 정도의 구멍을 내어 아래로 파 내려갔다. 두 사람씩 돌아가면서 파는 방법을 썼기 때문에 작업은 쉬지 않고 계속되었지만, 조명도 없이 적외선 안경으로 보면서, 더구나 기계 장비를 쓰지 않고 삽과 곡괭이로만 작업하는 탓에 시간이 꽤 걸렸다. 사람들은 얼마큼을 파야 하는지는 몰랐지만, 자신의 순서가 오면 아무 소리하지 않고 계속 땅을 팠다.

작업은 아침 해가 떠오를 때까지 계속되었다. 날이 밝아오자 팀장은 그들에게 작업 중단을 지시했다. 그러자 그들은 다시 신속하게 작업을 멈추고 장비를 챙겨서 숙영지로 돌아갈 준비를 하였다. 아직 그들이 파고들어 간 곳에서는 아무것도 나오지 않았다. 하지만 그들은 포기하는 것 같지 않았다. 뭔가 확신을 하고 하는 일 같았다. 아침 해가 뜰 무렵까지 그들이 파고들어 간 깊이는 이미 5m가 훨씬 넘는 깊이였다.

장비를 챙긴 그들은 그들이 파헤친 곳을 나뭇가지 같은 것으로 가리고 흙을 덮었다. 거의 사람들의 발길이 닿지 않는 곳이었지만 낮에는 혹시라도 지나는 사람이 있을까 봐 사람들의 눈에 띄지 않게 하려는 것 같았다. 다시 걸어서 숙영지로 돌아온 그들은 야전 식량으로 식사를 하고 다시 잠을 청하기 시작했다.

안내원인 류징은 아직까지 잠을 자고 있었다. 사실, 그의 팔에는 수면제와 영양제가 섞인 수액이 꽂혀 있었다. 어젯밤 그들이 작업장소로 출발하기 전에 자고 있는 그에게 주사했던 것이다. 수액만 바꿔주면 그는 이들의 작업이 끝날 때까지 잠이 든 채로 기다려야 했다.

낮에 잠을 잔 그들은 그날 저녁에도 작업 장소로 이동했다. 하지만 마음이 급해서인지 완전히 어둠이 내리기도 전에 작업 장소로 이동하여 어두워지길 기다렸다가 일을 시작했다. 또한 속도를 올리기 위하여 한 번에 세 명씩 들어가서 작업하기 시작했다. 그 결과로 작업 속도가 올랐다. 어제는 밤새도록 5미터밖에 못 팠던 것을 오늘은 몇 시간 만에 15미터를 파 들어갔다.

팀장은 구덩이 주변에서 초조하게 진행 상황을 보고 있었다. 아직 해가 뜨려면 한두 시간 더 기다려야 할 무렵 구덩이에서 갑자기 한 사람이 뛰어 올라왔다. 그리고는 팀장의 귀에 대고 뭐라고 속삭이자 팀장의 표정이 환해지며 급히 그를 따라 사다리를 타고 구덩이 아래로 내려갔다.

구덩이 아래에는 땅에서 금방 파낸 석관이 있었다. 주변에는 흙이 묻어 있는 석관의 가장자리에는 여러 가지 정교한 조각과 문양이 있었다. 팀장이 내려오자 땅을 파던 사람들이 그가 확인할 수 있도록 주변에서 물러섰다. 석관을 확인한 그는 굉장히 기뻐하며 급하게 손짓하여 사람들에게 밧줄로 석관을 묶어 밖으로 꺼내도록 했다. 석관은 상당한 무게였지만 그들이 미리 준비해 온 도르래 장비를 통해서 지상으로 올려졌다.

지상으로 꺼내진 석관을 앞에 두고 사람들이 다시 모여 섰다. 팀장은 그들에게 석관의 뚜껑을 열도록 했다. 조금 시간이 걸렸지만, 그들은 도구를 사용하여 전혀 주의 없이 아무렇게나 석관의 뚜껑을 열어버렸다. 석관의 뚜껑이 열리면서 그들은 오랜 시간을 간직한 듯한 무언가가 그곳에서 자욱하게 솟아오르는 것을 보았다. 그것이 먼지인지 아니면 다른 것인지는 모르지만, 그 석관이 범상치 않음을 느끼기에는 충분했다.

팀장과 대원 하나가 조심스럽게 석관 안을 확인했다. 석관 안에는 시신이 한 구 들어 있었다. 석관의 상태로 보아 시신은 아주 오래된 듯 보였지만 보존 상태가 아주 양호하여 거의 살아서 잠을 자는 듯한 모습이었다. 놀라운 것은 그 시신은 부패하지도 않았고 말라서 미라가 된 모습도 아니었다는 점이다. 비록 창백하긴 했지만 마치 살아있는 것 같았다. 아니, 만약 그 깊은 땅속에서 나온 것만 아니라면 살아있다고 해도 믿을 정도로 생기가 있어 보였다!

시신이 입고 있던 의복들은 모두 부패하고 부식되어 간신히 형태만 유지하고 있다가 석관의 뚜껑을 열자 먼지들과 함께 사라져 버렸다. 그런데 주변에서 긴장하고 있는 팀원들과는 달리 팀장은 그 시신을 보자 갑자기 적개심이 가득한 표정이 되었다. 그는 갑자기 장갑 긴 손을 석관 안에 넣어 시신에는 전혀 신경을 쓰지 않고 아무렇게나 이리저리 뒤지기 시작했다. 함께 있던 부하들조차 시신의 주변을 손으로 마구 헤집는 그를 보고 얼굴을 찌푸렸다.

하지만 팀장은 그런 것에는 관심이 없는 것처럼 보였다. 한참 동안 석관을 뒤적거리다가 아무것도 찾지 못하자 검은 선글라스 뒤에 감추어진 눈빛이 잔인하게 반짝거리더니 사람들에게 시신을 들어내도록 시켰다. 잠시 후 '퍽' 하는 소리와 함께 수천 년 동안 안치되어 있던 시신이 무자비하게 관 속에서 들어내어져 거의 벌거벗은 모습으로 땅바닥에 내던져졌다.

그때 떨어지는 시신과 함께 '딸랑' 하는 소리가 나며 무엇인가 바닥에 떨어지는 것이 있었다. 팀장이 그곳에 손전등을 비춰 확인했다. 바닥에 떨어져 있는 것은 주변에 여덟 개의 조그만 방울들이 달린 조그만 팔찌였다. 팔지는 땅에 떨어져도 푸른 빛이 어둠 속에서 빛났다. 석관의 깊은 곳에 보관되어 있어서 그런지 보존이 잘 되어 깨끗한 상태였다.

팀장은 음흉한 웃음을 띠며 반갑게 팔찌를 주워들었다. 그리고 주머니에서 미리 준비한 천을 꺼내 그것을 소중하게 감싼 후 옆에 있던 부하에게 건네주었다. 꾸러미를 받은 부하는 즉시 자신의 배낭에 그것을 조심스럽게 집어넣었다.

방울 달린 팔찌의 수습이 끝나자 팀장은 다시 사람들을 시켜서 장소를 정리하도록 하였다. 그러자 사람들은 벌거벗은 시신을 다시 석관 안에 집어넣고는 뚜껑을 그 위에 아무렇게나 올린 후 구덩이 속으로 밀어넣어 버렸다. 처음 들어 올릴 때와는 달리 석관은 뚜껑도 제대로 닫히지 않은 채 구덩이 아래로 던져졌다.

15m가 넘는 깊이의 바닥에 떨어진 석관이 요란한 소리를 내면서 산산이 부서지는 소리에 링산 전체가 흔들렸다. 마치 그 안의 시신이 울부짖는 것처럼 들렸다. 그리고 그것이 깨지면서 시신도 무사하기 어렵다는 것은 그곳의 모든 사람들이 다 느낄 수 있었다.

엄청난 굉음을 듣고 석관이 바닥에 떨어진 것을 확인한 팀장은 주변의 마른 나뭇가지들을 모아서 구덩이 안으로 던지도록 지시했다. 다음에는 상당량의 휘발유를 그 속에 붓게 했다. 그리고 팀장은 직접 라이터의 불을 켜서 구덩이 안으로 던졌다. 구덩이 안에서 휘발유에 젖은 석관과 마른 나무들이 거세게 타들어 가기 시작했다. 불꽃이 거세기는 했지만 15m의 구덩이 속에서 타는 것이었기 때문에 주변에 빛이 크게 새어 나오지는 않았다. 다만 구덩이에서 솟구치는 검은 연기가 어두운 링산의 허리를 두껍게 감쌌다.

석관과 나뭇가지들이 엉켜서 타 들어가는 것을 보면서 팀장은 통쾌한 표정을 지었다. 그것은 마치 오랜 원한을 갚은 듯한 표정이었다. 하지만 그 사람들은 그들의 팀장이 짓는 표정의 의미를 모르는 것 같았다. 그들은 초조한 표정으로 빨리 석관과 나무가 빨리 타기만을 기다리고 있었다.

마침내 구덩이 안에서 오늘 밤의 모든 흔적이 다 타버리자 팀장은 다시 사람들에게 구덩이를 메우도록 지시했다. 사람들은 구덩이를 팔 때 주변 나무 아래와 풀숲에 감춰두었던 흙을 가져와 그것을 메웠다. 그리고 그 위를 주변의 나뭇가지와 풀 더미로 덮었다. 그러자 그곳은 그냥 보아서는 지난 이틀간의 작업이 표시 나지 않을 정도로 원래대로 복구되었다.

이제 지난 이틀 동안 이곳에서 있었던 일은 아무도 모를 것이다. 팀장은 모든 작업이 끝난 것을 확인하고 숙영지로 돌아갈 준비를 하였다. 그때 지금까지 절대로 목소리를 내지 않던 그들 중의 하나가 큰소리로 외쳤다.

"큰일 났습니다!"

모두 예상하지 못했던 상황에 긴장하며 주변을 살폈다. 소리 지른 사람은 팔찌를 자신의 배낭에 보관한 인원이었다. 그는 황급히 팀장에게 달려와서 떨리는 목소리로 말했다.

"그, 그, 팔찌가 없어졌습니다!"

팀장은 놀라서 모든 사람들에게 지시하여 주변을 뒤져보도록 하였다. 사람들은 허겁지겁 주변을 뒤지기 시작하였다. 하지만 그 어느 곳에서도 팔찌는 발견되지 않았다. 그들은 아침이 되어 날이 밝아지면 찾을 수 있을 거라고 기대하였지만, 점심 무렵까지 주변을 샅샅이 찾아봐도 팔찌의 흔적은 나타나지 않았다. 강인해 보이는 그들이었지만 밤새워 땅을 파고 오전 내내 방울을 찾는 작업을 계속하다 보니 하나둘 지치는 기색이 보이기 시작했다. 결국 팀장은 일단 숙영지로 돌아가서 식사를 하고 잠시 휴식을 취한 후 다시 오기로 결정하였다.

하지만 숙영지로 돌아온 그들은 방울이 왜 없어졌는지 알 수 있었다. 텐트에서 자고 있어야 할 안내원 류징이 없었다. 그의 텐트는 비어 있었고 그들이 설치한 수면제 수액 봉지가 텐트 안에 아무렇게나 던져져 있었다. 아마도 그는 잠에서 깨어 그들을 뒤따라 와서 팔찌를 훔쳐간 것 같았다. 승합차의 열쇠도 하나 없어진 것이 확인되었다. 그들은 휴식과 식사도 미루고 서둘러 장비와 텐트를 챙겨서 출발했다. 거의 뛰다시피 해서 차량이 주차된 곳에 오니 역시 승합차 한 대가 없어져 있었고 나머지 차량들은 타이어가 찢겨 있었다. 아연실색한 팀장은 급히 사람들을 불러 차를 수리한 후 칭밍 마을로 출발했다. 하지만 그들은 이미 팔찌를 찾느라 그리고 차를 수리하느라 많은 시간을 지체한 후였다.

뒤늦게 칭밍 마을을 향하는 차 안에서 팀장의 흥분된 표정을 보면서 일행은 초조할 수밖에 없었다. 차량이 한 대 없어진 탓에 모두 구겨져서 좁게 타야 했지만 아무도 불편한 표정을 지을 수 없었다. 차는 순식간에 마을에 도착했지만 역시 류징은 그곳에 없었다. 마을 사람들도 그를 보지 못했다. 팔찌를 갖고 숙영지를 빠져나간 그는 마을에 들리지도 않고 어디론가 떠나버린 것이다.

동트기 전의 어둠이 류징을 도와주었다. 그나마 일행에게 다행인 점은 이 일을 공안이 모르는 것이었다. 도굴범이라는 그들의 약점을 알기에 류징도 자신을 신고하지 못할 것이라는 것을 알고 있었다. 그들은 그가 훔친 차에 대한 도난 신고조차 하지 못했다.

일행은 류징이 마을에 없다는 것을 확인하자마자 급히 그곳을 떠났다. 서둘러 바로 떠나는 그들의 모습을 보면서 산에서 훈련을 마친 후 다시 많은 돈을 써줄 것이라고 기대했던 마을 사람들은 적잖이 실망할 수밖에 없었다.

# YCI그룹의 비밀

　무상은 비서실장인 태선이 운전하는 대형 세단을 타고 어디로인가 향하고 있었다. YCI그룹 내에서 태선은 항상 무상과 함께하는 그림자 같은 존재였다. 그들은 많은 일을 함께 진행하여 왔다. 오늘도 그들은 오랫동안 비밀리에 추진하고 있는 일을 확인하기 위하여 다른 사람들에게는 알리지 않고 어떤 곳을 향하는 중이었다.

　승용차는 서울을 벗어나 잠시 경기 남부의 국도를 달리다 서울 주변 여러 소도시 중의 하나인 은감시의 시내로 들어섰다. 시의 중심가인 그곳은 주변 분위기가 얼핏 서울과 다르지 않았다. 새롭게 세워진 건물들이 다닥다닥 밀집해 있고 지나는 사람들도 많이 있었다.

　무상은 이곳이 얼마 전만 해도 황량한 벌판과 언덕이었다는 것을 알고 있었다. 그러나 이제는 현대식 조형미를 자랑하는 아파트들과 빌딩들의 숲이었다. 최근에 지어진 탓인지 그 모습은 오히려 서울의 오래된 그것들보다 훨씬 더 세련되고 아름다웠다.

　이곳 은감시는 요즘 대한민국에서 가장 빠르게 변하고 있는 곳 중의 하나였다. 하지만 그 변화를 적절히 따라가지 못하는 도로는 아직까지도 충분히 넓지 않아서 많은 차량들이 사거리의 신호를 몇 번씩이나 기다리게 했다.

막히는 길 때문에 예상보다 시간이 많이 걸리고 있었다. 하지만 더딘 도로에 비해 이 새로운 도시의 사람들은 부지런했다. 그들은 이 도시의 발전을 같이 누리고자 시나브로 모여들어 어느새 이곳을 가득 채우고 있는 것 같았다. 거리는 활기찼고 오가는 사람들은 분주해 보였다.

불과 십수 년 전만 하더라도 이 도시는 무척 한가한 곳이었다. 최소한 무상의 기억에는 그랬다. 무상이 대학을 마치고 유학을 가기 직전 아버지를 따라 공장을 방문하러 올 때만 하더라도 이렇게까지 도로에 차가 밀리고 지나는 사람들이 많지 않았다.

그때는 그야말로 한적한 서울 근교의 전원 같은 지역이었다. 소위 '읍내'라고 하는 명칭이 어울리는 종묘상과 농기구 점들이 늘어서 있고 트랙터들이 먼지를 내면서 오가는 모습의 흔한 시골풍의 한적함과 여유로움이 어울리는 곳이었다. 사실, 이곳이 읍에서 시로 승격할 때만 하더라도 이렇게 조그만 마을에 시라는 이름이 말이 되냐고 반대하는 마을 노인들도 많았다고 들었다. 하지만 시로 승격하자마자 그 이름값을 하는 것인지 10년도 안 되어 이렇게 크게 발전해 버렸다.

그러고 보면 무상의 할아버지는 선견지명이 있었다. 철성 그룹의 창업자였던 무상의 할아버지인 표철성 초대 회장은 50여 년 전, 아직 도로가 포장되기도 전에 이곳에 조그만 전자 부품공장을 지었다. 10년 동안 고철 장사를 해서 모은 돈을 밑천으로 하여 야심 차게 시작한 오늘날 YCI전자의 모태였다.

처음 표철성 초대 회장은 일본에서 생산한 부품을 가져와 마을 아낙들을 데리고 조립한 후 다시 일본으로 보내 그들의 상표를 달고 파는 주문자 생산 방식의 하청 공장으로 철성 전자를 시작했다. 하지만 70년대의 경제 개발 정책과 시운이 맞아 떨어져서 국가 차원의 지원을 받고 성장하여 자체적으로 부품을 만들기 시작하더니 결국 완제품의 생산 라인까지 갖추게 되었다.

극적인 반전은 그 완제품을 철성 전자란 이름으로 세계로 수출하여 그 기술력을 인정받으며 성장을 지속하다가 회사를 시작할 당시의 원청 업체였던 일본의 전자 회사를 인수해 버린 것이다. 그것이 바로 25년 전이었다. 업계에서 다윗이 골리앗을 물리친 것으로 비유되는 이 사건은 표철성 초대 회장과 철성전자 직원들의 피와 땀으로 이루어낸 결과였다.

할아버지가 철성 전자를 세계 굴지의 전자제품 회사로 성장시키자 20년 전 할아버지를 이어받은 무상의 아버지 표상만 전 회장은 철성 전자에서 축적한 자본을 기반으로 석유화학, 유통, 건설 등의 회사들을 인수 합병하여 자산규모 25조. 직원규모 3만 명의 수준의 한국 내 재계서열 10위권의 철성 그룹을 이룩해 놓았다. 철성그룹 가족의 재산 규모는 몇 년 전 미국의 포브스지에서 세계의 500위권 부호의 목록에 오를 정도로 막대해졌다.

표무상을 비롯한 철성 그룹의 후손들은 그들의 재산 규모를 줄일 생각은 조금도 없었다. 오히려 어떻게 해서든지 그것을 늘리려고 애를 썼다. 특히 무상과 같은 재벌 3세의 입장에서는 그것이 가문을 전통을 지키는 길이라고 생각했다.

하지만 그들이 정말로 중요시하는 것은 가문의 전통보다는 그들이 결코 '일반인'으로 돌아갈 수 없다는 절실함이었다. 그들이 가지고 있는 '지위'와 '기득권'을 절대로 놓칠 수 없다는 절실함 때문에 그들은 자산을 지속해서 증가시키기 위해 노력하는 것이었다.

무상은 태어날 때부터 상류층, 즉 '높은 곳에 있는 사람'이었다. 그가 말하는 것은 모든 것이 그대로 실현되었다. 대한민국에서 그에게 안 되는 일은 거의 없었다. 테니스와 수영 그리고 승마를 거의 선수 수준으로 즐기는 그가 신체검사에서 결격으로 군 면제 판정을 받은 것은 그 좋은 예였다. 그가 원하는 모든 것은 거의 요구하는 순간에 즉시 그대로 되었다.

지난 32년 동안 무상은 그렇게 자신이 하고 싶은 모든 것을 하면서 지냈다. 그리고 지금은 그 권리를 놓치지 않기 위해서 그리고 그의 발아래서 모든 이들이 굽실거리는 것을 보기 위해서 그는 더 많은 것을 가지려 애썼고 그 결실로 아버지가 물려준 회사의 규모를 더욱 키우는 데 성공한 것이었다. 그리고 그는 지금도 그것을 더욱 키우려 하고 있었다.

재벌 3세라는 태생적인 우월함을 제외하고도 무상에게 보통 사람보다 뛰어난 부분이 있는 것은 사실이었다. 그가 국내 최고의 명문대를 나오고 세계 최고의 대학에서 MBA 학위를 얻었기 때문이 아니었다. 그에게 있어 가장 뛰어난 부분은 선천적으로 자신이 가진 것을 최대한 활용할 수 있는 능력이었다. 돈이 되었던 권력이 되었던 그는 지금 가지고 있는 것을 이용해서 더 큰 것을 얻어내는 재주가 있었다. 비록 나루에게는 통하지 않았지만, 대부분의 사람은 그가 가진 돈이나 권력을 이용한 요구나 협박에 그가 원하는 것을 순순히 내놓는 것이 보통이었다. 그는 또 그렇게 얻은 것을 이용해서 더 큰 것을 얻어내곤 했다.

또 하나, 무상이 다른 사람과 크게 다른 점은 자신이 지금 가지고 있는 것에 결코 만족하지 않는 끊임없는 탐욕이었다. 그는 야망을 뛰어넘는 탐욕스러운 마음을 가지고 있었다. 그리고 가장 중요한 것은 그 탐욕을 이루기 위해서는 어떤 일도 서슴지 않고 할 수 있는 차가운 심장도 가졌다는 사실이었다. 세상의 도덕적 기준에 어긋나고 모든 사람이 반대한다 해도 자신이 옳다고 생각하면 그는 멈추지 않았다. 그는 그 과정에서 다른 사람들에게 어떠한 피해가 있더라도 자신에게 이익이 될 수 있으면 그것은 감수되어야 한다고 믿었다.

그 예가 할아버지가 40여 년 전에 설립한 YCI전자 제1공장을 폐쇄한 일이었다. 무상은 회장으로 취임하자마자 이곳 은감시의 공장을 인건비가 싼 동남아로 이전하고 이곳 공장 부지에는 YCI건설을 통해 대규모 아파트 단지를 건설하는 계획을 추진하고 있었다.

　신도시로 발돋움하는 이곳에 아파트를 분양하게 된다면 YCI그룹에게는 큰 이익이 되었다. 동남아의 인건비는 한국보다 현저히 쌌기 때문에 그 또한 회사의 이익을 키울 수 있었다. 현지에서는 지역의 고용 창출을 위해서 대규모 공장 부지의 무상 임대와 세제 지원까지도 약속했다. 단 한 가지 문제는 이곳 공장 폐쇄로 근로자 3,000명이 졸지에 일자리를 잃게 되는 것이었다. 당연히 그에 따른 직원들과 노조의 반발이 거세게 일어났다.

　하지만 무상은 해내고 말았다. 언론을 매수해서 국제 경쟁력 제고라는 명분으로 공장 해외 이전과 국내 공장 폐쇄의 정당성을 확보하였다. 또한 지역의 경찰과 공무원을 매수해서 공장 이전에 반대하며 시위하는 직원들과 그 가족들을 불법 시위자로 만든 후에 공권력을 이용하여 강제적으로 진압하였다. 더구나 시위에 참여한 대부분의 직원들이 소속된 노동조합이 불법 노동 행위를 하도록 유도하여 거액의 위자료를 손해배상으로 청구한 재판에 승소한 끝에 제대로 된 해고 합의금도 주지 않고 아주 저렴하게 사태를 마무리 지어버린 것이다.

　그 과정에는 경찰, 관공서 직원, 그리고 판검사에까지 뇌물을 적절히 사용한 것은 말할 것도 없었다. 그만큼 그는 자신이 가진 것을 이용하여 더 큰 것을 얻어내는 재주가 있었다. 그러면서도 조작된 언론을 통해서 자신과 회사는 피해자가 되고 하루아침에 직장을 잃고 실업자가 되어 버린 근로자들과 그들의 가족들은 회사 형편은 생각하지 않고 자신들만 생각하는 이기주의자이자 폭도들로 만들어 버릴 수 있었다.

또한 근로자들의 개인적인 약점을 확보하여 협박하고, 노조 내부에 프락치를 심어 불법 노동 행위를 하게 하고, 내분을 조장하여 결국 근로자들 스스로가 회사의 말도 안 되는 보상조건에 굴복하게 한 것 또한 무상의 머리에서 나온 것이었다. 아무도 말을 안 하고 있지만, 조기 축구 중에 일어났다고 알려진 강성 노조위원장 후보의 심장 마비가 무상의 작품이라는 것은 모든 사람이 짐작하고 있는 비밀이었다. 이렇듯 수단과 방법을 가리지 않는 공장 이전과 아파트 개발 계획은 지난 기간 동안 무상의 지휘 아래 순조롭게 진행됐다.

무상은 토지의 용도 변경과 건축 허가를 위해서 지역의 정치인들을 비롯한 여러 사람을 만나 뇌물을 주었고 아래 사람들을 통하여 이곳저곳에 접대를 해왔다. 그리고 그 노력이 가시화되어 조만간 예전 공장 부지에 5000세대 규모의 아파트 단지의 건설 승인을 눈앞에 두고 있었다. 이제 늦어도 몇 달 후면 공장 건물을 허물고 아파트의 터파기 공사가 시작될 것이었다.

문득 차창 밖의 사람들이 무상의 눈에 들어왔다.

'지금 저기 바삐 걸어가는 중년 남자는 저렇게 급하게 다녀서 얼마를 벌까? 저 사람이 일생을 저렇게 부지런히 일해서 지금 내가 타고 있는 이 차 한 대라도 살 수 있을까?'

무상은 창문을 열고 지나는 사람들을 향하여 큰소리라도 쳐주고 싶었다.

'돈이란 것은 이렇게 버는 것이다!'

무상은 각자의 방향을 향해 정신없이 가고 있는 사람들을 보면서 떠오르는 모습이 있었다.

'일개미들⋯⋯.'

무상은 사람들이 바삐 움직이는 모습을 보면서 마치 그들이 먹이를 찾아 이곳저곳 헤매고 다니는 일개미들 같다는 생각이 들었다. 그 모든 사람들이 모두 방향 감각을 잃은 채 도달하지 못할 목적지를 찾아서 그저 부산하게만 움직이는 것처럼 보였다.

그들을 보면서 무상은 생각했다.

'저들은 우리 같은 사람들의 이상을 실현하기 위해 있는 존재들이야. 자기들은 자신과 가족을 위해 산다고 믿겠지만 결국은 우리 같은 사람들을 위해 사는 거야. 절대로 차분히 자신을 돌아볼 시간을 가질 만큼 돈을 벌지는 못할 테니까. 결국 저들은 우리 같은 사람들이 시키는 대로 살아갈 수밖에 없어. 우리가 시키는 것을 해야 그 대가로 돈을 받을 수 있으니까. 맞아, 저들은 우리의 노예나 다름없어. 우리가 시키는 대로 하는 존재가 노예가 아니면 무엇이겠어? 그러니 저들은 우리의 노예야. 우리 맘대로 부릴 수 있는……'

여기까지 생각한 무상은 다시 생각에 잠겼다.

'하긴, 우리 같은 사람들은 나름대로의 의무가 있지. 노예 같은 저들이 몸 쓰는 일을 하느라 바쁠 때 우리는 인간다운 꿈을 꾸면서 고귀한 일들을 해야지. 사느라 바쁜 저들에게 무슨 꿈이 있겠어? 먹기 위해 일하는 저들이 예술을 알겠어? 그러니 그런 것은 우리 같은 사람들이 해주어야 하겠지? 인류 문화의 발전은 우리같이 인간다운 사람들에 의해서 이루어지는 것이니까……'

그는 계속 생각을 이어 갔다.

'희망? 보통 사람들의 인권? 인간의 존엄성? 다 웃기는 소리야. 그런 것들은 우리가 저들을 홀리려고 만들어 놓은 신기루 같은 거지. 저들은 그저 그런 것이 있다고 믿으면서 열심히, 그리고 부지런히 일하면 돼. 결코 이루어지지 않을 노력에 보상받고 정의가 실현된다는 환상을 가지면서 말이야. 그런 믿음이라도 있어야 그것을 위해 지금 몸 바쳐

열심히 일할 거 아니야?'

그런 생각에 잠기고 있던 무상이 재빨리 표정을 고쳤다. 태선이 룸미러를 통해 자신을 쳐다보는 것을 느꼈기 때문이었다. 그녀가 말했다.

"회장님, 거의 도착했습니다. 저 건너에 보이는 건물입니다."

이 실장이 가리키는 곳에는 멋없이 크기만 한 낡은 공장 건물이 처량하게 서 있었다. 오랫동안 아무도 돌보지 않은 듯 건물의 외벽은 색이 벗겨지고 안내 간판조차 녹이 슬어 잘 보이지 않을 정도였다. 이곳이 바로 1년 전에 폐쇄된 YCI전자의 제1공장 건물이었다. 한때 수천 명의 직원들이 바쁘게 근무하던 이곳이 이렇게 을씨년스런 모습으로 있는 것을 보자 무상조차 마음 한구석에 애잔한 연민의 감정이 생기는 것 같았다. 어쨌거나 이곳에는 아버지와 함께 할아버지를 만나러 오던 자신의 어린 시절 추억이 깃든 곳이었다. 그는 태선이 자신을 이상하게 쳐다보는 것을 느끼고 선글라스로 눈을 가렸다.

무상 자신도 스스로의 추억에 만감이 교차하는 이곳에 오는 것이 유쾌한 일은 아니었지만, 오늘 이곳을 방문한 것은 아주 색다른 볼일이 있었기 때문이었다.


"오늘 몇 명이 오기로 했지?"

차가 공장의 정문으로 들어설 때 무상이 태선에게 물었다.

"네, 모두 20명입니다. 오늘은 그중에서 5명 정도를 가릴 생각입니다."

이 실장이 대답하면서 공장 한쪽에 사람들이 잘 보이지 않는 곳에 차를 주차했다.

"회장님께서도 착용하십시오."

태선이 무상에게 복면을 주고 자신도 얼굴에 복면을 썼다. 무상은 귀부인 얼굴의 복면을 쓴 태선을 보니 웃음이 나왔지만 참았다. 그렇다. 이것은 웃을 일이 아니었다. 이곳에 온 사람들에게 자신의 얼굴을 알려서는 안 되기 때문이었다. 잠시 후 무상도 신사 얼굴의 복면을 착용하고 차에서 내렸다. 그들은 공장의 주차장을 지나서 공장 건물 안으로 들어갔다. 건물 안에는 벌써 검은 양복을 입은 직원들이 모여 있는 사람들을 정렬시키고 있었다. 직원들과 참가자들 모두 만화 캐릭터나 동물 등 각양각색의 복면을 착용하고 있었다. 마찬가지로 서로의 얼굴을 확인시키지 않으려는 목적이었다.

무상은 태선의 안내에 따라간 곳은 공장의 2층이었다. 공장은 두 개의 기다란 건물로 구성되어 있었다. 처음에 천막 형태의 임시 건물로 시작한 공장은 부품 생산을 위하여 2층짜리의 본관을 먼저 지었고 그로부터 5년 뒤 완제품 생산 라인을 위하여 신관을 다시 지었다. 신관은 본관의 설계도면을 그대로 지었기 때문에 뜻하지 않게 쌍둥이 모양의 건물이 되었다.

그 후에 두 건물 2층의 양 끝과 가운데 사이를 세 개의 통행용 가교로 연결하였고 몇 년 후에는 마침내 두 건물 사이 공간에 지붕을 만들어 한 건물로 이어 버렸다. 그렇게 하여 건물 사이의 공간은 물류 창고로 활용했다. 원래 2개 건물이던 공장이 외부에서 하나로 보이는 이유는 지붕들이 모두 연결되어 있었기 때문이었다.

중앙의 통행용 가교 사이에는 조그만 전망대가 있었다. 이제는 모두 CCTV로 대체되었지만, 예전에는 그곳이 창고의 경비 초소였다. 그곳에서 경비원들이 물류 창고를 지켜보며 도난을 감시하던 곳이었다. 그곳 전망대에는 예전 경비원들이 쓰던 안락의자가 하나 놓여 있었다.

"회장님께서는 이곳에서 경기를 관람하시면 될 것 같습니다."

태선이 무상을 초소로 안내하며 설명했다.

"알았어, 전체적인 진행은 이 실장이 하는 건가?"

"예, 시간이 되어서 저는 내려가 보겠습니다. 잠시 후에 다시 올라오겠습니다."

이야기를 마친 태선이 1층으로 내려갔다.

무상은 몸을 전망대 안에 가리고 얼굴만 내밀어 아래로 보이는 1층을 주시했다. 예전에 창고로 쓰였던 1층 바닥은 가득 쌓였던 자재들과 제품들이 치워지자 황량한 빈 공간이었다. 치우다 남은 폐자재나 못 쓰는 공구들이 굴러다니고 있었다. 그는 그것들을 보면서 저것들 중에 어떤 것은 사람들을 해치는 무기가 될지도 모른다고 생각하며 쓴웃음을 지었다.

태선은 1층으로 내려와 사람들이 모여 있는 곳으로 갔다. 사람들이 긴장하여 그녀를 보았다.

"오늘 참가해 주신 여러분께 감사드립니다. 계약 내용대로 오늘 참가하고 비밀 유지 서약서를 쓰신 모든 분들에게 지정하신 계좌로 오백만 원이 입금되었습니다. 확인해 보시기 바랍니다."

태선이 말을 마치자 사람들이 웅성거리면서 스마트폰의 인터넷이나 전화로 확인하는 모습을 보였다. 잠시 후 모두 확인이 끝난 듯 다시 질서를 찾은 조용한 모습으로 태선을 주목하였다.

"혹시 문제가 있는 분이 있나요?"

태선이 사람들에게 물었다. 잠시 기다렸다가 태선은 계속 이야기했다.

"그럼 이상이 없는 것으로 알고 다음 순서를 진행하겠습니다. 먼저 제가 누구인지 궁금하시죠? 하지만 묻지 마시기 바랍니다. 여러분들이나 저나 지금은 서로를 알 필요가 없습니다. 이제 우리가 몇 번을 더 만나서 친한 사이가 된다면 그때는 여러분이 묻지 않아도 제가 먼저 누군지 알려 드리겠습니다.

그것보다 중요한 것은 오늘의 일입니다. 이미 메일로 안내하여 드렸듯이 오늘은 여러분들 중에서 가장 강한 다섯 분들을 선발할 것입니다. 지금 참가자들이 모두 스무 명인 것은 보셔서 아시겠죠? 시합 방식은 출입문이 닫힌 이 공장 안에서만 수단과 방법을 가리지 않고 자유롭게 상대를 쓰러뜨리면 됩니다. 최선을 다하시기 바랍니다. 승패에 대한 판단은 저희 직원들이 합니다. 다만 저희 직원들이 일단 승부를 결정하면 그 지시에 꼭 따르시기 바랍니다. 그렇지 않으면 필요 없는 불상사가 발생할 수도 있으니까요.

오늘 패하신 분들에게는 오백만 원이, 승리하신 다섯 분에게는 천만 원이 추가로 지급됩니다. 그 돈을 치료비로 쓰시든 다른 데에 쓰시든 저희는 상관하지 않겠습니다. 그리고 다시 한번 말씀드리지만 여러분들은 저희가 누구인지 알 필요가 없습니다. 알려고 해도 안 됩니다. 그리고 여러분들이 서약서에 서명한 대로 오늘 시합 중에 입은 부상이나 그 밖에 어떤 사태에 대해서도 우리는 책임을 지지 않습니다. 여러분들 몸은 스스로 지키시기 바랍니다.

만약 여러분이 비밀 유지, 책임 전가 등 서약서의 내용을 어기면 우리는 여러분에게 여러분들이 상상하는 것 이상의 응징을 할 것입니다. 여러분들이 보기에도 우리가 그 정도의 힘은 있어 보이지 않습니까? 아시겠지요?"

복면에 가려 얼굴이 보이지는 않았지만 모두 유쾌한 목소리로 "예!" 하고 대답했다.

무상은 그 장면을 지켜보고 있었다. 그와는 거리가 있어 자세히 보이지는 않았고 모두 복면을 쓰고 있어 표정을 볼 수는 없었지만, 참가자들은 모두 보통의 사람들보다는 크고 훨씬 건장해 보이는 체격이었다. 저런 사람들이 잠시 후 어떠한 규칙도 없이 단지 상대를 쓰러뜨리는 결투를 벌인다고 생각하자 단순히 지켜보기만 하는 자신조차 긴장되는 것을 느꼈다.

'과연 누가 이길까?'

무상은 참가자 한 사람, 한 사람을 번갈아 보면서 누가 승자가 될지를 가늠해 보았다. 앞줄에 있는 빨간 해병대 러닝셔츠를 입은 피노키오 복면의 체격이 다부져 보였다. 하지만 뒤로 보이는 키가 2m 가까운 슈렉 복면의 덩치도 만만치 않아 보였다. 그는 복면에 어울리게 상의를 벗고 있었다. 하지만 다른 참가자들도 모두 한 가락 할 것 같은 체격을 가지고 있었다.

무상이 최종 승리자를 예상해 보고 있을 때 태선이 참가자들에게 말했다.

"아직 복장을 준비하지 않은 분들이 있네요. 그분들을 위해서 잠시 복장을 변경하는 시간을 드리도록 하겠습니다."

그러자 사람들이 잠시 흩어졌다. 이미 운동복을 입은 사람들은 몸을 풀기 시작했고 그렇지 않은 사람들은 준비해 온 운동복으로 갈아입었다. 하지만 확실하게 통제를 해서 그런지 모여서 이야기를 하는 사람들은 없었다. 잠시 후 준비가 모두 끝나자 태선은 다시 사람들을 모이게 했다. 그의 손에는 육상 선수들이 앞뒤로 붙이는 번호들이 쥐어져 있었다.

"여러분들도 이곳에서 통성명하기는 어색할 거라고 생각됩니다. 그래서 여기 번호를 가져 왔어요. 이것을 하나씩 배와 등에 차시면 이제부터 여러분들을 번호로 호칭하도록 하겠습니다."

번호가 참가자들에게 하나씩 나누어졌다. 잠시 후 그들의 몸 앞뒤로 번호표를 둘렀다.

"자, 이제부터 시합을 시작해도 좋을까요?"

"네!" 하고 참가자들이 대답했다.

"자 그럼 시합을 시작하겠습니다. 여러분 모두 행운을 빕니다!"

태선이 소리치자 장내는 잠시 정적이 흐르는가 하더니, '퍽!' '윽!' '쉭' 하는 파열음과 비명이 들리기 시작했다. 파열음과 비명은 처음에는 작은 소리로 시작하더니 점점 '야잇!' 하는 기합소리, '콰광!' 하고 둔탁하게 부딪치는 소리로 점점 커졌다. 역시 복면을 쓴 표정을 볼 수 없어서 그런지 모두 거침없이 상대를 공격하고 있었다.

태선은 참가자들이 시합하는 장소를 뒤로하고 무상이 있는 2층 전망대로 올라와서 함께 시합을 관람했다. 다수의 사람들은 상대를 골라서 일대일로 싸우고 있었지만, 어느 곳에서는 두세 사람이 한 사람을 공격하고 있었고 어떤 참가자는 싸움을 피하면서 시합에서 탈락하는 사람들이 나오기를 기다리는 사람들도 있었다.

시간이 흐르면서 참가자들 중에서 강자와 약자들의 윤곽이 드러내기 시작하자 탈락자들이 한 명씩 나오기 시작했다. 진행하는 직원들은 더 이상 시합을 진행할 수 없는 사람들을 재빨리 선별하여 시합장에서 나가도록 했다.

탈락자들은 재빨리 별도로 정해진 안전 지역으로 이동되었다. 시합을 시작한 지 10분 정도 지나자 세 명 정도의 탈락자가 나왔다. 세 사람 모두 온몸이 피투성이였다. 그들의 복면도 이미 피로 물들어 있었다. 안전 지역에서는 직원들이 그들에게 응급조치해 주고 있었다.

20분 정도 지나자 탈락자는 10명 정도로 늘어났다. 무상이 예상한 대로 해병대와 덩치는 역시 아직 남아 있었다. 무상은 사람들이 엉켜서 싸우는 장면을 보면서 조금 전에 이곳으로 오면서 했던 생각이 떠올랐다. 잔인하게 서로를 공격하면서 격투 중인 그들에게 그는 속으로 소리쳤다.

'투견 같은 놈들!'

그가 보기에 아래층의 사람들은 마치 싸움 개로 훈련되어 주인을 위해 다른 개의 목을 물어뜯는 것 같은 모습이었다. 그들은 돈 오백만 원을 더 벌기 위해 오늘 이곳에서 처음 보는 사람, 누구인지도 모르는 사람들에게 주먹을 날리고 쇠파이프를 휘두르는 중이었다.

'역시, 아무리 아니라고 주장해도 인간들에게도 계층이란 것이 엄연히 존재하는 것이거든. 저들을 보면 알 수 있지. 저들이 동물과 다른 점이 없잖아? 인간으로 태어났다고 해서 모두 같다고 볼 수 없는 거야. 모두 아닌 척하지만, 결국 미천한 것들은 저놈들처럼 돈만 준다면 마치 동물처럼 다른 사람들을 해치고 있잖아?'

무상은 이렇게 생각하니 자신이 마치 검투사들을 마음대로 부리는 고대 로마 시대의 황제가 된 듯한 기분이 들었다. 그러다 갑자기 무엇이 생각난 듯 무상은 태선에게 말했다.

"게임 장면은 모두 녹화하고 있지?"

"예, 네 대의 카메라로 빠지는 곳이 없이 녹화하고 있습니다."

태선이 대답했다.

"응, 나중에 각자의 특기를 분석하는 데 참고하면 되겠네. 어쨌거나 선발을 통해 전투력이 강한 인원들을 최대한 많이 확보해. 이 사람들이 결국 우리 일의 핵심이 될 거니까. 이른 시일 내에 최소한 50명 이상 확보해."

"네, 알겠습니다."

태선이 공손하게 대답했다.

"이제 거의 승부가 가려지는 것 같으니 마저 보자고."

무상이 싸늘한 웃음을 지으며 시선을 다시 1층으로 향했다. 무상의 말대로 이제 게임은 거의 막바지로 치닫고 있었다. 이제 1층에서는 열 명이 채 안 되는 인원들이 싸우고 있었다. 남아 있는 사람들은 그래도 격투기

나 무술의 기본을 어느 정도 익힌 사람들 같았다. 발을 차거나 주먹을 뻗는 각이 날카로웠다. 그리고 점프력이나 상대의 공격을 피하는 순발력도 시합 초기에 같이 있던 참가자들보다는 수준이 높아 보였다.

하지만 시간이 지나면서 몇 명의 참가자들이 더 쓰러지고 탈락자로 분류되어 직원들이 안전 지역으로 이송했다. 그중에는 무상이 처음에 남을 것이라고 기대했던 덩치도 들어 있었다. 덩치는 처음에는 여러 명을 한꺼번에 상대하기도 했지만, 시간이 갈수록 체력이 떨어지면서 결국 누군가의 공격으로 쓰러져서 일어나지 못하고 말았다. 하지만 해병대 셔츠는 아직도 피노키오 복면의 머리로 상대를 치고받으면서 경기장 안에 남아 있었다.

결국 얼마 지나지 않아 열다섯 명의 탈락자가 결정되고 다섯 명의 승자가 결정되었다. 직원 중의 하나가 시합 종료를 선언했다. 쓰러진 탈락자들은 직원들의 응급조치를 받고 하나둘 다시 일어났다. 그리고 직원들이 열어 준 문을 통해서 밖으로 나갔다. 밖에는 그들을 집까지 각각 데려다줄 승용차들이 대기하고 있었다.

탈락자들은 각각 한 명씩 승용차에 나눠 탔다. 그들은 차를 타고 나서야 복면을 벗을 수 있었다. 승리한 다섯 명도 멀쩡한 상태는 아니었다. 그들 역시 온몸이 피투성이의 상처로 가득 차 있었다. 그들은 상대가 누군지도 모른 채 싸워서 승리한 사람들이었다. 그들도 경기 후에는 직원들에게 상처에 대한 응급 처치를 받았다.

그들이 응급 처치를 받는 동안 직원 중의 하나가 태선을 대신해서 말했다.

"오늘의 승리를 축하합니다. 여러분께는 저희가 다시 연락을 드릴 것입니다. 그리고 여러분들의 승리 축하금 천만 원이 통장으로 입금되었으니 나중에 확인해 보시기 바랍니다."

그러자 복면 때문에 표정을 볼 수는 없었지만 부상으로 고통스러워하던 사람들조차 활기가 돌면서 기뻐하는 것 같았다. 무상은 이 모습을 놓치지 않고 위에서 보고 있었다.

'머리가 깨지고 온몸이 부서져도 돈이라면 사족을 못 쓰는 것들……'

그는 속으로 생각했다.

'도대체 저런 인간들까지 존중받을 가치가 있을까? 저들은 돈 때문에 다른 사람들을 해치고 돈 앞에서 자신의 존엄까지도 아낌없이 버리는 야만인들이 아닌가? 저들이 상대의 목을 물어뜯어 죽이고 그 위에서 주인이 준 고기를 받아먹고 좋아하는 개들과 다른 점이 무엇인가?'

무상은 생각했다.

'동물과 같은 본능과 탐욕을 가지고 사는 저런 자들과 참다운 인간의 삶을 살려고 노력하는 나 같은 고귀한 사람들이 같이 취급되면 안 될 거야. 진정한 의미의 인간, 인간다운 인간들만이 사는 세상이 필요하단 말이야! 나는 그런 세상을 만들고 싶은 거야!'

무상의 상념은 태선의 정중한 말소리에 멈추었다.

"회장님, 이곳은 다 정리가 된 것 같습니다. 이제 돌아가시죠."

"응, 그러지."

무상은 태선을 따라 1층으로 내려와 차로 향했다. 집으로 돌아가는 길은 퇴근 시간과 맞물려서 더 혼잡스러웠다. 하지만 무상은 자신의 계획이 하나하나 실행에 옮겨지는 것이 만족스러운지 의자에 머리를 묻고 편안하게 눈을 감았다.


여의도에 위치해 있는 YCI그룹 본사 70층 펜트하우스에는 그룹 회장실이 있었다. 비서실이나 회의실 등 몇 개의 부속실을 제외하고 한

개 층의 거의 전부를 쓰는 공간에 책상과 응접세트 등 몇 개의 가구들만이 있는 회장실은 황량하게 보이기도 했다.

무상은 이 사무실을 좋아했다. 입구 쪽을 제외하고 사무실의 삼면이 모두 유리창이 되도록 설계하여 모든 방향의 전망을 볼 수 있었기 때문이었다. 그가 특히 좋아하는 부분은 동서를 향해 마주 보는 유리창을 통해 해가 뜨고 지는 것을 보는 것이었다. 시간에 맞춰 의자를 돌려 그 장면을 보면서 그는 태양처럼 꺼지지 않는 자신의 야망을 다시 한번 되새기곤 했다.

무상은 태선에게 직접 지시한 비밀 프로젝트의 진행 상황을 보고받고 있었다. 사내에서도 극히 제한적인 사람들만이 알고 있는 내용이었다. 지금도 보고하는 사람은 그녀 혼자뿐이었다. 그녀는 슬라이드를 통해 각종 자료를 보여주며 프로젝트들이 모두 순조롭게 진행되고 있음을 보고했다. 보고가 끝날 무렵 무상을 아주 만족스러운 표정으로 태선에게 물었다.

"일정은 원래 계획대로 맞출 수 있는 건가?"

태선이 슬라이드를 하나 넘겼다. 그곳에는 일정이 표시된 차트가 나타났다. 옆으로 늘어서 있는 날짜 아래에 붉은색의 화살표가 일정별로 표시되어 있었다. 그녀가 화살표의 끝이 멈추어져 있는 날짜를 레이저 포인트로 가리키며 말했다.

"그렇습니다. 현재 진행 사항을 고려하면 일정상의 문제는 없습니다!"

무상은 미소를 띤 얼굴을 연신 끄덕이며 만족감을 표시했다.

"역시 이 실장이 하는 일은 빈틈이 없어. 항상 믿음이 간단 말이야. 하긴 이 실장이야말로 내가 이 자리에 앉는 데 가장 큰 공로가 있는 사람이니까……"

태선은 표정 변화 없이 듣기만 했다. 무상이 이야기를 계속했다.

"나는 사실 이 실장이 여자라는 사실이 아직도 믿어지지가 않아. 웬만한 남자들 열 명을 갖다 놔도 안 될걸?"

무상은 몹시 만족해서 스스로 기분이 좋아졌는지 껄껄 웃기 시작했다. 그가 생각해도 자신이 YCI그룹의 회장이 될 수 있었던 데에는 태선의 공로가 컸다. 아버지 표상만 회장은 표무상 자신과 두 살 많은 형인 표무혁 사이에서 후계자를 누구로 세울지 고민을 하고 있었다.

두 형제 사이에 큰 차이는 없었다. 둘 다 전형적인 재벌가의 자제들로 자기 맘대로 세상을 사는 것에 익숙한 사람들이었다. 차이가 있다면 동생 무상이 형 무혁보다 상대적으로 좀 더 욕심이 많고 잔인하다는 사실이었다. 그 성격의 차이는 극명했다. 그저 동생을 YCI그룹 후계 구도의 경쟁자로 생각한 형과는 달리 무상은 아버지와 형 모두를 자신이 그룹 회장이 되기 위해서는 제거되어야 할 장애물로 생각했다. 더구나 무상은 마음먹은 것을 이루지 못하면 스스로 견디지 못하는 종류의 인간이었기 때문에 자신이 살기 위해서라도 마음먹은 목적을 이루는 것이 절실했다. 결국 그런 절실함이 많은 차이를 만들고 말았다.

목적을 달성하기 위해서는 어떤 일이라도 하려는 무상을 도와 그 어떠한 일도 해 주는 사람이 바로 이태선 비서실장이었다. 그녀는 지난 수년 동안 그런 일을 해 왔다.

태선은 원래 아버지 표상만 회장의 비서실 직원 출신이었다. 우수한 학업 성적으로 명문대학교를 4년 동안 장학생으로 졸업하고 철성 그룹에 수석으로 입사하여 회장 비서실로 발탁된 인재라고 알려져 있었다. 무상보다 서너 살 정도 더 나이가 많아 30대 중반이 넘었지만, 어딜 가도 눈에 띄는 미인이었다. 하지만 그녀는 그런 미모에도 불구하고 함부로 말 걸기가 어려울 정도로 차갑고 날카로워 보이는 여자였다.

태선은 일을 하는 데 있어서는 정확히 핵심을 파악하고 처리할 줄 알았다. 빈틈없는 그녀의 성격은 맡은 일에 실수를 용납하지 않았기 때문에 무상의 입장에서는 가장 중요한 일은 결국 그녀에게 맡길 수밖에 없었다. 그러나 보니 두 사람이 함께 있는 시간이 점점 늘어나고 주변에서는 총각 회장과 미녀 비서실장 사이인 두 사람이 보통의 상사와 부하 직원 이상의 관계가 아닌가 하는 의심의 눈초리도 있었다.

하지만 그들이 함께하게 된 것은 무상이 태선을 선택한 것이 아니라 태선이 무상을 선택한 것이었다. 그들의 인연은 무상이 미국으로 MBA 유학 갈 때 시작되었다. 아버지 표상만 회장은 무상의 미국 생활을 위해서 수행 비서를 함께 보내기로 하였는데 그때 그 업무를 지원한 사람이 당시 회장 비서실의 입사 2년 차 사원이었던 이태선이었다.

처음 표상만 회상은 태선이 무상에게 딴 맘을 갖고 접근하는 것이 아닌지 의심했다. 그녀가 소위 TV 드라마에서 많이 나오는 신데렐라 드림을 꿈꾸는 것이 아닌지 말이다. 하지만 원래 선발하려고 했던 남자 후보 두 명이 연속해서 사고를 당하여 죽고, 다치자 결국 지원 의사가 가장 강하고 기본 자질과 능력이 있었던 태선이 선발되었다. 특히 고아라는 그녀의 출신 배경이 표상만 회장의 결단에 도움을 주었다. 결코 며느리가 될 수 없는 조건이기 때문이었다.

"근본도 없는 너를 절대로 며느리로 맞을 생각이 없으니 업무에만 충실히 해라!"

표상만 회장은 이렇게 선언한 뒤 그들이 함께 미국으로 가는 것을 허락했다. 미국에서 태선은 자신의 임무를 정말 훌륭하게 수행했다. 어떻게 보면 무상과 같은 사람을 보좌하는 데 있어서는 남자보다도 여자가 훨씬 유용했다. 무상은 선천적으로 선민사상을 가지고 주변 사람들을 깔보고 낮춰 보는 태도가 있었는데 보통 성격의 남자로서는 감당하기 어려운 그런 태도를 그녀는 참을성 있게 받아 주었기 때문이었다. 특히 그녀는 여성 특유의 섬세함으로 내조를 하듯 그의 미국 생활이 전혀 불편하지 않도록 도와주었다.

무상이 미국에서 한국 유학생들을 몰고 다니며 술 마시고 사고 치는 것에 대해서도 태선은 YCI그룹의 미국 지사와 긴밀하게 협조하여 경찰서와 학교를 뛰어다닌 끝에 국내에는 전혀 알려지지 않도록 깔끔하게 처리했다. 그녀 자신의 우수한 학습 능력도 적절히 활용했다. 그의 리포트와 논문과 같은 학교 과제도 많은 도움을 줄 수 있었던 것이다.

유학 떠난 지 3년 후, 그러니까 지금으로부터 3년 전 무상이 성공적으로 유학생활을 마치고 귀국하여 YCI그룹에 입사하자 태선은 자연스럽게 회사 내에서 그의 오른팔 같은 존재가 되었다. 그리고 그 후 무상이 귀국한 지 1년 만에 YCI그룹의 회장의 자리에 오르기까지 태선은 그를 착실히 보좌하여 그가 원하는 모든 일을 해냈다.

무상의 가장 큰 약점은 과시욕이 크다는 것이었다. 이 점은 무상과 태선이 모두 잘 알고 있는 사실이었다. 그는 자신이 다른 누구보다 뛰어나다고 믿기 때문에 다른 사람들을 무시했다. 그리고 똑똑한 자신을 세상 사람들에게 드러내고 싶어했다. 그런 부분은 때때로 그로 하여금 이해할 수 없는 행동을 하게 했다. 물론 그 뒤처리는 그녀의 몫이었다.

무상은 다른 사람들 앞에서 겸손하게 보이는 것이 미덕이라는 정도는 알 정도로 교활한 인물이었다. 자신이 가난하고 약한 사람에게 굽히는 모습을 보는 것을 사람들이 좋아한다는 사실을 알았다. 또한 자신과 신분이 다른 '보통 사람'들을 감동시키기 위해서는 그들의 더럽고 미천한 환경에 같이 어울리면서 저급한 문화를 공유하는 것을 보여주는 것이 훌륭한 방법이라는 것을 깨닫고 있었다. 그래서 무상은 날짜를 정해서 직원들이 일하는 현장을 방문하여 그들과 함께 식사하고 술을 마시고 어울려 주어, 그들에게 '서민적이고 소박한 회장님'의 이미지를 심어주기 위해 노력했다. 그는 '직원과 친숙한 회장님'의 이미지를 보여주어 많은 직원들이 감동하도록 만들었다. 작년 연말 행사 때는 뒤풀이를 하던 중에 어느 여직원의 손을 잡아주며 어머니의 병세를 물어주니 그녀가 감격하여 울음을 터뜨린 일도 있었다.

하지만 결국 무상은 그 앞에 있는 모든 사람은 자신보다 아래라고 생각하는 정신병자 수준의 강박관념을 가지고 있는 사람이었다. 그가 다른 사람들에게 칭찬하고 친절을 베푸는 것은 마치 주인이 자신의 애완견의 마음을 얻기 위해 노력하는 것과 다름이 없었다.

무상은 세상일을 모두 자기 마음대로 해야 직성이 풀릴 뿐 아니라 만약 그렇게 되지 못하면 이성을 잃는 수준까지 가는 사람이었다. 그래서 많은 시행착오 끝에 결국 그는 자신의 문제 해결 방법을 찾아내고야 말았다. 세상과 주변 사람들을 자기의 맘대로 하기 위해서는 돈이나 권력 이외에도 직접적인 폭력이 굉장히 효과적이라는 것을 발견한 것이다.

물론 무상도 사람들이 보는 앞에서는 자신의 감정을 자제했다. 상대가 자기 뜻에 따르지 않더라도 그 앞에서 흥분하지 않으려 노력했다. 하지만 대화를 마치고 뒤돌아선 이후에 그는 신속하고 조용하게 수단 방법을 가리지 않고 그 상대를 압박했다. 어떤 경우에 그의 심기를 상하게 한 상대는 아무도 모르는 곳으로 끌려가서 신체에 직접 가해지는 물리적 폭력을 경험해야 했다.

보통 사람들은 신체에 위해를 당하면 무상의 뜻대로 움직이게 되었다. 아니 어쩌다가 자신에 대한 폭력을 참을 수 있는 사람이 있다 하더라도 그의 가족을 대상으로 위협이 가해지면 대부분 무상에게 굴복할 수밖에 없었다. 지난 32년간의 삶 동안 무상은 많은 부분에서 이 폭력이란 효과적인 수단을 써 왔다. 그런데 이 방법에는 사소한 문제가 있었다. 즉 대부분의 폭력이 불법이라는 사실이었다. 더구나 폭행, 납치, 살인은 법에서도 가장 중하게 다스리는 항목들이었다. 그래서 무상은 이런 법망을 빠져나갈 방법을 찾았다. 그것이 바로 TST였다. 이름은 그럴듯하게 모든 것을 해결해 주는 팀이라는 의미의 TST(Total solution team)로 붙여진 이 특별한 조직은 음지에서 조용히 무상의 일들을 처리해 주었다. 그리고 TST를 만들 것을 건의한 사람이 바로 태선이었다.

TST는 무술이나 격투기의 고수들을 선발하여 만든 사설 군대와 같은 조직이었다. 처음에 작은 인원으로 시작한 그들은 무상의 명령을 받은 태선이 직접 관리했다. 그들은 어떠한 명령이라도 수행하도록 훈련을 받았다. 이들에게는 엄청난 보수를 줬지만 명령 불복종과 무단 탈퇴에는 커다란 대가가 따랐다. 불가피하게 탈퇴를 하게 되어도 TST 내에서 자신이 한 일에 대해서는 비밀을 지켜야 했다. 아니, 스스로 비밀을 엄수했다. 왜냐하면 그가 명령을 받고 한 일 자체가 불법적인 일이기 때문에 그것이 밝혀진다면 그 스스로가 처벌을 면할 수 없기 때문이었다.

또한 그들에게 있어서는 배신이야말로 죽음을 의미하는 것이었다. 처음에 보통 그들은 막대한 보수에 유혹되어 지원을 하지만 일단 팀원이 된 후에는 개개인의 약점이 파악되고 그런 자신들의 약점과 그들 가족의 안전을 담보로 조직에 대한 충성이 요구되었다. 그들은 무술 훈련뿐만 아니라 군사 훈련도 받았으며 별도 전문가에 의해서 암살과 고문 기술까지 교육을 받았다.

TST의 인원은 지금은 10명 정도지만 최근에는 50명 수준으로 늘리는 것을 추진하고 있었다. 얼마 전에 있었던 제1공장에서의 시합도 그 인원을 선발하기 위한 것이었다. 세상에는 돈만 많이 준다면 무슨 일이라도 할 수 있는 사람들로 넘쳐 났다. 그리고 그런 사람들이 존재하는 한 무상이 할 수 없는 일은 없었다.


　이 실장, 즉 태선은 YCI그룹 회장인 무상의 그림자 같은 존재로 알려졌지만 직접 처리해야 하는 일이 많았기 때문에 오히려 그와 떨어져 있는 시간도 많았다. 하지만 그녀가 무상과 떨어져 있는 그 순간 역시 그의 일을 처리하고 있는 순간이 대부분이었다.

　태선은 무상과 함께 있을 때는 남성스러운 옷을 입었다. 어떤 경우에는 남성용 정장에 넥타이를 하는 때도 있었다. 170cm에 가까운 그녀가 머리를 뒤로 묶어 올리고 바지 정장을 입으면 멀리서 보았을 때는 날렵한 남자처럼 보이기도 하였다. 아마도 무상에게 좀 더 사무적으로 보이기 위한 복장 같았다. 하지만 무상을 떠나 혼자서 일을 처리할 때 그녀는 짧은 치마를 입고 하이힐을 신는 등 자신의 여성스러운 매력을 한껏 발산했다.

　이런 여성스러운 복장은 두 가지 의미가 있었다. 하나는 상대에게 아름다운 여성을 대한다는 점에서 방심을 유도할 수 있었고 또 다른 하나는 그런 그녀가 어느 한순간 냉혹한 폭력을 구사할 때 상대의 공포를 배가시킬 수 있다는 점이었다. 사람이란 예상하지 못한 공포에 더욱 약하다는 것을 그녀는 알고 있었다.

　지금 태선은 인천 부두의 YCI해운 현장에 있는 컨테이너 사무실에서 누군가와 심각한 이야기를 하고 있었다. 그녀가 입고 있는 분홍색 원피스와 꽃 모양 액세서리가 달린 노란 구두는 지금의 분위기와는 정말 어울리지 않았다. 손에 들려 있는 검은 선글라스만이 분위기에 맞아 보였다. 태선이 자유롭게 서 있는 것과는 달리 의자에 손발이 묶여 있는 상대의 모습을 볼 때 이 대화가 공평한 것이 아니라는 것은 금방 알 수 있었다. 더구나 그녀의 뒤에는 검은 정장에 검은 선글라스를 끼고 있는 세 명의 건장한 TST 인원들이 있었고 묶여 있는 남자는 혼자였다. 30대 후반으로 보이는 남자는 비록 손과 발이 묶여 있었지만, 아직 이글거리는 그 눈빛은 살아 있었다.

남자가 숨을 깊게 몰아쉬며 태선에게 소리쳤다.

"도대체 이게 무슨 짓이요? 당신들 이러고도 무사할 것 같아?"

의자에 묶여 있는 남자는 아직 당당해 보였다. 하지만 입고 있는 양복이 심하게 구겨져 있고 먼지와 흙에 범벅된 것을 보니 이곳에 오기 전에 이미 길 위를 몇 번은 구른 모습이었다. 그가 심한 저항 끝에 납치되어 이곳으로 끌려 왔다는 것을 한 눈에도 알 수 있었다. 태선은 눈에 힘을 주고 똑바로 자기 생각을 이야기하는 그를 재미있다는 듯이 쳐다보고 있었다.

"아직 사태 파악이 안 되나 봐요? 김현중 사장님."

태선은 남자에게 서류 한 장을 보여주면서 이야기했다.

"그러기에 왜 그 특허 기술을 우리 YCI전자가 아닌 다른 회사에 넘기려 하신 거예요……."

태선은 딱하다는 듯이 혀까지 쯧쯧 차면서 말했다.

"우리 YCI전자가 그 기술이 그렇게 필요하다고 말씀드렸는데……. 그리고 그것이 경쟁사로 가면 우리가 얼마나 곤란해지는지 이미 말씀드렸잖아요. 그런데 이러시면 어떡해요?"

하얀 얼굴에 미소까지 지으며 태선은 마치 어린아이를 어르는 말투로 남자를 대했다.

"하지만 당신들은 터무니없이 싼 가격을 제시했잖아. 이 기술은 나와 우리 직원들의 지난 10년 고생의 결실이야. 그것을 그렇게 말도 안 되는 가격에 팔라고? 그런 도둑놈 짓이 어디 있어!"

남자가 태선에게 거세게 항의했다. 그러자 태선은 입꼬리를 싸늘하게 올리면서 말했다.

"그래도 돈이 자기 목숨보다 소중하진 않으시겠죠? 아니, 돈이 사랑하는 가족들의 목숨보다 소중한가요?"

이야기를 마친 태선은 사진 한 장을 남자에게 보여주었다. 그것은 노란색 유치원 차에 서너 살 되어 보이는 남자아이를 태우고 있는 한 여자의 사진이었다. 아침에 아이를 유치원에 등원시키는 엄마의 전형적인 모습이었다. 남자는 그 사진을 보더니 눈이 커지며 흥분해서 소리쳤다.

"당신들 저, 정말 무슨 짓을 하려는 거야? 왜 우리 집사람과 아이 사진을 가지고 있어? 뭐, 뭘 어쩌자는 거야?"

남자가 악을 쓰며 태선에게 달려들려고 하였지만, 의자에 묶인 탓에 그 시도는 작은 바동거림에 불과했다. 남자가 흥분해서 소리 지르며 바동거리는 것에도 전혀 동요하지 않고 차갑게 바라보던 그녀는 남자가 조용해지길 잠시 기다렸다가 말했다.

"요즘 세상에 아이들 사고가 얼마나 자주 일어나는지 아시나요? 어제도 서울에서 유치원 통학차 사고가 나서 아이들이 많이 다쳤다지요? 아마?"

그 말을 들은 남자가 한층 더 격앙된 목소리로 말했다.

"다, 당신! 내 아내와 아이가 조금이라도 다치면 내가 절대로 가만두지 않을 거야!"

그때였다. 지금까지 얌전하게 남자의 앞에 있던 태선이 갑자기 두 손으로 남자의 목을 꽉 졸랐다. 여자의 가느다란 손가락에서 나오는 힘이라고는 상상할 수 없을 정도의 강한 힘이 남자의 목을 조여 왔다. 손과 발이 의자에 묶여 있어 꼼짝할 수 없는 남자는 그녀의 공격을 그대로 받을 수밖에 없었다. 남자는 숨을 쉬지 못해 컥컥거리는 소리를 내며 버둥거렸다.

태선은 초점을 잃어가는 남자의 눈을 똑바로 보면서 말했다.

"난 너같이 할 수 있는 일은 아무것도 없으면서 소리만 지르는 사내 새끼들이 가장 싫어. 꼴에 사내라고 나 같은 여자한테는 큰 소리를 치는 거야?"

목이 졸린 남자는 대답을 못 했다. 이제 손발의 버둥거림도 없어지고 거의 숨이 끊어지는 듯한 모습이 되자 태선은 목을 풀어 주었다. 남자가 기침을 콜록거리며 모자란 호흡을 보충하는 동안 그녀는 다시 조금 전의 친절한 모습으로 돌아왔다.

"그러니까 본인과 가족들을 생각하시라니까……. 자, 이 계약서에 사인만 하시면 모든 것이 다 편해지는 거잖아요. 왜 이렇게 고집을 부려서 고생을 사서 하세요?"

남자는 숨을 헐떡이면서 아무 말 없이 태선을 노려보았다. 하지만 그의 눈동자는 좀 전에 자신이 처음으로 경험한 질식 직전 상태에 대한 공포를 잊지 못하고 있었다.

"하지만 함께 고생한 직원들이 나를 용서하지 않을 거요. 내가 그 비난을 다 감수하란 말이오?"

남자가 이제는 애원하듯이 말했다. 그러자 태선은 다시 눈을 가늘게 뜨며 남자가 가엾다는 표정을 지으며 말했다.

"아이고, 이 양반이 아직도 다른 사람들의 입장을 생각하고 있네. 정말 뭐가 소중한지 당해 봐야 할 모양이야?"

그러고는 뒤에 있는 남자에게 말했다.

"당장 이 새끼네 집에 가서 이 새끼 마누라의 손가락 두 개만 가져와!"

그러자 뒤에 있던 검은 양복들 중의 하나가 말없이 고개를 숙여 인사하더니 컨테이너 사무실을 나가려 하였다. 그러자 남자가 다급하게 소리쳤다.

"잠깐! 그러지 마요! 내가 사인을 할게요! 내가 사인을 하면 되잖아요!"

남자는 울먹이기 시작했다. 태선이 빙긋 웃으며 남자에게 손에 들고 있던 서류를 내밀자 검은 양복 중의 하나가 남자의 묶여 있던 오른손의 테이프를 칼로 끊어 주었다. 남자는 거의 기력을 상실한 채로 훌쩍거리며 그녀의 손가락이 가리키는 곳에 사인하기 시작했다. 그의 눈은 초점을 잃고 있었다. 그저 이 악몽을 빨리 끝내고 싶다는 마음뿐인 것 같았다.

사인이 다 끝내자 태선은 서류를 확인하면서 사무적인 어조로 말했다.

"오늘 김현중 사장님은 본인의 자발적인 의사로 YCI그룹에 기술 이전 계약에 합의하신 겁니다. 만약 그런 일은 없겠지만 사장님이 나중에 계약 무효니 뭐니 하는 무슨 불미스러운 소리가 나오면 그때는 사장님, 사모님 그리고 이름이 민주던가요? 사장님의 아들에게도 아주 불행한 일이 닥칠 수도 있다는 것을 잊지 않으셔야 합니다."

태선의 하얀 얼굴은 웃고 있었지만 남자에게는 소름 끼치도록 차갑고도 무섭게 느껴졌다. 모든 작업이 완료된 것을 확인하자 그녀는 검은 양복들에게 말했다.

"자, 여기 계신 김현중 사장님은 이제부터 YCI전자의 사업 파트너니까 정중하게 모셔 주세요."

검은 양복 중의 하나가 남자를 의자에서 풀어 주었다. 그러자 태선이 말했다.

"이제 돌아가셔도 좋습니다. 저희 직원이 댁까지 모셔다 드릴 겁니다. 참, 차 안에 새 옷도 준비해 두었으니 가시는 길에 사우나에라도 들려서 갈아입고 가시죠. 지금 옷차림으로 그렇게 돌아가시면 사모님께서 걱정하실 테니까요."

남자가 어이없는 표정으로 말을 못하고 태선을 쳐다보자 검은 양복

중의 하나가 그의 팔을 이끌고 컨테이너 사무실을 나갔다. 남자와 검은 양복들이 모두 나가자 태선은 남자의 사인이 되어 있는 계약서를 마지막으로 확인해 보고 무심한 표정으로 가방에 넣었다. 이런 일이 마치 그녀에게는 일상이 되어버린 것 같았다.

　태선과 개인적인 친분을 가진 사람은 회사 내에서 아무도 없었다. 모두 사무적인 관계뿐이었다. 따라서 아무도 그녀의 사생활을 알지 못했다. 무상조차도 이력서에 나와 있는 이상은 그녀에 대해 알지 못할 정도였다. 두 사람이 각별한 관계이긴 했지만, 그는 그녀의 사생활에 관심을 가질 만큼 너그럽지는 않았다. 덕분에 그녀는 필요 없이 자신의 개인적인 이야기를 그에게 할 필요가 없었다. 스스로 자신을 선민이라고 생각하는 그의 자부심은 다른 사람의 삶을 공유하는 것을 허용하지 않았던 것이다.

　그런 점에서 두 사람은 서로에게 편한 관계였다. 서로 상대의 사생활에 대해서는 거의 관여하지 않았다. 태선은 무상을 보좌하면서 그의 사생활에 대해서 다 파악하고 있었지만 절대 아는 척하지 않았다. 그저 일을 수행하는 데 필요한 부분에만 신경 썼다. 그 역시 그저 그녀가 맡은 일을 잘하는가에 대한 것에만 신경 쓸 뿐이었다.

　여의도 YCI그룹 사옥 바로 옆에 있는 35층 규모의 호화 레지던스는 고아로 자라나서 독학을 했다고 이력서에 나타나 있는 태선에게는 누가 보아도 감당하기 힘들어 보이는 고가의 주택이었다. 그곳에 그녀의 집이 있었다. 무상에게는 외국에서 돌아가신 먼 친척의 재산을 상속받아 장만한 것이라고 얼버무렸다. 그는 더 묻지 않았다. 관심 밖의 일이기 때문이었다.

　어쩌면 무상은 태선의 생활 수준이 높아지는 것이 반가웠을 것이다.

그는 누구를 막론하고 경제적으로 자유롭지 못한 대상을 경멸하였기 때문에 그녀가 경제적으로 풍족하여 고급 주택에 산다는 것은 오히려 그에게 좋은 인상을 줄 수 있었다.

오늘 태선은 오랜만에 일찍 집에 들어가는 중이었다. 주변의 전망이 한눈에 보이는 것을 가장 큰 장점으로 삼는 레지던스였지만 그녀는 집을 비워두는 경우가 많았다. 밤낮을 가리지 않고 회사 일을 처리하다 보면 집에 들어오지 못하는 경우가 많았기 때문이었다. 그런 면에서 오늘처럼 오후 6시도 되기 전에 집에 들어가는 일은 무척 드문 일이었다.

지하 주차장에 차를 주차하고 승강기에서 그녀는 자신의 집이 있는 35층 버튼을 눌렀다. 서서히 움직이는 승강기가 지하를 벗어나자 한 면이 통유리로 된 전망창을 통해서 창밖의 전경이 나타났다. 마침 창밖에 보이는 한강에는 노을의 낙조가 강물에 반사되어 붉은색과 노란 색들이 물고기의 비늘처럼 부서지며 펼쳐지는 색채의 향연이 벌어지고 있었다.

하지만 지금 태선에게는 그런 모습이 눈이 부시다는 느낌 이외의 별다른 인상을 주지 못하고 있었다. 다른 사람들 같으면 자연의 장관이니 뭐니 하면서 감탄할 만한 광경을 그녀는 손으로 눈을 가리며 전망창 반대쪽으로 얼굴을 돌려 피하고 있었다.

태선은 무표정하게 이제 곧 닥치게 될 일들에 대해서 생각하고 있었다. 정말 오래 시간을 참고 기다렸던 일이었다. 예언만을 믿으며 오천 년 가까이 기다린 일이었다. 이제 새로운 시대가 열리는 순간이 다가오고 있었다. 그녀는 기다리는 순간이 다가온다는 설렘을 억제하기 위해서 주먹을 꼭 쥐었다. 이제부터 더 잘해야 할 것이었다. 이제부터의 실수는 치명적이라고 생각했다. 순간의 방심으로 지금까지 기다려 온 모든 것을 수포가 되게 할 수도 있었다.

'이제 거의 다 왔어. 조금만 더 참으면 돼……'

태선은 이 말을 수없이 되뇌다가 도착 안내음을 들었다. 승강기에서 내려 문 앞에 선 그녀는 번호키를 눌러 문을 열고 집으로 들어섰다. 집 안은 아직 불이 꺼진 상태였다. 하지만 그녀는 이미 알고 있다는 듯이 말했다.

"불은 좀 켜고 있지 그랬어?"

태선이 거실의 조명을 켜자 두 남녀가 거실 소파에 앉아 있다가 그녀를 보고 황급히 일어섰다.

"예, 혹시라도 다른 사람들이 이상하게 생각할까 봐……. 이제 오십니까?"

남녀는 깍듯하게 인사했다.

"오래 기다리진 않았지?"

태선이 식탁 위에 가방을 던져 놓고 냉장고에서 물병을 하나 꺼내어 뚜껑을 돌리며 말했다.

"예, 저희도 도착한 지 얼마 되지 않았습니다."

하지만 옷의 구김이 깊은 것을 보니 적지 않은 시간을 기다린 모양이었다. 남자는 40대 중반으로 보이는 훤칠한 체격의 남자였다. 하얀 와이셔츠에 넥타이를 단정히 매고 그 위에는 감색 정장을 입고 있었다. 그의 양복 옷깃에 달린 배지가 그가 어떤 전문직에 종사하는 사람처럼 보이게 해 주고 있었다. 가지런히 빗어 넘긴 가르마는 그가 전형적인 기성세대라는 인상을 주었다. 깨끗이 면도된 각진 얼굴에 올려 있는 금테 안경 뒤 쌍꺼풀 없이 가는 눈은 그가 상당히 빈틈없고 꼼꼼한 성격임을 알려주는 것 같았다.

같이 있는 여자는 태선보다 어린 20대 후반 정도의 나이로 보였다. 갸름한 얼굴에 검은 머리를 어깨까지 기르고 있었다. 자연스러운 화장과 옷깃 부분과 허리띠 부분만 하얀색인 무릎 아래까지 내려오는 정장 차림의 검은색 원피스는 그녀를 나이보다는 얌전한 인상으로 보이게 하였다.

두 사람 모두 강렬한 눈빛을 가지고 있었다. 무언가 큰 기대를 하는 듯한 모습이었다.

"자, 모두 자리에 앉아."

태선이 물병을 들고 소파에 앉자 두 사람도 자리에 앉았다.

"이제 거의 때가 된 것은 알고 있지? 이제부터 좀 더 신중하게 움직여 야 할 거야. 이제는 지금까지와 같은 실수가 용납되지 않을 테니까."

물병을 탁자 위에 놓고 소파에 앉으면서 태선이 단호하게 말했다. 남 자가 당황하며 말했다.

"알겠습니다. 다시는 그런 실수가 없을 겁니다. 서련, 당신도 잘할 거 지? 저희도 때가 가까웠다는 것을 알고 있습니다. 지금부터가 정말 중 요한 순간이 되겠죠. 정말 오랜 세월을 기다렸는데……."

남자는 다시 태선을 바라보며 말했다.

"그동안 태선 님 혼자서 정말 수고해 주셨습니다. 지금 여기까지 온 것도 태선 님 덕분이니까요. 저희도 더욱 분발하겠습니다."

그 말을 들은 태선이 고개를 신경질적으로 흔들며 말했다.

"내가 지금 너희들에게 공치사를 듣자는 게 아니야. 우리는 모두 한 가지를 위해서 함께 일하고 있으니 누구라고 할 것 없이 모두 힘든 일 을 하고 있어. 문제는 자기가 맡은 일을 깔끔하게 해야 그 다음 단계로 일을 진행할 수 있다는 거지."

남녀가 말을 못하고 고개를 숙였다. 그 모습을 보고 태선이 조금 누 그러진 목소리로 말했다.

"다행히 너희들의 실수는 시간이 지나가면서 해결 방법이 생기고 있어. 모두 자신의 실수를 알고 있지? 서련이야 그렇다 해도 적호는 중국까지 가서 일을 잘하고도 칭찬을 들을 수가 없었잖아!"

적호라 불린 남자가 얼굴이 빨개져서 대답을 못 하고 고개를 숙이자 태선이 내뱉듯이 말했다.

"마지막 순간에 팔찌를 잃어버리다니 말이 돼?"

적호가 고개를 들지 못하고 조심스럽게 말했다.

"그것은 제가 꼭 다시 찾도록 하겠습니다!"

"됐어. 내가 YCI그룹의 정보망을 통해서 알아보고 있어. 그 중국인 가이드는 금방 잡힐 거야. 그럼 팔찌도 되찾을 수 있겠지!"

그 말을 들은 적호가 안도의 표정을 지으며 고개를 들었다.

"그렇습니까? 그럼 이제 거칠 것이 없는 것 아닙니까? 이제 거의 다되었네요!"

그의 목소리는 한껏 들뜬 것 같았다.

"흥분하지 마!"

태선이 다시 날카롭게 소리쳤다. 적호는 다시 머쓱하여 그녀의 눈치를 살폈다.

"그런 성급함 때문에 네가 그런 실수를 한 거야!"

위압적인 목소리로 태선이 말했다. 다시 두 사람이 조용해졌다. 잠시의 침묵이 지난 뒤 서련이 입을 열었다.

"그런데 그 천나루는 어떻게 할까요? 왜 우리가 그를 데리고 있어야하죠? 혹시 그 사람이 누구인지 말씀해 주실 수 있나요?"

태선이 잠시 생각을 하더니 대답했다.

"흠…… 두 사람도 알 건 알아야겠지. 사실 나도 천나루가 누군지는 잘 몰라. 다만 그가 절대기맥의 소유자라는 것은 분명해. 지난번에 봤을 때 그의 기맥이 너무나 강한 것을 느꼈거든. 그 아이가 적당한 수련을 받으면 정말 가공할 능력을 가지게 될 거야. 너희들도 절대기맥에 관한 이야기는 알고 있지?"

적호가 놀란 표정으로 말했다.

"절대기맥이라면 예언에서 일만 년에 하나 나올까 말까 한다는 그 기맥을 말하는 겁니까?"

그러자 태선이 그렇다는 표정으로 고개를 끄덕이며 말했다.

"맞아. 전설에 의하면 절대기맥을 가진 자가 돕는 영웅이 세상을 지배한다고 나와 있지."

적호가 갑자기 환한 표정을 지으면서 중얼거렸다.

"그, 그렇다면……"

태선이 눈을 반짝이며 의기양양하게 적호에게 말했다.

"그래, 그분이 봉인 해제되고 그 옆에 절대기맥의 그 아이가 함께 있으면 어떻게 되겠어? 세상이 확실히 우리 것이 되는 것이지. 어리석은 인간들이 스스로 타락하면서 우리의 힘이 살아나긴 했지만 앞으로 어떻게 될지는 모르는 일이거든? 그런데 그것이 더욱 확실해지는 거지!"

태선의 이야기에 적호와 서련이라 불린 두 남녀는 상당히 고무된 것 같았다. 하지만 잠시 후 서련이 고개를 숙이며 말했다.

"죄, 죄송합니다. 그때 제가 그 남자를 꼭 데리고 왔어야 하는데……"

하지만 잠시 후 서련은 고개를 들어 변명하듯이 말했다.

"하지만 어쩔 수 없었습니다. 그곳에서 태신원을 만났거든요. 그자가 워낙 강하고 태선 님도 사람들의 눈에 띄지 않고 조용히 일을 처리하라고 하셔서 소란을 피울 수도 없었기 때문에……"

태선은 서련의 이야기를 듣고 한참을 뭔가 생각하는 것 같더니 입을 열었다.

"음, 생각해 보니 그들도 이미 천나루의 정체를 알고 있었던 것 같아.

그래서 그 주변을 맴돌다가 너의 납치를 방해한 거야. 그들도 그 아이에 대해 알고 있는 것이 틀림없어!"

"그럼 어떻게 해야 합니까?"

적호가 궁금한 듯이 태선을 쳐다보며 말했다.

"그 아이는 절대기맥을 가졌어. 어떻게 해서든지 우리가 데리고 있어야 해. 만약에 그 아이가 저쪽으로 넘어가기라도 한다면 우리에게는 아주 위험한 적이 되는 거지. 그렇게 된다면 가차 없이 없애버려야 할 존재이기도 해. 다행히 녀석은 아직 자신이 누구인지 모르는 것 같아. 하지만 곧 누군가가 알려 주어 깨닫게 될 거야. 그게 그 녀석의 운명이니까."

이야기를 듣던 적호가 의기양양해진 표정으로 말했다.

"하지만 영웅이 될 존재는 우리 쪽에만 있지 않습니까?"

그 이야기에 태선이 미소를 띠면서 적호를 보며 말했다.

"그렇지. 적호 네가 만주에서 저들의 희망을 끊어버린 셈이지. 그자의 육신을 불태워 없애버렸으니까! 그 덕분에 내가 지금 여유가 있는 거야. 만약 그렇지 않았으면 우리도 무척 초조했을 거야. 나는 그분이 봉인이 해제된 후 그분의 힘을 얻어서 천나루를 데리고 올 생각을 하고 있어. 그분만 봉인 해제 되면 태신원 같은 놈은 상대가 되질 않을 테니까. 괜히 지금 그들과 부딪쳐서 서로 피곤할 필요가 없잖아?"

이야기를 멈춘 태선이 자신에 찬 표정으로 적호와 서련을 둘러보며 말했다.

"결국 녀석은 우리에게 오게 되어 있어. 어차피 그놈들에겐 함께할 영웅도 없으니까!"

태선의 이야기를 듣고 있던 두 사람의 표정도 밝아졌다. 태선이 적호를 보면서 칭찬했다.

"지금에서야 이야기하지만 적호, 네가 그 육신을 없앤 일은 정말 잘

한 일이야. 그 일로 우린 저들을 앞서가게 되었어."

태선의 말에 힘을 얻은 적호가 대답했다.

"모두가 태선 님께서 TST 인원들을 지원하여 주신 덕분입니다. 혼자서는 어려웠을 거예요"

그 말을 들은 태선이 두 사람을 둘러보며 대답했다.

"그래서 내가 지금 YCI그룹에서 일하고 있는 거야. 표무상 회장은 여러 가지 점에서 우리가 이용할 가치가 많은 사람이거든? 성격이 단순해서 이용하기 쉽기도 하고. 나는 우리 일을 완수할 때까지 그자가 가진 돈과 힘을 최대한 활용할 거야!"

다시 한 번 단호한 표정이 된 태선은 말했다.

"지금이 정말 중요한 순간이야. 예언대로 오천 년이 지난 오늘날에 이르러서 인간들의 이기심으로 인해 세상의 도가 깨어지고 악의 기운이 선을 압도하고 있어. 우리가 기다려 온 세상이지! 온 세상에 악의 기운이 성하게 된 거야. 이렇게 되면 하늘의 노기가 가득 차서 더 이상 인간을 측은해하는 기운이 없어진단 말이야. 악의 기운이 선의 기운을 누르고 있는 지금, 예언에서 약속한 대로 그분의 봉인을 해제하여 세상의 모든 인간들을 청소하고 우리의 세상을 만들 수 있는 거야. 만약에 이 기회를 놓친다면 얼마나 더 기다려야 하는지 알 수 없어! 그러니 이제부터는 실수하면 안 돼! 너희들의 잠깐 방심과 실수가 우리가 지난 오천 년 동안을 꿈꾸었던 우리 역천인의 세상을 바로 눈앞에서 사라지게 할 수 있단 말이야! 알았어?"

적호와 서련은 태선의 말에 고개를 끄덕이며 강하게 수긍했다. 그는 잠시 생각하는 듯하다가 결심한 듯이 말했다.

"그렇다면……. 저희에게 만회할 기회를 주시지 않겠습니까? 신원을 저와 서련이 함께 처리해 보겠습니다. 신원만 없어지면 그 아이를 데려

오거나 죽이는 것도 어렵지 않을 겁니다. 그분이 오시기 전에 처리해 놓는 것이 낫지 않겠습니까?"

적호가 진지한 표정으로 말했다. 칭밍 마을에서의 실수를 만회하겠다는 결연한 의지가 보였다. 하지만 태선은 걱정스러운 말투로 이야기했다.

"그렇게만 되면 물론 좋지. 그분이 쓸데없는 데 신경 쓰지 않게 해도 되고……. 하지만 적호 너는 예전에도 그에게 당한 적이 있는데 할 수 있겠어? 신원은 무척 강한 상대야!"

적호가 얼굴이 붉게 달아오르며 옆에 앉은 서련을 쳐다보며 말했다.

"이번에는 절대로 실수하지 않겠습니다. 그렇지 않아, 서련?"

서련도 단호한 표정으로 대답했다.

"그래요, 지난번에는 TST 인원들에게 저의 정체를 들키지 않으려고 한 이유도 있었으니까요. 적호와 함께라면 이번에는 절대로 실수하지 않을 거예요."

태선이 잠시 뭔가를 생각하다가 두 사람에게 말했다.

"알았어. 그럼 그렇게 해. 하지만 신원은 가장 마지막이야. 먼저 쉬운 대상부터 제거하도록 해. 남아 있는 천인들을 하나라도 더 줄여야 세상의 기운을 우리에게로 돌릴 수 있고 그분이 봉인 해제된 후의 일도 수월할 테니까. 마단과 유란도 그 일을 하는 중이겠지?"

"예 그렇습니다."

적호와 서련이 함께 대답했다.

"그들을 모두 없애버린다면 신원을 처리해도 좋아! 그때는 둘이 하든 셋이 하든 상관없겠지!"

두 사람에게 지시하는 태선의 눈꼬리가 날카롭게 올라갔다.

# 역천인의 습격

  나루와 여울은 함께 저녁을 먹고 학교 휴게실에 앉아 차를 마시고 있었다. 그로서는 오랜만에 학교에 나왔다. 따지고 보면 함께 식사를 한 것도 지난번 나루가 습격을 당한 후 처음이었다. 그날의 일을 통해서 그는 누군가 자신을 노리고 있을지도 모른다는 것을 알게 되었다. 자신을 공격한 상대가 단순한 동네 불량배는 아니라는 것이 분명했기 때문이었다. 아무리 낙천적인 그라도 그런 일이 일어난 후 밖에 나가는 것은 불안했다. 더구나 자신을 노리는 상대가 누군지 모른다는 사실은 불안함을 더 크게 했다. 덕분에 그는 한동안 집안에서만 지냈다.

  경찰에서도 이것저것 조사하고 갔지만 아무런 단서를 찾지 못하는 것 같았다. 이상한 일은 범행 현장인 공터 주변에 있던 CCTV가 모두 고장 났다는 사실이었다. 그 원인을 조사해 보니 강력한 전파 교란 장치에 의해서 회로가 다 망가졌다는 것이다. 이런 전파무기는 군사용으로 쓰는 것이라는데 그 출처를 알아낼 방법이 없어 수사 자체가 지지부진한 상태라고 했다.

  경찰은 동네 젊은이의 단순한 폭력 사건이고 나루가 폭행을 당하고 기절을 하긴 했지만, 상처가 크지 않고 생명에 지장이 없었던 관계로 크게 다룰 일은 아니라는 생각인 것 같았다. 처리해야 할 사건들이 쌓여 있는 상태에서 그의 사건에 우선순위를 두기는 어려워 보이는 눈치였다. 그렇게 그날 밤의 사건은 해결되지 않고 시간만 지나가고 있었다.

나루가 가장 이해할 수 없는 부분은 자신이 그들의 공격을 받고 분명히 의식을 잃었는데 아무 일도 없이 여울의 신고를 받은 경찰관에게 발견되었다는 사실이었다. 물론 머리에 상처가 있긴 하였으나 그 당시 분위기를 생각하면 대단한 것도 아니었다.

'누가 내 뒤통수에 반창고 하나 붙이게 하려고 CCTV를 고장 내고 세 사람이나 보낸단 말인가?'

나루는 그 상황을 이해할 수가 없었다. 더구나 여울이 자신에게 전화를 했는데 어떤 남자가 받아서 자신을 데려가라고 했다고 했다. 그렇다면 그 사람이 검은 양복들을 물리치고 자신을 구한 것이 된다. 그 남자는 누구일까? 자신이 아는 사람일까? 예전에 그를 따라다니던 여자와 상관이 있는 사람일까? 모든 것이 알 수 없었고 의문투성이였다.

나루는 머리를 비롯한 몇 군데에 타박상이 있었을 뿐 크게 다친 곳은 없어서 입원한 다음 날에 바로 퇴원했다. 그만큼 그가 젊고 오랫동안 운동으로 단련한 덕분이기도 했다. 하지만 이번 일을 통해 그는 세상이 만만하지 않다는 것을 알았다. 지금까지 별 두려움 없이 바라보았던 세상에 자신을 노리는 사람들도 있고 또한 자신보다 강한 사람이 있다는 교훈을 얻었다.

집에 있게 되자 나루는 여울을 만나지 못하고 주로 전화로 이야기할 수밖에 없었다. 하지만 일주일 만에 그는 밖으로 나가기로 마음먹었다. 그의 성격에 집안에만 있는 것은 정말 어려웠다. 그래서 외출은 하되 항상 조심하고 사람이 많이 있는 장소로만 제한하기로 했다.

학교에서 본 여울은 오랜만에 나루를 만나서 무척 반가워했다. 그리고 그를 걱정한 그녀는 보호자를 자처했다. 그녀는 그를 '덩치만 크지 혼자서는 아무것도 할 수 없는 어린애'로 취급하면서 행동을 제한했다. 학교 안에서도 그가 혼자 못 있게 하고 항상 친구들이나 후배들을 시켜 함께 있도록 했다. 그녀와 둘이 다닐 때도 앞장서서 그를 인도하려고 했다. 그는 그런 그녀의 모습을 보며 빙그레 미소 지을 수밖에 없었다. 조그만 손으로 자신의 커다란 손을 이끌고 앞장서서 씩씩하게 가는 그녀의 모습이 너무 사랑스러웠다.

여울은 나루의 일에 영향을 받아서인지 최근 들어 신문이나 뉴스의 범죄 사건에 대하여 부쩍 높은 관심을 가졌다. 그녀는 그런 뉴스를 구석구석 찾아보면 언젠가 나루 사건의 범인과 관련된 실마리를 찾을 수 있을지도 모른다고 생각하는 것 같았다. 그는 그럴 필요는 없다고 이야기하고 싶었지만, 여울이 노력하는 의미를 잘 알고 있어서 그냥 놓아둘 수밖에 없었다.

학생 휴게실은 항상 그랬듯이 학생들로 붐비고 있었다. 방학 기간의 저녁 시간인데도 학교 도서관에는 아직 공부하는 학생들이 많이 남아 있었다. 요즘의 시대적 환경은 학생들을 자격증이건 어학이건 뭔가를 계속 공부하지 않으면 불안해지는 세상으로 만들어 버린 것이었다. 젊은 시절을 즐기고 인생의 의미를 고민하던 옛날 캠퍼스의 낭만은 이 땅의 대학에서 이미 사라진 지 오래였다. 나루 역시 취업 공부 중이었고 여울은 같은 학교에 근무하는 아버지 지동석 교수의 발명품에 대한 발표회를 바쁘게 준비하는 중이었다.

비록 휴게실에 같이 앉아 있다고 해서 그들이 항상 이야기를 쉬지 않고 계속하는 것은 아니었다. 두 사람은 특별한 이야기를 하지 않아도 같이 있다는 것만으로도 편안한 사이였다. 모처럼의 휴식 시간에 나루는 요즘 읽고 있었던 역사 관련 책을 보고 있었고 여울은 스마트폰을 통해 인터넷을 검색하고 있었다. 요즘 그녀의 관심 분야인 범죄 사건들의 뉴스들을 검색하는 것 같았다. 한참 스마트폰을 들여다보던 여울이 스마트폰을 테이블 위에 내려놓고 바나나 우유를 빨대로 한 모금 마시면서 이야기를 꺼냈다.

"오랜만에 인터넷 뉴스를 검색해 본 보람이 있네."

나루는 여울의 목소리가 들리자 읽던 책을 탁자에 놓고 관심을 보였다.

"왜, 무슨 일인데?"

나루가 여울을 쳐다보며 물었다.

"응, 요즘 이상한 사건들이 많이 일어나고 있는 것 같아."

"어떤 사건인데?"

"보통 살인 사건은 원한 관계가 많잖아? 그런데 요즘은 주변에서 존경받는 분들이 이유 없이 괴한들의 습격을 받고 실종되는 일이 많이 생기고 있어."

여울이 조그맣게 한숨을 쉬며 말했다. 하지만 나루는 그런 일이 놀랍지도 않다고 생각했다. 자식이 부모를 때리고 제자가 스승을 폭행하는 세상이 아닌가? 아무리 존경을 받는다 하더라도 자신의 마음에 맞지 않으면 상대를 공격하는 것이 요즘의 세태가 아닌가? 그런 소식에 놀라다니 역시 여울이 순진하구나 하는 생각을 했지만 내색하지는 않고 궁금한 듯이 물었다.

"그래? 누가 습격을 당했는데?"

그러자 여울은 들고 있던 스마트폰의 화면을 나루에게 보여주며 말했다.

"응, 여기 봐. 이 기자도 이상하다고 생각해서 이 기획 기사를 낸 것 같은데, 제일 먼저 지난달에는 산속 암자에서 혼자 기거하시던 스님이 누군가의 습격을 받고 실종된 사건이 있었어. 그분은 평소에 사람들에게 무욕에 대해서 설법하시던 고승으로 존경받던 분이었거든? 또 몇 주 전에는 중소기업 사장님 한 분이 습격을 받고 실종되었다고 하네?
이분도 조그만 전자부품 공장을 운영하시면서 불우이웃을 도와주어
주변에서 칭송이 자자하던 분이었는데 말이야. 그리고 사흘 전에는 충
청도의 시골 초등학교의 교감 선생님 한 분도 외부의 침입자로 보이는
범인들에게 습격을 받은 후 실종되었는데 그분도 자신의 월급을 털어
지난 10년간 불우한 아이들 다섯 명의 생활을 돌보던 분이었어. 그런
분들이 습격을 받다니 이거 정말 이상하지 않아?"

바나나 우유를 한 모금 더 빨아 마신 여울이 기묘한 표정을 지으며
말했다.

"그런데 오빠도 아무 이유도 없이 습격을 당했잖아? 혹시 이 사건들
이 오빠 사건과도 관련이 있는 것이 아닐까?"

여울의 스마트폰에 보이는 〈의문의 연쇄 습격, 의인 실종의 미스터리
〉라고 커다랗게 쓰인 기사 제목을 보면서 나루가 웃으며 대답했다.

"그럴 리가 있어? 이분들이야 정말 존경받는 분들이지만 나는 그런
사람이 아니잖아."

"물론 아니긴 하지. 하지만 그 납치범들이 알았는지도 모르잖아."

여울이 진지한 표정으로 말했다.

"뭘 알아?"

"내가 오빠를 존경하고 있다는 것을 말이야. 내겐 오빠도 존경받는
사람이거든."

여울의 설명을 들은 나루가 어이없는 표정으로 웃자 그녀도 다시 장
난스러운 표정이 되어 바나나 우유를 빨대로 한 모금 마셨다. 그는 그
녀의 그 모습이 강하게 자신에게 다가오는 것을 느꼈다. 그 귀여운 모
습을 보자 그가 갖고 있던 취업을 비롯한 모든 근심이 사라지는 것 같
았다.

하지만 나루도 이 사건들이 정말 이상하다는 생각이 들었다. 이해 관계도 없이 마치 표적으로 삼아 공격하는 것 같은 이런 식의 습격 범죄가 왜 자꾸 생기는 것일까? 정말 자신도 이런 경우가 아닌가? 정말 자신도 같은 범인에 의해 습격을 당한 것일까? 누군가 도와주지 않았다며 자신 역시 이렇게 실종되었을까? 이렇게 훌륭한 사람들을 납치하는 사람들은 도대체 누구일까?

하지만 나루는 곧 이 사건들과 자신의 사건은 커다란 차이점이 있다는 것을 다시 되새겼다. 저분들은 모두 사회적 존경을 받는 분들이지만 자신은 역시 그런 사람은 아니었다. 그는 머리를 흔들면서 잠시나마 그런 분들과 자신을 동일시 한 것을 부끄러워했다.

"그런데 이 사건들에는 공통점이 있어."

스마트폰을 다시 자신의 얼굴 앞에 가져간 여울이 기사를 읽으면서 말했다.

"첫째, 오빠도 느꼈겠지만, 피해자들이 모두 존경받는 분들이란 거야. 그렇지 않아도 좋은 사람들이 별로 없는데 이러다 세상에 좋은 사람들은 다 사라지는 것이 아닌지 모르겠어. 어떻게 이렇게 좋은 분들만 골라서 일을 낼 수가 있지? 그러니까 이 세상이……"

"두 번째 공통점은 뭐지?"

나루는 여울이 흥분하면 이야기가 다른 쪽으로 빠진다는 것을 알고 있었기 때문에 그녀의 이야기를 끊기 위해 물었다. 자신의 그런 모습을 아는 여울도 스스로 흥분했다는 것을 느꼈는지 나루를 보며 손을 들어 감사를 표시하면서 겸연쩍은 미소를 짓더니 설명을 이었다.

"두 번째는 피해자들이 모두 가족이 없이 혼자 사는 사람들이란 점이야. 스님이야 그렇다 쳐도 신기하게 모두 나이가 있는 분들인데도 결혼을 하지 않고 혼자 사신 것 같아. 교감 선생님은 여자 분이었어. 그분도 혼자 사셨나 봐."

나루는 모두 나이가 있고 혼자 사는 사람들이었기 때문에 범인으로 서는 습격하기가 수월했겠다고 생각했다. 자신도 혼자 있을 때 습격당한 것을 떠올리며 여울에게 물었다.

"혹시 세 번째 공통점도 있어?"

"응, 세 번째는 범행 현장이 난장판이라는 점이래. 세 사람 모두 암자나 집에서 사고를 당했는데 그곳에 있는 집과 가구나 집기가 모두 부서지고 깨져서 지진이 난 것처럼 엉망이라는 거야. 사실 이것이 아니었으면 그분들이 습격을 당했다는 것도 모르고 넘어갔을지도 몰라. 이런 부분 때문에 경찰도 이 사건들을 납치 실종사건으로 판단하고 있는 거래."

여기까지 이야기를 하고 여울은 몸서리를 치면서 말을 이었다.

"지난번 오빠 사건도 그렇고 요즘 세상이 왜 이래? 자꾸 죄 없는 사람들만 피해를 당하는 것 같아. 경찰은 사회에 불만을 가진 사이코패스들의 소행일 거라고 생각하고 수사 중인가 봐. 그리고 절대로 단독 범행은 아닌 것 같다고 하는데, 당연하지. 범행 현장을 이 정도로 쑥대밭을 만들려면 한 명으로는 어림도 없을 거야. 누가 그런 생각 못 하겠어, 그렇지?"

여울의 투덜거림을 들으면서 나루도 이 사건들이 강한 흥미를 끄는 것을 느꼈다. 아무래도 자신도 괴한들의 습격을 당했다는 공통점 때문일 것으로 생각했다. 지난 일주일 동안 밖에도 나가지 못하고 집에서 불안하게 지냈던 경험이 떠올랐다. 무고한 사람을 습격해서 납치하는 것이 피해자에게는 굉장히 강한 정신적 충격을 준다는 사실을 경험을 통해 아는 것이었다.

보통 그는 뉴스에서 나오는 소식에 관심을 두는 사람이 아니었다. 취업을 몰두하다 보니 자신과 상관없는 일들에 대하여 크게 신경 쓸 시간이 없었다. 보통은 여울이나 다른 친구들이 최근 뉴스에 관해서 설명을 해주어도 그것에 대하여 깊이 생각하거나 머릿속에 담아 두는 경우는 거의 없었다. 그런데 이 사건에 대해서는 이상하게 관심이 갔다. 도대체 누가 이 오염된 세상에 얼마 남아 있지도 않은 의인들을 해치고 다니는 것일까?

나루는 이상하게도 그 사건들의 피해자들과 자신은 분명히 공통점이 없지만 그들의 사건과 자신의 사건이 뭔가 관련이 있다는 느낌을 지울 수 없었다. 습격이라는 것 때문에 동질감을 느껴서 그런 것일까? 결국 나루는 자신을 포함해서 죄 없는 모든 '일반적인' 사람들이, 더구나 '선한' 사람들의 안전이 위협받는 이 사회는 분명히 뭔가가 잘못되었고 누군가는 바로 잡아야 한다는 생각에까지 이르고 있었다.

"오빠는 무슨 생각을 그렇게 열심히 해?"

갑자기 자신을 빤히 쳐다보는 여울의 눈길이 느껴져서 나루는 정신이 돌아왔다. 손목시계를 보니 벌써 오후 7시가 다 되어 갔다. 너무 오래 생각을 하고 있었나 보다. 여울이 바나나 우유를 다 마시는 사이 그의 앞에 놓인 자판기 커피는 다 식어 버려서 마실 수 없게 되어 있었다. 그는 커피가 반쯤 남은 종이컵을 들고 일어나며 말했다.

"벌써 시간이 이렇게 되었네? 빨리 들어가서 책 좀 더 보다 집에 가야지."

여울도 알겠다는 듯 따라 일어섰다. 휴게실을 나온 그들은 각각 도서관과 연구실로 향했다.


해가 뜬 직후의 설악은 아름다웠다. 아직 태양이 뜨겁지 않은 상태에서 눈부시게 빛나는 사이로 아름다운 실록의 생기로 물든 나무들이 산을 가득 채우고 있었다. 가을 단풍이 아름답다고 소문 난 설악산이었지만 이런 초록의 향연으로 가득한 초여름의 설악도 만만치 않은 장관이었다. 아침의 맑은 공기와 어우러져 더욱 선명하게 펼쳐진 설악의 장관은 산을 오르기 시작하는 많은 이들의 마음을 사로잡을 만했다. 그들은 모두 자연이 준 이 위대한 선물에 감탄을 금치 못하며 실록과 푸른 하늘이 어우러진 아름다운 산을 오르고 있었다.

이야기를 주고받으면서 설레는 표정으로 걸어가는 많은 등산객들 사이에는 한 남자가 산을 오르고 있었다. 그는 바로 얼마 전에 태선의 집에 있었던 적호였다. 그는 등산복부터 배낭 그리고 안경과 모자를 비롯한 모든 등산 장비를 검은색으로 통일하여 몸을 감싸고 있었다. 그는 다른 사람들의 이목을 특별히 받지는 않았지만, 주변의 경치에는 전혀 신경 쓰지 않는 굳은 표정으로 빠르게 산을 오르고 있었다.

이른 아침 산행의 특징은 등산로 초입에는 많은 사람들로 붐비지만, 산을 오를수록 사람들이 눈에 띄게 줄어든다는 점이었다. 앞선 등산객들이 없다 보니 생기는 현상이었다. 덕분에 적호는 얼마 지나지 않아 거의 혼자서 걷고 있었다. 그만큼 그의 걸음은 다른 사람들이 따라오기 힘들었다.

적호는 전혀 힘든 표정을 보이지 않고 아무 말 없이 걸었다. 잠시 후 어느 지점부터 그는 천천히 뭔가를 찾으며 걷기 시작했고 마침내 벼락을 맞은 커다란 소나무를 둘러가는 길에 이르자 갑자기 주위를 살피기 시작했다. 주변에 사람들이 없는 것을 확인한 그는 신속하게 등산로를 벗어나서 산 아래로 미끄러지듯이 내려갔다. 그곳은 자연 보호와 안전을 위하여 출입이 금지된 구역이었다. 아무도 그가 그리로 내려가는 것을 목격하지 못했다.

계속 미끄러져서 골짜기 아래에 도착한 적호는 일어서서 익숙하게 풀숲을 헤치며 걷기 시작했다. 길도 없는 곳이었지만 마치 정확한 방향을 알고 있는 것처럼 전혀 당황하지 않고 어딘가로 향하고 있었다. 그는 또한 걷는 도중에도 자신의 몸을 숨기는 것을 잊지 않았다. 되도록 나무 밑이나 풀숲에 자신의 몸을 가리기 위해 노력했다. 골짜기에 드리워진 커다란 그늘은 그의 검은 등산복을 가려주는 데 도움이 되었다.

얼마 후에 그가 도착한 곳은 산기슭에 있는 조그만 동굴 앞이었다. 입구는 어른이 고개를 숙이고 들어가야 할 정도로 작았다. 동굴 앞까지 온 적호는 입구에서 기다리기 시작했다. 그는 한참을 그 앞에 서 있었다. 한동안 별로 동요하지 않던 그였지만 1시간이 넘게 지나자 손목시계를 자주 보며 초조한 기색을 보이기 시작했다. 하지만 그렇다고 그곳을 떠날 생각은 없어 보였다. 결국 그는 2시간이 넘도록 동굴 앞에서 기다리고 있었다.

마침내 거의 3시간이 되어 갈 무렵 적호는 무언가 감지한 듯 긴장하기 시작했다. 그것은 동굴 입구에서 순간적으로 스치듯이 보인 섬광이었다. 그리고 잠시 후 동굴 안에서부터 강한 바람이 불어 나오기 시작했다. 그 바람은 강력해서 입구에 있는 나뭇가지가 세게 흔들릴 정도였다. 그것을 본 그는 몸을 더욱 수그려서 바위 뒤로 숨겼다.

강한 바람은 오래지 않아 멈췄다. 그런데 바람이 멈추고 나서 얼마 지나지 않아 동굴 안에서 한 여자의 모습이 보였다. 나이가 들어 보이는 여자였다. 그녀는 무엇을 경계하는지 조심스럽게 머리만 내밀어 주변을 살폈다. 하지만 여자는 자신을 지켜보고 있는 적호를 눈치채지는 못한 것 같았다. 아무도 없다고 생각했는지 여자는 동굴 밖으로 나왔다. 그리고 동굴을 나오자마자 그 자리를 서둘러 벗어나려는 듯 빠르게 공중으로 몸을 솟구쳐 올리려고 했다.

여자가 기합 소리와 함께 공중으로 몸을 솟구치려는 순간 바위 뒤에 숨어서 때를 기다리던 적호의 검은 등산복이 같이 솟아올랐다. 그리고 여자를 향해 손바닥을 내밀었다. 순간 그의 기합과 함께 손바닥에서 강한 바람이 나와 공중에 떠 있는 여자의 가슴을 정확히 가격했다. 불시에 공격을 받은 여자는 중심을 잃고 날아 가서 뒤에 있던 커다란 바위에 떨어져 부딪쳤다. 강한 충격에 여자는 "악!" 비명 소리와 함께 쓰러져 버렸다. 자신의 공격이 성공한 것을 확인한 적호는 얼굴에 미소를 지으며 땅으로 내려왔다. 그리고 여자에게 천천히 다가갔다.

"네, 네놈이 어떻게 여기에……?"

적호의 얼굴을 확인한 여자가 움직여지지 않는 몸을 간신히 꿈틀거리면서 중얼거렸다. 내상을 입었는지 여자의 입에서는 붉은 선혈이 흐르고 있었다. 쓰러진 여자의 앞에 서서 그 모습을 본 그는 더욱 잔인한 표정을 지으며 커다란 손을 들었다. 그리고 그 두꺼운 손바닥으로 그녀의 코와 입을 막았다. 이미 온몸이 상해버린 여자는 꼼짝도 못 하고 그가 하는 대로 내버려 둘 수밖에 없었다. 아주 잠깐 여자는 남아 있는 힘을 다하여 그의 손아귀를 벗어나려고 버둥거렸지만 아무런 소용이 없었다. 그럴수록 그는 더욱 강하게 얼굴을 눌렀고 잠시 후 여자의 몸은 축 늘어져 버렸다.

여자의 숨이 끊어지고 나서도 적호는 한참 동안 같은 자세로 있었다. 그러자 여자의 몸이 천천히 하얗게 변하기 시작했다. 잠시 후 여자는 마치 하얀 석고 조각상 같이 변해 버렸다. 그리고 온몸에 작은 균열이 일어나기 시작했다. 결국 그녀의 몸은 마치 도자기가 깨지듯 우수수 무너져 내리며 바닥에 떨어지고 말았다. 그러자 조금 전까지 그의 손에 잡혀 있던 여자는 간데없고 하얀 조각들과 가루 무더기만이 남더니 잠시 후 그것들마저 바람에 날려버리고 그곳에는 아무것도 남지 않게 되었다.

모든 것이 사라진 것을 확인하자 적호는 안심이 된 듯 일어섰다. 그리고 여자가 나온 동굴을 한참 동안 바라보더니 잔인한 웃음을 지으며 중얼거린 후 그곳을 떠났다.

"오늘은 쉽게 끝났군. 이렇게 하나씩, 하나씩 마지막 한 놈까지 모두 없애 줄 것이다……"

서울 도심의 지하철은 항상 사람들로 붐비는 곳이었다. 하루에도 수백만의 사람들이 이 편리한 교통 수단을 이용했다. 특히 출퇴근 시간의 그곳은 항상 사람들로 가득 차서 발 디딜 틈이 없게 마련이었다. 사람들은 열차 안뿐만 아니라 출입구, 오르내리는 계단, 개찰구, 그리고 플랫폼에도 가득 차 있었다. 서울의 지하 공간이 모두 사람들로 가득 찬 것 같았다.

하지만 이렇게 사람들이 많이 있는 지하철이었지만 어느 공간에는 사람들의 발길이 거의 닿지 않는 곳들이 있었다. 그런 곳 중의 하나가 지하철 종착역의 하나인 대서역 다음의 선로였다. 그곳에는 선로가 놓인 커다란 공간이 있었지만, 지금은 아무도 찾지 않고 있었다. 그 장소는 장차 연장 구간을 위하여 준비된 공간이었다. 하지만 공사를 시작하려면 몇 년을 기다려야 하니 지금은 그저 지하의 커다란 공간으로 남아 있을 뿐이었다.

그 지하의 공간에 오늘은 방문자가 있었다. 보안 목적으로 띄엄띄엄 설치된 희미한 전등 빛 사이로 검은 그림자가 움직이는 것이 보였다. 한참 동안 선로를 따라 걷던 그림자의 주인공은 어느 장소에 도착하자 벽면에 붙어서 무언가를 기다리기 시작했다. 전등 빛에 살짝 비추어진 그림자의 주인공은 뜻밖에 얌전해 보이는 인상을 가진 여자였다. 보통 체격에 몸에 붙는 검은 색 가죽옷에 검은색 눈 화장은 뭔가 어울리지 않는 섬뜩한 인상을 주고 있었다.

그녀는 한동안 벽면에 붙어서 움직이지 않고 있었다. 그녀의 시선은 선로의 어느 한 곳을 응시하며 눈도 깜박거리지 않고 있었다. 어느 정도 시간이 흘렀을까, 아무것도 없는 공허했던 그 지하 공간에 살랑거리는 바람이 느껴지기 시작했다. 그리고 그 바람은 점점 더 세지기 시작하더니 결국 벽에 붙어 있는 여자가 몸을 움츠릴 정도로 강력한 것이되었다. 바람은 점차 소용돌이를 만들었다. 처음에 조그맣던 소용돌이는 점점 더 커졌다. 마침내 커다랗게 변한 소용돌이가 천천히 선로 위로 쓰러졌다. 소용돌이가 완전히 선로 위에 쓰러지자 번쩍이는 섬광이한 번 나타나더니 소용돌이의 중심에 커다란 구멍이 나타났다.

여자가 그 광경을 보면서 기다리자 잠시 후 그 구멍 안에서 한 남자가 나타났다. 남자는 무척 조심스러워 보였다. 여러 번 두리번거리면서 주변에 무엇이 있는지 확인하는 눈치였다. 하지만 워낙 어두운 곳이기 때문에 남자는 검은 옷 여자를 발견할 수 없었다. 남자는 안심이 안 되는지 움직임에 신중을 기하고 있었다. 얼마간의 시간이 지나자 남자는 그제야 확인이 끝났는지 소용돌이의 구멍에서 나왔다. 그러자 남자의 뒤에 있던 소용돌이가 천천히 사라져 버렸다. 사라진 소용돌이를 뒤로하고 남자는 앞으로 걷기 시작했다.

검은 옷의 여자는 소용돌이 바로 뒤에 숨어 있었다. 그녀는 소용돌이가 사라지자 살금살금 소리 없이 남자의 뒤로 다가갔다. 남자는 여자의 존재를 전혀 모르다가 그녀가 바로 등 뒤에 왔을 때야 비로소 인기척을 느꼈다. 남자는 뒤로 돌면서 방어 자세를 취하려 하였지만 이미 너무 늦어 버리고 말았다. 남자가 뒤를 돌아보는 순간 그의 배에는 이미 날카롭고 커다란 집게손으로 변한 검은 옷 여자의 오른팔이 관통하고 있었다.

"아! 너, 너는……"

남자는 외마디를 질렀으나 여자의 순간적인 공격에 의한 고통에 몸을 떨면서 더 이상 이야기를 잇지 못했다. 고통스러워하는 남자를 보며 여자는 더욱 잔인한 표정으로 자신의 집게손을 한 번 더 비틀었다. 남자는 고통으로 비명조차 지르지 못했다. 잠시 후 남자는 부르르 몸을 떨더니 여자의 팔에 배를 찔린 채 축 늘어졌다. 그러자 여자의 집게손에 찔려있던 그의 몸이 석고처럼 하얗게 변한 후 금이 가더니 산산이 부서져 가루가 되어 버렸다.

여자의 하얗고 순진해 보였던 얼굴에 잔인한 미소가 번졌다. 그녀는 남자가 하얀 가루가 되어 완전히 사라지는 것을 보고 나서야 집게로 변했던 팔을 다시 원래 상태로 만들었다. 그러고 보니 체격에 비해 유난히 팔과 다리가 긴 여자였다. 모든 것을 다 끝냈다고 생각했는지 여자는 다시 한 번 주변을 살폈다. 하지만 그곳에 그들 말고 다른 사람들이 있을 이유는 없었다. 아무도 없는 것을 다시 확인한 여자는 품에서 전화기를 꺼내어 어디론가 전화를 걸었다.

"네, 서련이에요. 알려 주신대로 그들의 출구 앞에서 잠복하고 있으니 처리가 정말 쉽네요!"

서련은 천천히 비어 있는 철길을 따라 걷기 시작했다. 그리고 희미한 전등 빛만이 가끔 비치는 어둠 속으로 천천히 사라져 갔다.


"바로 이곳이구먼유."

충청도 말투의 남자가 손가락으로 나무들 사이로 보이는 호수를 가리켰다. 뒤따르던 검은 등산복의 적호는 남자가 알려주는 방향을 보고 만족스러운 미소를 지었다.

두 사람의 외모만 보고도 그들이 각각 이곳의 토박이와 도시에서 온 사람이란 것을 알 수 있었다. 싸구려 운동복과 고급 브랜드의 검정 등산복으로 전혀 다른 두 사람의 옷차림은 그들의 각기 생활 환경이나 사는 방법이 다름을 보여주고 있었다.

사투리의 남자는 검은 등산복을 입은 적호의 만족스러운 표정을 보자 손을 비비며 비굴한 표정으로 말했다. 거기에는 비굴함을 넘어 약간 겁먹은 표정도 숨어 있었다.

"그럼 약속대로……"

적호는 무심한 표정으로 주머니에서 오만 원짜리 두 장을 꺼내어 앞에 있는 남자에게 내밀었다. 돈을 받은 남자가 한층 더 비굴한 표정이 되어 주춤주춤 뒤로 물러서며 말했다.

"저는 이제 가겠구먼유. 지가 더 이상 할 일은 없을 것 같네유…… 곧 해가 질 텐데, 어두우면 산길 찾기 힘드니 PD 선상님도 빨리 내려가야 할 거구만유."

말투에 비해 동작은 빠른 남자였다. 사투리의 남자가 황급히 떠나자 그곳에는 적호만 남았다. 그는 주변을 살폈다. 말 그대로 산속에 있는 조그만 호수였다. 아직 사람들에게 잘 알려지지 않았는지 정리되지 않은 나무들이 무질서하게 주변을 에워싸고 있어 이곳을 잘 아는 사람이 아니라면 찾아오기 힘든 곳이었다. 사람들이 찾기 힘든 곳…… 역시 그들이 선호하는 곳이었다. 깊은 산 속에 있다는 점이 더욱 그들의 마음에 들었을 것이다.

호수는 별로 큰 편은 아니었다. 작은 저수지 규모의 크기로 산 정상부터 흐르던 몇 갈래의 계곡 물들이 자연적으로 산골짜기로 둘러싸인 곳에 모여 이룬 곳이었다. 그리고 호수의 물은 다시 계천을 이루어 산 아래로 내려갔다. 아마 강수량에 따라 다르겠지만, 올해 많은 비가 와서 그런지 수심은 꽤 깊어 보였다. 사람들의 발길이 거의 닿지 않아 오염되지 않은 호숫물은 그 속이 보일 정도로 맑고 깨끗했다. 하지만 아무리 맑아도 그 깊은 바닥을 볼 수는 없었다. 수심이 사람 키 정도만 되어도 그 속에 있는 모든 것을 볼 수 있었을 테지만 그 끝을 알 수 없는 호수의 깊이는 시선 가득히 검푸른 어둠만을 보여주고 있었다.

남자가 떠난 후에도 계속 적호는 호수를 보면서 서 있었다. 그는 다시 적막만이 흐르는 그곳에서 신념에 가득 찬 표정으로 비어 있는 호수의 수면을 응시하며 누군가를 기다리고 있었다.

적호는 이곳을 찾아낸 것이 오랫동안 그들의 흔적을 따라 전국을 찾아다닌 끝에 얻은 쾌거라는 사실을 확신하고 있었다. 그는 우연히 지나가다 뭔지 모를 강한 기운을 느끼고 지난 며칠 동안 이 주변에서 머물고 있었다.

오늘 점심 때 그 국밥집을 찾은 것이 운이 좋았다. 적호는 국밥집에서 그 사투리의 남자가 떠드는 것을 들은 순간부터 남자가 말하는 것이 자신이 찾고 있는 것이 틀림없다는 것을 알았다. 그것은 우연치고는 정말 대단한 행운이었다.

조금 전, 적호를 안내한 사투리의 남자는 친구인 듯한 사람들과 함께였다. 국밥에 반주로 소주를 비우고 있던 그와 친구들은 대낮부터 술이 올라서 국밥집이 떠나갈 듯 큰 소리로 떠들고 있었다.

"그렇다니까! 내 눈으로 틀림없이 봤어! 물속에서 사람이 나오더라니까? 그런데 몸에 물이 한 방울도 묻어 있지도 않았더라고…… 내가 얼마나 놀랐겠어? 글쎄 놀라서 걷지도 못하겠더라고!"

남자는 이야기를 마치자 소주 한 잔을 들이켜고 인상을 찡그렸다.

"니가 술 취해서 헛것을 본 거 아니여? 허풍도 작작해야지, 물에서 나온 사람이 젖지 않았다니 말이 되는감?"

옆에 앉은 이가 타박하자 남자는 눈을 부라리며 목소리를 높였다.

"무슨 소리여? 그때 내 정신이 얼마나 멀쩡했는데? 이 두 눈으로 똑바로 봤단 말이여! 그러니까 내가 희한하다고 하는 거 아니여?"

"그러니까 취한 거지. 그게 말이 되남? 괜히 술 먹고 헛소리 말어!"

친구들이 자신의 말을 믿지 않으며 계속 비아냥거리자 남자가 탁자를 주먹으로 치며 분한 듯이 씩씩거리며 말했다.

"내가 봤단 말이여! 이 두 눈으로 똑똑히 봤다니까!"

일행 사이에 믿니 못 믿니 실랑이가 벌어지고 있을 때 적호가 그들의 이야기에 끼어들었다.

"그래서 그 사람은 어디로 갔나요?"

한참 떠들던 일행이 잠시 멍하니 적호를 쳐다보았다. 네가 무슨 상관이야 하는 표정이었다. 잘못하면 술 취한 사람들과 시비가 붙을 수도 있었다. 그는 표정을 부드럽게 바꾸고 둘러댔다.

"제가 TV 방송국 PD 예요. 저는 지금 우리나라 각 지역의 불가사의한 일들을 소개하는 프로그램을 진행하고 있어요. 아시죠?『세상에 이런 일이』라는 프로 말이에요."

방송국 사람이라는 말에 그들의 경계심은 풀린 것 같았다. 역시 시골 사람들에게도 방송의 위력은 대단했다. 방송국 사람이라는 말을 듣자 떠들던 남자는 더욱 신이 나서 말했다.

"방송국 분이세유? 그거 잘됐구만유. 오늘 내가 귀신을 봤지 뭐에유?"

"예, 저도 그 말씀 들었네요. 그런데 그 귀신은 어디로 갔나요?"

그러자 남자는 눈을 동그랗게 뜨더니 말했다.

"없어졌어유!"

"네?"

"그냥 없어져 버렸어유. 순식간에……"

적호는 일행과 합석하여 이야기를 들을 수 있었다. 그들의 이야기에 따르면 그들이 사는 마을 뒤에는 동네 뒷산치고는 꽤 높은 여우산이라는 산이 하나 있다고 했다. 옛날에 그 산에 여우들이 많이 살아서 붙인 이름이란다. 그런데 그 중턱에 호수가 하나 있는데 그곳 역시 여우 호수라는 이름을 갖고 있다고 했다. 산 이름 탓도 있지만, 예전부터 지나가는 사람들을 홀리는 여우들이 나타난다는 전설이 있기 때문이라고 했다.

그런데 오늘 아침 이 사투리의 남자가 그 호수에서 사람이 몸에 물도 묻히지 않고 나오는 것을 봤다는 것이었다. 일행은 그가 술 취해서 헛소리한다며 비웃고 있었다.

적호는 그들의 밥값과 술값을 계산해 주면서 남자에게 자신을 호수에서 사람이 나오는 것을 본 장소로 데려다주면 다시 사례하겠다고 했다. 사투리의 남자는 기뻐하면서 그를 이곳으로 데려다주었다. 남자로서는 어차피 남는 시간에 운이 좋게 술값이라도 벌 수 있는 일이었다.

하지만 남자는 산에 오르면서 적호가 보통 사람들과는 많이 다르다는 것을 느끼게 되었다. 도시 사람 같은데 거의 매일 산에 오르는 자신보다도 훨씬 가볍게 산에 오르고 있었다. 한 시간이 안 되는 산행이라 하더라도 보통 사람들이라면 한 번에 오르기는 힘들기 마련인데 그는 한 번 쉬지도 않고 올랐다. 오히려 본인이 그와 보조를 맞추는 것이 무척 힘들었다.

남자를 더욱 놀라게 한 것은 적호의 표정이었다. 산에 오르면서 뭔가를 생각하는 그의 표정은 아까 국밥집에서 그와 친구들에게 보여주었던 다정한 방송국 PD의 표정이 아니었다. 아주 섬뜩할 정도로 차가운 표정을 하고 있었다. 말을 걸기도 무서웠다.

호수에 도착해서 장소를 확인시켜 주었을 때 보여 준 적호의 표정은 남자에게 공포감까지 느끼게 했다. 그것은 남자가 지금까지 보지 못했던 가장 잔인하고 냉혹한 표정이었다. 남자는 순간적으로 등산복의 사

내가 전설에 나오는 여우가 아닌가 하는 생각까지 했다. 어떻게 사람이 이렇게 달라질 수 있을까? 그래서 서둘러 약속한 수고비를 받고 도망치듯 내려간 것이었다.

아직도 적호는 호수를 응시하고 있었다. 벌써 10시간이 넘었다. 이미 해가 지고 달조차 구름에 가려 주변은 암흑같이 깜깜했지만, 그에게는 아무런 문제가 되지 않는 것 같았다. 기다리는 것이 익숙한지 그는 아무것도 먹지 않았다. 작은 움직임도 없이 시선을 수면에 고정하고 있었다. 숲 속의 작은 짐승들도 움직임이 없는 그를 인식하지 못하고 주변을 오갈 정도였다.

"혹시 이곳이 아닌 것인가?"

적호는 순간적으로 자신의 판단을 의심했지만 이곳만큼 그들에게 안성맞춤인 곳이 없다는 생각에 좀 더 기다려 보기로 했다. 더구나 그들을 본 사람도 있다지 않은가? 술에 취했건 아니건 그 사투리의 남자가 본 것은 분명히 천인이었다. 천인, 즉 자신과 같은 역천인들과 함께 일반적인 인간들이 할 수 없는 일을 하는 존재들을 본 것이었다.

호수를 바라보다 갑자기 허기를 느낀 그는 마침 그때 발밑을 지나는 들쥐를 순간적으로 잡아챘다. 그리고 머리부터 입으로 넣어서 우적우적 씹어 먹기 시작했다. 머리를 씹히면서 들쥐가 버둥거렸지만 곧 움직임이 멈추었다. 들쥐를 씹으면서도 그는 시선을 호수에서 떼지 않았다. 하지만 모처럼의 생식은 충분히 즐기고 있었다. 익힌 음식에 익숙한 그였지만 간혹 즐기는 이런 살아 움직이는 음식도 별미로 느껴졌다. 특히 심장을 씹을 때 입안을 가득 채우는 비릿한 야생의 피 내음은 그가 결코 포기할 수 없는 중독성이 있었다.

그때였다. 적호는 입에 씹고 있던 것들을 급히 뱉어내고 몸을 숨겼다. 어떤 움직임을 감지했기 때문이었다. 몸을 바닥에 바짝 엎드리고 호수를 지켜보았다. 갑자기 그가 지켜보고 있는 쪽의 호수의 한 부분에 많은 기포가 생기기 시작했다. 마치 호숫물이 끓어오르는 것처럼 부글거리기 시작하더니 갑자기 수면 위로 커다란 물기둥이 솟아났다. 그리고 그 물기둥은 차츰 높이를 낮추기 시작하면서 마침내 수면 높이로 내려왔다. 그러자 그 물기둥의 중간 부분에 구멍이 나타났다. 그리고 그곳으로부터 한 남자가 나왔다.

남자는 잠시 주변을 살피더니 물기둥 밖으로 나왔다. 그러자 지금까지 있던 물기둥이 물속으로 사라져 버렸다. 물기둥이 사라졌지만 놀랍게도 그는 아무런 도구도 없이 공중에 떠 있었다. 수면 위의 공중에 잠시 떠 있던 그는 훌쩍 뛰어서 호수의 기슭으로 옮겨 섰다.

적호는 지금이야말로 나설 때라고 생각했다. 수풀에 몸을 숨겼던 그는 재빠르게 손을 내밀어 남자를 향해서 "얍" 하는 소리와 함께 바람을 발사했다. 하지만 인기척을 느낀 남자가 빠른 동작으로 몸을 피해 버렸다. 강한 바람이 허공을 지나 호수 면에 엄청난 파동을 일으켰다.

"누구냐!"

남자가 소리치자 적호가 몸을 날려 그의 앞을 막아섰다. 하지만 적호는 상대를 확인한 후 놀라서 외쳤다.

"아니, 너는 태, 태신원! 어떻게 네 놈이……"

신원 역시 갑자기 나타난 적호를 보고 잠시 당황한 듯했지만 곧 평정을 되찾고 대답했다.

"적호! 네놈이었구나. 우리 은신처들의 입구를 지키고 있다니…… 하지만 여기까지다!"

신원의 대답을 듣자마자 적호는 손을 앞으로 강하게 내밀며 외쳤다.

"그렇지. 우리 사이에 긴 이야기는 필요 없겠지. 자 나의 공격을 받아라. 얍!"

적호의 손바닥으로부터 강력한 바람이 나와 신원의 가슴을 향해 나갔다. 하지만 이미 준비를 하고 있었던 신원은 훌쩍 뛰어 올라서 바람을 피했다. 신원의 뒤에 있던 커다란 나무가 바람을 그대로 맞고 두 동강이 나 버렸다.

"장풍 공격은 여전하구나! 하지만 그 정도 속도로는 나를 쓰러뜨릴 수 없을 거다!"

신원이 다시 방어 자세를 취하면서 말했다.

"쥐새끼 같은 놈! 재빠른 것은 여전하구나!"

적호가 아쉬운 듯이 중얼거렸다. 그리고 신원을 날카롭게 쏘아보며 말했다.

"우리가 이렇게 싸울 필요가 있을까? 어차피 우리는 이 세상의 이방인들이 아닌가? 우리가 함께한다면 일이 훨씬 쉬워지지 않겠느냐?"

신원이 어이없다는 표정으로 대답했다.

"말도 안 되는 소리! 우리는 세상을 지배하려는 너희 역천인들의 야욕에 동참할 수는 없다!"

신원은 다시 단호한 표정으로 적호를 노려보며 말했다.

"나는 네놈들을 막으려고 이곳에 남겨진 천인이다! 어디 감히 나를 회유하려 하느냐?"

적호가 차가운 표정으로 내뱉듯이 소리치며 맞받았다.

"그것이 안 된다면 죽어야지!"

적호는 발을 굴러 공중으로 뛰어올라 다시 두 손을 앞으로 내밀고 "얍!" 하며 소리쳤다. 적호가 뿜어내는 강력한 바람이 아슬아슬하게 신원의 옆으로 빗나갔다. 신원은 적호의 공격을 피하면서 그 틈을 노려 뛰어올라 공중에 떠 있는 적호의 가슴을 두 주먹으로 가격했다. 공격 후에 잠시 방심하던 적호는 신원의 공격을 막지 못했다. 적호는 충격을 받고 땅으로 떨어졌다. 강력한 신원의 정권에 심한 내상을 입은 적호의 입에서 피가 흘러나왔다.

"윽! 이런!"

예상치 못한 부상에 당황했는지 적호는 인상을 찌푸렸다. 그리고 신원을 노려보며 천천히 몸을 일으켜 세웠다.

"내가 따로 변신은 하지 않으려 했지만 신원, 네놈은 그냥 처리할 수 있는 놈이 아니로구나!"

신원을 노려보는 적호의 눈이 더욱 매서워지더니 잠시 후 붉은색으로 변했다. 그리고 눈뿐만 아니라 얼굴 전체가 부어오르면서 기형적으로 변했다. 그리고 잠시 후에는 얼굴뿐만 아니라 팔과 다리도 부풀어오르기 시작했다. 마침내 변신을 마친 적호는 손과 발이 부채처럼 넓게 퍼진 괴물이 되어 있었다.

변신한 적호가 부채처럼 넓적해진 두 손을 휘두르자 아까의 장풍보다도 더욱 강한 바람이 불어나왔다. 신원은 바람에 밀리지 않으려 애썼지만 바람의 범위가 아까보다 넓었다. 신원은 그만 한참을 밀려나 뒤에 있는 나무에 부딪히고 말았다. 몸을 나무에 부딪친 신원이 정신을 차리려 머리를 흔들었다.

이것을 본 적호가 기회를 놓치지 않으려는 듯 달려와서 넓은 손으로 신원의 얼굴을 감쌌다. 그리고 강력한 힘으로 누르기 시작했다. 그대로 질식시키려는 것 같았다. 신원은 안간힘을 써서 그 손아귀를 빠져나오려 했지만, 그 힘이 너무 강해서 쉽게 나올 수 없었다. 신원은 희미해가는 정신 속에서 허리춤으로 손을 가져갔다. 간신히 허리에 있던 삼단봉을 꺼냈다. 그리고 그것으로 얼굴을 감싸고 있는 적호의 팔을 찔렀다.

"아악-"

삼단봉에 찔리면서 충격을 받은 적호가 신원의 얼굴에서 손을 뗐다. 신원은 아직 완전히 정신을 차리지는 못했지만, 지금의 기회를 놓치면 안 된다는 것을 알고 있었다. 온 힘을 다하여 공중으로 뛰어올라 내려 오면서 삼단봉을 펴 아직 고통스러워하고 있는 적호의 머리를 가격했다. 괴물의 흉측한 얼굴로 변한 적호는 머리가 두 쪽으로 갈라져 버리고 비틀거리다가 그대로 쓰러져 버렸다. 기력을 잃은 적호의 얼굴과 몸이 흐물거리다가 다시 원래의 모습으로 돌아왔다. 적호는 머리에 깊이 팬 상처를 갖고 쓰러져서 움직이지 못하고 있었다. 신원 역시 충격이 컸는지 정신을 차린 후에야 다가와 물었다.

"최근 우리 천인들을 살해한 것들이 바로 너희들이냐?"

적호는 아직도 분한 표정으로 숨을 헐떡거리며 말했다.

"태신원…… 역시 강한 놈이로구나. 네가 있는 줄 알았다면 혼자 오지 않았을 것을…… 하지만 너희들은 우리를 막을 수 없다! 세상에는 악의 기운이 가득 찼고 곧 그분이 봉인 해제 되면 결국 우리 역천인들의 세상이 될 것이다!"

신원이 측은하게 내려다보자 적호가 오히려 음흉한 웃음을 지으며 조롱하듯이 말했다.

"흐흐흐…… 알고 있느냐? 너희들이 기다리는 자의 육신은 내가 불태워 없애 버렸다. 이제 너희는 전혀 그분을 상대할 능력이 없을 것이다!"

"뭐라고!"

신원이 놀란 표정으로 적호에게 물었다.

"그게 무슨 소리냐? 그분의 육신을 태우다니!"

하지만 적호는 더 이상 말할 기력이 없는지 신원을 비웃으며 바라보고만 있었다. 신원은 분노에 찬 표정으로 소리쳤다.

"그분의 육신을 훼손하다니! 내 절대로 너희들을 용서하지 않을 것이다! 너는 이제 네가 한 악행의 대가를 받아야 할 것이다!"

신원은 손에 잡고 있던 삼단봉을 다시 들어 적호의 머리에 가까이 댔다. 삼단봉이 적호의 머리에 닿자 갑자기 푸른빛을 내기 시작했다. 그 빛을 본 적호가 두려운 표정으로 마지막으로 쥐어짜내는 듯한 소리를 질렀다.

"나 하나를 없앤다고 세상의 기운을 막지는 못할 것이다. 우리 역천인들은 영원할 것이다!"

삼단봉이 마적호의 머리에 닿자 그 부분부터 그의 머리는 점점 붉게 물들기 시작하고 적호는 고통에 울부짖는 표정이 되었다. 신원은 안타까움을 참는 단호한 표정으로 삼단봉을 머리에서 떼지 않고 그 장면을 응시했다. 잠시 후 머리에 이어서 온몸이 푸른빛으로 감싸 들어가기 시작하자 적호의 버둥거림도 사라졌다. 적호의 몸은 굳어버리더니 결국 검은색 빛의 재가 되어 호수에 부는 바람 속으로 사라져 버렸다.

"아! 나의 잘못이다! 그분의 육신이 훼손되다니……."

신원은 한참 동안을 고개를 떨어뜨리고 난감한 표정으로 그 자리에 머물러 있었다. 결국 동이 트는 것이 느껴지자 그는 어쩔 수 없다는 표정을 하고 몸을 날려 어딘가로 사라졌다. 그가 떠난 호숫가에 아침 햇살이 밝게 비치기 시작했다.


'천사의 집'은 경기도 남쪽 끝에 위치한 고아들의 보육시설이었다. 낮은 언덕이었지만 주변이 야산으로 둘러싸인 외진 곳에 있었다. 교통편도 노선 버스 하나만이 30분 간격으로 다니는 곳이어서 나들이라도 하려면 일기 예보만큼이나 버스 시간표가 중요한 곳이었다.

만약 운이 나빠서 막 떠나는 버스를 봤다면 차라리 10분 정도 떨어져 있는 국도의 버스 정류장까지 걸어가서 다른 버스를 타는 것이 더 빨랐다. 하지만 인적이 드문 밤에 가로등도 없는 길을 따라 그렇게 걸어가는 것은 상당히 위험한 일이기도 했다. 사실, 지난 몇 년 동안 이곳의 밤길에서는 여러 차례의 강력 범죄가 있었다.

보육원은 현대식으로 새로 지은 건물이었다. 하지만 이렇게 새 건물을 갖게 된 것도 썩 유쾌한 이유는 아니었다. 차로 30분 정도 떨어진 예전 보육원 주변에 대규모 아파트 단지가 들어서면서 억지로 이전해야 했기 때문이었다. 자신들의 아이들이 고아들과 어울리게 할 수 없다는 주민들의 반발로 건설 회사에서 선심 쓰듯이 지어준 새로운 건물로 1년 전에 이전하게 된 것이었다.

새로 지은 건물이라 시설은 괜찮았다. 하지만 어린 아기들은 지난 1년 동안 새집 증후군 때문에 많이 고생해야만 했다. 그래서 한여름에도 문이란 문은 모두 열어놓고 더위를 참으면서 뜨거운 여름의 열기에 건물이 익어 가면서 내뿜는 유독가스를 밖으로 내보내야 했다.

좋은 점도 있었다. 겨울의 뜨거운 물과 난방, 그리고 전기가 무료라는 점이었다. 엄밀히 말해서 그냥 무료는 아니고 신설 아파트 단지의 아파트 주민들이 지원해 주는 것이었다. 사실 이 부분이 이곳으로 옮기는 큰 이유가 되었다. 보육원의 어려운 살림에 큰 도움이 되었기 때문이었다.

아파트 주민들은 보육원의 아이들이 자신들의 아이들과 섞이는 것을 막기 위해 보육원이 이전하는 조건으로 시설의 각종 공과금을 지원한다는 의안을 주민 투표에서 신속히 통과시켰다. 그 결과 약 3,000가구의 아파트 단지 주민들은 가구당 무려 월 500원의 비용을 지불하면서 소위 노블리스 오블리제(no·blesse ob·lige)를 실현한다는 자부심을 갖게된 것이다. 그들은 연말정산 세금 환급을 위한 6,000원짜리 기부금 영수증을 챙기는 것도 잊지 않았다.

'천사의 집'은 태신원, 이선영 선생과 관악산 비밀 장소에서 회의를 했던 김영란 원장이 운영하는 곳이었다. 그녀가 천인이라는 사실은 주변 사람들에게는 당연히 비밀이었다. 보육원에서 함께 일하는 사람들을 포함하여 아무도 그녀가 언제 태어나고 어디서 왔는지 몰랐다. 다만 사람들은 그녀가 전직 수녀로 가족이 없는 사람이라고 알고 있었다. 그녀는 보육원 직원들과 아이들이 자신의 가족이라고 말하곤 했다.

천사의 집에서 돌보고 있는 아이들은 서른 명이 좀 넘었다. 김 원장은 이 아이들, 세 명의 보육 교사와 함께 빡빡한 살림을 해오고 있었다. 처음부터 천사의 집은 김 원장의 사재로 설립하여 인가를 받은 사설 보육 시설이었기 때문에 비록 공과금 문제가 해결되었다 하더라도 그 살림은 빠듯했다. 김 원장을 제외한 다른 보육 교사들에게는 많지는 않았지만 급여도 나가야 했다.

이렇게 어려운 환경이었지만 김 원장은 항상 신께서 보살펴 주실 것이라고 믿으면서 기도하는 모습을 보여주곤 했다. 그리고 기도의 응답은 항상 있었다. 급한 일이 있어 무언가 필요한 것이 있어 그녀가 아이들의 고사리 같은 손을 잡고 기도를 하면 항상 누군가가 도움을 주었다. 그녀를 아는 많은 주변 사람들이 모두 그녀의 박애 정신을 깊이 존경하고 있었기 때문에 그녀의 도움 요청에는 발 벗고 나서려고 하였다.

이제 여름을 향해 달려가고 있는 6월 중순의 어느 밤, 김 원장은 자신의 집에 있는 사무실에서 선천성 심장병을 앓고 있는 6개월 된 아기의 수술비 모금을 위해서 독지가들에게 직접 손으로 편지를 쓰고 있었다. 그들은 모두 지금까지도 보육원에 많은 도움을 주고 있는 사람들이었다.

김 원장은 천사의 집 건물 안에 사택을 지어주겠다는 건설 회사의 제의를 거절하고 보육원에서 걸어서 10분 정도 떨어진 곳에 있는 집에 살고 있었다. 오래된 폐가를 수리한 집이었다. 아이들을 위한 시설을 개인적으로 사용할 수 없다는 이유에서였다. 또 보육원에서 숙식하는 젊은 보육 교사들이 저녁 시간만이라도 노처녀 원장의 눈치를 안 보고 편히 있으라는 배려이기도 했다.

사람들은 그런 김 원장의 마음이 고마워서인지 아니면 아예 집에서 일을 많이 하라는 의미인지 사택에 있는 두 개의 방 중 침실이 아닌 방에 책상과 의자를 넣어 사무실로 꾸며 주었다. 그녀는 지금 그 사무실 방에서 손편지를 쓰고 있는 중이었다. 그녀가 전화나 이메일의 사용법을 모르는 것은 아니었다. 하지만 소중한 아이의 생명을 구원하는 부탁에는 직접 손으로 편지를 써야 한다는 것이 그녀의 오랜 소신이었다.

작고 통통한 몸집을 큰 의자에 올려놓고 두꺼운 돋보기안경을 조그만 코 위에 올린 김 원장은 볼펜을 꾹꾹 눌러 가면서 천사의 집 로고가 글머리에 새겨져 있는 편지지를 조금씩 채워가고 있었다. 오늘은 다섯 통을 쓸 예정인데 이미 세 통을 쓰고 이제 네 통째를 쓰고 있던 참이었다.

하지만 오늘따라 김 원장은 긴장하고 있는 모습이 역력했다. 뭔가 불안해 보였다. 편지를 쓰면서도 계속 다른 것에 신경을 쓰는 표정이었다. 잠시 후 그녀의 느낌이 적중한 것 같았다. 갑자기 그녀가 긴장하더니 재빠르게 머리를 숙였다. 그와 동시에 조금 전에 그녀의 머리가 있던 장소로 독침들이 우수수 지나가더니 뒤의 벽에 꽂혔다. 열린 창을 통해 날라 온 것이었다.

굉장히 놀랄 법도 한데 김 원장이 의외로 담담하게 소리쳤다.

"비겁하게 숨어서 공격하지 말고 나와라!"

김 원장이 소리치자 그녀의 앞에 있던 담벼락이 창과 함께 굉음을 내면서 무너졌다. 벽이 무너지는 것은 그녀도 예상하지 못한 것 같았다.

놀란 그녀의 시야에 넘어진 담벼락 너머로 차가운 인상의 두 남녀가 보였다.

"용케도 공격을 피했구나! 그러나 오늘이 너의 마지막 날이다!"

남자는 울퉁불퉁한 근육을 자랑하듯 몸에 딱 붙는 얇은 운동복 상하의를 입고 있었고 신발도 운동화였다. 거대해 보이기까지 하는 그의 큰 몸을 이루고 있는 것은 지방이 아니라 단단한 근육이라는 것은 한눈에 알 수 있었다. 얼굴도 몸에 어울리게 강인해 보이는 인상이었다.

여자는 붉은 입술이 도드라져 보일 정도로 하얀 얼굴이었지만 머리는 남자처럼 짧게 자르고 있었다. 하얀 얼굴에 도드라진 까만 아이라인과 붉은 입술이 그녀를 차갑게 보이게 했고 코와 입술 주위에 하고 있는 피어싱은 그녀의 인상을 강하게 했다. 검은색 가죽 바지 허리에 서너 가닥으로 늘어져 있는 체인은 얼굴의 피어싱과 조화를 이루고 있었다.

김 원장은 그들이 누구인지 아는 듯한 모습이었다.

"녀석들, 그렇다고 벽을 부수다니…… 없는 살림에 수리비가 또 들겠구나……"

잠시 보육원의 살림을 걱정하던 김 원장이 말했다.

"너희가 찾아올 줄 알고 있었다. 이제 내 차례가 된 게냐?"

그녀는 이 말을 하고 아무렇지도 않은 듯이 말하고 쓰고 있던 편지지에 시선을 다시 주었다.

"벌써 소문이 빠른가 봐? 그래, 우리가 하나씩 하나씩 그 지겹던 생을 마감시켜 드리고 있지. 당신들, 이미 세상에 너무 오래 있었으니 이제는 지겨울 것 아니야?"

김 원장을 내려다보며 여자가 징그러운 표정으로 말했다.

"아무리 세상이 어지러워진다고 해도 너희들의 세상이 정말 올 거라고 믿느냐? 천만의 말씀이야. 우리는 힘을 다하여 끝까지 세상을 구할 것이다!"

김 원장이 엄숙한 목소리로 말했다.

"그러지 말고 협조 좀 해주지. 우리도 시간 없으니 빨리 할머니를 보내드리고 가야 하거든?"

남자가 거들먹거리며 말했다.

"그래, 어디 너희 실력을 보자꾸나! 하지만 좀 어려울 게다. 내가 나이는 들었어도 보기보다는 많이 건강하거든?"

말을 마치자마자 김 원장이 빠른 동작으로 의자를 박차고 뛰어 올랐다. 그녀의 작고 통통한 몸집에는 전혀 어울리지 않는 동작이었다. 하지만 그것을 예상하였다는 듯 덩치 큰 남자의 억센 손이 책상을 벗어나려는 그녀를 잡아서 사정없이 벽에다 던져 버렸다. 그녀의 몸이 반대쪽 벽에 있던 책꽂이와 부딪쳤다. 책꽂이가 산산조각 나면서 놓여 있던 책들과 상패들이 주변에 아무렇게나 떨어졌다. 그녀는 바닥에 떨어져 쓰러졌다.

이번에는 여자가 입으로 독침을 쏘면서 자신의 바지에 걸려 있던 체인을 풀어서 김 원장을 향하여 휘둘렀다. 쓰러져 있던 김 원장이 간신히 몸을 움직여서 독침과 체인을 피했다. 이어서 남자가 커다란 책상을 들어 올려 김 원장을 내리쳤다. 이번에도 김 원장은 몸을 옆으로 굴려서 그것도 간신히 피할 수 있었다. 아수라장이 된 방 안을 둘러보며 김 원장이 손을 흔들면서 다급하게 말했다.

"너희들 꼭 이렇게 다 부숴야 하겠어? 모두 돈인데…… 차라리 밖으로 나가면 안 될까?"

남자는 들은 척도 하지 않고 김 원장을 향해 달려들었다. 김 원장이 체념한 듯 목에 있는 나무 십자가를 풀면서 말했다.

"이것들이 모두 어떻게 마련한 것들인데…… 알았다. 정 여기서 승부를 봐야 한다면 할 수 없지!"

김 원장은 빠르게 몸을 숙이며 달려오는 남자의 다리를 목걸이 줄로 걸어서 넘겨 버렸다. 남자가 넘어지면서 벽에 부딪혀 큰 꿍음을 내며 쓰러졌다.

이번에는 여자가 체인을 휘두르며 다가왔다. 체인 끝이 날카롭게 김 원장의 어깨를 스치며 어깨가 피로 물들었다. 여자가 싸늘하게 웃으며 다시 입으로 독침을 쏘았다. 하지만 김 원장은 여자의 독침을 바닥에 떨어진 방석으로 막아 버렸다. 김 원장이 독침 공격을 막아내자 여자는 흥분한 듯 김 원장의 바로 앞으로 와서 체인을 휘두르려고 하였다. 그 순간 김 원장은 여자의 체인에 자신의 목걸이 줄을 걸었다. 그리고 힘찬 목소리로 '전!' 하고 외쳤다. 갑자기 '빠직!' 하는 소리와 함께 여자가 감전된 듯이 덜덜 떨기 시작했다. 김 원장은 여자의 얼굴을 쳐다보지 않고 붉어진 얼굴에 땀을 흘리며 기를 계속 모았다. 여자는 강한 전기 충격에 부들부들 떨며 눈이 뒤집히고 입에서는 거품을 내기 시작했다.

그때 쓰러져 있던 남자가 일어나서 달려들어 김 원장에게 몸통으로 부딪쳤다. 김 원장은 공력을 집중하고 있다가 갑작스러운 공격을 받자 충격이 큰 듯 반대쪽 벽에 부딪히며 다시 쓰러졌다. 이번에는 김 원장의 입에서 피가 흘렀다. 하지만 여자는 김 원장의 공격에서 벗어난 후에도 거품을 물고 쓰러져서 정신을 차리지 못했다. 충격이 큰 모양이었다. 남자는 쓰러져 있는 여자를 흘깃 보더니 김 원장 앞으로 다가왔다. 김 원장은 아직 충격에서 회복하지 못하고 그 자리에 주저앉아 있었다.

남자는 그 큰 손으로 김 원장의 멱살을 잡고 들어 올렸다. 조그만 체구의 김 원장을 들어 올리는 데는 그의 오른손 하나만으로도 충분했다. 그는 김 원장을 다시 한 번 바닥에 메다꽂아 최후의 일격을 가할 셈이었다. 남자가 오른팔에 다시 한 번 힘을 주어 김 원장을 머리 위로 올렸다. 그러자 남자의 머리 위에서 순간적으로 정신을 차린 김 원장이 재빠르게 남자의 목에 나무 십자가 목걸이를 걸고 다시 '전'하고 외쳤다. 그러자 그녀의 몸을 중심으로 강력한 뇌전이 시전되어 두 사람의 몸을 감쌌다. 갑작스러운 공격을 받은 남자가 전기 충격에 부들부들 떨기 시작했다.

남자의 손에 잡힌 탓에 김 원장도 온몸에 전기가 감전되는 충격을 느껴야 했다. 하지만 김 원장은 참아냈다. 남자가 고통스러워하는 것을 보면서 김 원장은 오히려 기를 더 집중하여 전기의 세기를 더 높였다. 그러자 김 원장 자신도 참을 수 없는 고통을 느끼고 눈을 감아 버렸다.

마침내 남자가 눈과 귀에서 피를 쏟으며 김 원장을 잡았던 손을 놓고 쓰러졌다. 남자의 손에서 벗어난 김 원장은 그대로 아래로 떨어지고 말았다. 하지만 다행히 쓰러진 남자의 배 위로 떨어져서 충격을 덜 받을 수 있었다. 잠시 후 김 원장이 정신을 차려 보니 남자는 피를 흘리며 정신을 잃고 바닥에 쓰러져 있었다. 그리고 저 앞에는 거품을 물고 쓰러져 있는 젊은 여자가 있었다.

"미리 조심을 할 수 있어서 다행이야."

김 원장은 남자의 배 위에서 비틀거리며 일어나면서 중얼거렸다. 그리고 그녀는 엉망이 되어 버린 방안에서 무엇인가 찾기 시작했다. 잠시 후 그녀의 손에는 아까 쓰던 편지들이 들려 있었다.

"이번에는 네 통밖에는 부치지 못하겠네……."

그녀는 두꺼운 책을 받혀서 편지를 마저 다 쓴 후 자신의 서명을 정성스럽게 했다. 편지들을 부서진 책상 서랍에서 찾은 봉투에 집어넣은 뒤 수첩을 뒤져 각각의 수신자의 주소를 썼다. 그리고 봉투를 풀로 붙인 후 침실로 가져가 따로 쓴 메모와 함께 침대 옆의 탁자 위에 놓고 집을 나와 자신의 오래된 차의 운전석에 앉았다.

운전석에 앉은 김 원장은 스마트폰을 꺼내어 전원을 켰다. 그리고 아침에 그녀에게 도착한 문자 하나를 다시 읽었다. '오늘 습격이 있을 거예요. 조심하세요!'라고 쓰인 문자였다.

'누굴까?'

발신자 제한으로 온 그 문자를 보면서 김 원장을 생각했다. 누군가 자신의 위험을 미리 알린 것이었다. 하지만 지금은 그것보다 더 급한 일이 있었다. 그녀는 차를 움직이기 시작했다.

다음날 점심 무렵, 김 원장에게 연락이 닿지 않자 사택으로 찾아온 보육원 직원들은 입이 딱 벌어질 정도로 놀라고 말았다. 사무실 방이 마치 폭격을 맞은 것처럼 엉망이 되어 있었던 것이다. 즉시 신고를 받고 출동한 경찰은 그녀의 침실에서 편지 봉투 네 개와 그것들을 후원자들에게 부쳐달라는 그녀의 메모를 발견하고 이것이 최근 발생하는 납치 실종 사건이 아니라는 것에 안도하였다. 메모에는 급한 일이 있어서 어디를 다녀와야 하니 당분간 천사의 집을 보육 선생님들이 맡아달라는 내용이 적혀 있었고 그 옆에는 그녀의 예금 통장과 도장이 함께 놓여 있었다.


"오셨군요! 무사하셔서 다행입니다."

관악산 은신처에서 신원은 그녀를 반갑게 맞아 주었다. 그녀의 전화를 받고 미리 대기하고 있던 것 같았다. 무척 긴장하는 표정이었다. 연락을 듣고 달려온 이선영 선생 역시 온몸이 상처투성이에다 피까지 엉겨 붙어 있는 김 원장의 어깨를 보자 놀라서 입을 가렸다.

"어머! 부상을 입으셨군요! 빨리 치료부터 해요."

김 원장이 머리를 흔들며 대수롭지 않은 듯 대답했다.

"그냥 스친 거니까 걱정 안 해도 돼."

"그래도 치료부터 빨리해야죠. 일단 의무실부터 다녀오는 것이 좋겠어요!"

"그렇게 하시죠. 이야기는 그 후에 하도록 하겠습니다."

신원도 치료를 먼저 권하자 김 원장은 재촉하는 이 선생과 함께 의무실부터 다녀와야 했다. 자신을 걱정해주는 동료들을 만나자 긴장이 풀렸는지 갑자기 피곤이 몰려오는 것이 느껴졌지만 두 사람의 걱정을 덜어주기 위해 김 원장은 수다스럽게 말했다.

"내가 명이 길긴 긴가 봐. 간신히 그놈들을 막을 수 있었다니까?"

치료받은 어깨를 흔들며 김 원장이 떠드는 동안 이 선생은 따뜻한 차를 준비하여 왔다. 신원은 조용히 김 원장이 흥분을 가라앉히기를 기다리는 모습이었다. 잠시 후 김 원장이 말했다.

"역천인들의 공격이 점점 거세지는 것 같아요."

"그런 것 같습니다. 모두 조심해야 할 것 같습니다."

신원이 대답했다. 그리고 침통한 표정으로 말을 이었다.

"벌써 다섯 분이 넘었습니다. 석관 스님, 박병두 사장님, 나일순 선생님을 비롯한 분들이 모두 그들에게 당하신 겁니다. 이제 그들은 우리들의 은신처 입구의 공간이동 통로를 지키고 있다가 공격히기도 합니다. 저도 며칠 전에 경험을 했습니다."

이야기를 듣는 두 사람의 표정이 어두워졌다. 이 선생이 걱정스럽게 물었다.

"신원 님도 당할 뻔했군요! 그럼 이제 어쩌면 좋죠?"

잠시 생각을 하던 신원이 침착하게 말했다.

"일단 모두 조심해야 합니다. 당분간 두 분은 이곳에 함께 계시는 것이 좋겠습니다."

그리고 신원이 말을 이었다.

"지금의 상황은 오래전에 이미 예견된 것들이 일어난 것뿐입니다. 역천인들이 언젠가 세상에 나올 것은 이미 알지 않았습니까? 그래서 우리가 인간 세상에 남아 있는 것이지요."

신원은 한숨을 한 번 깊이 쉬더니 말을 이었다.

"물론 이런 일이 없었으면 더 좋았겠지만 이제 우리도 본격적으로 준비를 해야 하겠지요."

신원이 대답하자 김 원장도 한숨을 내쉬며 이야기했다.

"역천인들이 활동을 시작했다는 것은 그만큼 세상에 악의 기운이 가득 찼다는 말이 될 거예요."

그리고 아쉬운 표정으로 말을 이었다.

"우리가 그동안 그렇게 애를 썼는데……. 세상에 선의 기운을 충만하게 지킨다는 것은 한계가 있나 봐요. 인간들의 마음을 교화하는 것이 이렇게 어려우니……. 우리의 주변만 보더라도 저렇게 사람들은 서로를 물어뜯으면서 자기만 생각하고 있거든요"

이 선생 역시 안타까운 표정을 지며 말했다.

"네, 그러게요. 요즘 아이들을 보더라고 예전에 비해서 너무 이기적이라는 생각이 들 때가 많더군요. 하지만 그 아이들만을 탓할 수도 없는 것이 학교나 집에서 보고 배우는 것이 그런 것인데 어쩌겠어요? 이제 학교에서도 올바른 사람이 되는 것에 대해서는 더 이상 가르치지 않아요. 그저 많이 아는, 아니 그냥 대학교 가는 방법만 가르치고 있죠. 부모들도 마찬가지예요. 친구와 서로 도우면서 화목하게 지내라고 하기보다는 친구를 이기라고만 하니까요. 그런 교육을 받은 아이들이 배려하면서 서로 더불어 사는 것을 배울 수가 없는 거죠."

듣고 있던 신원이 눈을 감고 말했다.

"예전에 어느 분께서 그러셨는데 이 인간 세상은 풍수 자체가 성품을 메마르게 한다고 하더군요. 사실 이것은 인간뿐만 아니라 천인들도 마찬가지 아닙니까? 그러니 우리 천인들 속에서도 역천인들이 나오게 된 것이지요."

모두 과거의 아픈 기억이 생각났는지 침울한 표정이 되었다. 김 원장이 고개를 숙이며 말했다.

"그래요. 그들도 원래는 우리와 같은 천인들이었지요. 하지만 자기 분수를 모르는 탐욕이 깃들면서 역천인들로 변해 버리기 시작했죠. 그런 것은 인간들의 것인 줄만 알았는데 인간을 교화시키러 온 천인들조차도 타락을 하는 일이 있었어요. 어떻게 그런 일이……."

"맞아요. 그때 천인들이……. 결국 그것이 반란으로 이어졌죠. 아마 이곳에서 우리가 마시는 물과 숨 쉬는 공기가 사람들의 심성을 메마르고 탐욕스럽게 만드나 봐요."

이 선생 역시 무서운 기억을 떠올리는 듯, 진저리를 치면서 말했다. 신원은 잠시 말이 없었다. 이는 신시가 개국되면서부터 예정된 불행인지도 몰랐다. 신원이 엄숙하게 말했다.

"그래서 이 인간 세상에서는 천인들도 더 많은 수양이 필요한 것입니다. 그렇지 않으면 우리도 타락하고 말 거예요. 이제 다시 미음을 다시 고쳐 잡고 우리 임무를 수행해야 합니다."

말을 마친 신원은 갑자기 우울한 얼굴이 되어서 두 사람을 쳐다보았다.

"그런데 정말 불행한 일을 확인했습니다. 역천인들이 그분의 육신을 훼손하여 없애버렸다는 것입니다. 설마 하고 확인해 보았으나 모두 사실이었습니다. 그들은 우리가 그분을 봉인 해제할 수 없도록 선수를 친 것입니다!"

신원의 이야기를 들은 두 사람의 얼굴이 창백해졌다.

"네? 그럼 그분의 봉인 해제가 불가능하다는 건가요?"

김 원장과 이 선생이 몹시 놀라고 실망하여 함께 소리쳤다.

"예, 우리가 너무 방심을 했습니다. 그들의 행동이 이렇게 빨라질 것은 생각하지 못했어요."

신원이 침울하게 대답을 했다.

"그럼 모든 것이 다 끝난 건가요? 그분의 육신이 없으면 우리가 할 수 있는 것이 없잖아요?"

괴로운 표정의 신원이 대답했다.

"지금까지 제가 너무 안일하게 행동했습니다. 그분이 있는 장소를 저만이 알고 있다고 생각했죠. 저들에게 천부검이 있다는 사실을 잊은 것입니다. 그들이 그것을 이용하여 그분이 계신 곳을 찾아낸 것 같습니다. 모두 다 저의 불찰입니다. 하지만 제가 목숨을 걸고 바로 잡으려고 합니다. 이제 저들로부터 빼앗긴 것을 다 되찾아 와야죠."

그러자 두 여자가 신원을 바라보며 말했다.

"이건 신원 님만의 잘못이 아니에요. 우리도 같이 도왔어야 했어요."

"가장 큰 문제는……."

신원이 어두운 표정으로 다시 입을 열었다.

"세상에 악의 기운이 강해져서 그들이 이제 그자의 봉인 해제까지 준비하고 있다는 것입니다!"

김 원장이 놀라는 표정으로 말했다.

"그들이 벌써 그런 준비까지 되었나요?"

"아직 자세히는 모르겠지만, 굉장히 서두르는 것 같습니다. 자기만의 힘으로는 아무것도 할 수 없다는 것을 아니까요. 그들의 목적을 위해서 꼭 그자의 봉인을 해제하려 할 것입니다."

이 선생이 걱정스러운 듯이 물었다.

"신원 님이 그자를 대적할 수는 없나요?"

신원이 아쉬운 표정으로 고개를 떨어뜨리며 말했다.

"저는 안 됩니다. 그자는 워낙 공력이 강합니다. 오직 그분만이 상대할 수 있습니다."

김 원장이 걱정스러운 표정으로 끼어들었다.

"하지만 역천인들에 의해 그분의 육신은 훼손되어서 환생할 수 없잖아요?"

그 순간 신원이 갑자기 알 수 없는 표정을 지으며 말했다.

"비록 그분의 육신이 없어졌지만 그분을 세상에 다시 오시게 하는 방법은 있을 수도 있습니다."

듣고 있던 두 사람의 표정이 밝아졌다.

"정말이에요? 어떡하면 되죠?"

신원은 품에서 오래되어 보이는 얇은 책자를 하나 꺼내 두 사람에게 보여주었다.

"그게 무엇인가요?"

김 원장이 먼저 물었다.

"이것은 그분께서 항상 지니고 계시던 비급입니다. 마치 그분의 분신 같은 것이지요. 만약 기맥이 우수하여 그분의 기를 수용할 수 있는 사람만 있다면 그 사람의 육신과 이 책에 담긴 그분의 기를 통해서 다시 환생하실 수 있을 겁니다."

그 말을 들은 이 선생이 걱정스러운 표정으로 말했다.

"그 이야기는 그분의 기를 다른 사람의 몸에 들인다는 말 아닌가요?"

신원이 그렇다는 의미로 고개를 끄덕이자 이 선생은 말을 이었다.

"그런데 그런 사람을 찾을 수 있겠어요? 그건 거의 불가능한 일이잖아요."

이 선생의 질문에 신원이 조금 밝아진 목소리로 말했다.

"그 말이 맞습니다. 거의 불가능한 일이지요. 그런데 아시다시피 지난번에 우리가 이야기한 천나루란 젊은이의 기맥이라면 그분의 기를 수용할 수 있을지도 모릅니다. 절대기맥을 가진 사람이 수련을 통해 기문을 열게 된다면 세상에 수용하지 못할 기가 없기 때문입니다. 물론 몇 가지 확인해야겠지만, 지금의 희망은 그 젊은이뿐입니다!"

신원은 힘을 주어 이야기했지만 김 원장과 이 선생은 여전히 불안한 표정이었다.

"천인이 사람의 육신을 빌어 현신하는 것이 얼마나 어려운 일인지는 알고 계시지요? 잘못하면 그 사람의 정신을 영원히 잃을 수도 있는 일이라고요!"

김 원장의 목소리는 불안감에 떨리고 있었다. 그러자 신원이 엄숙한 표정으로 말했다.

"그래서 시험을 통해서 그 친구가 감당할 수 있는지 확인을 해 볼 생각입니다. 물론 본인의 동의도 구해야 하겠지요. 제가 지켜본 바에 의하면 그 젊은이는 육신의 강인함이 세상 인간 중 어느 누구에게도 뒤지지 않을 것입니다. 그런데 그것보다 더 큰 문제가 있습니다."

"더 큰 문제라면……. 그건 또 뭔가요?"

이번에는 이 선생이 불안하게 묻자 신원이 무겁게 대답했다.

"역천인들도 그 친구의 기맥이 뛰어나다는 것을 알아내고는 자기들 쪽으로 끌어들이려 하고 있습니다. 지난번에 면접을 못 하도록 제가 기절까지 시켰는데 결국 참가하고 말더군요."

김 원장과 이 선생은 아무 말도 못하고 신원만 바라보았다.

"얼마 전에는 그를 납치까지 하려 했습니다. 그들은 앞으로 무슨 짓이든 하려 할 겁니다."

신원이 덧붙여 말하자 이 선생이 물었다.

"그러면 이제 어떻게 해야 하죠?"

"우리는 기다릴 수밖에 없습니다. 그 사람에게 우리 일을 강요할 수는 없으니까요. 만약 그 사람이 역천인들의 유혹에 넘어간다면 우리와는 인연이 없을 뿐 아니라 오히려 가장 큰 위협이 될 것입니다."

"정말 그렇게 된다면 정말 위험한 상황이 되겠네요."

이 선생이 입술을 오므리며 중얼거리자 신원이 말했다.

"하지만 저는 걱정하지 않습니다. 그 젊은이가 그들을 거절하는 것을 확인한 후 저는 그가 '하늘밝은눈'을 가졌을 것이라는 확신을 갖고 있습니다. 진성천인만이 가질 수 있는 '하늘밝은눈'을 가진 사람은 스스로 선악을 구별하는 능력이 있어서 절대로 악의 유혹에 빠지지 않습니다."

이 선생은 그 말에 다소 안도하는 표정이 되었다. 하지만 김 원장은 계속 불안한 표정이었다.

"그래도 그것이 봉인 해제 과정에서 그 젊은이가 안전하다는 말은 아니잖아요?"

김 원장의 물음에 신원의 대답은 단호했다.

"만약 이 세상이 역천인들에 의해 지배된다면 이 세상은 그 젊은이뿐만 아니라 모든 인간들에게 지옥 같은 곳이 될 것입니다. 역천인들의 야욕이 뭡니까? 그들은 자기들을 따르지 않는 인간들을 세상에서 청소해 버리고 자기들만의 세상을 세우려고 하는 것 아닙니까? 지금까지 그들이 저지른 만행을 아시지 않습니까? 오십 명의 무고한 신시 군들을 제물로 바친 그들입니다!"

신원의 대답에 김 원장은 더 이상 다른 말을 못 했다. 그때 이 선생이 갑자기 생각난 듯 물었다.

"그런데 우리에게 천부령이 필요하지 않나요? 그분의 기와 혼이 그 안에 봉인되어 있잖아요?"

신원이 반가운 표정으로 대답했다.

"그렇죠. 그래서 제가 두 분께 바로 그것을 부탁드리고 싶습니다. 아마 그것은 YCI그룹 어딘가에 있을 겁니다. 이 선생께서 이태선과 표 회장을 감시하면서 장소를 확인해서 하루 속히 되찾아 주시기 바랍니다. 그동안 저는 그 천나루라는 친구에 대해 좀 더 알아보도록 하겠습니다."

두 사람은 알았다는 듯이 고개를 끄덕였다.

"결국 천나루 군이 우리의 유일한 희망이군요."

김 원장이 말했다.

"우리뿐만 아니라 모든 인간들의 희망이 되겠지요."

신원이 담담하게 대답했다. 잠깐 세 사람 사이에는 무거운 침묵이 흘렀다.

# 두 가지 음모

태선이 차에서 내리자 기다리고 있던 사람들이 일제히 그녀의 주변으로 와서 인사를 했다. 태선은 여유 있게 그들의 안내를 받으면서 건물 안으로 들어갔다. 건물의 내부는 아직 이사가 완전히 끝나지 않은 듯 집기가 거의 없고 거실 가구 몇 개만이 놓여 있었다. 태선은 소파 주변으로 걸어가고 사람들은 그 앞에 도열하여 섰다. 남자 세 명과 여자 두 명이었다.

"너희들이 자꾸 우리 집을 드나들면 아무래도 사람들의 눈에 띌 테니까 말이야. 그래서 이곳을 마련했으니 앞으로는 이곳에서 만나게 될 거야. 하지만 이곳을 드나들 때도 수상하게 보이지 않도록 주의해."

태선이 자리에 앉으면서 말하자 모두 선 채로 허리를 숙여 "네" 하고 대답했다.

"적호에게서는 아직 연락이 없나?"

남자 하나가 대답했다.

"네, 충청도 지역에 있는 여우산이란 곳에서 공간이동 통로를 발견해서 잠복하겠다고 한 것이 마지막 연락이었습니다. 너무 오랫동안 연락이 없어 오늘 제가 그곳을 가서 살펴보다가 그의 선글라스만을 발견했습니다. 아무래도 뭔가 불상사가 있었던 것 같습니다."

"철단, 너의 말을 들으니 적호가 놈들한테 당한 것이 맞는 것 같구나!"

태선이 입술을 깨물면서 말했다.

"그놈들이 우리의 습격을 알아채고 대비를 하기 시작한 것 같아. 그래서 김영란을 처리하려던 마단과 유란 너희 둘도 실패했잖아. 너희들도 누가 발견하기 전에 구해 왔으니 망정이지 아니었으면 우리들의 일이 세상에 탄로 날 뻔했어……"

"저희가 너무 우습게 생각하여 방심을 했습니다……"

온 몸에 부상을 입어 불편해 보이는 덩치 큰 남자가 대답하고 고개를 숙였다. 머리가 짧고 피어싱을 한 가죽옷의 여자도 상처 입은 모습으로 남자 옆에 조용히 서 있었다. 태선은 그들을 잠시 보며 아쉬운 표정을 짓더니 모두에게 이야기했다.

"당분간 천인들을 사냥하는 것을 멈춘다. 그놈들이 조심하고 있다면 성공할 가능성이 적으니까. 그보다도 이제부터는 그분을 봉인 해제 하는 것에 집중하기로 하자."

침울하게 태선의 이야기를 듣고 있던 사람들이 봉인 해제라는 이야기를 듣자 희망적인 분위기가 되었다. 태선은 그 얼굴들을 보면서 이야기를 계속 이었다.

"그분이 봉인 해제만 되면 지금 있는 천인 놈들 따위는 한 번에 청소해 버릴 수 있을 거야……"

태선의 이야기가 끝나기를 기다리던 철단이 긴장한 목소리로 물었다.

"정말 이제는 그분의 봉인 해제가 가능한 것입니까?"

철단의 질문을 듣자 태선이 미소를 지으며 대답했다.

"그래, 정말 오래 기다렸지. 무려 오천 년 동안 말이야. 저놈들과는 달리 우리는 그분의 육신을 땅속에 처박아 두진 않았어. 우리 옆에 계속 보관하고 있었으니까. 그래, 이제 봉인 해제의 시기가 다가오고 있어. 이게 모두 자신의 이익을 위해서라면 물불을 가리지 않고 악행을 서슴지 않은 인간들 덕분이지만…… 세상의 악의 기운이 우리 역천인들이 활동이 가능할 수준을 넘어서 그분의 봉인 해제까지 가능할 정도가 되었다는 거야!"

태선에게 질문을 했던 철단의 표정이 밝아지고 남녀들이 술렁이기 시작했다. 그녀는 손을 들어 모두를 조용히 시켰다.

"하지만 아직 가장 중요한 것이 부족해. 그래서 내가 그 준비를 하는 중이야."

"그게 도대체 뭡니까? 저희가 도울 수 있는 부분은 없나요?"

철단이 묻자 잠시 얕은 한숨을 한번 쉰 태선은 피곤한 표정으로 물었다.

"그분의 봉인 해제를 위해서 지금 가장 필요한 것이 뭔지 알기는 알아?"

철단을 비롯하여 아무 대답을 못하자 태선은 한심한 듯한 표정으로 혀를 차며 말했다.

"너희들은 도대체 아는 게 뭐야? 이런 모든 것을 일일이 다 내가 챙겨야 하니……"

태선의 목소리에 노여움이 느껴지자 남녀들이 아무 말 못하고 고개를 숙였다.

"그분의 봉인 해제를 위해서는 극도로 강한 악의 기운이 필요하단 말이야……"

태선이 답답하다는 표정으로 스스로 설명하기 시작했다.

"지금 세상에 악의 기운이 강하긴 하지만 그것은 우리 역천인들이 활동할 수 있는 정도야. 봉인되어 있는 그분을 다시 세상에 부르기 위해서는 더욱 강한 악의 기운이 있어야 해!"

"더욱 확실한 악의 기운이라면 그것은 어디서 찾을 수 있습니까?"

철단의 호기심 어린 표정을 표면서 태선은 의기양양하게 말했다.

"그래서 지금 내가 YCI그룹에 있는 거야. 지금 준비 중이니 조금만 기다려 봐……"

무상은 강원도의 산길을 천천히 가는 차 안에 있었다. 역시 운전은 태선이 하고 있었다. 도로에는 그들의 차 이외에는 없었다. 길 주변에는 사람도 잘 보이지 않았다. 조금 전 평지를 달릴 때만 하더라도 간간이 편의점이나 식당들이 보였는데 산길로 접어드니 이제는 도로 옆에 제설용 모래 상자들만이 일정한 거리로 서 있을 뿐이었다.

산길이라도 그렇게 낡은 도로는 아니었다. 하지만 최근에 저쪽 산 아래에 터널이 생긴 이후에는 이 길을 이용하는 사람은 거의 없는 것 같았다. 구불구불 돌아가는 산길의 경사로라 운전이 힘은 들지만 이런 산속 도로의 장점은 아무래도 주변 경관일 것이다. 하늘에서 보면 마치 거대한 자연 속에 그려진 한 줄기 하얀 선처럼 보이는 도로 주변에는 울창한 나무들이 초여름의 푸른 빛을 뿜으면서 자태를 뽐내고 있었다.

한여름에 접어들자 나무들은 가지마다 초록의 이파리들을 가득 달고 이제 조금 있으면 다가올 결실의 계절을 준비하고 있었다. 그리고 그 시간마저 지나면 이것들은 나뭇잎으로 떨어져서 또 새로운 계절을 준비할 것이다. 인간은 도저히 따라 할 수 없는 변화무쌍한 자연의 섭리였다. 하지만 이런 심오한 이치에 대해 전혀 관심이 없는 무상의 눈에 차창 밖에 있는 자연의 경이로움 따위가 보일 리 없었다. 그의 머릿속을 가득 채우고 있는 것은 지금 향하고 있는 지하 연구소 공사에 대한 생각뿐이었다.

외부에는 〈YCI미래연구소〉라고 알려지게 될 그곳은 실제로는 각종 첨단 무기와 장치들을 개발하고 양산하는 비밀 목적으로 지어지는 곳이었다. 자신의 야망을 달성하기 위해서는 TST만으로는 부족하다는 생각하여 첨단 무기의 기술력까지 가지려는 것이 무상의 다음 목표였다. 유사시에는 지하 벙커로 이용하고 또 필요하다면 핵실험까지 하려는 목적으로 지하에 건설하고 있었다.

"거의 다 도착했어?"

무상이 그저 푸른색 나무들이 우거져 있는 창밖을 지루하다는 듯 바라보며 태선에게 물었다.

"예, 거의 다 왔습니다."

태선이 차분하게 대답했다. 그녀의 이야기를 듣고 무상은 내비게이션 화면을 흘깃 보았다. 잔여 거리가 2Km라는 표시를 보았다. 이제 정말 얼마 안 남은 것 같다. 길이 계속 좌우로 굽어져서 앞이 잘 보이지 않아 목적지가 어디쯤 있는지는 모르지만 이제 몇 굽이만 더 지나면 현장에 도착할 것이라고 생각하며 그가 물었다.

"처음 왔을 때보다는 좀 빨리 온 거지?"

"예, 아무래도 한 번 왔던 길이니까 좀 더 빠른 것 같습니다."

태선이 대답했다.

"공정은 잘 진행되고 있다고 했지?"

무상이 물었다.

"예, 생각보다 빠르게 진행되고 있습니다. 회장님 말씀대로 주요 장비와 자재는 미리 헬리콥터로 공수하고 현장 인원들은 이곳에서 숙식하게 하고 있습니다. 아마 처음에 예상했던 기간보다 훨씬 더 단축될 것 같습니다."

태선이 대답했다.

"잘했어. 다 이 실장이 관리를 잘해서 그런 거지."

무상이 만족하며 말했다.

"아닙니다. 회장님의 지원 덕분에 가능한 일이었습니다."

태선이 항상 그렇듯이 무덤덤하게 대답했다.

"일하는 사람들의 입단속은 단단히 시키고 있지?"

무상이 단호한 어조로 물었다.

"물론입니다. 아예 현장에서는 단 한 명의 작업 인원도 이어지는 공사 과정에 투입되지 못하게 하고 있습니다. 공사 현장에 있다 하더라도 결코 전체적인 그림을 볼 수 없게 하려는 거죠."

태선이 대답했다.

"역시 이 실장은 빈틈이 없어. 잘했어!"

무상이 기분 좋은 얼굴로 말했다. 잠시 후 도로의 앞쪽으로 '망월 광산'이라는 글자와 그 아래에 오른쪽 화살표가 있는 이정표가 나타났다. 수십 년은 된 듯이 낡은 이정표였다. 태선이 이정표 방향으로 차를 돌렸다. 그러자 이곳저곳이 움푹 파이고 깨어진 도로가 나타났다. 오랫동안 정비가 안 된 도로였다. 며칠 전에 온 비로 생긴 물웅덩이가 도로 곳곳에 있을 정도였다.

잠시 덜컹거리며 불편한 길을 운전해 들어가자 조금 전과는 전혀 다른 광경이 그들의 눈앞에 나타났다. 주변 나무들이 깨끗이 벌목되어 탁 트인 공간이었다. 이곳은 지금까지의 한가한 강원도 산골의 모습이 아니었다. 수많은 공사장 인부들이 오가고 있었고 건설 장비와 자재들이 가득 쌓여 있었다. 자재 더미 너머에는 컨테이너들로 지어진 임시 사무실과 숙소가 있는 것이 보였다. 무상은 이 모든 것을 지난 몇 개월 사이에 준비된 것이 만족스러웠다.

태선이 현장 사무소 앞에 차를 세우자 앞에서 대기하고 있던 현장소장이 차 문을 열어 주었다. 무상이 천천히 차에서 내렸다. 현장소장은 안전모를 비롯한 안전 복장을 단정하게 입고 무상을 맞았다. 40대 후반 정도로 되어 보이는 소장의 얼굴은 많은 시간을 햇빛에 노출되어 검게 그을려 있었고 두꺼운 입술과 날카로운 광대뼈는 의지가 강한 사람임을 느끼게 해 주었다. 특히 윗사람의 지시는 어떠한 일이 있어도 완수할 것 같은 인상이었다.

최일수 현장소장은 태선이 찾아낸 인물이었다. 그는 원래 YCI건설에 근무하던 사람은 아니었다. 육군 공병대에서 장기 부사관으로 근무하다가 전역하여 강원도 지역의 도로 건설 공사를 해왔던 사람으로 특히 굴착 공사 분야에서는 많이 알려진 사람이었다. 무상과도 구면이었다. 이미 태선과 함께 채용 면접을 하면서 한 번 봤고 현장 답사할 때도 같이 왔다.

"회장님, 먼 곳까지 오시느라 수고하셨습니다."

최 소장이 반갑게 맞았다.

"아, 최 소장, 고생 많으시죠? 공사는 잘되어 가나요?"

무상이 차에서 내리며 최 소장의 손을 잡으면서 물었다.

"예, 오늘 현재 전체 공정률의 80% 수준입니다. 이제 2주 내로 외부 공사가 완성되면 내부 공사에는 더 가속도가 붙을 것입니다. 제 판단으로는 이 정도 속도라면 공사 기간을 한 달 이상 줄일 수 있을 것 같습니다."

최 소장이 자랑스럽게 대답했다.

"잘하고 계시는군요. 감사합니다. 역시 소문대로 최 소장은 대단하시네요. 하지만 안전이 우선인 것은 아시죠. 사소한 사고라도 절대 있으면 안 됩니다?"

무상이 주변 사람들의 눈을 의식하면서 말했다.

"물론입니다. 항상 안전을 먼저 생각하고 있습니다."

최 소장이 대답했다.

"자, 그럼 현장을 한 번 볼 수 있을까요?"

"네, 따라 오시죠."

최 소장이 앞장을 섰다. 먼저 무상과 태선은 현장 사무실로 가서 안전장비를 착용하고 최 소장을 따라나섰다. 최 소장은 그들을 예전에는 석탄 광산이었던 동굴 입구로 안내했다. 동굴은 사무실 뒤쪽 산기슭 아래에 있었다.

"가장 먼저 한 공사는 입구 확장 공사였습니다. 지금 이 입구는 원래의 넓이보다. 3배 더 확장한 것입니다."

그들 앞에 커다란 반원 모양의 동굴 입구가 나타났다. 입구의 높이는 사람 키의 세 배가 될 만큼 높았다. 세 사람이 동굴 입구로 다가가자 입구를 지키고 있던 경비원이 거수경례하며 차단기를 열어 주었다.

"말씀하신 대로 현장 출입을 포함한 보안에 특히 신경을 쓰고 있습니다. 현장 근로자 모두 계약서에 서명하여 공사가 끝날 때까지 이곳에서 숙식하도록 하였습니다. 외부와의 교신을 검열을 받는 것에도 모두 동의하였습니다. 첨단 시설을 건설하는 관계로 보안에 신경 써야 한다는 것이 그 이유였습니다. 다른 곳의 두 배의 보수를 준다고 하니 모두 받아들였습니다. 현재 이곳에는 요리사 이발사 같은 간접 인원들을 포함하여 약 100명 정도가 숙식하고 있습니다."

소장이 손으로 그림을 그려가면서 이곳저곳의 위치를 설명하자 무상이 대답했다.

"잘하셨어요. 작업하시면서 어렵거나 필요한 것이 있으면 언제든지 말씀하세요."

그들이 안으로 들어가자 동굴 안에 거대한 광장이 만들어져 있었다. 광장은 높이가 동굴 입구의 두 배 정도가 되고 체육관 넓이만 한 공간이었다. 입구의 반대쪽에는 각종 건설 장비들이 기존의 동굴을 확장하는 작업을 하느라 분주했다.

"확인해 보니까 기존의 석탄 갱도는 깊이 100m에 총 연장은 3.5km에 이릅니다. 이번 공사는 그중에서 50m의 깊이까지 우리의 시설을 만드는 것입니다. 기존 시설이 있어서 도움이 되는 부분도 있지만, 신경 써야 할 게 많은 것도 사실입니다."

최 소장은 주변 장비들의 굉음 때문에 소리를 지르면서 무상에게 보고했다.

"잘 알았습니다. 다음 달에 올 때는 공사가 모두 완성되었다는 보고를 들으면 좋겠군요."

하지만 무상은 소리 지르지 않고 그냥 자신의 평소 목소리로 이야기했다. 최 소장은 그의 말을 알아들을 수 없었고 그저 미루어 짐작할 수밖에 없었다.

태선은 그들과 함께 다니면서 특히 지하 10층에 있는 중앙 통제실의 시설을 관심 있게 보았다. 그녀는 그곳의 환기 장치나 온도와 습도 등의 관리 방법에 대하여 꼼꼼하게 체크하기도 했다. 모든 부분을 확인한 그녀는 미소를 지었다. 그녀가 원하는 장소에 대한 준비도 끝난 것이다.

서울로 돌아오면서 무상과 태선 두 사람은 모두 준비가 거의 다 되었다는 같은 생각을 하면서 자신들의 미래를 그려보고 있었다. 무상은 이제야 창밖의 경치를 즐기면서 만족스러운 표정을 짓고 있었다. 운전하는 태선 역시 오랫동안 기다리던 때가 가까이 다가오고 있음에 마음 설레고 있었다. 하지만 두 사람이 생각하고 있는 준비의 의미는 전혀 다른 것이었다.

얼마 후 늦은 저녁 시간, 무상과 태선은 외부에서 저녁 식사를 마친 후 다시 사무실로 돌아와 이야기를 나누고 있었다. 그들 사이에는 고급 양주병과 술잔들이 놓여 있었다.

"TST의 구성은 이제 어느 정도 궤도에 올랐다고 하겠습니다. 이미 말씀하신 50명의 인원을 확보한 상태이고 연구소 신축의 경우도 공정률이 95%를 넘어서 다음 달이면 시설을 사용할 수 있을 것으로 보고 있습니다. 모든 것이 순조롭게 진행되고 있습니다."

태선이 공손하게 술병을 들어 무상의 잔을 채워 주며 말했다. 그가 만족스러운 표정을 지었다. 모든 것이 자기 뜻대로 되어간다는 표정이었다. 그리고 문득 그녀에게 물었다.

"그런데 이번에 연구소의 준공허가를 받는 것이 너무 어려웠다면서?"

태선이 조금 당황한 표정으로 대답했다.

"네, 아무래도 시설마다 담당 공무원들이 다르다 보니까 관련 관청과 부서마다 하나하나 접촉해서 설득하느라 시간이 좀 걸렸지만 결국 다 처리했습니다."

대답을 들은 무상은 술에 취해 붉어진 얼굴로 투덜거렸다.

"아직도 내가 하는 일에 이래라저래라 하는 것들이 있다는 것이 마음에 안 들어!"

그리고 앞에 놓인 술잔을 들어 단숨에 들이켠 후에 내뱉듯이 말했다.

"내가 하는 일에는 누구도 토를 달아서는 안 된단 말이야!"

태선은 의미심장한 미소를 지으면서 무상을 바라보았다. 그녀의 의도대로라는 표정이었다. 하지만 곧 미소를 감추고 그를 안타까운 듯이 바라보며 말했다.

"사실, 공무원에 대한 부분은 TST로도 처리하기 힘든 부분이어서……"

무상이 마치 신음하듯이 중얼거렸다.

"내가 가진 돈과 힘으로도 안 되는 일이 있다…… 지금 나에게 부족한 것이 도대체 뭐야?"

잠시 말을 멈추고 있던 무상이 혼잣말처럼 이야기했다.

"그러니까 나에게 없는 것이 권력이란 말이지? 절대 권력……. 내 말 한마디면 모두 꼼짝 못 하게 하는 힘 말이야!"

그러던 무상이 갑자기 이빨을 드러내며 씩 웃더니 태선에게 물었다.

"이 실장 지금 내 나이가 몇 살인지 알아?"

뭔가 홀린 듯한 표정을 짓는 무상의 질문에 태선이 당황하며 대답했다.

"네, 알고 있습니다."

무상은 재미있다는 듯 다시 물었다.

"몇 살인지 말해 봐."

무상의 갑작스러운 질문에 태선은 긴장하며 조그만 목소리로 대답했다.

"네, 올해 서른둘이십니다."

무상이 그 대답을 듣고 씩 웃었다.

"그렇지 내가 서른두 살밖에 안 됐지? 이 실장보다 네 살이 어리니까. 두 달이 지나야 서른셋이 된단 말이야. 그런데 벌써 YCI그룹의 회장이 된 지도 2년이나 됐어. 그렇지? 아버지와 형이 사고를 당하는 바람에 내가 회장에 취임했잖아. 이런 걸 보면 나는 하늘에서 내린 사람 같지 않아?"

태선은 무상의 이야기를 들으면서 역시 그가 보통 사람이 아니라는 생각했다. 자신의 앞에 있는 이 사람은 과연 편집병적 수준으로 세상을 자기 편한 식으로 보고 있다는 생각이 들었다. 아버지와 형이 사고를 당하다니, 그것은 사고가 아니라 그 자신이 사고를 가장하여 살해한 것이 아니었던가? 그것도 아버지와 형만 사망하면 자신이 의심을 받을 수 있다는 이유에서 같은 비행기를 타고 있던 수백 명의 승객과 승무원 전원을 사망하게 만든 것이었다. 그런데 그는 그것을 태연하게 자신과는 아무런 관련이 없는 진짜 사고인 것처럼 말하고 있었다.

물론 그 일을 처리한 것은 태선이었다. 무상은 그녀에게 미국으로 출장 가는 아버지와 형의 처리를 지시했고 그녀는 역천인들의 능력을 이용하여 그들의 비행기를 태평양 상공에서 추락시켜 버렸다. 그 비행기의 잔해와 탑승자들의 시신들은 2년이 된 지금도 발견되지 않고 있었다. 그런데 지금 그는 그것을 아무렇지도 않은 표정으로 아버지와 형의 죽음을 사고라고 말하는 것이다! 무상은 정말 사고라고 생각하는 것 같았다. 자신이 한 일을 모두 잊은 것일까?

태선은 무상과 같은 사람이 생각하는 방식에 대하여 알고 있었다. 그는 자신이 세상에 한 부분으로 살아가는 것이 아니라 세상이 자신을 위해 존재한다고 믿는 사람이었다. 그래서 자신이 무슨 실수를 저질러도 세상은 당연히 받아들여야 한다고 생각했다. 그에게 세상이란 자신을 위해 존재하는 것이었다. 세상의 주인인 자신이 없다면 세상의 존재 의미가 없는 것이므로 세상은 자신의 어떠한 허물도 감수해야 한다는 것이다. 반대의 경우는 있을 수 없었다. 세상의 누구도 자신을 실망하게 하는 실수를 하면 안 되었다. 자신이 불편해지기 때문이었다. 그는 아무리 사소한 불편도 감수할 수 없을 정도로 세상에 대한 인내심이 없었다.

지금 무상은 자신이 아버지와 형을 살해한 것을 전혀 잊은 듯이 행동하고 있었다. 그런 그를 보자 태선은 미소 지었다. 그것이 무상이란 인간이고 그녀가 그를 선택한 이유였기 때문이었다.

"내가 왜 내 나이를 물어보는지 알아?"

무상이 술기운 때문인지 입꼬리가 올라간 기분 좋은 표정으로 물었다.

"잘 모르겠습니다."

일부러 이해를 못 하는 표정을 만들며 태선이 대답했다. 그녀는 무상을 누구보다 잘 알고 있었다. 그는 자신의 의중을 정확히 읽어내는 부하 직원을 좋아하지 않았다. 자신이 누구보다 우수하다는 헛된 망상 때문이었다. 그녀는 그의 확실한 신뢰를 이미 얻은 만큼 가끔 그의 앞에서 자신을 모자라게 보이는 것이 좋다는 것을 알고 있었다. 그런 순간을 통해서 그가 우월감을 느끼는 것을 알고 있었다. 그것을 아는 그녀는 지금 교묘하게 그 스스로 절대 권력자가 되고 싶게 만든 것이다. 그는 다른 누군가의 충고를 불쾌하게 생각하는 사람이라는 것을 알기 때문이었다.

이해를 못 하는 듯한 태선의 표정을 본 무상이 기분이 좋은지 연신 고개를 끄덕이며 말했다.

"그럴 줄 알았어. 흐흐……. 이 실장은 당연히 모르겠지."

무상은 음흉한 표정으로 태선을 보면서 다시 물었다.

"다음 대한민국의 대통령 선거가 언제인지 알아?"

"2년 후로 알고 있습니다."

태선이 다시 질문의 뜻을 알 수 없다는 표정을 하면서 대답해 주었다.

"그러면 그다음 대통령 선거는?"

무상이 다시 물었다.

"7년 후입니다."

역시 태선이 아무것도 모르겠다는 표정으로 대답했다. 하지만 태선은 무상이 하는 질문의 의도를 무상 자신보다도 더 잘 알고 있었다. 그것은 그의 야망과 관련된 이야기가 분명했다.

무상은 허공을 향해 무언가를 보는 듯한 표정으로 말했다.

"우리나라에는 대통령의 피선거권은 만 40세가 넘어야 한다는 멍청한 헌법 규정이 있거든? 지금 내가 대통령이 되려면 그것이 걸리잖아? 저 멍청한 제도들이 내 앞길을 막는다는 것이 말이 돼? 늙기만 하고 무능력한 것들이 능력도 안 되는 자리에 앉아서 이런 제도들을 만들고…… 이건 내가 앞으로 7년 동안이나 대한민국의 대통령이 될 수 없다는 이야기잖아?"

무상은 잠시 말을 멈췄다가 이를 악물고 다짐하듯 말했다.

"이 부분을 제일 먼저 손봐야 해. 어서 대통령 피선거권 관련 헌법 조항을 개정하자고. 알겠어?"

태선이 다시 멍청한 표정으로 무상을 바라보았다. 무상은 그런 태선을 보며 즐겁게 떠들었다.

"그렇게만 된다면 내가 2년 후에 대통령이 될 수 있다는 이야기가 되지. 대한민국 최초의 30대 중반에 대통령이 되는 거야. 흐흐흐……. 그리고 대통령 단임 조항도 개정할 거야. 얼마든지 연임할 수 있도록 말이야. 그럼 나는 2년 후부터 남은 생애를 대한민국의 대통령으로 살게 되는 거지. 그 자리가 완전히 만족스러운 건 아니지만 일단 거기까지 한 후에 다음을 생각해 봐야지!"

잔뜩 부풀어 있는 무상을 보면서 태선은 그를 좀 더 흥분시키기로 생각했다.

"헌법 개정을 위해서는 국회의원 과반수가 발의해서 국회 재적의원 3분의 2의 찬성으로 국민투표에 부쳐 투표자의 과반수가 찬성해야 합니다. 절차도 복잡하고 쉽지 않을 것 같습니다."

무상은 얼큰하게 취한 얼굴로 다시 한 번 한심하다는 표정으로 태선을 보았다.

"이 실장은 좀 다를 줄 알았는데 실망이네. 지금 당신이 한 이야기가 창의력 없는 생각이야. 한번 해 보겠다고 마음을 먹으면 할 수 없는 일이 있겠어? 해내면 될 거 아니야!"

무상이 목소리가 높아지는 것을 들으면서도 태선은 조심스럽지만 단호하게 대답했다.

"물론 할 수 있습니다. 국회의원들은 오히려 쉬울 수 있습니다. 하지만 전체 국민을 상대로 하는 것은 어려움이 있을 수 있다는 말씀입니다."

무상이 이번에는 태선을 무섭게 쳐다보면서 말했다.

"어? 이 실장, 정말 그렇게 상상력이 없어? 세상에서 가장 쉬운 게 대중의 마음을 잡는 거야. 그들에게는 신기루만 좀 보여주면 된다고, 대중은 아무것도 몰라. 그저 앞에 보여주는 대로 믿고 따라서 온단 말이야. 요즘 젊은 사람들 사이에서 내 인기가 얼마나 높은지 알고 있지? 이 실장 당신이 볼 때도 내가 그렇게 멋있고 자상하고 착한 사람인가? 그거 모두 우리가 만든 거잖아? 내가 미쳤다고 기업 회장하면서 많은 돈을 기부하고 사람들 많이 모이는 경기장 가고 콘서트 가고 방송 출연하고 그러겠어? 다 그 대중이란 것을 내 것으로 만들려고 하는 것 아니야?"

태선은 속으로 미소를 지었지만, 겉으로는 긴장한 표정으로 고개를 끄덕였다. 이제야 그 뜻을 이해했다는 표정이었다. 그리고 뭔가 깨달았다는 듯이 말했다.

"알겠습니다. 역시 회장님께서는 깊은 뜻을 가지고 계셨군요."

무상의 얼굴이 풀어지면서 다시 술잔을 단숨에 비웠다. 그리고 미소를 지으며 말했다.

"이제 TST와 연구소 공사가 거의 끝났으니까 다시 새로운 프로젝트를 하나 더 시작해야지."

새로운 프로젝트는 태선도 미처 생각하지 못한 것이었다. 그녀는 자신 없는 목소리로 물었다.

"새로운 프로젝트라면……"

무상은 다시 태선을 보면서 웃었다. 그리고 거들먹거리며 말했다.

"오늘 이 실장 정말 상상력이 없군. 지금까지 내가 한 말을 들었으면 짐작이라도 해야지……."

태선이 고개를 숙이며 공손하게 말했다.

"죄송합니다. 말씀해 주십시오."

무상이 고개 숙인 태선의 머리 위로 내뱉듯이 말했다.

"우리나라에서 가장 큰 방송국을 하나 인수해야지."

어리둥절해 하는 태선의 얼굴을 보며 무상은 말을 이었다.

"방송을 통해서 국민들을 나의 뜻대로 만드는 거야. 인기 가수, 배우, 개그맨 같은 연예인들을 동원하고 인기 연속극, 시사, 예능 프로그램을 이용해서 대통령 연령 조건 철폐의 정당성과 대통령 연임의 필요성을 이야기하게 하는 거지. 알아? 유권자인 국민은 똑똑하지 않아. 그들 대부분은 정치 같은 것에 관심도 없고. 자신들이 좋아하는 연예인이 좋다면 무조건 따라 할걸?"

태선은 무상이 비록 인간이지만 정말 대단한 존재라고 생각했다. 생각하는 규모가 다른 사람이었다. 지금 그는 국민 전체를 기만할 목적으로 방송국을 인수하려고 하고 있었다. 정말 다른 사람이라면 감히 생각하기 어려운 차원이라는 생각까지 들었다. 하지만 그녀는 지금까지 그랬으니 좀 더 바보스럽게 보이자고 생각하며 물었다.

"그런데 누가 방송국을 팔려고 할까요?"

태선의 질문에 무상이 정말 화난 표정으로 목소리를 높이며 말했다.

"이 실장 정말 오늘 왜 이러나? 그거야 우리가 정하면 되는 거지. 일단 대상을 정한 후 합법적인 부분은 YCI그룹의 자금과 네트워크를 이용하고 그다음에 조용히 해야 할 일은 당신이 알아서 하면 되잖아. 우리가 무엇 때문에 TST와 연구소를 만들었는데? 이것들은 이런 일을 가능하게 하려고 만든 것 아닌가? 우리나라에서 가장 큰 민영 방송국이 어디지? 당장 우리 그룹이 인수할 수 있도록 필요한 인허가 받고 그쪽에 인수 의사 알아보란 말이야! 앞으로 6개월 안에 처리해!"

"네, 알겠습니다."

태선이 당황한 척하면서도 공손하게 고개 숙여 대답했다. 하지만 속으로 자신이 무상을 선택한 것은 정말 잘한 것이라는 생각을 했다. 그 어떤 인간도 그를 대신 할 수는 없을 것이다. 그는 자신의 상상대로 세상을 맘대로 주무르려는 사람이었다. 다른 사람들의 의견은 전혀 상관이 없었다. 그녀는 이 순간을 이용하기로 했다. 더구나 지금 무상은 약간 취한 상태였다.

"그런데 그 일을 위하여 먼저 하셔야 할 일이 있습니다."

무상이 취한 얼굴에 궁금한 표정을 지어 자신을 쳐다보는 것을 느끼면서 태선은 단호하게 이야기했다.

"지난번에 말씀드린 고대 초능력자의 부활 말입니다."

무상이 좀 생각하다가 의심스러운 표정으로 물었다.

"이 실장은 내가 그따위 신화 같은 이야기를 믿을 거라고 생각하나? 난 과학적인 사람이야!"

태선은 다른 때 무상을 대하는 것과는 달리 집요하게 이야기를 이었다.

"외람되지만 제가 계속 말씀드리는 이유는 이 일이 회장님의 원대한 목표를 이루시는 일에 많은 도움이 될 것이기 때문입니다."

순간 붉어진 무상의 눈이 반짝이며 물었다.

"그게 무슨 말이야?"

"아시다시피 저는 사람들의 기맥을 알아보는 능력이 있습니다. 그것은 고대의 신선술을 익혔기 때문입니다. 제가 익힌 신선술을 공부하면서 들은 고대의 예언에 의하면 지금 시대에 영웅이 부활하여 기맥이 뛰어난 자를 돕는다고 했습니다. 제가 보기에는 회장님이 바로 기맥이 뛰어난 자이고 고대의 초능력자가 다시 부활할 영웅입니다. 그러니 하루빨리 그 초능력자를 깨워 회장님을 돕게 해야 한다고 생각하는 것입니다."

태선이 단호하게 이야기하자 무상이 재미있다는 얼굴로 그녀를 쳐다보며 물었다.

"오호…… 그런 예언이 있단 말이지? 그럼 그 초능력자가 도대체 무엇을 할 수 있는데?"

태선이 자신을 비웃는 듯한 무상의 반응에도 아랑곳하지 않고 진지한 표정으로 말했다.

"회장님의 대통령 프로젝트를 위해 언론사를 사들이고 헌법을 개정하는 것은 쉬운 일이 아닙니다. 아무래도 지금 우리의 TST 인력만으로도 한계가 있을 것입니다. 이때 그 초능력자가 있으면 일이 훨씬 쉬워질 것입니다. 그는 몸에서 불을 내고 공중부양이 가능할 만큼 인간을 뛰어넘는 초능력을 가지고 있습니다. 그런 그를 통해서 회장님께서 하실 수 있는 일이 많을 것입니다."

"사람이 몸에서 불을 내고 공중에 뜰 수 있다는 말이지?"

"그렇습니다!"

무상이 호기심 가득한 목소리로 묻자 태선이 확신에 찬 목소리로 대답했다. 태선의 대답을 들은 무상이 눈동자를 위로 올리고 머릿속으로 뭔가 계산을 하더니 대답했다.

"알았어. 아직 이 실장의 말을 다 믿는 것은 아니지만, 지금까지 나에게 해 준 일이 있으니 그 말을 듣기로 하지. 그럼 내가 무슨 일을 하면 되는데?"

그 말을 들은 태선의 얼굴에 화색이 돌았다. 그녀는 반갑게 대답했다.

"잘 생각하셨습니다! 하지만 회장님께서 특별히 하실 일은 없습니다."

"뭐라고? 내가 할 일도 없는데 그럼 뭐 때문에 나한테 이야기하는 건데?"

무상이 얼굴을 찌푸리며 말하자 태선이 조심스럽게 대답했다.

"필요한 것은 회장님의 그 뛰어난 기맥입니다. 회장님께서는 그저 그 자리에 계시면 됩니다."

"그냥 그 자리에 있으면 된다고? 내 기맥이 그렇게 대단하단 말이야?"

무상이 생각 밖이라는 표정으로 묻자 태선은 다짐하듯이 말했다.

"물론이죠. 이 일에는 회장님의 그 뛰어난 기맥이 있어야 가능한 일입니다!"

무상이 갑자기 자랑스러운 표정이 되었다. 술이 오른 그는 어깨까지 으쓱하며 말했다.

"음…… 내가 그 정도인지는 나도 몰랐는걸? 알았어, 같이 있어 주지 뭐……"

무상이 만족스러운 표정으로 허락하였지만, 태선이 무상에게 이야기한 내용에는 결정적인 두 가지 거짓말이 포함되어 있었다. 그 첫 번째는 예언의 내용에서 영웅이 기맥이 뛰어난 자를 돕는다는 내용이었다. 원래 예언의 내용은 기맥이 뛰어난 자가 영웅이 세상을 지배하는 것을 돕는다는 것으로 이야기한 것과 정반대의 내용이었다. 또 다른 것은 봉인 해제를 위하여 무상이 필요한 이유는 그가 기맥이 뛰어나서가 아니라 악의 기운이 강하기 때문이었다. 역천인의 특성상 강한 악의 기운은 생존을 위해 꼭 필요했다. 오래전부터 태선이 무상에게 접근한 것도 같은 이유였다. 애초부터 무상에게는 강한 기맥 같은 것은 없었다. 그저 자신만 생각하고 다른 이들은 아무렇지도 않게 생각하는 악한 마음이 전부인 사람이었던 것이다.

무상의 승낙을 얻은 순간 태선은 속으로 쾌재를 불렀다. 드디어 모든 준비가 끝났다. 이제 그녀는 자신을 포함한 역천인들이 그렇게 기다리던 일을 할 수 있게 된 것이다. 그동안 그녀가 가장 고민한 것은 화천의 봉인을 봉인 해제하는 일에 무상을 끌어들이는 일이었다. 무상은 화천을 해제 하는 데 꼭 필요한 인물이었다. 화천의 봉인 해제 현장에는 꼭 무상이 있어야 했다. 그것도 강제가 아닌 무상 스스로가 자신감이 충만한 상태에서 자발적으로 참여하여 있도록 해야 했다. 그래야 그가 가진 악의 기운을 마음껏 발산할 수 있기 때문이었다.

지난 시간 동안 태선의 관심은 오직 한 가지였다.

'어떻게 무상이란 인간을 화천 장군의 봉인 해제 장소에 스스로 오게 할 것인가?'

지난 여러 해 동안 태선이 무상의 옆에서 그의 일을 묵묵히 도운 것은 바로 그의 악한 성품을 알아보고 그 악의 기운을 키워서 그들의 장군을 봉인 해제 할 때 사용할 목적이었다. 그런데 지금 이 무상이 봉인 해제 의식에 참여하겠다고 허락한 것이다. 그것은 그동안 태선이 꾸준히 그의 탐욕에 부채질하여 그에게 분수 이상의 목표를 갖게 한 덕분이었다.

무상은 나름 이성적인 사람이었지만 과도한 탐욕에 빠지다 보니 자신의 목표를 이루기 위해서는 무엇이든지 하려고 하게 되자 냉정함을 잃게 되고 이제는 쉽게 그녀의 유혹에 빠져버리게 되었다.

태선으로서는 가장 어려운 부분에 대한 준비가 끝난 셈이었다. 그녀는 미소를 숨긴 채 무상을 바라보았다. 그 오랜 시간을 준비한 일이 이루어진다는 사실에 자신이 아주 흥분하고 있음을 느낄 수 있었다. 그녀는 떨리는 마음을 진정하며 속으로 되뇌었다.

'그래, 이제 되었어. 이제 세상은 우리 역천인들의 것이 되는 거야! 이제 남은 것은 저 표 회장의 악행을 더욱 부추기는 일뿐이야! 그를 감싸고 있는 악의 기운이 더욱 강해지도록……'

# 거듭되는 악행들

날 좋은 한여름 7월의 한강 고수부지는 밤에도 사람들로 붐볐다.

잔디밭에는 가족들이나 친구들이 모여서 돗자리를 펼쳐 놓고 시원한 강바람을 맞으며 음식과 여름밤의 정취를 즐기는 사람들로 가득 차 있었다. 자전거를 타거나 운동복을 입고 달리는 사람들도 많았다. 그들은 한강 변을 체력 단련의 장소로 이용하고 있었다. 무엇을 하건 이곳에 있는 모든 사람들에게 한강은 유용한 곳임이 분명했다. 저쪽에서 술에 잔뜩 취해 비틀대는 사람도 그런지는 잘 모르겠지만……

이곳 공영주차장에 강을 보는 방향으로 주차한 김문식 기자는 자신의 소형차 안에 앉아서 한강을 다른 용도로 이용하고 있었다. 지금 그에게 한강은 만남을 위한 약속 장소였다. 그는 여름밤을 즐기는 사람들로 가득 찬 한강 변을 보면서 사람마다 입버릇처럼 살기 힘들다고 하는 말이 사실인지 궁금했다. 저렇게 많은 사람들이 이곳에서 먹고 떠들면서 여름밤을 즐기고 있다. 저 정도면 다들 살 만 한 것 아닌가?

그때 갑자기 누군가 해준 말이 생각났다. 저 사람들은 1년 364일을 열심히 일하다가 오늘 딱 하루 한강에 놀러 나온 사람들이라고. 서울 인구가 천만이니까 그 사람들이 일 년에 하루씩만 한강에 나와도 한강에는 매일 이만칠천 명이 있게 되는 것이다. 만약 그들이 이틀을 쉰다면 오만 사천 명이다. 하긴, 이곳에 사람들이 조금 많긴 해도 전부 오만 명이 되어 보이지는 않았다.

'역시 사람들이 모두 힘들게 사는 것이 맞구나……'

김 기자는 실없는 자신만의 유머를 생각하면서 혼자 웃었다.

하지만 지금 그가 이곳에 있는 것은 한강에 얼마나 많은 사람들이 오는가를 알아보기 위해서가 아니었다. 그는 지금 준비하고 있는 기획기사의 제보자를 만나려고 이곳에 온 것이었다. 우리신문 기자인 그는 최근 YCI그룹에 대한 기획기사를 준비하고 있었다. 30대 초반의 나이로 그룹 회장에 취임한 표무상 회장을 취재하여 대한민국 젊은 기업가의 우수성을 재조명한다는 취지였다. 다분히 기업 홍보성 기사였고 기획부장이 학교 후배인 김문식에게 직접 지시한 것을 보면 그리 어려운 일은 아니었다. 이미 YCI그룹 홍보실과도 이야기된 것 같았다.

부장의 지시는 간단했다.

"뭐, 그 젊은 회장이 지난 2년 동안 사업을 성공적으로 한 것은 사실이잖아. 뭐 그렇게 애쓸 필요도 없고 그쪽 홍보실에서 주는 자료를 대충 사실 확인만 해서 기사를 쓰면 될 거야. 일주일 연재 기사에 YCI그룹의 전면 광고를 몇 개 준다니까……. 그리고 너한테도 아마 뭐가 있을 거야. 그 사람들 인사할 줄 아는 사람들이니까……"

지시를 받고 문을 나서는 그의 뒤통수에 부장이 한마디 했다.

"너도 젊은 기업 총수 하나 알아두면 도움이 되지 않겠어?"

부장은 나름 후배를 챙긴다고 생각하는 것 같았다. 이런 일이라면 그에게 맞는 일이었다. 남달리 총명하고 열의에 가득 찼던 대학 시절을 보내고 대한민국 최고의 신문사 중 하나인 우리 신문사에 입사한 그였지만 지난 10년 동안의 기자 생활을 거치면서 경험한 것들을 통해 더이상 언론의 정의를 믿지 않는 사람이 되어 버렸기 때문이었다.

신입 시절의 강직했던 기자 정신은 자신도 모르게 어느 순간부터 그의 머리에서 사라져 버린 지 오래였다. 대중에게 진실을 알려준다는 기자의 사명은 입사하고 제일 먼저 포기해야 했던 덕목 중의 하나였다. 넘이라는 글자에 점 하나만 찍으니까 남이 되어 버리는 것처럼 진실이 거짓으로, 거짓이 또 진실로 순식간에 변하는 것을 하도 자주 본 탓이었다. 기자 생활을 하면 할수록 힘 있는 사람들이 마음대로 만들어 버리는 진실과 정의는 자신과 같은 기자 한 사람의 힘으로 바로 잡기는 너무 어렵다는 것, 아니 불가능한 것이라는 것을 깨닫게 되었다.

그 후로 그는 그저 적을 만들지 않고 사람들이 흥미를 느끼는 기사를 쓰는 것에 집중하고 있었다. 그러다 보니 맛집 소개, TV 드라마의 뒷이야기, 시청률, 성공한 기업가의 스토리 같은 것들이 그의 단골 기사였다. 사람들의 관심이 적지 않은 만큼 그쪽도 나쁘지는 않았다. 물론 이곳에도 부조리가 없지는 않았지만 정치부나 경제부의 그것에 비교하면 애교에 불과했다.

그래서 그는 기자라는 직업을 갖고 있는 한 절대로 정치부나 경제부에서는 일하지 않으리라 마음먹고 있었다. 신문사의 편집장이 되기 위한 필수 코스라서 기자들이라면 모두가 원하는 그런 부서를 외면하는 그를 보며 동료나 후배들은 이상한 사람이라고 수군거리곤 했다.

YCI그룹 홍보실에서 건네받은 보도 자료는 완벽했다. 추가로 사실 확인을 하거나 할 필요도 없이 홍보 자료 속에 필요한 사진, 증빙 서류, 그리고 필요한 인터뷰 일정과 그들의 인적 사항까지 다 들어 있었다. 마지막 기사가 나가기 직전에 표 회장의 인터뷰 일정도 잡아 놓았다.

부장의 말대로, 자료를 보낸 비서실장이라는 여자는 친절하게도 고액권의 현금이 들어 있는 봉투를 자료 속에 살며시 넣어주는 것도 잊지 않았다. 그녀는 직접 문식에게 전화해서 잘 부탁한다고 하기까지 했다. 그래서 자료 검증만 조금 더하고 받은 자료를 일주일 분량으로 나누어 다음 주부터 기사를 나가게 하려고 준비하던 참이었다.

그러던 중에 오늘 오후 그는 전화 한 통을 받았다. 모르는 번호였고 자료를 검토하던 중이라 받지 않으려고 했지만, 워낙 오래 벨이 울려 할 수 없이 받게 되었다.

"여보세요?"

"김문식 기자시죠?"

"네, 그런데요?"

"지금 YCI그룹 표무상 회장에 대한 기사를 준비하고 계시죠?'

"네?"

"그 사람에 대해서 잘 알고 있습니까?"

"예?"

"표무상 회장에 대해서 잘 알고 있냐고요?"

"……"

"기자가 잘 알지도 못하고 기사를 쓰면 되겠습니까?"

"그게 무슨 말씀이신지?"

"제가 그 사람에 대해서 좀 알려 드리고 싶은데요……"

"저는 이미 자료 준비가 끝났습니다."

"YCI그룹에서 제공한 것 말이죠? 그게 사실이라고 믿으시면 정말 순진하신 겁니다."

"그런데, 누구시기에 이런 말씀을 하시는 거죠?"

"사실, 저도 이런 전화를 한다는 것이 알려지면 위험합니다."

"네?"

"하지만 세상에 정의가 살아있다는 것을 알리려면 어쩔 수 없습니다."

"그래서 어쩌자는 겁니까?"

"만약 김 기자님도 진실을 알고 싶다면 오늘 저녁 9시에 한강 고수부지 반포에 있는 공영주차장에 계세요. 내가 기자님의 얼굴을 아니까 찾아가겠습니다."

문식은 그럴 필요가 없다고 말하고 싶었지만 이상하게 말이 나오지 않았다.

'누가 그룹 총수들 겉과 속이 다른 것을 모르나? 이 사람 왜 이러는 거야?'

그는 갑자기 자신에게 정의를 운운하는 이 사람을 거절할 수가 없었다. 전화 통화를 하는 순간 지난 수년간 잊고 있었던 젊은 시절의 단어들이 생각났기 때문이었다. '정의, 진실, 공정……' 이런 단어들이 갑자기 머리를 맴도는 바람에 그는 엉겁결에 약속을 수락하고 말았다.

'그 사람이 나의 차를 모르는 것인가?'

시계를 보니 이미 9시 20분이 지나고 있었다. 하지만 아무도 자신의 차로 다가오는 사람은 없었다. 문식은 나가서 기다리기로 하였다. 에어컨이 없는 밖으로 나오자 밤인데도 여름밤의 뜨거운 열기가 그의 얼굴에 부딪히는 것이 느껴졌다.

그는 두리번거리면서 주변을 둘러보면서 주차장에 서 있었다. 한참 후에 시계를 다시 보니 벌써 9시 반이 넘었다. 주변에 사람들은 많이 있지만, 그에게 다가오는 사람은 아무도 없었다. 그때 갑자기 그의 스마트폰이 울렸다. 그가 전화를 받자 다급한 목소리가 들렸다.

"아무래도 오늘은 그곳에 가지 못할 것 같아요. 지금 쫓기고 있거든요. 만약 나중에 내가 잘못된 것을 알게 되면 서울역 128번 물품 보관함을 찾아보세요. 제가 오늘 드리려고 했던 자료를 그곳에 넣어 두었어요. 그럼 다시 연락할게요. 만약 그럴 수 있으면……."

문식은 전화기에 대고 소리쳤다.

"도대체 당신은 누구에요! 여보세요! 여보세요!"

뚝 하는 파열음과 함께 전화가 끊겼다. 문식은 수첩을 꺼내어 외워두었던 보관함 번호를 메모했다. 그리고 허탈한 듯 잠깐 자리에 서 있다가 차에 올랐지만, 그는 운전석에 앉아서도 생각에 잠겼다. 도대체 이 사람은 누구인가? 그가 위험하다는 것은 무슨 말인가? 128번 물품 보관소라면 열쇠가 있어야 열 수 있을 것인데 어떻게 열라는 말인가? 아니, 그것을 구태여 열 필요가 있는 것인가? 한참을 생각하다 보니 머리가 아팠다. 그는 일단 집으로 돌아가서 잠이나 자야겠다는 생각이 들어 차의 시동을 걸고 기어를 주행으로 바꾸었다.

막 차가 출발하려는 순간 갑자기 누군가 운전석 창문을 두드렸다. 그는 놀라서 차를 멈추고 소리 나는 곳을 바라보았다. 검은 선글라스를 낀 여자가 보였다. 소매 없는 하얀 원피스가 어두운 이곳 주차장을 밝힐 만큼 아름다운 여자였다. 문식은 창문을 내렸다.

"어, 여기서 뵙네요?"

문식은 얼굴은 모르지만, 이 여자의 목소리는 낯익다고 생각했다.

"실례지만 누구신지……."

문식이 기억을 더듬으며 물었다.

"아 저는 YCI그룹 회장실의 이태선 비서실장이에요. 우리 전화로 통화했죠?"

여자가 선글라스를 벗으며 말했다. 아름다운 코와 입에 조화가 잘되는 눈이 나타났다. 역시 어둠 속에서도 알아볼 수 있는 미녀였지만 왠지 날카롭다는 인상을 받았다. 빈틈없는 인상이 미모뿐만 아니라 일도 잘할 것처럼 보였다.

"아, 그러시군요. 그런데 우리가 전에 만난 일이 있었나요? 저를 아시네요?"

아름다운 여자를 만난 문식이 본능적으로 반갑게 묻자 태선이 웃으며 대답했다.

"아니요. 하지만 언론계의 스타이신 김 기자님의 얼굴 정도는 당연히 알아야죠."

"아, 그, 그런가요?"

문식이 수줍은 듯이 대답했다. 그러자 태선이 얼굴을 창문에 바짝 가까이 대면서 말했다.

"그런데 여긴 어떤 일이세요?"

"그냥 누구 좀 만나려고요……"

"바람맞으셨나 보죠?"

"네?"

"지금 혼자 계시잖아요."

"아…… 네…… 그렇게 됐네요."

그때 태선이 갑자기 문식을 싸늘하게 내려다보며 말했다.

"다음 주 월요일부터 기사가 나가야 하는데 이런 데 계시면 안 되겠죠? 빨리 돌아가세요. 다른 생각 마시고 기사에만 집중해 주시면 좋겠는데요!"

문식은 갑자기 차갑게 변한 태도에 놀라서 되물었다.

"네?"

태선이 조금 전의 다정한 모습은 간곳없이 갑자기 날카롭게 문식을 쏘아 보면서 말했다.

"쓸데없는 데 신경 쓰지 마시고 기사에만 집중하시라고요. 네? 김 기자님!"

문식은 다음 날 출근하자마자 YCI그룹에서 준 자료를 보면서 기사 작업을 하기 시작하였다. 평소 그의 행동에 비해서 오늘은 굉장히 일찍 출근한 셈이었다. 이상하리만큼 어제저녁 한강에서 만난 YCI그룹의 비서실장이라는 여자의 위세가 두렵게 느껴졌다. 그들은 돈을 지불한 것에는 꼭 그 값어치를 하려는 모양이다. 그들은 기사를 맡기고 돈을 준 만큼 일을 열심히 하는지 자신을 감시하고 있었던 것 같았다.

그녀는 기사 자료를 완성하는 대로 검토해 봤으면 좋겠다고 했다. 그리고 되도록 빨리 보고 싶다고 했다. 그래서 그는 오늘이 금요일임에도 불구하고 기사를 준비하고 있었다. 보통의 경우라면 그는 마감이 임박한 주말이 되어서야 기사를 넘기곤 했었다. 그런데 그 여자에게는 거부할 수 없는 뭔가가 있었다. 그래서 서둘러서 작업을 마쳤다. 어쨌거나 그는 그들에게 '촌지'라는 것도 받았으니까 최대한 돈값은 해 주어야 했다.

그러면서도 문식은 또한 자신과 만나기로 한 사람의 안부가 궁금하기도 하였다.

'그는 어떻게 되었을까? 위험하다고 했는데 지금 무사한지? 무엇보다도 그는 누구일까?'

의문은 꼬리에 꼬리를 물며 문식의 머리를 떠나지 않았다. 하지만 그의 의문은 생각보다 쉽게 풀렸다. 누군가 답을 알려주려고 일부러 그를 찾아온 것이다. 다른 직원들에게 물어서 그의 구석 자리를 찾아온 사람은 신분증을 보여주면서 조사를 위해 물어볼 것이 있다고 했다.

그때는 마침 문식이 다음 주 월요일의 첫 회분의 기사 원고를 완성해서 부장에게 검토를 받으려고 막 일어서려던 참이었다. 그는 자기 자신을 서초 경찰서 소속의 권철호 형사라고 소개했다. 키는 작지만, 어깨가 넓고 단단해 보이는 사람이었다. 직업 때문인지 눈매가 날카로웠다.

문식은 예전에도 형사를 만났던 경우가 있었다. 하지만 그때는 모두 취재를 위해서 그가 형사를 만나러 간 것이었다. 이렇게 형사가 그를 찾아오는 경우는 처음이어서 나름 긴장되었다. 문식과 권 형사는 자리를 회의실로 옮겼다.

"오형식 씨를 아시나요?"

모르는 사람이었다. 하지만 문식은 혹시나 자신이 착각을 했을까 봐 한참을 생각해 보았다. 일 관계로 잠깐씩 만나는 사람이 워낙 많아서 혹시라도 그중에 있을 수도 있었다. 그는 경찰의 조사를 받을 때는 조심해야 한다고 생각했다. 그들에게 무엇을 말하는 순간 우연이 필연이 되고 스쳐 가는 이야기가 기록이 되어 버린다. 한 마디로 말실수하면 귀찮아지는 것이다.

"그 사람이 누굽니까?"

문식이 되물었다. 권 형사는 한 번 더 가능성을 보겠다는 표정으로 순순히 대답해 주었다.

"오형식 씨는 YCI그룹 비서실 직원입니다."

YCI그룹의 직원이면 문식이 모르는 이름이 확실하다. 지금까지 그는 YCI그룹의 사람을 세 명 정도 만났고 그들의 이름을 모두 기억하고 있었다.

"YCI그룹 비서실이요? 제가 지금 그 회사의 일을 하고 있긴 하지만 그런 사람 이름은 들어 본 적이 없는데요."

권 형사는 갑자기 이해가 안 간다는 표정이 되어 문식을 바라보면서 말했다.

"그런데 왜 그 사람 스마트폰의 마지막 통화 기록이 김 기자님의 전화번호일까요?"

그 말을 듣는 순간 문식은 오형식이라는 사람이 누구인지 알 것 같았다.

"혹시 어제 저녁 9시 반경에 통화한 것이 맞습니까?"

문식이 물었다. 권 형사의 얼굴에 반가운 표정이 나타났다.

"예, 맞습니다. 이제 기억이 나십니까?"

문식은 문득 오형식과의 마지막 통화가 생각나서 물었다.

"그런데 그 사람한테 무슨 일이 있습니까?"

어제 전화에서 그는 자신이 잘못될 수도 있다고 말했다.

"예, 그 사람 어젯밤에 뺑소니 사고로 사망했습니다. 그런데 그것이 단순 뺑소니 같지가 않아서 주변 조사를 하는 중입니다. 스마트폰을 보니 그 사람이 최근 통화 기록이 거의 없더군요. 더구나 발신 전화는 어머니와 김 기자님밖에 없었어요. 그래서 이렇게 찾아온 것입니다."

"뺑소니요?"

문식이 되물었다.

"사고는 어디서 난 겁니까?"

"반포 지역입니다."

문식은 이제야 오형식이 그를 만나러 오던 도중에 누군가에게 쫓겼고 그러다가 살해되는 장면이 머릿속에 그려졌다. 그는 권 형사에게 오형식과 관련하여 어제 있었던 일을 이야기해 주었다. 어제 오후에 오형식의 전화를 받았던 것, 저녁 9시에 한강 고수부지 반포 주차장에서 만나기로 했던 것, 그가 약속 시각에 나타나지 않은 것, 그리고 9시 반쯤 전화를 해서 약속 장소에 못 오겠다고 했던 것까지 이야기했다.

권 형사는 흥미 있다는 표정으로 열심히 문식의 이야기를 들으며 메모했다. 특히 권 형사는 그들이 한강 고수부지에서 만나기로 한 부분에 대해서 주목했다.

"그럼 그는 김 기자님을 만나러 가던 도중에 사고를 당한 것이군요."

권 형사가 날카로운 표정으로 문식을 보면서 이야기했다.

"그럴 수도 있겠네요."

문식이 권 형사의 말에 순순히 수긍했다. 하지만 그는 오형식이 표회장과 관련된 이야기를 했다는 것, 그가 누구에게인가 쫓기고 있다고 말한 것, 또 서울역 128번 보관함을 찾아보라고 한 것 그리고 마지막으로 YCI그룹 이태선 실장이 반포 주차장에 나타났던 것 등 대부분의 중요한 이야기는 하지 않았다.

"그런데 오형식 씨가 김 기자님을 왜 만나자고 한 것일까요?"

권 형사는 지금 문식이 숨기고 있는 내용에 대하여 질문을 했다. 문식은 이 질문에 대한 대답이 가장 중요하다고 생각했다.

"글쎄 그 내용은 잘 모르겠어요. 뭔가 중요한 이야기를 해준다고 했거든요."

문식의 대답에 권 형사의 눈이 갑자기 더욱 날카로워지며 물었다.

"누군지도 모르는 사람이 이유도 알리지 않고 만나자는데 저녁 9시에 한강까지 누굴 만나러 나가는 것이 제 상식으로는 잘 이해가 가지 않는데요? 원래 기자들이 그렇게 약속을 잡나요?"

문식은 순간적으로 권 형사의 눈을 피하면서 말했다.

"글쎄요, 보통 그렇지는 않겠죠. 하지만 감이라고나 할까, 그 사람의 목소리를 듣는 순간 뭔가 중요한 것이 있겠다는 생각이 들었거든요. 경찰과 마찬가지로 우리 기자들도 느낌으로 일하는 경우가 있어요."

권 형사는 어쩔 수 없다는 듯이 고개를 끄덕였다. 하지만 그 표정은 문식이 뭔가 숨기고 있다는 것을 알아내겠다는 표정이었다. 하지만 문식은 스스로 대답을 잘했다고 생각했다. 다음 순간, 권 형사가 의심스러운 눈초리로 다시 질문하자 그는 하마터면 당황할 뻔하였다.

"그런데 오형식 씨는 약속 장소의 근처까지 왔습니다. 그런데 못 오겠다고 했다. 그때는 그 기자의 감으로 무슨 이상한 점이 없었나요?"

문식은 한 번 더 그의 눈을 피하면서 간신히 말할 수 있었다.

"글쎄요. 그때는 못 느꼈습니다. 아마 더운 날씨에 밖에서 30분이나 기다렸던 것이 짜증이 나서 다른 생각을 할 겨를이 없었던 것 같습니다."

권 형사는 문식의 대답에 결코 만족하지 못한 표정으로 말했다.

"혹시 김 기자님의 차를 조사해 봐도 될까요? 사건의 용의 선상에서 먼저 제외하기 위한 것이니 이해해 주실 것이라고 믿습니다."

문식은 별 저항 없이 덤덤한 표정으로 자신의 낡은 소형차가 주차되어 있는 위치를 알려준 후 차 열쇠를 권 형사에게 주었다. 권 형사는 다시 연락하겠다는 말을 남기고 돌아갔다. 그는 일단 경찰의 조사를 더 받더라도 부장과 의논한 후에 사실을 이야기해야겠다고 마음먹고 있었다. 자신의 말대로 문식은 10년이 넘는 기자 생활 속에서 터득한 감이란 것이 있었다. 지금 그 감이란 놈이 그에게 뭔가 대단한 것이 있다는 것을 알려주고 있었다. 그것은 어쩌면 지난 10년 동안 특종 한번 없이 그저 그런 기자로 살아온 자신에게 새로운 기회를 줄지도 모른다는 생각이 들었다. 그는 가슴이 두근거렸다.

또한 어젯밤에는 미처 생각하지 못했지만, 이 실장이라는 여자가 그곳에 있었던 것도 이상했다. 오형식은 YCI그룹의 직원이라고 하지 않았는가? 오형식이 만약 표 회장의 비밀을 폭로하려 했다면 YCI그룹의 비서실에서 그를 쫓았을 것이라는 생각이 들었다. 이 실장은 바로 YCI그룹의 비서실장이었다. 기사 초안을 챙기면서 문식은 그녀를 한 번 더 만나 봐야 하겠다고 생각했다.

권 형사가 돌아가자 문식은 권 형사를 만나기 직전에 하려고 했던 일을 했다. 기사 초안을 부장에게 보여주기 위해서 부장의 방으로 간 것이다. 여느 때와 마찬가지로 부장의 책상은 이런저런 원고 더미로 가득 차 있었다. 기름기 가득한 얼굴에 남은 머리카락보다는 훨씬 더 잔

꾀가 많아 보이는 부장이 문식의 방문을 반기며 말했다.

"아! 김문식, 그렇지 않아도 부르려고 했어!"

"아, 그러세요? 그렇지 않아도 초안을 가져왔습니다. 제가 일찍 준비하기를 잘했나 봐요."

그 말을 들은 부장이 갑자기 당황한 표정을 지었다.

"뭐? 네가 기사를 벌써 다 썼다고? 웬일이야? 나는 일요일 저녁에나 보여줄 줄 알았는데."

문식은 평소에는 며칠 전부터 독촉하던 부장이 칭찬 한마디 없는 것이 서운했지만 모른 척하고 말했다.

"저도 한 번 맘 먹으면 하는 놈입니다. 모처럼 마감보다 여유 있게 썼으니 빨리 봐 주세요."

문식이 들이미는 원고를 보며 부장은 곤란한 표정을 지으며 말했다.

"그런데 이걸 어쩌지? 조금 전에 YCI그룹 비서실에서 연락 왔는데 이거 취소됐어. 당분간 기사 내는 것을 연기하고 싶대. 하지만 걱정할 필요는 없어 전면 광고는 계속하기로 했으니까."

순간 문식도 당황했다. 모처럼 자신의 작업이 헛수고가 된 것이다. 그는 조금 흥분했다.

"우리가 무슨 YCI그룹의 사보 신문사도 아니고 거기서 기사를 내라면 내고 내지 말라면 내지 않아야 하는 겁니까?"

부장은 문식을 보면서 미안한 표정을 지으며 말했다.

"그런 큰 회사와 사이좋게 지내는 것이 중요한 것은 너도 알잖아. 어차피 우리는 특별히 손해 볼 일도 없으니까 서운하더라도 그냥 지나가자고!"

그리고 부장은 입맛을 다시더니 이야기를 덧붙였다.

"그리고……. 내가 소문을 듣기로는 우리 신문사가 YCI그룹의 사보

신문사가 될지도 몰라. YCI그룹에서 우리 신문사의 모회사인 우리 미디어 그룹을 인수한다는 소문이 있어."

문식은 부장의 이야기를 귀담아듣지 않고 있었다. 일이 이상하게 흘러간다는 것에서 허탈감을 느끼고 있었다. 이렇게 된 김에 끝까지 조사해 봐야 하겠다는 오기가 생겼다. 기자로서의 호기심도 생겼다. 오형식의 이야기처럼 표무상 회장에게는 감추어진 뭔가가 있는 것일까? 그것을 알기 위해서는 오형식이 알려준 서울역 128번 보관함을 찾아봐야했다. 문식은 부장의 방을 나오면서 어떻게 해서든지 보관함을 확인해 보기로 마음먹었다.


여권의 중진 의원인 유상현 의원은 오늘 당무 회의에서 기분이 많이 상했다.

4선 의원으로서 이미 칠순을 넘은 그를 대하는 후배 의원들의 눈길이 예전 같지 않았다. 불과 몇 년 전에만 하더라도 실세였던 자기에게 들러붙어 공천을 받으려고 갖은 노력을 하던 사람들이 얼마 전 자신이당 총무 직에서 물러나자 거리를 두기 시작했다. 반평생을 정치해 온사람으로서 정치라는 것의 속성이 힘 있는 자에게 기우는 것을 누구보다도 잘 알았고 그 또한 그렇게 살아왔지만, 막상 당하는 것이 자신이되고 보니 정말 더럽다는 생각이 들었다.

하지만 노련한 유 의원은 나름대로 자신의 위치를 찾는 방법을 알고있었다. 아직 그에게는 누가 원하는 것을 줄 수는 없어도 가질 수 없게하는 힘 정도는 있었다. 자신을 무시한 젊은 의원들이 원하는 것을 얻기 어렵게 만들기로 마음먹었다. 다시 당내 입지를 강화할 수는 없어도 젊은 의원들이 자신을 무시하지는 못하게 해야겠다고 생각했다.

오늘 유 의원은 좋은 기회를 잡았다. 여당의 젊은 의원들을 중심으로 대통령 후보의 연령 제한을 폐지하는 개헌안을 발의하자는 의견이 있었던 것이다. 유 의원은 분노했다. 이제 젊은 것들이 늙은이들을 무시하는 것도 모자라 대통령의 자격까지 바꾸려 한다고 생각한 것이다.

'마흔도 안 되어 대한민국 대통령이 된다고? 이것들이 하늘 높은 줄 모르고 오르려 하고 있어!'

그가 보기에 이번 개헌안 발의 과정이 특이한 것은 사실이었다. 이상하게도 여야의 젊은 의원들이 공동으로 발의하려고 하고 있었다. 통상 국회는 여당과 야당의 대립 구도였는데 이번 개헌안만큼은 여야가 아닌 세대 간의 대결처럼 보였다.

연령 제한 폐지에만 신경 쓰다 보니, 개정안 중에서 그다음 항목에 있었던 대통령 무한연임 가능조항은 그의 눈에 들어오지도 않았다. 그는 그저 자신의 연륜을 무시하는 젊은 의원들에게 자신이 아직 죽지 않았음을 보여주고 싶었고 인생을 충분히 경험한 사람이 정치를 잘할 수 있다는 것을 알려주고 싶었을 뿐이었다.

그는 재빨리 여권 내에서 자신과 마찬가지로 늙은이 취급을 받아 그 위상이 약해지고 있던 의원들을 설득하기 시작했다. 그뿐만 아니라 야당 쪽의 원로 의원들과도 식사 자리를 마련하여 이 땅의 아름다운 경로 사상은 어디로 갔느냐고 한탄하였다. 익지도 않은 밥을 먹다가는 몸이 상한다고 하면서 대한민국을 식중독에 걸리게 할 거냐고 목에 핏발을 세워 그들의 동의를 구했다.

그 결과는 생각보다 좋았다. 유 의원의 활동은 내심 젊은 의원들의 앞장서서 나서는 개헌 발의에 불만은 있었으나 괜히 늙은이가 고집을 피워서 역사를 후퇴시킨다는 이야기를 들을까 봐 주저하던 나이 든 의원들에게 자신들이 혼자가 아니라는 용기를 주었다. 결과적으로 그는 개헌 발의 부결에 필요한 반대파 의원들을 확보하는 데 성공했다.

역시 그의 예상이 맞았다. 이재필 총장이 만나자는 연락을 해 온 것이다. 그는 대통령 특보 출신으로 지난 보궐 선거에서 30대 후반에 당선된 여당의 초선 의원이었다. 한동안 신문과 방송에서 미국의 명문 대학에서 정치학을 전공한 그가 국내 정치에 젊은 피를 수혈할 것이라고 치켜세워서 국민의 기대를 한몸에 받았던 인물이었다.

이 총장은 당연히 젊은 층에게 인기가 많았다. 그러자 젊은 정치를 표방하는 당에서는 그에게 파격적으로 사무총장이라는 고위당직을 맡겼다. 하지만 뭐가 되었든 간에 유 의원이 보는 그는 아직도 손자보다 조금 나이가 많은 '어린 녀석'에 불과할 뿐이었다.

그들의 만남은 남산 밑에 있는 조용한 한정식 집에서 이루어졌다. 미리 와서 기다리던 이 총장은 유 의원을 깍듯이 맞아 주었다.

"아무래도 유 의원님의 취향에 맞는 곳을 고르다 보니 이곳을 장소로 잡았습니다. 괜찮으시죠?"

이 총장은 최대한 조심스럽고 예의 있게 유 의원을 대하려 노력했지만, 그의 눈에는 그런 이 총장의 행동조차 원하는 것을 얻기 위한 일시적인 얕은 술수로만 보였다. 자신에 대한 배려조차 모든 것을 다 아는 듯이 자기 맘대로 정해버리는 건방진 태도로 보였던 것이다. 이미 뒤틀린 상태의 그는 이 총장의 질문에 대한 대답 대신 마음속에 품었던 자신의 생각을 말해 버렸다.

"그런데 이 총장께서는 나 같은 늙은이를 왜 보자고 하신 거요? 언제는 시대가 변했다면서 새 술은 새 부대에 담아야 한다고 늙은이들은 모두 다 쫓아낼 것처럼 하더니?"

이 총장에 대한 불쾌한 심정을 그대로 드러낸 말이었다. 젊은 총장은 어색한 웃음을 지으면서 술병을 집었다. 그는 공손하게 유 의원의 잔에 술을 따르려 하면서 말했다.

"그게 무슨 말씀이십니까? 저희 같은 어린 정치인들에게 의원님 같은 원로 분들의 조언이 얼마나 필요한데요."

그러나 유 의원은 자신의 술잔을 집어 상에 거꾸로 엎으면서 말했다.

"내가 이곳에 이 총장을 보러 온 이유가 뭔지 아시오? 내가 의정 활동을 하는 동안에는 절대로 개헌 같은 것은 꿈도 꾸지 말라는 말을 하기 위해 온 것이오. 정치하려는 사람이 예의란 것을 알아야지. 말로만 원로를 존중한다고 하고 뒤로는 무시하고 있는 거 내가 모를 줄 알아? 나도 다 소식통이 있다고. 당신들 이미 나를 다음 공천에서 제외했다면서? 나도 더 이상 국회의원 할 생각은 없어. 대신 내가 있는 동안 당신들을 힘들게는 할 거야! 감히 나를 무시해?"

그리고 유 의원은 자리를 박차고 나왔다. 나오면서 그는 흙빛으로 변한 이 총장의 당황한 얼굴을 보면서 오랜만에 커다란 통쾌함을 느낄 수 있었다. 자신이 할 수 있는 최선의 복수를 한 것이다. 물론 그가 할 수 있는 일은 이것이 전부였다. 당내에서 발언권이 거의 없는 그로서는 국회에서 머릿수를 가지고 장난치는 것이 그의 존재감을 알릴 유일한 방법이었다. 그는 손자뻘 되는 사무총장에게서 연락이 오리라는 것을 짐작하고 있었다. 그리고 그에게 무엇을 해 주면 헌법 개정안 발의에 찬성해 줄 것인지 물어보며 협상을 청할 거라는 것도 알았다. 하지만 그는 아주 단단히 마음을 먹고 이런 행동을 준비하고 있었던 것이다.

사실 이번 일로 그가 얻을 수 있는 것은 별로 없었다. 단지 젊은 것들의 결정을 좌절시켜서 유상헌이라는 4선 의원을 무시하면 어떻게 되는지를 똑똑히 알려주고 싶을 뿐이었다. 더구나 그는 이미 당에서 차기 선거에서 절대로 자신을 공천하지 않을 것을 알고 있었다. 이렇게 된 바에는 자신이 의정 활동을 할 때까지만이라도 그들이 원하는 것을 절대로 이루지 못하게 하고 싶었다.

한정식 집을 박차고 나온 유 의원은 차에 오르면서 하늘을 보았다. 금방이라도 비가 오려는 듯 먹구름이 잔뜩 낀 날씨였다. 그는 자신을 무시하는 젊은 놈들에게 저 정도의 먹구름 정도의 역할은 할 수 있을 거라고 생각하며 차에 올랐다.

우리 미디어 그룹의 조무열 회장은 불안한 기분을 감출 수 없었다.
YCI그룹의 회장인 표무상에게서 한번 만나자는 연락이 온 것이다. 다음에 만나자고 거절하고 전화를 끊으니 그다음에는 청와대 비서실에서 전화가 왔다. 서로 도움이 될 테니까 표 회장을 한 번 만나보라는 것이었다. 그것은 그 만남을 더 이상 거절할 수 없다는 의미였다.
그 순간 지난 50년간 쌓아 놓은 거대한 성이 무너지고 있다는 느낌이 들었다. 조 회장의 아버지가 물려준 우리 신문사를 기반으로 서울 경기 지역의 TV 방송국을 인수하여 국내 3위 안에 드는 전국 공중파 방송국으로 키운 후 잡지사, 출판사, 영화사들까지 인수하여 건설한 조 씨 가문의 거대한 미디어 제국이 지금 위협을 받고 있는 것이었다.
조 회장의 아버지에게서 그에게로 물렸고 그리고 당연히 그에게서 그의 아들에게로 물려야 할 우리 미디어 그룹을 YCI그룹의 표무상 회장이 노리고 있다는 것은 재계에서는 더 이상 비밀이 아니었다. 소문은 정말 빨랐다. 얼마 전부터 갑자기 업계에서는 YCI그룹에서 우리 미디어를 인수한다는 소문이 돌기 시작했다. 증권가 찌라시에서 시작된 이 소문에 대하여 우리 미디어 그룹에서는 계속해서 사실무근이라고 부인했지만, 소문은 수그러들지 않았다.
이상한 것은 이 소문에 대해서 YCI그룹 쪽에서는 긍정도 부정도 하지 않고 있는 것이었다. 그 점에 대하여 조 회장이 답답해하고 있을 때 젊은 표 회장 녀석에게서 만나자는 연락이 왔다. 괘씸해서 만나지 않으려고 했으나 청와대까지 동원해서 약속을 잡게 하는 것이다. 이제 사람들은 이 만남을 통해서 소문에 대한 정당성을 확보하고 결국 그 소문을 사실로 만들고 말 것이다.

마치 뱀이 조여 오는 듯한 표 회장의 기분 나쁜 의도를 감지하면서 조 회장은 지금 어떤 거부할 수 없는 힘이 그의 모든 것을 빼앗으려 하는 것을 느꼈다. 그는 그것을 막고 싶었다. 하지만 그는 오랫동안 언론사를 운영하면서 언론이 정권과 대립해서는 얼마나 어려운가를 잘 알고 있었다. 그리고 반대로 관계가 좋으면 얼마나 일이 잘 풀리는지도 잘 알고 있었다.

조 회장 자신이 바로 그 증인이었다. 지난 세월 동안 그가 그 많은 방송사, 잡지사, 출판사, 영화사 등 미디어 관련 회사를 헐값으로 쉽게 인수할 수 있었던 것은 그가 지속해서 정권과 좋은 관계를 유지하고 있었기 때문에 가능한 일이었다.

조 회장은 마지막 순간에 뭔가를 실수했다고 느꼈다. 이제까지 모든 것을 완벽하게 처리해 왔다고 생각했지만 그렇지 않았던 것이다. 무슨 이유에서인지는 모르겠지만, 그의 위에 있는 사람들은 그보다는 새파랗게 젊은 표 회장을 선택하고 말았다. 지금까지 그의 수많은 경쟁자들이 희생한 것처럼 이제 그 자신이 그 희생의 제물이 되어야 할 순간이 다가오고 있었다.

털어서 먼지 안 나는 사람이 있을 수 있을까? 세무 조사, 과거사 규명 등등 그들이 어떤 방법을 써서든지 조 회장을 엮으려 한다면 당할 수밖에 없는 것이 사실이었다. 자신은 결코 결백한 사람이 아니었다. 오히려 걸고넘어질 것이 너무 많았다. 하지만 그들의 요구를 들어준다면 그 결과가 무엇이든지 최소한 자신과 가족들에게 안락한 삶은 보장될 것이었다.

그런데 그가 문득 그의 책상 위에 놓인 사진 액자를 보는 순간 떠오른 생각이 있었다. 자신과 자신의 아버지가 신문사의 구형 윤전기 앞에 서 있는 모습이 그 안에 있었다. 그것은 아버지가 자신에게 신문사를 물려주고 은퇴하는 날에 찍은 사진이었다.

그날 아버지 조구성 선대 회장은 아들인 조 회장에게 당부했다.

"신문사가 바로 너 자신이라고 생각해라. 신문사를 잃으면 너도 죽는다고 생각해야 한다!"

그 순간 조 회장은 자신이 잠시 아버지의 당부를 잊고 있었다는 생각이 들었다.

'그렇다, 내가 우리신문사다. 아니, 나는 우리미디어그룹이다. 나와 우리 미디어그룹은 떨어질 수 없다. 나는 어떠한 일이 있더라도 우리신문사를 지켜내야 한다. 아버지가 나에게 신문사를 물려주었듯이 나도 내 아들에게 아버지가 내게 해 준 당부를 똑같이 해주며 물려줄 것이다!'

그는 심호흡을 한번 했다. 그리고 앞으로 어떠한 어려움이 오더라도 결코 회사를 포기하지 않겠다고 각오를 다졌다. 그때 노크 소리가 들리더니 비서가 들어와서 물었다.

"회장님, YCI그룹 표무상 회장님과의 약속에 나가실 시간입니다. 차를 대기시킬까요?"

"응, 그렇게 해주게."

조 회장이 수척한 모습으로, 하지만 단호한 목소리로 대답했다.

남산 자락의 바로 아래 있는 프리미엄 클럽은 대한민국에서 매출 1조 이상의 기업 오너 CEO들만이 회원이 될 수 있는 곳이었다. 그들 스스로가 출자해서 법인을 만들고 전문가에게 운영을 맡겨서 건물을 짓고 내부 시설을 꾸미며 직원들을 고용했다.

그런 이유로 이 클럽에 신규로 가입하려면 매출 요건을 충족하더라도 기존 회원 10명 이상의 추천과 전체 회원 100%의 찬성이 필요했다. 그들 중 누구 하나라도 반대하면 이 클럽의 회원이 될 수 없는 게 규칙이었다. 조 회장은 이 클럽의 창립 멤버였다. 하지만 무상은 아버지와 형이 실종되고 나서 YCI그룹 회장에 취임한 후 즉시 가입했다. 재계 상위권의 YCI그룹 회장의 가입을 반대하는 이는 아무도 없었다.

그들은 오늘 이곳에서 만나기로 하였다. 일반인들의 출입이 제한되어 기자들이나 다른 누구의 방해도 없이 그들만의 이야기를 할 수 있는 안성맞춤의 장소였기 때문이다. 조 회장이 클럽에 도착했을 때 무상은 약속 시간보다 먼저 와서 기다리고 있었다. 무상으로서는 드문 일이었다. 그만큼 오늘의 만남이 그에게 중요하다는 의미로 보였다.

"회장님, 오랜만에 뵙겠습니다."

"아, 표 회장!"

무상이 조 회장이 들어오는 것을 보고 일어서서 인사를 했다. 조 회장도 웃는 얼굴을 하며 손을 내밀었지만, 무상의 의도를 알고 있는 입장에서 억지로 보여주기 위한 것이었다. 오랜 세월 속의 경륜은 무상에 대한 그의 적개심조차도 웃음 속으로 감출 수 있었다.

잠시 후 차가 나오고 그들이 예약한 프라이빗 라운지에는 두 사람만이 남았다.

"어쩐 일로 이 늙은이를 보자고 하셨소?"

조 회장은 이번 만남의 목적을 모르는 듯 시치미를 떼고 말했다. 천천히 의중을 알아보겠다는 뜻이었다. 하지만 무상은 앞에 있는 늙은 너구리 같은 영감과 오랫동안 앉아 있을 마음이 전혀 없는 것 같았다. 그는 예의는 깍듯하게 차리되 바로 자신의 본론으로 들어갔다.

"아마 주변에서 들어서 제가 드릴 말씀을 짐작하시리라 생각합니다. 단도직입적으로 회장님의 우리 미디어를 제게 넘겨주시기 바랍니다."

조 회장은 무상의 당돌함에 놀라기보다는 불쾌한 감정이 앞섰다. 하지만 그는 흥분하지 않았다.

"자네도 내 뜻을 짐작하고 있겠지만 나는 그럴 생각이 없네."

조 회장이 단호하게 말했다. 그리고 속을 식히려는 듯 앞에 있는 얼음물을 들이켰다. 무상 또한 조금도 당황하지 않았다. 오히려 재미있다는 표정으로 말했다.

"어? 뜻밖인데요? 저는 회장님께서 기꺼이 우리 미디어를 넘겨주실 거라고 생각했거든요?"

조 회장이 무상을 노려보며 말했다.

"무슨 근거로 그렇게 생각했는지 듣고 싶구먼."

무상이 빙긋 웃으며 대답했다.

"그거야 회장님께서는 현명한 분이시기 때문입니다. 저는 회장님께서 바둑에 조예가 깊다고 들었습니다. 그 바둑이란 게임은 형세 파악이 가장 중요하죠. 그런 바둑에 조예가 깊은 회장님께서 지금의 형세를 잘못 보실 리는 없다고 생각했거든요."

조 회장은 자신도 모르게 얼굴이 창백해지고 있었다. 상대는 자신의 마음을 읽고 있는 것이다.

"자제분들이라면 걱정 안 하셔도 됩니다. 우리미디어그룹 내에서 그분들의 자리는 보장될 것입니다. 물론 제 지시를 무조건 따른다는 전제가 있어야 하겠지요. 그리고 아마 몇 년 뒤에는 회사를 자제 분들에게 돌려줄 수도 있을 겁니다. 그때는 제가 굳이 직접 우리 미디어를 소유하고 있을 필요가 없을 것이거든요."

조 회장은 무상의 말을 이해하지 못했다.

"그걸 지금 나에게 믿으란 말인가?"

여전히 태연한 표정의 무상이 대답했다.

"믿고 안 믿고는 회장님 자유지요. 하지만 지금 저의 제안을 거절하시면 회장님께서 점점 어려워지실 거란 것은 제가 장담할 수 있습니다."

조 회장은 능글맞게 웃으며 자신을 보고 있는 무상의 시선을 느끼며 떨리는 목소리로 말했다.

"자네, 지금 나를 협박하는 건가?"

"제가 무슨 협박을 하겠습니까? 그저 회장님께 드리고 싶은 말씀은 저는 원하는 것이 있으면 그것을 얻기 위해서 무슨 일이든 한다는 겁니다. 청와대 전화도 받으셨죠, 아마?"

무상은 상냥한 얼굴이었지만 그 날카로운 눈빛은 조 회장을 압박하고 있었다.

'어, 어떻게 이렇게 어린 녀석이 저런 눈을……'

조 회장은 무상의 눈을 보면서 어디선가 본 듯한 눈빛을 보았다. 먹이를 잡아먹는 맹수의 눈빛……. 자비심이라고는 하나도 없는 그것은 자신이 지난 세월 동안 다른 회사들을 인수할 때 상대방들에게 보여주던 그 눈빛이었다.


"깨어났어요? 그러게 제가 말씀드렸잖아요. 그냥 열심히 기사나 쓰실 것이지 왜 엉뚱한 데 관심을 가지셔서……"

태선이 문식에게 말했다. 의식이 돌아온 문식은 자신이 지금 어디에 있는지 확인하려고 했다. 하지만 이곳은 침대 위가 아니었다. 빛이 거의 들어오지 않는 차가운 콘크리트 바닥 위였다. 상의는 거의 벗겨져 있었고 팔과 다리가 철사에 묶여 있었다. 그는 무슨 말을 하려 했으나 말이 잘 나오지 않았다. 다시 손과 발을 움직여 보려고 하였으나 그것도 잘 안 되었다.

"아, 미안해요. 저희가 의사가 아니라서 마취제 양을 조절할 수 없었어요. 그래서 몸이 맘대로 되지 않을 거예요. 참 사과할 것이 하나 더 있는데 당신이 의식이 없을 때 주사를 하나 더 놨어요. 왜 들어보셨죠? 진실을 말하게 하는 주사……. 그거 우리도 비싸게 구입해서 이번에 당신에게 처음 사용해 봤는데 효과가 좋더군요."

분홍색 원피스를 입은 태선은 옆의 테이블 위에 놓여 있는 주사기들을 흘깃 보더니 계속 말했다.

"그래요. 잘하셨어요. 이번 일 아무한테도 이야기하지 않은 거. 그렇지 않았으면 우리가 일이 많아지잖아요. 당신한테 이야기들은 사람들을 모두 다 이곳에 데리고 와야 하니까. 어쨌거나 당신이 입이 무거운 탓에 우리도 수고를 덜게 됐어요."

문식은 이제야 정신을 잃기 직전의 일이 생각났다.

그는 부장의 방에서 나온 후 서울역에 가서 128번 보관함을 확인해 보았다. 역시 잠겨 있었다. 문식은 오형식의 주변을 뒤져서 그곳의 열쇠를 찾기로 하였다. 그래서 시신을 부검하고 있는 국립과학연구소로 갔다. 그곳에 근무하는 친구에게 확인해 보니 오형식의 유품 중에서 특별한 것은 없다고 했다. 특히 열쇠는 없었다. 그래서 그는 열쇠가 오형식의 집에 있을 것이라고 생각했다.

오형식은 미혼으로 그의 어머니와 함께 살고 있었다. 대학에서 유도를 전공하고 경찰이 되기를 꿈꾸다가 YCI그룹에서 돈 많이 준다고 해서 입사했는데 이렇게 갑자기 죽었으니 이를 어쩌하냐고 울먹이는 어머니를 위로하며 문식은 자신을 오형식과 같은 회사 직원이라고 소개했다.

회사 서류를 찾기 위해서 책상을 한번 보겠다고 어머니의 허락을 받은 문식은 오형식의 책상을 뒤진 끝에 128번이라고 적힌 번호판이 달려 있는 보관함 열쇠를 찾아낼 수 있었다. 생각대로 되자 기쁜 마음에 기대하며 서울역으로 출발하려고 차에 타려는 순간 그는 누군가가 뒤로 다가오는 것을 느꼈다. 그리고 뒤통수에 통증을 느끼며 쓰러졌고 지금 깨어난 것이다.

문식이 몸을 움직이려고 버둥거리다 보니 간신히 고개를 들 수 있게 되었다. 고개를 든 그는 태선이 앉아 있는 의자 앞 테이블에 주사기 몇 개와 함께 쌓여 있는 서류 뭉치를 보았다. 그의 눈길이 서류에 있는 것을 보자 태선이 다시 차갑게 웃으며 말했다.

"이거요? 맞아요. 당신이 찾은 열쇠를 가지고 서울역 128번 보관함에서 가져온 서류들이에요. 우리가 어떻게 128번 보관함을 알았는지 궁금하죠? 당신이 말해 줬어요. 이 열쇠가 뭐냐고 물어보니까 다 이야기 해주던데요? 정말 약효 좋죠?"

말을 마치고 서류와 문식을 번갈아 보던 태선은 한숨을 한 번 쉬고 말했다.

"당신에게 개인적인 감정은 없어요. 어떻게 보면 당신도 운이 없었던 거죠. 왜 하필 당신이 기사를 맡고 오형식이 당신을 선택해 가지고…… 어쨌거나 오형식과 당신이 아는 것을 다른 사람들이 알면 안되거든요. 그래서 저도 어쩔 수 없어요. 대신 당신이 다른 사람들에게 떠들고 다니지 않아서 우리 수고를 덜어준 만큼 고통은 없도록 해드릴게요."

태선이 테이블의 서류 뭉치 옆에 있는 조그만 검은 상자에서 주사기를 하나 꺼냈다. 그리고 문식에게 다가와 팔에 바늘을 꽂았다. 그는 반항하며 살려달라고 말하고 싶었으나 몸을 움직일 수도 말을 할 수도 없었다. 그저 공포에 질린 눈으로 자신의 몸 안으로 한꺼번에 밀려들어가는 우윳빛 액체만을 바라보고 있을 수밖에 없었다.

그리자 서서히 문식의 의식이 사라지기 시작했다. 대학 시절 정직한 언론인이 되겠다고 다짐하는 자신의 모습과 그리고 사랑하는 아내, 아들과 함께 즐겁게 어딘가에 놀러 갔던 환상들이 겹쳐 보이면서 그는 의식을 잃어갔다. 시야가 점점 어두워졌다. 그리고 그것이 끝이었다.

잠시 후 문식의 목에 손가락을 대고 그의 죽음을 확인한 태선이 뒤에 있던 직원들에게 말했다.

"시체는 거기에 같이 묻으면 되겠고……. 이 서류들은…… 어디서 드럼통이랑 휘발유 좀 가져와. 내가 보는 앞에서 태워 버리게……"

그리고 태선은 방의 구석에 서서 고개를 들지 못하고 있는 사람을 향해서 거칠게 말했다.

"그리고 2조장 당신! 한 번 더 오형식 같은 놈이 나오면 그때는 당신이 죽을 줄 알아! 알겠어?"


이재필 총장을 만난 다음 날 유상현 의원은 지역구 사무실에서 손님을 맞았다. 지역구가 서울인 그는 자주 그곳을 방문할 수 있었다. 더구나 차기 선거에서 당의 공천이 거의 불가능해 보이는 지금으로써는 무소속 출마도 고려해야 하기에 지역구 관리는 더욱 중요한 것이었다.

비서관이 미리 이야기해 준 내용에 의하면 그 손님은 40대 초반의 여자라고 하는데 얼마 전 아버지에게 상속받은 토지가 도로 부지로 수용되면서 그 보상 금액에 대한 청원을 하고 싶다고 했다. 보상 금액이 실제 시세보다 너무 적다는 것이 그녀의 불만이었다.

적정한 보상을 받으면 그 금액의 일부를 유 의원에게 정치 후원금으로 기부하겠다는 약속도 했다고 하는데 계산해 보니 그 금액이 상당했다. 그로서는 요즘 어디를 가나 끈 떨어진 갓 취급을 받아 운영비도 모자라는 처지에 반가울 수밖에 없는 손님이었다.

또 비서관이 조사해 준 내용을 보니 보상 금액의 계산이 명백히 잘못된 것이라서 추가 보상이 충분히 가능할 것 같다고 했다. 유 의원이 구청장에게 전화 한 통만 하면 해결될 수 있다는 것이었다. 세상에 이렇게 신나는 경우가 있나. 유 의원은 부푼 기대를 안고 손님을 기다렸다.

마침내 찾아온 여자는 40이 넘었다지만 칠순의 유 의원의 가슴을 뛰게 할 만한 미녀였다. 자신을 김미경이라고 소개한 여자는 자신처럼 주변에 남자가 아무도 없는 여자는 억울한 일을 당해도 호소할 곳이 없다면서 마침 지역구민의 일에 항상 발 벗고 나선다는 유 의원의 소문을 듣고 찾아왔으니 꼭 해결해 달라면서 도움을 호소했다.

유 의원은 이미 이 일을 확인했다는 말은 하지 않고 사안이 쉽지는 않지만, 꼭 해결해서 충분히 보상받도록 해주겠다고 하면서 김미경을 안심시켰다. 보통 남자들이 아름다운 여자들 앞에서 의례 하는 행동처럼 자신의 능력과 남성미를 과시하는 것도 잊지 않았다.

이런 여자가 자신의 현재 정치적 상태를 어떻게 알겠는가? 유 의원은 아직까지 자신을 힘 있는 정치인이라 믿어 주는 여자를 실망시킬 수는 없었다. 아닌 게 아니라 김미경은 아주 기뻐하며 몇 번이나 허리를 숙여 고맙다고 인사하며 방을 나갔다. 나가면서 그녀는 나이에 상관없이 유 의원처럼 힘 있는 남자가 멋있어 보인다는 말도 잊지 않았다. 정확히 그가 듣고 싶은 말이었다.

하지만 노련한 유 의원은 국회의원에게 여성 스캔들이 얼마나 치명적인지 알고 있었다. 사실, 4선 의원이라는 그의 긴 정치 생명은 항상 여자 문제를 조심하는 사생활 관리 덕분이기도 했다. 그래서 지금 그는 그저 모든 남자들이 원하는 것, 아름다운 여자에게 멋있고 능력 있는 남자로 인정받으려는 것이었지 결코 다른 의도는 없었다.

며칠 후, 일이 해결되고 나서 김미경이 감사의 표시로 저녁 식사를 대접하겠다고 했을 때 유 의원은 잠시 갈등했다. 하지만 다른 때와는 달리 한 번에 거절하지 못하고 제안을 받아들이고 말았다. 그만큼 그녀의 미모는 유 의원의 마음을 사로잡았다. 그러나 그것 역시 아름다운 여자와 잠시 시간을 보내고 싶은 것이었지 그 이상은 없었다. 잠시나마 아름다운 여자에게서 남성다움을 인정받고 싶은 것은 어쩌면 최근에 무시당하고 있는 처지에 대한 보상을 받으려는 것인지도 몰랐다.

유 의원은 기사를 대기시킨 상태에서 저녁 약속 장소로 갔다. 조금이라도 술이 오르면 기사를 불러 집으로 갈 계획이었다. 그러면 실수를 하지 않을 수 있다고 생각했던 것이다. 김미경은 유 의원을 고급 한정식 집의 조용한 방으로 안내했다. 유 의원에게는 익숙한 곳이었다. 아름다운 여자와 단둘이 식사를 하는 장소치고는 부담스럽다는 생각을 했지만, 기분이 나쁘지는 않았다. 이런 분위기를 아는 김미경이란 여자가 센스가 있다는 생각까지 들었다.

술자리에서 김미경은 몇 번이고 감사하다고 말했다. 자신은 이혼 후 자식도 없이 오랫동안 홀아버지와 단둘이 살았는데 아버지가 세상을 떠난 지금은 자신을 보호해 줄 남자가 아무도 없다고 하면서 여자 혼자 사는 것이 너무 힘들다고 했다. 누군가 자기를 지켜주었으면 좋겠다면서 다시 한 번 더 자기는 힘과 능력이 있는 남자가 좋다는 말을 하였다.

김미경은 유 의원에게 술을 권했고 그는 그녀와 함께 있으면서 정말 다시 힘 있는, 젊은 시절로 돌아가는 기분이 들었다. 그리고 이 아름다운 여자에게 인정받고 있는 이 장면을 자신을 무시하는 젊은 의원 놈들에게 보여주고 싶다는 생각을 했다. 그들은 즐겁게 이야기를 나누며 그렇게 몇 시간을 보냈다. 적어도 유 의원은 그렇게 생각했다. 하지만 그는 그날 평소와는 다르게 과음을 하고 말았다. 아름다운 김미경이 따라주는 술을 거절할 수 없었다. 그녀에게 좀 더 남자답게 보이고 싶었던 것이다.

다음 날 아침, 유 의원이 정신을 차린 곳은 자신의 집이었다. 가족에게 물어보니 지난 밤 조금 늦긴 했지만 기사의 차를 타고 그의 부축을 받고 들어왔다고 했다. 기사는 만취한 유 의원을 집으로 모시라고 김미경의 연락을 받고 식당에서 집까지 데리고 왔으며 특별한 일은 없었다고 했다.

다음 날 다시 지역구 사무실로 출근한 유 의원은 오후에 다시 김미경의 방문을 받았다.

"어제는 잘 들어가셨소?"

유 의원은 반가운 마음에 김미경을 보고 인사했다. 아름다운 그녀가 일이 끝나고서도 이렇게 계속 자신을 찾아오는 것은 세대를 초월한 로맨스의 시작인가 하는 설렘을 가진 것도 사실이었다. 하지만 그런 일이 있어서는 안 된다고 스스로를 당부하는 것도 잊지 않았다.

'나를 좋다고 하는 여자를 막을 수는 없는 것이지. 하지만 좋은 말로 타일러야 할 거야……'

그는 속으로 생각했다. 김미경은 자리에 앉자마자 둘이서만 이야기하고 싶다고 하였다. 유 의원은 자신의 짐작에 확신을 하면서 보좌관들을 모두 자신의 방에서 내보냈다. 방에 둘만 남자 그녀는 갑자기 심각한 표정으로 바뀌더니 무겁게 입을 열었다.

"어제는 너무 갑작스러워서 그냥 넘어갔는데 밤새도록 생각해 봐도 이것은 아닌 것 같아요……"

유 의원은 심상치 않은 그녀의 표정에 갑작스러운 불안감을 느끼고 물었다.

"그게 무슨 소리요? 뭐가 잘못된 일이 있소?"

김미경은 대답 대신 가방에서 스마트폰을 꺼내 잠깐 조작을 한 후에 유 의원에게 건네주었다. 그가 받아 보니 거기에서는 동영상이 하나 실행되고 있었다. 영상을 본 그의 얼굴이 하얗게 됐다. 영상 속에는 어제 그 한정식 집의 좁은 방에서 자신이 김미경의 허리를 안고 뭔가를 떠들고 있었고 그녀가 소리를 지르며 자신을 있는 힘을 다해 밀어내는 장면이 녹화되어 있었다. 유 의원은 전혀 기억이 없는 부분이었다. 그는 기분 좋게 술을 마시다 어느 순간 기억을 잃었을 뿐이었다.

화면을 쳐다보며 한동안 말을 못하던 유 의원은 뭔가 잘못되었고 자신이 함정에 빠졌다는 것을 깨달았다. 나이에 비해 계산이 빠른 그는 김미경에게 어떻게 해주면 좋겠냐고 힘없이 물었다. 그러자 지금까지 불쌍한 표정을 짓고 있던 그녀가 갑자기 정색하며 말했다.

"역시 대화가 통하는 분이시네요. 저의 조건은 아주 간단해요. 이번 헌법 개정안 발의에 의원님께서도 힘을 모아 주시면 돼요. 물론 의원님 그룹에 계신 분들도 모두 설득해 주시고요."

유 의원은 이제야 알겠다는 표정으로 분노에 가득 찬 목소리로 물었다.

"역시 그렇군……. 이 총장이 보낸 건가?"

김미경은 미소를 지으며 말했다.

"아니요. 제가 그분보다 훨씬 더 높이 가실 분의 지시를 받는 사람이라면 위로가 될까요? 부디 이번 주 중으로 처리해 주세요. 아니면 이 동영상이 모든 방송을 탈 거예요. 그렇게 되면 원로 의원님의 마지막이 너무 비참해지시겠죠? 의원님 가족들도 그렇고요."

유 의원은 힘없이 고개를 끄덕였다. 김미경은 미소를 짓고 자리에서 일어섰다. 그리고 문을 나서기 전에 한 마디를 남겼다.

"뭐, 그래도 후원금은 예정대로 드릴 거예요. 은퇴 회식은 한 번 하셔야죠."


무상은 사무실에서 태선의 보고를 받고 있었다.

"먼저, 김문식이라는 기자는 세상에서 사라졌으니 더 이상 걱정하실 필요가 없습니다. 유출된 문서들은 제가 직접 태워버렸습니다. 그리고 제가 몇 번이고 확인했는데 그자가 다른 사람에게는 이야기를 흘리지 않았습니다. 이제 그 일을 문제 삼을 사람은 세상에 없는 것입니다. 그리고 유상현 의원은 이제 개헌안에 찬성 쪽으로 완전히 돌아섰습니다. 다른 원로 의원들에게도 다시 찬성하도록 설득하고 있다고 합니다. 이제 준비가 다되었으니 이 총장님께 개헌안 발의를 서두르라고 지시하셔도 될 것 같습니다. 마지막으로 우리 미디어에서 인수 의사를 수용하겠다는 연락이 왔습니다. 인수자금은 은감시 개발 이익을 활용하면 충분하겠지만 투자하겠다는 금융권도 많으니 가장 효율적인 방안을 찾도록 하겠습니다. 세법상 법인 통합 절차는 나중에 처리한다고 하더라도 실질적으로 프로그램 편성과 기사에 회장님 의사가 반영되는 것은 다음 달부터라도 당장 가능할 것입니다. 방송 내용과 기사를 사전에 검토하는 것은 지금부터라도 가능합니다. 축하드립니다! 이제 회장님께서 계획하시는 일도 더욱 속도를 낼 수 있게 되었습니다! "

무상은 사무실의 긴 의자에 누운 채로 눈을 감고 만족스러운 표정으로 태선의 이야기를 듣고 있었다. 그녀의 이야기가 끝나자 일어나 자리에 바로 앉은 그는 진지한 얼굴로 그녀에게 말했다.

"내가 지금 무슨 생각을 하는지 알아?"

태선이 얼굴을 붉히며 대답하지 못하자 무상이 말을 이었다.

"이 세상에서 지금 내가 할 수 없는 일이 무엇일까 생각하고 있어. 내가 가진 돈과 권력 그리고 힘, 아니 무력이라고 해야 할까? 내가 원하는 대상을 죽이고 살릴 수 있는 능력이니까. 지금 나는 내가 신과 다른 점이 무엇일까 생각하는 중이야. 예수님도 내 나이에 세상을 구원하지 않았나? 만약 내가 죽지 않고 영원히 살 수만 있다면 바로 내가 신이 아니겠어? 이 실장, 나 죽지 않는 방법 좀 찾아봐. 이제 내 다음 목표는 신이 되는 것으로 해야겠어. 흐흐흐……"

이렇게 말하고 무상은 큰 소리로 웃기 시작했다. 태선은 무상의 웃음소리에 놀란 눈으로 그러나 애정 어린 눈으로 그를 바라보았다. 창을 통해 들어오는 석양 노을의 붉은 빛이 들어와 비추자 사무실은 태양의 붉은 빛으로 가득해졌다. 그 빛은 자신감으로 가득 차 의기양양해진 무상의 표정과 합쳐져서 마치 사무실 안에 있는 모든 것이 불붙는 것처럼 보였다.

# 괴수의 환생

상하이 샹그리아 호텔 앞의 야경은 언제 봐도 아름다웠다. 비록 밤하늘을 수놓는 별은 없었지만, 주변 건물에서 비춰 주는 조명들을 보고 있노라면 이곳이 지난 낮 동안 가득한 먼지와 매연으로 숨쉬기조차 어려웠던 그곳이 맞는가 하는 착각이 들 정도였다.

낮에 보여주었던 그 모든 불결함과 추악함을 어둠이라는 장막이 덮어주고 거기에 색색의 조명이 비치자 사람들은 지금 당장 눈에 보이지 않는 그 본질이 아예 없어져 버렸다는 착각 속에서 그 아름다움을 즐기고 있었다. 그들은 호텔 앞에서 시원하게 내뿜는 분수의 물줄기를 바라보면서도 그 속에 녹아 있는 먼지와 불결함에 대해서는 생각하지 않는 듯했다. 모두 즐거운 표정이었고 철모르는 아이들이 그 속에 들어가 물장구를 치기도 하였으나 말리는 사람조차 없었다.

완전한 어둠이 내린 오후 8시 무렵의 이곳은 일을 마치고 이제 막 거리의 밤을 즐기기 시작하는 사람들과 이미 독한 술을 한잔 걸치고 고성방가를 하는 사람들이 엉켜 있어서 슬픔과 고독이란 것을 생각하기 어려운 곳처럼 보였다. 하지만 이곳이야말로 그 조명과 소음 속에 감추어진 추악한 일들이 심심치 않게 일어나는 도시의 명암을 함께 가진 대표적인 곳이었다.

류징 역시 그런 도시의 생리를 누구보다도 잘 알고 있는 사람이었다. 하지만 그는 도시 출신이 아니었다. 도시 출신이라기보다는 오히려 시골 중에서도 아주 깡시골 출신이었다. 그러나 이미 중국의 시골도 옛날과는 달랐다. 사람들도 마찬가지였다. 시골 사람들도 도시 사람들만큼 닳고 닳은 지 오래되었다. 이제 그들은 예전 순진했던 시절의 보상이라도 받으려는 듯 때에 따라서는 도시 사람의 등까지 쳐먹는 지경까지 이르렀다.

그런 점에서 몇 달 전에 류징은 큰 성공을 거두었다. 보기 좋게 크게 한 건을 한 것이다. 그것도 한 사람도 아닌 열 명이 넘는 사람들을 속이고 보물을 훔쳐 냈다. 잃어버린 그들은 땅을 치고 분해하면서 그를 찾으려고 혈안이 되었겠지만, 중국은 넓은 곳이었다. 몇 개월 동안이나 깊은 시골에 숨어 있는 그를 찾아내는 것은 불가능했다. 더구나 그들은 중국인도 아니어서 오랫동안 중국에 머무를 수도 없었다. 결국 그들은 모든 것을 포기하고 자국으로 돌아가고 말았다.

하지만 조심은 하면 할수록 좋은 것이라고 류징은 생각했다. 그는 주변을 다시 한 번 살피며 호텔의 문에 들어섰다. 도어맨이 문을 열어 주려는 것도 거절하고 자신의 손으로 문을 밀고 들어 올 정도로 사람들의 접근을 경계했다. 어이없는 표정의 도어맨을 뒤로 하고 로비로 들어선 그는 굳은 얼굴로 가슴에 품고 있는 손가방을 가만히 더듬어 보았다. 팔찌의 동그란 느낌이 손에 전달되자 안심했다. 중국, 그리고 상하이에서도 이 지역은 소매치기가 가장 많은 지역이었다. 품속에 있는 것이라도 어느 순간에 도둑을 맞을지 몰랐다. 그는 계속 긴장의 끈을 늦추지 않았다.

류징은 주변을 둘러보며 누군가를 찾고 있었다. 하지만 그가 찾는 사람은 보이지 않는 것 같았다. 로비 전체를 덮고 있는 갈색 바탕에 노란색의 기하학적 문양이 그려진 카펫 위에는 수십 명의 사람들과 그들의 짐들이 공간을 차지하고 있었다. 저녁 시간이라서 주로 체크인을 하려고 기다리는 사람들이었지만 로비에 마련되어 있는 의자와 기둥 주변에는 류징처럼 사람을 만나기 위해서 기다리는 사람들도 많이 있었다. 아직 그가 찾고 있는 사람은 보이지 않았다.

지난 몇 달간 류징은 아주 신중했다. 어렵게 잡은 행운을 놓치지 않기 위해서였다. 생각해 보면 그가 칭밍 마을에서 이 팔찌를 훔친 것은 하늘이 준 기회였다. 처음에는 그냥 돈 많은 한국인 관광객들이 수고비를 많이 준다기에 일을 맡게 되었는데 전혀 예상하지 못한 일이 일어난 것이다.

기분 나쁜 경험도 있었다. 자신도 모르게 수면제를 맞고 억지로 잠을 자야 했다. 불면증이 전화위복이 되고 말았다. 덕분에 수면제에도 불구하고 우연히 잠에서 깬 것이다. 몽롱한 정신 속에 팔에 꽂혀 있는 주삿바늘을 발견한 류징은 굉장히 혼란스러웠다. 텐트에서 나와 보니 숙영지에는 아무도 없었다. 주변을 헤맨 끝에 그는 간신히 그들의 발굴 현장을 찾을 수 있었다.

류징은 혼란스러운 가운데도 그들의 발굴이 불법임을 직감했다. 정부에 신고하지 않은 작업이었던 것이다. 그들이 안내원인 자신도 모르게 정부에 신고할 수는 없는 일이었다. 더구나 어두운 밤에 하는 발굴이라니! 그것은 누가 보아도 틀림없는 불법 도굴이었다. 그 사실을 깨닫고도 처음에 그는 그들을 비웃었다. 그들이 헛수고하는 것이 분명했기 때문이었다. 그곳은 수년 동안 수많은 발굴단이 이미 여러 번 허탕을 친 곳이었다.

그런데 류징의 생각이 틀렸다. 그들은 석관을 발굴한 것이다! 그리고 그 안에서 팔찌를 찾아냈다. 시신을 함부로 다루는 것은 이상하게 생각되었지만, 그들이 찾아낸 팔찌는 골동품에 대해 잘 모르는 그가 보더라도 굉장히 귀해 보였다.

원래 류징은 유물을 훔칠 생각은 없었다. 다만 공안에 신고하는 것에 대하여는 고민했다. 신고할 것인가? 아니면 저들을 협박해서 적당히 돈을 받고 입을 다물 것인가? 이런저런 생각을 하면서 계속 그들을 주시하고 있는데 뜻밖의 일이 일어났다. 그들 중 하나가 유물이 든 배낭을 그가 숨어서 지켜보고 있는 수풀 앞에 놔두고 가는 것이 아닌가!

류징은 잠시 멍해져서 그 배낭을 지켜보았다. 그리고 머리 회전이 빠른 그는 잠깐의 계산으로 유물을 챙기기로 결론을 내렸다. 그렇게 하더라도 불법 도굴을 한 저들이 자신을 신고하지 못하리라 판단한 것이다. 더구나 그들은 한국인들이었다. 그들이 이곳 중국에서 자신을 잡기는 훨씬 어려울 것이라는 것도 함께 고려되었다. 결론을 내린 그는 사람들이 구덩이를 메우느라고 바쁜 틈에 배낭에서 팔찌를 빼내어 정신없이 밤길을 뛰었다.

그런 계산이 아니더라도 시골과 도시의 빈민촌을 오가며 어렵게 살아온 류징에게 눈앞에 던져진 보물은 거부하기 힘든 유혹이었다. 그것만 있으면 어린 시절부터 그를 짓눌러 온 지긋지긋한 가난에서 벗어날 수 있었다. 숙영지에서 승합차의 열쇠까지 하나 훔친 그는 자동차가 세워진 곳까지 달려가 운전하면서 나머지 차들의 타이어를 파손시키는 것도 잊지 않았다.

류징의 예상은 적중했다. 그들은 그를 신고하지 못했다. 그는 그들이 자신을 찾는 것을 포기하고 한국으로 돌아갈 때까지 몇 달간 그는 창춘 주변의 시골에서 숨어 지내기로 했다. 그러면서 상하이에 있는 친구 리펑(李鵬)에게 팔찌의 사진을 보내주어 팔찌의 판로를 알아보았다. 리펑은 같은 고향 출신으로 어릴 때부터 친한 친구였다. 그가 믿을 수 있는 몇 안 되는 사람 중의 하나였다.

리펑이 알아본 가격은 류징을 정말 놀라게 했다. 이 팔찌의 가격이 1,000만 위안(약 19억 원)이 넘는다는 것이었다. 그리고 당장 사고 싶어 하는 사람이 있다는 것이었다. 이 정도의 돈이라면 그가 평생을 편하게 살 수 있고도 남는 금액이었다.

하지만 류징은 신중한 사람이었다. 그는 당장 상하이로 가서 물건을 팔고 싶은 유혹을 참아내고 두 달을 더 꼬박 시골 마을에서 기다렸다. 수소문을 통해 여행객들이 한국으로 돌아갔다는 것을 확인하고 나서도 한 달을 더 기다렸다. 그리고 이제는 충분히 안전하다고 생각되는 지금에서야 비로소 이곳 상하이로 오게 된 것이다. 그가 장소를 이곳 샹그리아 호텔 로비로 선택한 이유도 안전 때문이었다. 아무리 무서운 자들이라 하더라도 이렇게 사람이 많은 곳에서 자신을 어떻게 할 수는 없을 것이라고 생각했다.

로비에서 초조하게 주변을 둘러보고 있는 류징의 스마트폰이 갑자기 진동하기 시작했다. 그는 스마트폰을 조용히 자신의 귀에 가져가서 수화기 저편에서 들리는 목소리를 확인했다.

"여보세요?"

리펑의 목소리였다.

"응, 나 여기 호텔 로비에 왔다."

류징이 대답하자 리펑의 흥분된 목소리가 들렸다.

"그래? 그럼 1402호실로 와. 나 지금 여기 있어."

"왜 로비에서 보자니까 방에 있는 거야? 지금 당장 내려 와!"

그러자 리펑이 말했다.

"야, 나 지금 그 물건을 사려는 사장님이랑 같이 있어. 현금은 내가 확인했어. 이 큰돈을 가지고 어떻게 사람 많은 로비에 있을 수 있겠어?

네가 이리 와!"

류징은 잠시 생각해 보았다. 큰돈을 현금으로 가지고 로비에 있는 것도 위험한 일은 틀림없었다. 그러니 객실에 있겠다는 말도 이해가 되었다. 그는 다시 여러 가지 가능성에 대해서 생각해 보았다. 리펑이 나를 배신했다면? 그렇다면 이것은 함정일 수 있다. 하지만 그렇지 않다면? 자신의 지나친 조심성 때문에 1,000만 위안을 놓치게 되는 것이 된다. 그런데 아무리 생각해도 리펑은 믿을만한 녀석이었다. 이 녀석과는 어린 시절부터 같이 자랐다. 절대로 그를 배신할 리는 없었다.

류징은 결국 이렇게 낮은 확률에 1,000만 위안을 잃을 수 없다는 결론을 냈다. 그는 결심한 듯 승강기 쪽으로 몸을 움직였다. 다행히 승강기를 타려는 사람들이 많았다. 사람이 많으니 더 안심되었다. 그러면서도 그는 뒷주머니에 꽂아 놓은 등산용 칼의 느낌을 손으로 확인했다. 일이 잘못되면 사용하려고 준비한 것이었다.

승객이 많이 탄 것에 비해서 14층에 자신과 함께 내린 사람은 서양인 부부 두 사람뿐이었다. 류징은 다행이라고 생각했다. 만약 그들이 동양인들이었다면 자신을 따라 오는 것이 아닌지 불안했을 것이다. 치밀한 그는 그 서양인들조차도 그들의 방으로 들어가는 것을 완전히 확인하고 나서야 1402호실을 향하여 발소리를 죽여 움직였다.

문 앞에 도착한 그가 조심스럽게 벨을 누르자 안에서 리펑의 목소리가 들렸다.

"응, 왔니? 잠깐만 기다려."

안쪽에서 리펑이 걸어오는 소리가 들리더니 잠시 후 걸쇠가 풀리는 소리가 들리고 문이 열렸다. 류징은 문이 완전히 열리자 친구의 얼굴을 확인한 후 조심스럽게 안으로 들어갔다. 그는 객실로 들어가면서도 주위에 사람이 있는지 다시 확인했다. 객실 안으로 들어서자 좁은 통로가 있었고 그 너머로 침실이 반쯤 보였다. 통로를 조금 걸어 들어가자 침실 안쪽으로 머리가 백발인 노인이 팔걸이 의자에 앉아 있는 것이 보였다. 그 앞 탁자 위에는 오래된 갈색 가죽 가방이 하나 놓여 있었다. 불룩한 것이 돈 가방이 분명해 보였다. 류징은 침을 꿀꺽 삼켰다.

류징은 방안에 혹시 다른 사람이 있는지 확인해 보았지만 아무도 없었다.

"이분이 베이징에서 온 웡(黃) 사장님이셔."

류징의 불안함을 알지 못하는지 리펑이 류징에게 아무렇지도 않게 노인을 소개했다.

"안녕하시오."

웡 사장이라고 소개받은 노인이 자리에서 일어나서 악수를 청했지만 류징은 외면하며 말했다.

"우리가 굳이 악수할 필요는 없을 것 같은데요? 빨리 본론을 이야기하기로 하죠?"

그러자 노인은 머쓱한 듯 손을 내리며 말했다.

"젊은 사람이 참 야박하구만."

류징의 불친절에 분위기가 어색해지자 리펑이 분위기를 만회하려 두 사람을 중재했다.

"아, 이 녀석 왜 그래? 사장님, 얘가 원래 이런 애가 아닌데 지금 많이 긴장한 것 같아요. 그 팔찌가 워낙 귀한 것이라는 이야기를 듣고 좀 놀랐나 봐요. 사장님께서 이해해 주세요."

노인을 달랜 리펑이 류징을 보며 물었다.

"야 너, 물건은 가져 왔지?"

하지만 류징은 계속 긴장을 풀지 않은 채 말했다.

"난 돈부터 봐야겠는데?"

노인이 마음 상한 표정으로 탁자 위의 가방을 손으로 쳐 보였다. 류징은 자신의 가방을 더욱 세게 감싸 안으며 단호하게 말했다.

"돈을 직접 보여주세요. 확인한 후에 저도 물건을 드릴게요."

노인은 할 수 없다는 표정으로 가방을 열었다. 가방이 열린 틈 사이로 가득 차 있는 돈다발들이 보였다. 류징이 다시 한 번 침을 꿀꺽 삼킬 때 노인이 말했다.

"정말 빡빡한 젊은이구만. 하지만 나는 물건을 직접 볼 필요가 없지. 물건이 여기 있는지 없는지 아는 방법이 있거든?"

류징이 움찔하며 긴장했지만 리펑은 신기한 듯 웃으면서 물었다.

"그런 방법이 있어요? 어떻게요?"

그 순간 노인은 갑자기 돈다발 사이에서 이상하게 생긴 금속 검 하나를 꺼냈다. 그리고 음흉한 웃음을 지으며 그 검을 손에 쥐고 두 사람을 겨눴다. 검을 쥔 그는 지금까지와는 전혀 다른 표정의 사람으로 변해 있었다.

"우리가 쉽게 포기할 줄 알았다면 오산이다. 네놈을 찾느라고 우리가 얼마나 고생했는지 아느냐? 하지만 결국 우린 찾아내고 말았다!"

리펑도 그 모습을 보고 뒤로 물러나며 소리쳤다.

"당신, 웡 사장 맞아? 누구야? 어서 칼 치워!"

리펑이 경계하는 자세를 취하자 류징도 뒷주머니에서 등산용 칼을 꺼내며 소리쳤다.

"허튼 짓 하지 마!"

노인이 청동검을 쥐는 순간 청동검이 갑자기 부르르 떨기 시작했다.

"도둑놈 주제에 뻔뻔스럽게 뭐라고? 이 천부검이 친구를 반기는 것을 보니 네놈이 천부령을 가진 것은 틀림없구나!"

노인이 소리쳤다. 리펑이 노인을 막아선 사이 류징은 방을 빠져 나가기 위해서 객실 문 쪽으로 달려갔다. 하지만 웬일인지 노인은 그가 뛰어가는 모습을 웃으면서 보고만 있었다. 류징이 문을 여는 순간 그 앞에는 이미 검은 양복에 선글라스를 낀 두 남자가 막아 서고 있었다. 류징이 다시 방 안으로 밀려들어가자 그들은 객실 문을 닫아 버렸다.

류징이 등산용 칼을 휘두르며 저항했지만 소용없었다. 잠시 후 그는 검은 양복들 중 하나에게 손목이 잡혔고 그 다음에는 손목이 부서지는 아픔에 비명을 지르며 칼을 놓치고 말았다. 검은 양복들은 고통에 몸을 움직이지 못하고 쓰러져 있는 그에게 다가왔다. 그리고 그의 비명에도 아랑곳 하지 않고 손, 발, 목, 허리 등 그의 몸에 있는 관절 부위는 모두 부러뜨려 버렸다.

류징을 본래의 형체를 알 수 없는 모습으로 살해한 그들은 겁에 질려 소리도 못 지르고 있는 리펑 역시 같은 방법으로 처리한 후 팔찌가 들어 있는 가방을 챙겨서 조용히 방을 떠나 버렸다.

그들의 시신은 다음 날 오전 호텔의 객실 청소원에 의해서 발견되었다. 공안의 조사 결과 두 사람 모두 지린성의 창춘 부근 칭밍 마을에서 어린 시절을 보내고 도시로 나온 사람들로 신원이 확인되었다. 리펑이 체크인을 했다. 그가 방에 들어간 후 몇 사람이 더 그 방으로 찾아온 것으로 보였다. 하지만 이상한 것은 리펑이 체크인을 하는 순간부터 그들의 동선이 나타날 만한 호텔 CCTV가 작동을 멈춰 그 방을 오고 간 사람들의 행적을 찾을 수 없다는 점이었다.

경찰은 조사를 통해 류징이 몇 달 동안 안 보이다가 갑자기 나타났고 그가 사라지기 직전에 한국에서 온 여행객들의 관광 안내를 했다는 것까지 확인했지만 이 사건과 그들의 관련성은 찾을 수는 없었다. 그들은 모두 귀국했고 그중 누구도 다시 입국한 기록이 없었기 때문이었다.

사건이 워낙 어려웠을 뿐 아니라 피해자들은 누구의 관심도 받기 어려운 시골 출신의 빈민들이었다. 실마리를 찾을 수 없던 공안은 점점 지쳐갔다. 결국 이 사건은 처음에는 '특급 호텔의 엽기 살인'이니 뭐니 하며 뉴스에서 떠들어댔지만 하루에도 수없이 벌어지는 상하이의 비슷한 다른 사건들처럼 얼마 지나지 않아서 사람들의 관심에서 곧 잊히고 말았다.

7월의 인천 화물항은 어항이 아님에도 불구하고 비린내가 많이 났다. 습기를 가득 실은 후텁지근한 여름 바람은 펄펄 끓는 더위를 식혀 주는 것에는 전혀 도움을 주지는 못하고 오히려 근처 연안부두 어시장의 생선들의 냄새만을 전해주는 것 같았다.

많은 사람들이 여름 바다를 즐기던 7월 중순의 어느 날, 상하이에서 출발하여 인천항으로 들어온 1만 TEU급 황해 5호는 배에 가득 실은 컨테이너를 인천 화물항에 하역했다. 그리고 컨테이너가 하역된 지 며칠 후 YCI전자의 로고가 붙은 트레일러 다섯 대가 와서 선적된 컨테이너들을 자신들의 꽁무니에 연결하였다. 세관에 신고되어 있는 컨테이너의 내용은 전자부품이었다. YCI전자의 자재창고에 보관하다가 완제품으로 조립될 예정이었다. 세관 담당자가 컨테이너의 제품을 샘플 조사하고 서류에 확인 서명을 해 주었다.

서류 수속이 끝나자 트레일러들은 항구의 보세구역을 빠져나와 도로에 진입하였다. 그들은 처음에는 속도를 내지 않고 움직였다. 그들이 뒤에 달고 좁은 도로에서 일렬로 천천히 움직이는 커다란 컨테이너들의 행렬은 마치 기계 거인들이 기지개를 켜는 것처럼 보였다. 잠시 후 경인고속도로에 들어선 그들은 속도를 내기 시작하였다. 하지만 고속도로인 것을 감안하면 아주 빠른 속도는 아니었다. 다른 차들의 통행을 방해하지 않으려는 듯 그들은 3차선을 탔다. 편대 운행을 하는 그들의 컨테이너 다섯 개가 연이어 달리는 모습은 장관이었다. 마치 차량이 로봇으로 변화는 외국 영화의 한 장면을 떠오르게 하고 있었다.

그 후 트레일러들은 몇 개의 고속도로를 바꿔서 달리다 경기도의 어느 국도를 타기 시작했다. 국도를 따라가던 그들은 마침내 'YCI전자'라는 커다란 글자가 쓰인 출입문 앞에서 멈춰 섰다. 그들이 잠시 대기하자 출입문 앞의 커다란 차단기가 천천히 올라갔다. 차단기가 열리자 그들은 안으로 들어갔다. 안에는 여러 개의 하역대가 설치된 창고 건물이 있었고 모든 하역대의 앞에는 트레일러를 주차할 수 있는 공간이 있었다.

트레일러들은 후진과 전진을 반복하더니 각각의 하역대에 후미 부분을 밀착시켰다. 운전기사들이 자기가 싣고 온 컨테이너의 뒷문을 열었다. 하역대에 있는 셔터가 스르르 열리고 각각의 문에서 지게차가 나와 컨테이너 안의 상자들을 실어 창고 안으로 나르기 시작했다.

그때 어디에선가 검은색 세단 한 대가 주차장 안으로 들어오더니 검은 양복을 입은 남자가 내렸다. 그는 컨테이너들의 주변으로 다가갔다. 그리고 각각의 컨테이너 번호를 확인하다가 2H567이라고 쓰인 컨테이너 앞에 멈춰 서서 지게차가 물건을 나르는 것을 지켜보기 시작했다.

한참을 지켜보던 남자가 갑자기 손을 들어 지게차를 세웠다. 지게차 기사가 차를 세우자 남자는 지금 막 컨테이너에서 지게차에 실려진 상자 중에서 하나를 가리켰다. 그 상자는 다른 것에는 없는 빨간 별표가 그려져 있었다.

그러자 옆에 있던 운전사가 뛰어가서 지게차 위에 있던 별표 상자를 꺼내어 남자에게 건네주었다. 남자가 그 상자를 가지고 떠나자 지게차 기사와 운전사는 아무 일 없었다는 듯이 계속 컨테이너에서 상자를 하역해서 창고 안으로 옮기는 작업을 이어 갔다.

검은 양복의 남자는 상자를 들고 자신의 검은색 세단으로 갔다. 남자는 차에 오른 후 조수석에 상자를 놓고 시동을 걸었다. 그의 차는 천천히 정문을 향했다. 그리고 그 차가 차단기가 있는 정문을 빠져나가 도로에 들어서려는 순간이었다. 그때 갑자기 어디선가 SUV 한 대가 쏜살같이 달려오더니 그 차의 앞을 막아섰다.

검은 양복의 남자가 차를 급정거시키며 무슨 일인지 확인하려는 순간 SUV의 운전석과 조수석에서 건장한 남자 둘이 내렸다. 운전석에서 내린 사람은 30대 정도의 젊은 남자였고 조수석에서는 그보다 나이가 많아 보이는 40대 정도의 남자였다.

"이게 무슨 짓이야!"

검은 양복의 남자가 당황한 목소리로 운전석 창문을 열면서 소리치자 나이 든 남자가 주머니에서 신분증을 꺼내 보여주며 말했다.

"수원 경찰서 소속 우경환 형사입니다. 문화재 밀수가 있다는 신고가 있어 왔습니다."

남자는 당황한 듯이 말했다.

"문화재 밀수? 그게 무슨 소리야?"

그러자 형사가 말했다.

"예, YCI전자가 중국에서 전자 부품을 수입하면서 그 속에 문화재를 몰래 숨겨서 들여왔다는 제보가 있었습니다. 지금 선생이 탄 차를 뒤지면 증거물이 나온다는데 잠시 차 좀 봐도 될까요?"

그러자 검은 양복의 남자는 눈을 부릅뜨며 소리쳤다.

"무슨 소리를 하는 거야? 누구 맘대로 차를 뒤져? 당신들 영장이나 갖고 와서 이러는 거야?"

그때 옆에 있던 젊은 형사가 말했다.

"그런데 조수석에 있는 저 상자는 뭐죠? 좀 봐도 될까요?"

그 순간 검은 양복의 남자는 크게 당황한 목소리로 외쳤다.

"뭘 보겠다는 거야? 당신들 이렇게 선량한 국민을 함부로 다뤄도 되는 거야?"

남자의 표정을 확인 한 나이 든 형사가 가소롭다는 듯이 말했다.

"나도 먹을 만큼 먹었는데 당신 몇 살이나 됐는지 모르겠지만, 함부로 반말하지 맙시다. 내가 당신 같은 사람들한테 상소리 듣자고 경찰 된 것은 아니니까. 그리고 이래 봤자 피차 시간만 끌 뿐이니까 결백하면 저 상자가 뭔지 보여주고 빨리 끝냅시다."

검은 양복은 곤란한 듯이 말없이 잠시 있다가 결심한 듯이 말했다.

"알았어요. 이 상자만 보여주면 되는 거죠?"

이 말을 듣고 나이 든 형사가 미소를 지으며 말했다.

"진작 그러실 것이지. 자 상자 한 번 줘 봐요."

검은 양복의 남자는 조수석의 상자를 들어서 형사에게 주는 척하다가 갑자기 후진 기어를 넣고 엑셀을 있는 힘껏 밟아 경찰차의 옆을 돌아서 쏜살같이 달려나가기 시작했다. 그 과정에서 하마터면 두 형사는 차에 치일 뻔했다. 나이 든 형사는 재빨리 몸을 돌렸고 젊은 형사는 바닥에 몸을 굴려서 간신히 피할 수 있었다.

"아니, 저 새끼가!"

기가 막힌 듯 나이 든 형사가 소리쳤다. 다음 순간 두 형사는 서둘러 SUV에 올라 검은 양복 남자의 차를 쫓기 시작했다. 검은 양복 남자는 무서운 속도로 세단을 몰아 왕복 4차선 국도를 달려나가기 시작했다. 형사들도 경광등을 차의 지붕에 올리고 사이렌을 울리며 속도를 내어 뒤를 쫓았다. 국도에는 다행히 많은 차량이 다니고 있지는 않았지만 두 차의 추격전은 지나는 차들을 굉장히 위험하게 하였다. 세단은 속도를 내어 지그재그로 앞의 차들을 추월하면서 달려나갔다.

속도로 세단을 따라잡기 어렵다고 판단한 형사들은 무전을 통해 상황을 설명하고 주변의 교통 경찰들이 도주 차량들의 진로를 막도록 협조를 구했다. 하지만 한두 대의 경찰차로는 도주 차량을 막을 수 없었다. 경찰차가 앞 차로를 가로막아도 남자는 죽음을 각오한 듯 반대편 차선으로 역주행까지 하면서 도주를 계속하고 있었다.

보통의 지원으로는 검거가 어렵다고 판단한 상황실에서는 지도를 검토하여 도주 차량의 진행 방향에 있는 다리 반대편에 모든 순찰차를 집결시켰다. 다리의 한쪽 끝을 다 막아 버리려는 것이었다. 이런 사실을 모르는 검은 양복은 정신없이 속도를 내어 다리를 건너다가 결국 경찰차에 의해서 막힌 다리 끝까지 와버렸다. 남자는 순간 당황했다. 앞에는 경찰차들의 방어벽이 있고 뒤에는 또 다른 경찰차들이 따라오고 있었다. 그는 방어벽에서 잠시 서는 듯하더니 유턴을 하여 반대 차선으로 달리기 시작했다. 뒤따르던 형사들의 차도 서둘러 도로를 유턴하여 추적을 시작했다. 하지만 이런 상황까지 예상한 경찰은 이미 다리의 반대쪽에도 경찰차들로 방어벽을 만들어 놓고 있었다. 마침내 다리 위에서 양방향이 모두 막혀 갇혀버린 남자는 빨리 차에서 내려 항복하라는 경찰들의 스피커 방송을 들으면서 다리 위에서 빙글빙글 돌다가 결국 멈춰 섰다. 형사들은 이제 남자의 검거를 확신하고 차에서 내려 조금씩 그의 차로 다가가기 시작했다.

경찰이 남자의 차에 접근하려는 순간 갑자기 차는 굉음을 울리며 다리 난간 쪽으로 쏜살같이 달리기 시작했다. 그리고 지켜보는 경찰들이 미처 손쓸 틈도 없이 다리의 난간을 뚫고 그 아래 하천으로 돌진해 버렸다. 그리고 그대로 20m 아래의 하천으로 떨어졌다.

뒤를 쫓던 형사들과 경찰들이 부서진 다리 난간 쪽으로 달려가 아래를 바라보니 강물에 가라앉기 시작하는 승용차가 보였다. 최근에 내린 비로 물이 불어 흙탕물이 가득한 하천은 어지러운 물거품을 부글거리며 순식간에 차를 빨아들이고 있었다. 하지만 운전자의 모습은 보이지 않았다.

"빨리 119 불러!"

지휘관인 듯한 경찰이 다급하게 소리쳤다. 대낮에 갑자기 발생한 구경거리를 보기 위하여 지나던 사람들이 모여들기 시작했다.

하천에 차량이 추락한 사건은 며칠 지나지 않아 그 소란함에 비해서 정확한 본질이 알려지지 않은 채 흐지부지되어 버리고 말았다. 문화재 밀수의 신고로 시작한 사건이 대중들에게는 한 취객이 무모하게 저지른 음주운전 사건으로 알려지게 된 것은 YCI그룹 비서실의 역할이 컸다. 그들은 무상의 지시로 사건을 전혀 다른 내용으로 만들어 버렸다.

방송을 통해 사람들이 들을 수 있었던 사건의 내용은 대낮부터 음주운전을 하던 운전사가 경찰의 추적을 피해 경기도의 국도에서 광란의 질주를 하다가 결국 교량의 난간을 들이받고 하천으로 추락한 사건이라는 것이었다. 추격전의 시작이 YCI전자의 부품 창고 정문에서 시작되었고 사건의 시작이 중국에서 밀반입한 문화재에 대한 수사를 하다가 일어난 것이라는 이야기는 어디에서도 들을 수 없었다.

무상은 약간의 상상력만 있으면 실제로 나타난 내용에 대해서 사람들이 전혀 다른 방향으로 보도록 유도할 수 있다고 믿는 사람이었다. 물론 이런 일을 하는 데는 어느 정도의 돈과 힘이 필요하다는 것은 알고 있었다. 그렇다면 결국 돈과 힘을 가지고 있는 자신은 세상의 모든 사람들을 자신이 원하는 것을 보도록 할 수 있다는 강한 믿음을 갖고 있었다.

무상이 말하는 소위 '상상력'에 의해서 경기도의 국도에서 벌어졌던 차량 추격전과 YCI전자는 전혀 관련이 없도록 조작이 되어 버렸다. 며칠 뒤 하천 하류 부근에서 사망한 채로 발견된 운전자는 부검 결과 혈중알코올농도가 면허 취소 수준의 음주 상태였고 인양된 차량에서 발견된 것은 아무것도 없었다. 가장 이해할 수 없는 일은 처음 YCI그룹 물류 창고에서 추적을 시작한 형사들조차도 어쩐 일인지 어느 순간부터 이 사건의 진실에 대해서는 입을 다물어 버린 것이었다. 결국 이 사건과 YCI그룹과는 어떤 연결고리도 없어져 버렸다.

무상은 태선에게서 사건을 수습했다는 보고를 받으며 고개를 끄덕였다. 하지만 그는 아직 이해가 되지 않는 것이 있는 듯 얼굴을 찌푸리며 그녀에게 물었다.

"그런데 경찰에 문화재 밀수니 하고 신고한 자의 신원은 밝혀졌나?"

태선이 곤란한 표정으로 대답했다.

"그것이, 경찰에서도 잘 모르겠다고 합니다. 확인하고 있는 것 같은데 공중전화로 한 신고라서 추적이 어렵답니다. 그리고 그 신고 기록은 만약을 위해 저희가 삭제했습니다."

무상은 대답하는 태선을 불만스러운 표정으로 바라보며 말했다.

"요즘 들어 이 실장이 조금씩 이상한 것 알고 있어? 예전에는 이런 실수 없었잖아. 이번에 그 팔찌도 당신이 꼭 필요하다고 해서 허락한 일인데⋯⋯. 내가 이 일 때문에 경찰 수뇌부하며 몇 명한테 전화했는지 알아?"

태선이 얼굴이 붉어지면서 말했다.

"죄송합니다. 드릴 말씀이 없습니다. 지금 우리 일을 방해하는 누군가가 있는 것 같습니다."

무상은 잔뜩 찌푸린 얼굴로 다시 물었다.

"그 팔찌에 그렇게 신비한 능력이 있다는 말이지?"

"네 그렇습니다. 그 팔찌의 원래 이름은 천부령이라고 합니다. 이미 전에 말씀드렸듯이 전설에 따르면 이 천부령이라는 팔찌, 천부검이라는 단검, 그리고 천부경이라는 거울, 세 가지는 환웅이 신시를 세우러 천국에서 내려올 때 아버지 환인이 선물로 주었다는 전설이 있는 영물입니다. 그것들은 천국 제후의 표식이 되는 천부인으로써 그것들을 모두 갖게 되면 하늘이 내려 준 사람으로 인정되어 세상의 주인이 될 수 있다고 합니다. 지금 회장님께서 추진하고 계신 사업에 꼭 필요한 물건들이라 생각되어 제가 만주에서 출토하여 국내 반입을 시도한 것입니다."

태선의 대답에 무상의 표정이 조금 누그러졌다.

"그럼 지금 우리가 가진 것은 팔찌이고 검과 거울도 찾아야 한다는 말이지?"

무상이 조금 부드러운 말투로 물었다.

"네 그렇습니다. 지금 학계의 유명한 역사 교수들을 동원해서 백방으로 찾고 있는 중입니다."

태선은 지금 자기가 천부검을 가지고 있다는 말을 하지는 않았다. 그녀는 이것들이 결코 무상의 것이라고는 생각하지 않고 있었기 때문이었다. 그것은 자신들과 같은 역천인들을 위한 것이라고 믿고 있었다. 하지만 무상은 이런 사실을 모르는 채 태선에게 물었다.

"그 팔찌는 지금 어디 있나?"

"네, 연구소의 지하에 잘 보관하고 있습니다."

태선이 대답했다.

"음, 나중에 그 보물들이 모두 합쳐졌을 때의 위력을 보고 싶어. 그것들을 모두 갖게 되면 내가 이 나라의 대통령이 될 수 있다는 말이잖아?"

무상이 기대감에 가득 찬 눈빛으로 말했다.

"네 틀림없이 그렇게 될 것입니다."

태선도 단호한 목소리로 대답했다. 그러자 무상은 갑자기 껄껄 웃기 시작했다. 그녀가 깜짝 놀라며 그를 쳐다보았다.

"회장님 왜 그러십니까?"

갑자기 무상이 웃음을 멈추고 진지한 표정이 되어 태선에게 말했다.

"내가 정말 그런 것을 믿는다고 생각하나?"

태선이 대답을 못 하고 무상을 바라보았다.

"나는 그런 천부인이니 하는 전설 따위는 믿지 않아. 하지만 그걸 믿는 사람들이 있어서 가지고 있으려고 하는 거야. 그런 사람들에게 내가 그것들을 가지고 있는 것을 보면 나를 더욱 숭배하지 않겠어? 내가 정말 믿는 것이 뭔지 알아? 그것은 돈과 권력의 힘이야. 나의 적들을 처리하고 없앨 수 있는 돈과 권력. 나는 지금까지 나를 여기까지 데려다준 것은 그것들이라고 믿거든? 앞으로도 내가 믿는 것은 그것들뿐일 거야. 나는 그것들을 이용해서 내가 목표하는 곳까지 갈 거야. 천부인? 정말 그런 것으로 대한민국의 대통령이 될 수 있다고 생각하는 거야? 내가 앞으로 어떻게 그 자리에 가는지 두고 보면 알 거야!"

무상이 태선을 바라보더니 한 마디를 덧붙였다.

"그 보물은 이 실장이 잘 보관하고 있으면 되겠네. 그래서 나중에 내가 대통령이 되면 내 방을 상식해 줘도 좋겠지. 그래, 상식용 천부인 3종 세트! 그거 멋지군. 안 그래? 이 실장? 하하하……."

무상은 말을 마치고 다시 웃기 시작했다. 쩌렁쩌렁 방안 가득히 울리는 웃음소리를 들으며 태선은 그를 바라보았다. 그러자 그녀의 얼굴에는 빙그레 웃음이 떠올랐다. 그의 뒤에 가득한 악마의 광기를 볼 수 있었기 때문이었다.

"공사는 다 끝났습니다. 다음 주부터 본격적인 인력과 장비의 투입을 앞두고 지금은 비어 있는 상태입니다."

태선의 설명을 들으면서 무상은 차창 앞으로 보이는 연구소를 바라보았다. 6개월 만에 완공된 YCI연구소였다. 그것을 바라보는 그는 감회가 남달랐다. 그는 앞으로 이곳을 자신의 꿈을 실현하기 위한 비밀기지로 사용할 것이기 때문이었다.

이곳은 석탄 폐광을 이용하여 지은 건물이었다. 위로 올라가는 형식의 건물이 일반적이지만 이것은 폐광의 갱도를 이용하여 지하로 내려가는 형식으로 지은 건물이었다. 폐광의 입구를 확장하여 2개 층을 짓고 아래로 12층을 더 지었다. 주변 산의 곳곳에 설치한 태양열 발전기로 전력을 자급하며 지하수를 이용하여 급수하는 등 유사시에는 피난처로도 손색이 없는 곳이었다. 내부의 모든 관리는 첨단 컴퓨터 시스템으로 자동화되어 있었다.

"아주 잘 지은 것 같군. 역시 이 실장이 한 일은 빈틈이 없어."

태선은 무상의 칭찬을 들으며 입구를 통과했다. 시설의 입구는 동굴 입구의 모양을 본뜬 아치형으로 되어 있었다. 아직 직원들이 없는 연구소에는 경비원들만이 눈에 띄었다. 그들은 모두 갑작스러운 회장의 방문에 잔뜩 긴장하고 있는 것 같았다. 곳곳마다 깊은 산중에는 너무 과하다 싶을 정도로 삼엄한 보안 시설이 있었다. 3m가 넘는 철책과 곳곳에 설치된 감시 카메라는 무단 침입을 쉽게 허용하지 않으리라고 보였다. 경비원들도 모두 체격이 좋은 사람들이었다.

무상의 차가 〈YCI그룹 미래연구소〉라고 쓰인 커다란 글자가 쓰여 있는 입구를 통과하여 커다란 아치형 동굴 앞에 서자 차 안에서 무상과 태선이 차에서 내렸다. 동굴 입구에는 몇 명의 남녀가 그들을 기다리고 있었다. 그들은 바로 태선의 연락을 받고 기다리던 역천인들이었다. 그들이 무상에게 허리 숙여 인사하자 태선이 소개했다.

"회장님, 오늘 우리 일을 도와줄 사람들입니다."

태선이 무상에게 그들을 소개했다. 상호, 화선, 마단 그리고 유란이 고개를 숙여 인사하자 무상은 그들을 귀찮다는 표정으로 쳐다보면서 물었다.

"이 사람들이 오늘 뭐, 그 무슨 초능력자를 만드는 작업을 진행할 사람들인가?"

"그렇습니다."

태선이 대답했다. 역천인들 역시 무상을 만나는 것에 대하여 상당히 긴장하는 표정이었다. 하지만 그들이 가장 기대하고 있는 것은 무상이 아니라 잠시 후에 만나게 될 다른 존재였다. 그들은 태선의 연락을 받고 만사를 제쳐놓고 이곳으로 온 것이었다. 드디어 그날이 온 것이다. 이제 그들의 영웅이 봉인 해제 된다면 지금까지 수천 년에 걸쳐서 핍박과 멸시를 받던 자신들의 시대가 오게 될 것이었다. 그것이 그들이 지금까지 그 오랜 시간을 어둠 속에 숨어서 기다린 이유였다. 그들은 무상이 눈치채지 않도록 태선에게 눈으로 인사하였다. 태선과 눈을 마주치는 그들 모두의 얼굴에는 가득한 기대감으로 흥분된 표정을 감추지 못하고 있었다.

그들이 동굴의 입구를 통과하자 그 안에는 건물의 로비와 같은 시설이 있었다. 창이 없어 낮인데도 빛이 전혀 없는 그곳은 모두 인공 조명이 밝히고 있었다. 무상은 태선의 안내를 받아 승강기를 타고 지하 10층으로 내려갔다.

지하 10층에 있는 중앙 통제실은 각종 컴퓨터와 전자 장비가 가득 찬 곳으로 연구소의 모든 통제 장치가 있는 곳이었다. 그곳에는 장비들의 안전한 운영을 위해서 온도나 습도 등을 일정하게 유지하는 장치까지 있었다. 또한 이곳은 외부와 완전히 격리가 가능한 곳이어서 출입구를 닫고 자체 환기 장치를 가동하면 외부와의 공기 유입조차도 차단이 되어 자체적으로 생산한 공기만이 순환하게 되어 있었다.

태선이 이곳을 봉인 해제의 장소로 선택한 것은 이유가 있었다. 이곳의 자체 환기 장치를 가동함으로써 내부의 기운을 불필요한 외부의 것과 섞이지 않게 하려는 것이었다. 태선의 계산에 의하면 이 정도의 면적이라면 무상이 내뿜는 악의 기운으로 충분하게 가득 채울 수 있었다. 그야말로 그녀는 봉인 해제를 위한 최적의 장소를 만든 것이다!

방의 한가운데에는 병원 해부실에서 쓰는 것 같은 커다란 철제 테이블이 놓여 있었고 그 위에는 화천의 석관과 함께 천부검이 놓여 있었다. 무상은 막상 이 의식에 참여한다고는 하였지만, 테이블 위에 놓여 있는 석관과 천부검을 보니 좀 으스스하다는 느낌이 들었다. 그는 방 안으로 들어오는 순간부터 진작 말수가 줄어 있었다.

역천인들은 태선의 지시에 따라 석관의 각각 한 면씩을 맡아서 자리를 잡았다. 태선이 머리 쪽에 무상이 다리 쪽에 그리고 상호와 화선이 관의 오른쪽에 마단과 유란이 왼쪽에 섰다. 위치를 잡은 다음 그들은 모두 힘을 합하여 석관의 뚜껑을 열었다.

석관의 뚜껑이 열리자 그 안에 있던 천으로 온몸을 감싼 화천의 육신이 들어 있었다. 비교적 보존은 잘된 것으로 보였지만 오랜 세월의 먼지가 앉아 있고 군데군데 누런색으로 물들어 있었다. 아무것도 모르는 무상이 보기에는 굉장히 불결해 보일 수밖에 없었다.

"이 실장 이렇게 하면 초능력자를 만들 수 있는 게 확실한가?"

무상이 의심스러운 듯 태선에게 다시 물었다.

"예, 걱정 마세요. 꼭 초인이 탄생할 것입니다!"

태선은 무상의 불안과는 상관없이 감격한 표정으로 확신에 차서 말했다. 그는 그녀를 보면서 그녀가 평소와는 다르다는 것을 느꼈다. 몹시 흥분해 있었고 어떻게 보면 자신조차도 지금 그녀에게는 관심 대상이 아닌 것 같았다. 옆에 서 있는 역천인들도 모두 상기된 표정이었다.

무상은 조금 기분이 나빴지만, 주변 분위기에 눌려서 감히 표현은 하지 못했다. 모든 것을 자기 마음대로 하는 그조차도 입을 다물게 하는 분위기였다. 무상답지 않은 행동이었지만 대통령이 되기 위해서 이 정도는 참아 주자고 자신을 타일렀다.

무상이 시신의 불결함과 분위기의 불안한 마음을 가다듬고 있는 동안 어느새 태선은 자신의 옷 위에 하얀 가운 같은 것을 걸쳤다. 마치 어디선가 본 듯한 주술사의 복장이었다. 그리고 탁자 위의 천부검을 집어 들었다. 그리고는 무상이 알아들을 수 없는 주문을 외우기 시작했다.

그러면서 무상에게 소리쳤다.

"회장님, 눈을 감고 회장님이 성공을 위하여 지금까지 한 일을 생각하세요! 그리고 회장님의 야망인 이 나라의 대통령이 되는 것에 대해서만 생각하세요!"

무상이 태선의 갑작스러운 외침에 깜짝 놀랐지만, 분위기에 압도되어 순순히 그녀의 말에 따랐다. 그는 눈을 감았다. 그리고 집중을 하기 위해서 노력했다. 그러자 이상하게도 곧 지금까지 자신이 저지른 악행들이 마구 생각났다. 경쟁자들의 성공을 막기 위해서 공장에 불을 지르고 그들의 핵심 인력을 스카우트하여 기밀 정보를 빼내던 장면이 떠올랐다. 그들을 납치하여 협박하라고 지시하는 장면도 나타났다. 사람을 죽이라고 시키는 자신의 모습도 보였다. 하지만 그런 일들에 대해서 희생자들에게 미안하다거나 잘못에 대한 가책은 전혀 들지 않았다. 오히려 다음 순간에는 자신이 대통령이 되는데 방해가 되고 있는 대상들을 처리하는 방법들이 생각나기 시작했다. 자신의 적들이 하나하나 잔인한 방법으로 처리되는 모습이 떠올랐다. 그런 상상을 하자 입가에는 미소가 번졌다. 그에게는 즐거운 잔인한 상상들이 꼬리에 꼬리를 물고 계속되었다.

태선과 함께 주문을 외우고 있는 역천인들의 공력 때문인지 무상의 생각은 점점 또렷해지고 자신의 야망에 가까워졌다는 확신 같은 것을 가질 수 있었다. 그러자 자신의 상상에 더욱 집중되어 무슨 말인지 모르는 태선의 주문을 따라 하면서 두 손을 올리게까지 되었다.

태선은 주문을 외우면서 자신을 따라 하는 무상을 보며 미소를 지었다. 그는 두 눈을 감은 채로 땀을 뻘뻘 흘리며 손을 올려 울부짖고 있었다. 그녀의 생각대로였다. 지금 이 공간에는 더 이상 필요 없을 정도의 사악한 기운이 바로 무상 한 사람에게서 나오고 있다는 것이 느껴졌다.

자신감에 찬 태선의 주문은 더욱 강해졌고 무상 또한 더욱 일그러진 표정으로 눈을 감은 채 자신의 적들을 저주하고 있었다. 태선 그리고 철단, 상호, 화선, 서련 등 역천인들이 중얼거리는 뭔지 모를 주문 소리가 방안에 점점 가득 차고 있었다.

잠시 후 무상은 갑자기 방 안의 기운이 달라지는 것을 느끼고 정신이 들었다. 이곳은 지하 10층이라서 외부에서 실바람조차 들어 올 수 없는 공간이었는데 어디선가 바람이 이는 느낌이었다. 그가 확인을 위해 눈을 뜨자 보일 수 있을 정도로 주변의 집기가 흔들리고 있었다. 어디선가 바람이 나오고 있었고 그 바람은 점점 더 강해지고 있었다.

무상이 가만히 보니 바람이 나오는 곳은 석관 안이었다. 하지만 다른 이들은 바람을 느끼지 못하는지 태선은 자신의 머리가 풀어진 것도 신경 쓰지 않을 정도로 정신없이 주문을 외우면서 천부검을 위아래로 내리치며 석관을 두드리고 있었고 주변의 그녀 부하라는 사람들 역시 석관에 손을 대고 미친 듯이 뭐라고 중얼거리고 있었다. 모두 무슨 기도를 하는 것 같았다.

지금은 오직 무상만이 석관에서 나오는 바람의 스산한 기운을 느낄수 있는지 다른 사람들은 모두 그것에는 신경도 쓰지 않고 주문과 의식에만 여념이 없었다. 바람은 점점 거세지고 있었지만, 그들은 그것도 모르는 것 같았다. 처음에는 석관 안의 시신을 감고 있는 헝겊들이 조금 심하게 흔들리는 정도였으나 이제는 석관 안이 보이지 않을 정도로 거세지고 있었다. 아니 바람이 너무 거세서 석관을 볼 수 없었다.

무상은 겁이 나서 어쩔 줄을 몰랐다. 석관이 금방이라도 공중으로 솟아오를 것 같았기 때문이었다. 그 순간 석관에서 바람과 함께 시신을 감쌌던 헝겊들이 바람과 함께 쏟아져 나오기 시작했다. 헝겊 조각들이 바람과 함께 나오면서 석관 안은 전혀 보이지 않았다. 무상은 자칫 잘못하면 시신조차 공중으로 솟아오를 것 같아 걱정이 되었다. 그는 그것을 확인하기 위해서 눈을 크게 뜨고 석관 안을 보려고 했다.

그런데 그 순간 갑자기 '펙'하는 소리와 함께 방의 전원이 나가버렸다. 지하 10층의 방에 불빛이 사라지니 방안은 암흑으로 변했다. 무상은 놀라서 그 자리에 주저앉아 버리고 태선을 비롯한 역천인들도 주문을 외우는 것을 멈췄다. 순간 그곳의 모든 것이 어둠과 정적 속에 휩싸여 버렸다.


신원은 관악산 은신처에 있는 자신의 방에서 지금의 상황을 정리해보고 있었다. 그는 지금 이 순간이 지난 오천 년 동안 자신들이 경험하지 못한 최대 위기의 순간이라는 생각을 지울 수가 없었다. 그런 징조는 이미 나타나고 있었다. 최근에는 좀 뜸해졌지만 많은 천인들이 역천인들에 의해서 변을 당하고 있었다. 과거에도 이런 일이 간혹 있기는 했지만, 그것은 대개 자신의 은신처가 탄로 난 역천인들에 의한 우발적인 것이었다. 하지만 최근 역천인들의 습격은 치밀한 계획에 의한 조직적인 것이었다. 이미 그들은 천인들에 대해 많은 정보를 가지고 있는 것 같았다.

신원은 도대체 어쩌다 상황이 여기까지 왔는가 생각해 보았다. 그를 비롯한 천인들은 지난 오천 년의 세월 동안 일반 사람들과 섞여 지내면서 나름대로 그들의 임무를 열심히 수행해 왔다. 최초 그들에게 주어진 임무는 두 가지였다. 그 하나는 훗날 역천인들로부터 인간들을 구하기 위해서 스스로 봉인된 영웅을 봉인 해제 시키는 것이었고 다른 하나는 그 봉인 해제의 임무를 기다리면서 이 세상의 선한 기운을 일으키도록 노력하는 일이었다.

천인들이 이 세상에 남게 된 직접적 원인이 첫째 임무인 것은 맞지만 사실 두 번째 임무가 성공적으로 수행된다면 첫째 임무는 할 필요도 없는 것이었다. 세상에 선의 기운이 악의 기운을 누르고 있는 한 역천인들은 세상에 그 모습을 드러낼 수 없고 그렇게 된다면 인간들에 대한 위협도 없으니 굳이 신시의 영웅을 봉인 해제 할 필요도 없기 때문이었다.

하지만 천인들이 세상에 선의 기운을 일으키는 일은 결국 실패하고 말았다. 하지만 그것은 그들의 노력이 부족해서가 아니었다. 그들은 인간들 사이에서 삶의 의미를 가르치는 종교인으로, 어려운 사람들을 돕는 독지가로, 그리고 살아가는 방법을 가르치는 교육자로서 인간들을 계도하여 세상에 선의 기운을 늘리려고 노력하였지만, 물질문명에 빠져 자기 자신만을 생각하는 이기적인 그들의 마음을 돌리기에는 역부족이었다. 이미 세상은 악의 기운에 덮여 버린 것이다.

신원은 씁쓸한 표정으로 중얼거렸다.

"오천 년 전의 예언은 어쩔 수 없이 이렇게 실현되는 것인가……?"

그들이 세상에 남게 된 이유는 고대의 예언 때문이었다. 예언에 의하면 그들의 시대로부터 오천 년 후에 세상은 악의 기운이 넘치게 되고 그에 따라 역천인들이 세상에 나와 인간들을 말살하고 득세하게 된다는 것이었다. 그리하여 그것을 막기 위하여 신시의 영웅이 스스로 봉인되었고 신원을 비롯한 천인들은 그 영웅의 봉인을 해제하기 위해 세상에 남기로 했다.

신원이 가장 두려워하는 것은 단순히 역천인들이 세상에 나오는 것이 아니었다. 그가 지금 걱정하는 부분은 악의 기운이 더욱 강해져서 그들의 괴수가 봉인 해제 되는 것이었다. 그 괴수가 아니라면 다른 역천인들은 신원도 충분히 감당할 수 있었다. 그는 이미 최근에 천인들을 습격하여 살해하던 적호라는 역천인을 제압한 일도 있었다.

신원이 파악하고 있는 최근의 분위기는 역천인들이 거대 재벌인 YCI그룹과 연결이 되어 그들의 자금과 조직을 이용하여 서서히 자신의 야욕을 드러낼 준비를 하고 있다는 것이었다. 특히 그들의 괴수에 대한 봉인 해제 준비를 거의 끝냈다는 느낌은 한층 더 그를 불안하게 만들고 있었다. 그렇다면 자신들도 영웅에 대한 봉인 해제를 서둘러야 할 것이다. 하지만 그것은 쉬운 일이 아니었다. 이미 역천인들에 의해 영웅의 육신을 잃어버렸기 때문이었다.

신원은 불안한 얼굴로 한숨을 내쉬면서 조용히, 그러나 힘 있게 중얼거렸다.

"이제 결단의 순간이 온 것 같군……. 하루빨리 그분에 대한 봉인 해제를 준비해야 해!"

그때 밖에서 갑자기 소란스러운 소리가 나기 시작했다. 하지만 단순히 다투거나 물건을 떨어뜨리는 것 같은 소란함이 아니었다. 그것은 뭔가가 공중을 나는 소리, 날아간 물건이 건물의 어느 곳에 부딪히는 소리, 그리고 사람들의 비명이 섞여서 나는 소리였다.

신원이 놀라서 문을 열고 밖으로 나가자 이미 그곳은 아수라장이 되어 있었다. 신원의 방이 복도의 가장 안쪽에 있어서 아직 이곳까지는 영향이 미치지 않았지만, 그의 주변으로 피를 흘리고 비틀거리며 숨을 곳을 찾는 사람들이 이리저리 움직이고 있었다. 신원의 눈에 저쪽 입구 부분에서 연기가 피어오르며 복도를 비롯한 모든 곳에 연기가 자욱한 것이 보였다.

그때 은신처의 시설관리를 맡고 있는 심혜천이 신원에게 뛰어왔다. 그 역시 큰 혼란의 현장에서 방금 빠져나온 것처럼 치명상을 입지는 않았지만 온 몸이 그을음과 상처투성이였다. 그는 땀과 얼룩으로 지저분해진 이마를 더러운 손으로 닦으며 말했다.

"신원 님! 습격입니다! 역천인들이 이곳을 습격했습니다!"

신원은 순간 자신의 귀를 의심했다. 감히 역천인들이 천인들의 은신처를 습격하다니? 이곳을 알아낸 것도 괘씸한 일이지만 그들이 과연 우리 천인들의 상대가 된다고 생각한 것인가?

"이놈들이 감히!"

신원은 치밀어 오르는 분노를 느끼며 삼단봉을 움켜쥐고 비명이 나는 쪽으로 나가려고 하였다. 그러자 혜천이 신원의 앞을 급히 막아서서 말했다.

"안 됩니다! 저들에게는 그자가 있습니다. 지금 우리는 저들에게 상대가 되지 않습니다! 빨리 해루 님을 봉인 해제 하는 수밖에 없습니다! 빨리 저쪽으로……"

"그자라면…… 설마?"

신원이 묻자 혜천이 믿을 수 없다는 표정을 말했다.

"맞습니다. 지금 화천이 역천인들과 함께 있습니다!"

순간 신원은 아연실색할 수밖에 없었다. 저들이 화천을 이미 봉인 해제 했다니…… 조만간 그러리라 생각은 했지만 그 일이 이렇게 빨리 일어날 것이라고는 생각하지 못했던 것이다. 만약 그자가 왔다면 자신을 포함하여 이곳에 있는 그 누구도 그를 상대하기 힘들었다. 더구나 그는 그 옛날 봉인된 것에 대한 복수 때문에 더욱 잔인한 모습일 것이다. 어쩌면 그는 봉인이 해제되자마자 그 복수를 위하여 바로 이곳으로 달려왔을지도 모를 일이었다.

복도 저 너머에서 들리는 비명은 점점 커지고 있었다. 아마도 화천과 역천인 무리가 점점 더 가까이 오고 있는 것 같았다. 많은 천인들이 그들의 공격을 피하여 이쪽으로 도망쳐 뛰어오고 있었다. 모두 놀란 얼굴의 황망한 모습이었다. 그럴 수밖에 없었다. 신원 자신도 전혀 예상하지 못한 일이었으니…… 그는 입술을 깨물고 이 상황을 어떻게 해야 할지 생각을 하려 하였지만 혜천이 다그치는 소리 때문에 계속 생각만을 하고 있을 수가 없었다.

"신원 님 빨리 피하시라니까요! 신원 님마저 여기서 일을 당하시면 누가 그분의 봉인을 해제할 수 있겠습니까? 상황을 정확히 보시기 바랍니다!"

그때 복도 끝에 일단의 무리가 천인들을 공격하며 들어오고 있는 모습이 보였다. 몇 명의 천인들이 그들의 공격을 받으며 뒷걸음질로 밀리고 있었다. 그들은 이곳을 경비하고 있는 천인들이었다. 그들도 만만치 않은 신선술의 능력을 갖추고 있었지만 강력한 화염탄을 쏘면서 밀고 들어오는 화천의 거센 공격에 속수무책으로 당하고 있었다. 다른 역천인들은 화천의 화염탄 공격으로 다친 천인들만을 골라서 다시 공격하고 있었다.

신원이 먼빛으로 본 화천의 모습은 봉인되기 직전과 전혀 다름이 없었다. 보통 사람보다 목 하나가 더 큰 거대한 몸집에 광대뼈가 튀어나와 뼈대가 굵은 얼굴에 부리부리한 두 눈과 짙은 눈썹 뭉툭한 코, 그리고 수염으로 뒤덮인 검은 얼굴에 두꺼운 입술의 위협적인 인상이었다.

하지만 그의 옷차림만은 과거의 장군 복장이 아닌 현대식 복장으로 바뀌어 있었다. 예전에 입었던 호랑이 가죽 갑옷 대신 지금은 검은색의 셔츠와 가죽 코트를 입고 있었다. 바지 역시 검은색이었고 발목까지 오는 검은색 가죽 구두를 신고 있었다. 이런 검은색 일색의 복장은 뒤로 묶은 검은 머리와 조화를 이루고 있었다. 손가락에 끼워져 있는 반지의 보석만이 붉은색이었다.

신원이 화천을 보면서 놀라고 있을 때 역천인들이 그를 발견하고 소리쳤다.

"저기 태신원이 있다! 저놈을 잡아야 한다!"

태신원이란 이름을 들은 화천이 흥분한 표정으로 소리쳤다.

"어디냐? 어느 놈이 태신원이냐? 그놈은 내가 직접 잡을 것이다!"

그 옆에 있던 상호가 화천에게 손가락질로 신원의 위치를 가르쳐 주었다. 화천은 한눈에 신원을 알아보지 못하는 것 같았다. 그도 그럴 것이 오천 년 전의 세월을 지내면서 신원의 원래 모습은 많이 변해 있었기 때문이었다. 하지만 화천은 그런 것에는 아랑곳하지 않는 듯 소리쳤다.

"아, 어디에 태신원이 있느냐? 이놈! 내가 비록 너를 알아볼 수는 없지만, 그냥 두지 않을 것이다. 네놈은 오천 년 전에 해루 놈과 함께 나와 역천인들을 능멸한 응징을 받을 것이다!"

말이 끝나자마자 화천은 신원이 있는 방향으로 닥치는 대로 화염탄을 발사했다. 화염탄은 오천 년 전 신시에서부터 그 적수를 찾기 힘들었던 화천의 가장 강한 신선술이었다. 지금까지 이 신선술을 이겨낸 사람은 신시 환웅 황제의 호위대장이었던 해루 장군밖에는 없었다.

자신의 방향으로 날아오는 화염탄의 첫 번째 불덩어리를 신원은 간신히 피했다. 하지만 자신을 파멸의 구렁텅이로 몰아낸 해루의 가장 가까운 부하라는 적개심 때문인지 화천의 공격은 다른 공격에 비하여 한층 거셌다. 그는 계속해서 쉬지 않고 신원이 있는 곳으로 화염탄을 쏘아댔다. 그중의 하나라도 맞으면 신원에게는 치명적인 충격을 줄 만큼 위력적인 것이었다. 어쩌면 지금 이곳에 쓰러져 있는 많은 천인들처럼 목숨을 잃을지도 모르는 일이었다.

하지만 상당한 거리가 떨어져 있는 까닭에 신원을 화염탄으로 맞추기는 어려웠다. 그리고 신원 역시 거리가 떨어진 화천을 자신의 특기인 삼단봉과 타격으로 공격할 수는 없었다. 신원은 그저 쏟아지는 화염탄의 소낙비 속에서 몸을 피하느라 정신이 없었다. 그것도 몸동작의 빠르기에 있어서 신시의 최고를 다투던 그였기에 가능한 일이었다.

하지만 언제까지 피하고 있을 수는 없는 일이었다. 더구나 신원은 화염탄을 피하면서 막다른 복도 끝으로 몰리고 있었다. 그가 피할 곳이 없는 것을 확인한 화천이 여유로운 표정으로 공격을 멈췄다. 그 역시 피하기를 멈출 수 있었다. 하지만 오랜 움직임으로 가쁘게 숨 쉬고 있었다.

그 순간에도 주변의 천인들은 화친과 힘께 있는 역천인들에 맞서서 싸우고 있었다. 그들은 각자 자신의 신선술인 물, 바람 그리고 뇌전을 사용하여 채찍, 독침을 쏘고 괴물로 변신하여 공격하는 역천인들과 싸우고 있었다. 화천이 신원에게 집중하는 사이 그들은 싸움의 향방을 유리하게 이끌어 가고 있었다. 마침내 한 천인의 공격이 성공하여 역천인 하나가 쓰러지고 말았다. 그러자 다른 역천인들이 모두 화천의 뒤로 숨어 버렸다. 그 사이에 그들은 모두 신원의 앞을 막아서서 화천의 공격에 대비했다.

"그곳에 계시면 안 됩니다. 여러분들은 화천의 상대가 되지 않습니다!"

신원이 다급하게 소리쳤다. 그러자 신원의 앞을 막아선 천인들이 이구동성으로 말했다.

"그러기에 저희가 막아서는 것입니다. 신원 님이 없으면 우리들의 마지막 희망이 사라집니다!"

그 무리 속에 있던 혜천이 뒤를 돌아보며 신원에게 말했다.

"신원 님! 어서 이곳을 빠져나가십시오! 여기는 저희가 막겠습니다. 신원 님은 무슨 일이 있어도 이곳을 나가서서 임무를 완수하시기 바랍니다……"

그리고 혜천은 옆에 있는 천인들에게 소리쳤다.

"오늘이야말로 우리가 오천 년 동안 기다렸던 우리의 임무를 완수할 순간입니다. 모두 정신 바짝 차려서 신원 님을 보호하는 겁니다. 모두 아시겠죠?"

그러자 신간을 에워싼 천인들이 모두 "네!" 하고 대답했다. 목소리에 비장함이 깃들어 있었다.

화천이 서서히 가까이 다가왔다. 그는 신원을 쳐다보면서 의기양양한 얼굴로 말했다.

"네놈이 해루의 수족이었던 태신원이냐? 지금 보니 그때와는 전혀 다른 모습이구나! 이제 해루 놈은 이미 그 육신이 없어져서 이 세상에 나올 수가 없다고 들었다. 그것이 그놈에게는 정말 다행한 일일 게다. 만약 세상에 다시 나왔다면 내가 뼈를 갈아 주었을 테니까. 그래야 내 울분이 풀어질 수 있을 텐데…… 오늘은 그놈 대신 너의 뼈를 갈아 줄 것이다!"

잔인하게 웃으면서 다가오는 화천의 뒤에는 역천인들이 비웃는 표정으로 따르고 있었다. 그들 역시 지금까지 자신들의 일을 방해해 왔던 신원에 대한 강한 적대감을 보여주는 것 같았다. 하지만 그때 신원의 앞을 막고 있던 혜천이 먼저 소리쳤다.

"신원 님을 해치려면 우리를 먼저 넘어야 할 것이다! 모두 공격!"

천인들이 모두 일제히 화천을 공격하기 시작했다. 그들은 물로, 바람으로 그리고 뇌전을 쓰면서 공격했다. 일제히 그들의 공격이 화천을 향했다. 하지만 그는 가볍게 손을 올려 그 모든 것을 가볍게 막아 버렸다. 순식간에 자신들의 공격이 무산된 천인들의 얼굴에는 절망의 빛이 떠올랐다. 그들은 자신도 모르게 주춤거리며 뒤로 물러섰다.

"고작 이것이 전부냐? 이 정도를 가지고 나의 앞길을 막았단 말이냐?"

화천이 잔인한 미소를 지으며 천천히 손을 들었다. 손바닥을 펴자 굵은 손가락에 끼워져 있는 붉은색 반지가 번쩍거렸다. 그의 화염탄을 발사하려는 모습이 분명했다. 그 순간 혜천과 신원의 눈이 마주쳤다. 혜천은 번들거리는 이마의 땀을 쓱 하고 문질러 닦더니 나지막이 말했다.

"어서!"

순간 신원은 혜천을 향해 고개를 한 번 끄덕이고 그가 낼 수 있는 최고의 속도로 화천을 향해 달려가기 시작했다. 예상하지 않은 신원의 돌진에 화천이 잠시 주춤했다. 하지만 가소롭다는 듯 씩 웃으며 화천은 신원을 향해 양손으로 화염탄을 발사했다. 신원은 빠르게 첫 번의 공격을 피했다. 그러나 다른 손에서 발사된 화염탄까지 동시에 피할 수는 없었다. 그것은 그대로 신원의 허리를 가격하고 말았다.

"헉!" 하고 신원은 잠시 쓰러졌으나 다시 몸을 일으켜 죽을힘을 다해 몸을 날리더니 화천을 뛰어넘어 갔다. 순간 그가 당황하며 외쳤다.

"저놈이 도망간다! 모두 잡아라!"

신원은 화천을 뛰어넘으면서 뒤에 숨어 있던 역천인들 중 몇 명을 삼단봉과 무릎으로 가격하였다. 그들이 바닥에 쓰러졌다. 다른 역천인들이 신원을 잡아보려 하였지만 부상을 입고도 죽을힘을 다해 뛰어가는 그의 빠른 동작을 따라잡을 수 없었다. 그는 피가 나는 허리를 움켜쥐고 단숨에 복도를 지나 출입구를 향했다.

화천이 신원을 잡기 위해 뒤로 몸을 돌리자 혜천을 비롯한 천인들이 뒤에서 다시 화천을 공격하기 시작했다. 신원을 보느라 제대로 방어를 하지 않은 화천에게 몇 번의 공격이 적중했다. 그러자 그가 분노로 이글거리는 눈빛으로 다시 천인들을 향하여 방향을 틀었다.

"이 쥐새끼 같은 놈들!"

화천의 양손이 들리는가 싶더니 커다란 화염탄이 두 손에서 거침없이 발사되었다. 가장 앞에 있던 혜천이 가슴에 화염탄을 맞고 비명을 지르며 쓰러졌다. 그리고 몇 번의 공격을 통해 그곳에 있던 천인들의 비명이 계속 터져 나왔다. 천인들은 속절없이 하나씩 쓰러져 갔다. 그의 뒤에 있던 역천인들은 쓰러져 저항하지 못하는 천인들에게 달려들어 그들이 가지고 있던 철퇴와 채찍 등의 무기로 사정없이 후려쳤다.

결국 그 자리에 있던 천인들은 모두 치명상을 입고 쓰러져 움직이지 못했다. 그리고 잠시 후, 그들의 몸이 굳어가더니 모두 하얗게 변했고 다시 그것들은 균열이 가기 시작하더니 결국 어지럽게 부서져 버리더니 하얀 가루만이 그 자리에 남았다. 그들은 모두 지난 오천 년간의 임무를 뒤로하고 이제 자연으로 돌아가 버린 것이다.

한편 천인들이 시간을 끄는 사이에 신원은 무사히 출입구에 도착할 수 있었다. 그는 눈물을 뿌리며 뒤를 돌아 소리쳤다.

"어떻게든 살아나시오! 살아만 있으면 다시 만날 수 있을 것이오!"

그때 몸이 빠른 역천인 하나가 어느새 그를 따라와 그를 막아섰다. 그는 음흉한 웃음을 지으며 비웃듯이 말했다.

"흐흐흐…… 그 놈들은 우리가 모두 죽여 버렸다. 너 또한 그렇게 될 거야……."

자신이 신원의 상대가 되지 않는다는 것을 알고 있는 그 역천인은 화천이 도착할 때까지 시간을 끌 생각인 것 같았다. 하지만 동료들의 희생에 대한 자학과 분노에 가득 찬 신원에게 그 역천인은 한풀이 상대밖에 될 수 없었다.

"아-악!"

신원은 괴성에 가까운 소리로 울부짖으며 자신의 앞을 가로막는 역천인의 머리를 삼단봉으로 내리쳤다. 그리고 동시에 바닥에 쓰러진 그의 가슴에 삼단봉을 내리꽂았다. 신원의 분노가 반영되는 듯 역천인의 가슴에 꽂힌 삼단봉에서 푸른빛이 뿜어 나오더니 그의 몸을 감싸 버렸다. 그러자 그는 잠시 후 검은 가루가 되어 사라져 버렸다.

역천인을 물리친 신원은 출구를 빠져나가 정신없이 산속을 뛰면서 속으로 되뇌었다. 뜨거운 눈물이 그의 앞을 가렸다.

"여러분의 희생을 절대로 잊지 않을 것이요! 이 목숨을 다하여서 꼭 해루 님의 봉인 해제를 하여 화천과 역천인들을 물리치겠소!"

# 되찾은 천부령

해가 뉘엿뉘엿 서산을 넘어가는 시간에 김영란 원장의 미니 승합차는 20년이 넘은 연식을 알아달라는 듯이 강원도의 높은 경사의 고갯길을 어렵게 올라가고 있었다. 힘들어하는 승합차와 상관없이 주변의 자연경관은 인적 드문 강원도 산길의 정취를 반영하듯 한가로웠다.

차가 오래되었기 때문이 아니더라도 편한 길은 아니었다. 굽이굽이 고갯길이었고 바깥쪽으로 듬성듬성 나 있는 돌로 만든 가드레일 너머는 깎아내린 듯한 낭떠러지였다. 오르막 경사도 높아서 그녀의 차는 노인의 기침 소리 같은 엔진 굉음을 내며 힘겨워했다. 경사가 급한 구비 길이 나올 때마다 김 원장은 혀를 쑥 빼고 긴장하며 핸들을 돌려야 했다.

힘이 너무 없어서 자칫 잘못하면 뒤로 밀릴 듯한 느낌을 받으면서도 김 원장은 최선을 다해 차를 몰고 있었다. 더구나 점점 어두워지기 시작하자 운전은 더욱 힘들어졌다. 가끔 맞은편에서 대형 화물차라도 만나면 그녀는 차를 멈춰 세우고 화물차가 지나가길 기다려야 했다. 뒤따르던 많은 차들은 오랜 인내의 시간을 견디다 추월 차선만 나오면 서둘러 그녀의 차를 넘어갔다.

다행인 것은 날이 어두워지면서 차들이 줄어들어 더 이상 뒤에 따라

붙는 차가 없다는 것이었다. 지금까지 뒤를 따르던 수많은 차량의 운전 사들이 추월하면서 그녀에게 보여준 날카로운 눈초리는 정말 견디기 힘들었다.

그렇게 김 원장이 운전하는 차의 속도는 다른 이에게 운전에 방해될 정도로 늦었다. 이런 경우에는 운전하는 사람보다 조수석에 앉은 사람이 더 불안한 법이었다. 그곳에 앉아 있는 이선영 선생도 그랬다. 그녀는 아까부터 조마조마한 마음을 숨기고 있었다.

"원장님, 이런 고갯길도 많이 운전해 보셨다고 했죠?"

이 선생이 불안함을 누그러뜨리려 말을 걸었다. 하지만 운전대를 두 손으로 꼭 잡고 앞 유리창에 거의 얼굴이 닿을 듯이 앞을 응시하며 운전하는 김 원장은 그때그때 대답을 해 줄 수가 없었다. 이 선생이 질문하고 한참이 지난 후에 김 원장이 대답했다.

"많이 해 봤지. 20년 전에. 요즘은 내가 운전을 직접 한 적이 언제인지도 몰라. 보통 우리 보육원에 김 씨 아저씨가 운전해 주는데……. 그러게 이 선생은 젊은 사람이 운전도 안 배우고 뭐했어? 꼭 이렇게 늙은 이에게 운전을 시켜야겠어?"

김 원장이 이 선생의 대답을 기다리는 듯 그녀의 얼굴을 보았다. 그러는 사이에 차가 중앙선을 조금 넘고 말았다. 마침 맞은편에서 오던 차가 경적을 누르면서 급하게 그녀 차의 옆을 스쳐 갔다. 그녀도 황급히 핸들을 틀어 아슬아슬하게 충돌을 피했다.

"조심하세요!"

이 선생이 소리쳤다.

"아이쿠……"

김 원장이 식은땀을 흘리며 다시 시선을 앞으로 고정했다. 차가 완전히 안전해진 것을 확인하자 이 선생이 입을 비쭉 내밀면서 말했다.

"제가 젊긴요. 저도 따져보면 원장님 또래예요. 거의 오천 년을 살았다고요. 우리 사이에 이삼십 년이 무슨 대수나 될까요?"

그러자 김 원장이 대답했다.

"하긴 여기 젊은 사람은 없지. 생각해 보면 우린 모두 그 당시 모습으로 오천 년을 거스른 거 아니야? 나도 젊어서 선발되었으면 얼마나 좋았을까? 그럼 이 선생처럼 고운 모습으로 이 세상을 살 수 있었을 텐데. 생각해 보니까 괜히 이 선생이 부럽네."

"그렇지 않거든요. 이곳에서 나보다 오천 살이나 어린 사람들에게 애 취급받으면서 사는 것도 힘들거든요. 아세요? 제가 가르친 애가 노인이 되어서 나를 야단을 친 경우도 있어요."

그러자 김 원장은 말했다.

"그거야 시간을 거슬러 사는 우리로선 어쩔 수 없는 일 아니야? 그래서 되도록 예전의 인연들과 다시 엮이지 않으려 하는 것이고…… 신분과 이름도 바꾸기도 하면서……. 그래도 난 젊은 모습이었으면 좋겠네……."

이 선생도 지지 않았다.

"시간을 거스르는 우리에게 젊은 게 무슨 소용이래요? 전 대우를 받으면서 살고 싶어요!"

하소연을 하던 이 선생이 마침 생각난 듯이 화제를 바꿨다.

"참, 경찰 조사는 잘 끝났나요?"

김 원장이 대수롭지 않다는 표정으로 말했다.

"응, 잘 끝났어."

이 선생은 궁금하다는 듯이 물었다.

"어떻게 됐나요?"

김 원장은 운전에 집중하면서 대답했다.

"그거야 내가 마침 어디를 잠시 다녀오니까 이런 일이 벌어져 있었다고 했지. 그러니까 나는 집이 풍비박산이 난 사건과는 상관이 없다고 말이야…… 내가 사는 집 근처에는 그 흔한 CCTV도 하나 없거든? 그러니까 경찰관 아저씨들이 다행이라고 이야기해주던데? 그사이에 내가 사는 집에 큰일이 있었다고…… 안 그렇겠어? 누가 상상이나 하겠어? 나 같은 늙은 여자가 그렇게 집을 박살 냈다고……. 난 그렇게만 대답하고 바로 조사가 끝났어."

이 선생이 픽 웃으며 말했다.

"그 사람들이 원장님이 어떤 사람인지 알면 뒤로 자빠질걸요?"

"뒤로만 자빠지나? 코도 깨질걸? 하하하……"

김 원장과 이 선생이 함께 유쾌하게 웃었다. 잠시 후 이 선생이 웃음을 멈추고 말했다.

"저도 경찰들이랑 사이가 좋은 편인 것은 아시죠?"

김 원장이 흐뭇한 표정으로 받아 주었다.

"암, 알지 알고말고. 그러니까 이 선생 전화 한 통에 우리 대한민국 경찰들께서 YCI전자 창고로 달려가 주셨지. 사실 이 물건을 그때 빼내었어야 했는데……. 그런데 내 운전 솜씨가 이러니 기회를 잡을 수가 없었지 뭐야."

"그럼요, 원장님이 운전만 잘했으면 세상이 바뀌었죠."

이 선생이 대답하자 두 사람은 잠시 깔깔대고 웃었다. 하지만 그들은 곧 심각한 표정이 되었다.

"참, 우리도 무던하지, 지금 이렇게 웃고 있을 때가 아닌데…… 오늘 그 물건이 우리에게 얼마나 중요한지는 잘 알고 있지?"

김 원장이 시야를 앞에 펼쳐지는 오르막길에 고정한 채 이 선생에게 말했다.

"맞아요. 저는 원장님이랑 같이 있으면 너무 마음이 편해지는 것 같아요. 우리가 이렇게 긴장을 풀고 있으면 안 되는데……. 그래도 신원님이 무사히 빠져나가셨으니 다행이에요. 그분만 계시면 우리도 그분을 봉인 해제 시킬 수 있을 테니까요. 우리도 꼭 성공해서 돌아가신 분들의 희생을 헛되게 하지 않아야죠. 그나저나 화천이 벌써 봉인 해제가 될 줄은 몰랐어요."

"그러게 말이야. 더구나 그자가 관악산뿐만 아니라 설악산, 여우산, 지하철에 있는 은신처까지 모두 습격했다고 하니……. 다행히 피신한 분들도 있지만 이번에 많은 천인들이 희생된 것 같아."

김 원장이 안타까운 표정으로 말했다.

"어떻게 그자가 그렇게 빨리 봉인이 해제되었을까요? 정말 믿을 수가 없어요."

이 선생 또한 힘없이 중얼거렸다.

"그만큼 세상에 악의 기운이 강해졌다는 이야기겠지…… 신원 님이 그나마 피한 것이 다행이야. 그분은 우리가 그곳에 없었던 것이 다행이라고 하시지만 나는 이렇게 남아 있는 게 죄스러워서……"

김 원장이 숙연한 표정으로 씁쓸하게 대답했다.

"무슨 말씀이세요? 그 자리를 모면했기에 지금 이런 일도 할 수 있는 거잖아요. 우리의 본래 임무를 잊으시면 안 되죠……"

"그래, 이 선생 말이 맞아. 희생당한 사람들을 생각하니 안타까운 마음에 허언을 했어……"

"아니에요. 이해해요. 하지만 우리가 그분들의 희생을 헛되지 않게 해야죠. 그래야죠!"

두 사람이 이야기를 나누는 사이에도 미니 승합차는 부지런히 그러나 천천히 산길을 돌아 올라갔다. 얼마 후 '망월광산'이라는 이정표를 마주치자 그들의 얼굴에 긴장하는 빛이 떠올랐다.

이 선생이 결심한 표정이 되어 입을 열었다.

"자, 그럼 지금까지는 원장님께서 수고하셨고요. 이제부터는 제가 나설 차례네요."

"혼자서 괜찮겠어? 나도 같이 갈까?"

김 원장은 딸을 걱정하는 어머니의 말투로 물었다.

"무슨 그런 말씀을……. 저 혼자 가는 것이 편해요. 제 능력을 아시잖아요. 죄송하지만 원장님은 방해가 될 뿐이라고요. 여기 계시다가 제가 나오면 재빨리 저를 데리고 가셔야죠."

김 원장이 이정표를 좀 지나서 차를 세웠다. 차에서 내린 이 선생의 복장은 온통 검은색이었다. 신발 역시 검은색 운동화를 신고 있었다. 밤에 눈에 띄지 않기 위한 준비인 것 같았다. 정말로 그녀가 어둠 속으로 걸어 들어가자 그녀는 마치 사라진 것처럼 잘 보이지 않았다. 그녀는 주머니에서 검은색 장갑과 검은색 운동모까지 꺼내어 착용했다. 마지막으로 적외선 안경을 썼다. 주변의 시야가 밝아지자 그녀는 왔던 길을 거슬러 뛰어가기 시작했다.

이 선생이 뛰어가는 뒷모습을 보고 있던 김 원장은 이 선생의 모습이 어둠 속으로 사라지자 차를 근처 도로 밖의 나무 밑으로 정차시킨 후 시동과 전조등을 끄고 두 손을 모으고 눈을 감았나.

'이 선생, 제발 무사히 돌아와야 할 텐데…….'

마침 그믐이어서 달빛조차 어두웠다. 주변은 칠흑 같아서 눈앞에 주먹을 갖다 대도 보이지 않을 정도였다. 덕분에 검은 복장의 이 선생은 누구의 눈에 띄지 않고 갈 수 있었다. 거기에다 그녀는 스스로 몸을 가볍게 만들어 발걸음 소리조차 내지 않고 뛰고 있었다.

뺨을 스치는 밤공기를 느끼며 달린 이 선생은 잠시 후 YCI연구소 근처에 도착했다. 산속의 어둠 속에 지어진 지 얼마 안 된 커다란 출입문이 위용을 자랑하면서 우뚝 서 있었다. 출입문의 양옆으로는 사람 키의 두 배가 되는 철책이 빙 둘러 있었다. 그 안으로 보이는 것은 일반 건물의 모습이 아닌 커다란 동굴의 입구였다. 저 동굴 안에 그들의 연구소 건물이 있고 그곳 지하 10층 중앙 통제실에 그들이 찾고 있는 것이 있었다.

이 선생은 잠시 서서 연구소를 바라보았다. 초현대식 시설답게 감시 카메라를 비롯하여 철통 같은 보안 장비들이 시설을 지키고 있는 것이 한눈에 들어왔다. 그녀는 주변에 감시 카메라들의 위치를 확인하더니 눈을 감고 잠시 정신을 집중하며 주변에 손을 뻗었다. 그러자 감시 카메라들이 일제히 반대 방향으로 돌아갔다.

감시 카메라에 의존한 시설이어서 그런지 오히려 출입구에는 아무도 없었다. 이 선생은 높이 3m는 되어 보이는 철책을 훌쩍 뛰어넘어 버렸다. 그리고 소리 없이 동굴 입구로 달려갔다. 동굴의 입구에는 경비 초소가 있었지만 비어 있었다. 대신 입구는 커다란 통유리 문으로 닫혀 있었다. 그러나 이 선생은 당황하지 않고 유리문의 옆에 있는 조그만 쪽문을 찾아냈다.

이 선생은 우선 유리문 안쪽으로 보이는 감시 카메라까지 모두 방향을 돌려버린 후 쪽문에 붙어있는 번호키에 손을 올리고 정신을 집중했다. 그러자 잠시 후 스르륵 하는 소리와 함께 쪽문이 열렸고 그녀는 안으로 신속하게 들어갔다.

동굴의 안은 건물의 로비 같은 곳이었다. 이 선생은 적외선 안경을 벗고 승강기를 타는 곳으로 가서 지하 10층으로 내려갔다. 10층에 도착한 이 선생은 사전에 위치를 확인해 놓은 중앙 통제실로 향했다. 중앙 통제실의 문도 염력을 사용하여 쉽게 열었다. 사전 정보대로 통제실에는 아무도 없었다. 이 선생은 문을 열고 들어가서 금고를 찾았다. 역시 알려준 대로 그 방의 벽에는 금고가 달려 있었다. 그녀는 빠르게 금고 앞으로 다가가 손바닥을 금고문에 댔다.

잠시 후 금고문이 열리자 이 선생은 급히 안을 확인해 보았다. 그곳에는 천부령뿐만 아니라 천부검까지 있었다. 그녀는 빙긋 웃으면서 혼잣말을 했다.

"어? 생각지도 않은 부수입이 있네?"

그리고 이 선생은 두 개의 물건을 급히 챙긴 후 밖으로 나왔다. 다시 승강기를 탄 그녀는 1층으로 올라와 로비를 지나 쪽문을 통해 밖으로 나와 마당을 가로질러 철책을 뛰어넘어 밖으로 나왔다. 소리 없이 산길을 달리면서 그녀는 스마트폰에 대고 속삭였다.

"김 원장님, 끝났어요. 이쪽으로 와 주세요."

이 선생은 신속하게 움직여서 도로 쪽으로 뛰어갔다. 김 원장이 이미 그곳에서 기다리고 있었다. 그녀가 오는 것을 확인한 김 원장의 미니 승합차가 전조등도 켜지 않은 채로 천천히 다가왔다. 완전히 서기도 전에 차에 올라탄 이 선생이 모자와 안경을 벗으며 소리쳤다.

"이제 빨리 가요!"

긴장한 얼굴의 김 원장이 알았다는 듯 아무 말도 없이 급히 전조등을 켜고 액셀을 밟으며 속력을 냈다. 한참 동안 두 사람은 달리는 차 안에서 말이 없었다. 돌아가는 길은 내리막길이었기 때문에 속력을 내는 것은 더 위험했지만 김 원장은 자신이 낼 수 있는 최고의 속도를 내어 어둠 속의 비탈진 산길을 내려났다.

어둠 속에서 길옆의 가로등들이 쏜살같이 뒤로 지나갔다. 핸들을 급히 꺾다가 몇 번이나 중앙선을 넘었다. 다행히 마주 오는 차들이 없어 사고는 나지 않았다. 굉장히 위험한 운전이었지만 이 선생조차 아무 말하지 않고 묵묵히 김 원장의 운전을 지켜보기만 했다.

그 시간 연구소 1층에 있는 경비실에서는 연구소의 각 곳을 비추는 수십 개의 모니터가 켜져 있었다. 그곳에는 원래 많은 경비원들이 근무하고 있었다. 그들의 임무는 모니터 화면들을 감시하면서 침입자나 사고를 확인하는 것이 주된 것이지만 설치된 카메라들의 이상 유무를 확인하고 연구소 내부를 순찰하는 것도 포함되어 있었다. 그러므로 이 선생이 카메라를 돌린 것도 발각될 수 있었고 순찰을 도는 경비원에게 그녀가 발견될 수도 있었다. 하지만 그런 일은 일어나지 않았다. 신기하게도 그 시간에 그들은 모두 책상에 그리고 바닥에 쓰러져 잠들어 있었던 것이다!

나루는 한여름의 햇볕이 따갑게 내리쬐고 있는 연성산 중턱을 뛰어가고 있었다.

연성산은 나루에게는 아주 익숙한 곳이었다. 체력 단련을 위해 어린 시절부터 자주 온 곳이었기 때문이었다. 이 산은 그가 사는 연성시에서는 가장 높은 산이라고는 해도 채 300m가 되지 않는 높이였다. 주택가와 가깝고 오르내리는 데 한두 시간이면 충분할 정도로 완만해서 동네 사람들의 운동 장소로 많은 사랑을 받는 곳이었다.

나루는 중학교 때 권투를 시작하면서 이곳에서 체력 단련을 했다. 당시에는 거의 매일 산에 올랐다. 그래서 연성산을 뛰어오르는 것이 그에게는 아주 익숙했다. 워낙 자주 올랐던 탓에 길목에 있는 바위나 나무, 그리고 풀 한 포기의 위치까지도 모두 알 수 있을 정도였다.

고등학교 졸업 후 한동안 이곳을 찾지 않던 나루가 지금 오랜만에 연성산을 오르는 이유는 자신을 구해준 남자를 만나기로 했기 때문이었다. 어제 그에게서 갑자기 연락이 와서 한번 만나자고 했다. 나루로서는 그렇지 않아도 궁금한 것이 많던 차에 반가운 전화였다. 그동안 풀지 못했던 수수께끼를 풀 기회라고 생각했다.

최근 나루에게는 이해할 수 없는 일이 많이 일어났다. 처음에는 정체불명의 여자가 자신을 미행했고 그다음에는 그를 습격하여 납치하려는 시도가 있었다. 그리고 그 위기에서 그를 구해준 사람도 있었다. 그는 이런 일련의 사건들이 일어나는 이유가 궁금했었는데 지금 그 중 마지막 사건의 연결고리를 가진 사람을 만나게 되는 것이었다. 그 사람이 모든 의문을 풀어줄지 모른다고 생각하자 그의 마음은 급해지고 발걸음이 더욱 빨라졌다.

이런저런 생각을 하면서 나루가 산길을 재촉하여 오르고 있을 때 갑자기 굉장히 빠른 걸음으로 그를 앞질러 가는 젊은 여자가 있었다. 그녀는 그의 옆을 쏜살같이 지나며 말했다.

"죄송합니다. 급해서요."

자신을 추월해서 지나는 여자를 보고 나루는 잠깐 정신이 멍해졌다. 고등학생이 된 이후 연성산에서 그 누구도 그보다 빨리 산을 오르는 사람을 본 적이 없었다. 보통 다른 사람들은 걸어 오르는 길을 그는 거의 뛰어오르기 때문이었다. 그런데 방금 지나간 여자는 걸으면서도 그보다 빨랐다. 그는 어이없는 표정으로 주변의 다른 등산객들을 살펴봤다. 하지만 다른 사람들은 별로 신경 쓰지 않는 것 같았다. 더운 날씨라서 등산객이 많지도 않았을뿐더러 그들 모두는 자기들 산에 오르는데 바빠서 다른 사람들에 대해서는 신경 쓰지 못하고 있는 것 같았다. 그저 뭐가 지나갔으려니 하고 무심하게 생각하는 모양이었다.

나루는 고개를 들어 그 여자를 찾아보았다. 여자는 이미 저 위 산모퉁이를 돌아 그의 시야에서 사라지고 없었다. 자존심이 상한 그는 속도를 더 내어 뛰어오르기 시작했다. 등산객이 별로 없었기 때문에 뛰어가는 것은 별문제가 없었다.

잠시 후 나루는 정상에 도착했다. 연성산의 정상은 꽤 넓은 편이었다. 보통 동네 산이 그렇듯이 정상을 표시하는 비석이 하나 세워져 있고 정상 주변 가장자리 몇 군데에는 난간이 설치되어 사방의 산 아래를 바라볼 수 있도록 전망대가 만들어져 있었다. 주변 군데군데 운동기구와 긴 의자가 설치되어 사람들이 운동을 하거나 앉아 쉴 수 있는 곳도 있었다.

여름 한낮이라서 산에 오르는 사람이 많지 않은 줄 알았는데 정상에 와 보니 꽤 많은 사람들이 있었다. 몇몇 아주머니들이 나무 그늘에서 땀을 식히며 과일을 먹고 있었고 머리가 희끗희끗한 중년의 아저씨는 전망대 난간에 기대어서 물을 마시며 먼 곳을 바라보고 있었다.

아까 자신을 추월하여 올라온 젊은 여자도 긴 의자에 앉아서 거울을 보고 있었다. 등산 배낭에서 거울이 나온다는 사실이 나루에게는 쉽게 받아들여지지 않았지만, 자신을 놀라게 한 사람이라서 실례가 되지 않는 범위에서 유심히 볼 수밖에 없었다. 그런데 왠지 그 여자가 낯이 익은 듯한 생각이 들었다. 어디서 봤는지 기억은 나지 않았지만 처음 보는 얼굴은 아니었다.

여자는 나루보다는 몇 살 더 많아 보였지만 아직까지 젊은 사람인 것은 분명했다. 여자의 걸음이 어떻게 그리 빠를 수 있었을까? 그는 표시 나지 않도록 그녀를 의심스럽게 보고 있었지만, 그녀는 그것을 아는지 모르는지 신경도 안 쓰고 거울만 보고 있었다. 거울에 목숨 거는 여자치고는 화장이 진하거나 야해 보이지는 않았다. 그는 우리가 어디서 만난 적이 있지 않느냐고 그리고 젊은 여자분이 어떻게 그렇게 빠르냐고 한 번 물어볼까 하다가 꾹 참았다. 지금 그는 다른 약속이 있으니 그것에 집중해야 한다고 스스로 다독였다.

나루는 고개를 돌려 산 아래의 전경을 바라보았다. 바라보는 정면 아래쪽에는 큰 공원이 있었다. 널따란 공간에 호수와 잔디가 어우러져 있는 곳이었다. 그곳을 오가는 개미만 한 사람들과 그 주변의 성냥갑만 한 차들과 건물들이 보였다. 그는 지난번 여의도 YCI그룹 빌딩의 전망용 승강기에서도 그런 장면을 본 것이 생각났다.

시간과 힘을 들여 산에 올라 보는 이 모습이나 빠르게 올라가는 전망용 승강기 안에서 보던 모습은 다를 것이 없었는데 왜 그때는 그것이 그렇게 신기하게 느껴졌는지 의문이 들었다. 그때 그는 그런 광경을 처음 보는 것이라고 생각했다. 하지만 그것은 이 산에 올라와서 수없이 보았던 익숙한 광경이었다. 그는 자신이 어리석음을 깨달았다. 다음에는 어떤 것이 부러워지면 그것이 혹시 그가 이미 갖고 있는 것이 아닐까 확인해 봐야겠다고 생각했다.

그때 뒤에서 한 중년 여성이 숨을 헐떡이면서 정상으로 올라오고 있었다. 그녀는 기다시피 올라오더니 벤치에 앉아서 거울을 보고 있는 젊은 여자를 향해 죽어가는 목소리로 말했다.

"이 선생은 그렇게 혼자만 가면 어떻게 해? 나 같은 사람 좀 도와주고 그래야지……"

젊은 여자가 서둘러 마중 나오며 웃으면서 말했다.

"아니 제가 어떻게 원장님을 도와 드려요? 그래서 아래에서 기다리라고 말씀드렸잖아요."

"그냥 동네 뒷산이라고 해서 쉽게 생각하고 올라왔는데 그래도 만만치 않네?"

두 사람은 바로 김영란 원장과 이선영 선생이었다. 이 선생은 김 원장의 손을 끌어 벤치로 데리고 가서 함께 앉았다.

"그러니까 그 양반도 주책이지. 왜 약속 장소를 이런 산꼭대기로 잡아 가지고……"

김 원장이 혀를 차면서 땀을 닦았다. 그러자 이 선생이 김 원장의 옆구리를 툭 치면서 말했다.

"저 사람 기억나죠?"

이 선생이 나루를 눈짓했다. 김 원장은 이 선생 눈길이 가리키는 곳을 쳐다보고 그를 발견했다.

"흠……. 그러네. 젊은 친구가 실물이 더 나은데? 키도 훤칠하고……."

나루도 두 사람의 눈길을 느끼고 있었지만 일단은 전화 속의 남자를 기다리기로 했다. 생각해 보면 이번 약속도 좀 이상한 것 같다. 자신은 분명 남자를 기다리고 있는데 여자들이 둘이나 그를 보며 뭐라고 하고 있었다. 더구나 그중의 한 사람은 산을 무지하게 빠르게 오르는 여자였다. 나루의 장점이자 단점은 머리가 복잡하면 더 이상 깊이 생각하지 않는다는 것이었다. 그는 순간적으로 머릿속의 모든 것을 비워내고 남자에 대한 기대감으로 그 비워진 곳을 채웠다. 그리고 그 기대감을 키우기 위해 다시 전망대에서 저 먼 곳을 바라보았다. 그때 그의 스마트폰이 울렸다.

"여보세요?"

전화기에서는 나루가 기다리던 남자의 목소리가 들렸다.

"아, 날세. 도착했는가?"

나루는 반가운 목소리로 대답했다.

"예, 저 여기 산 정상에 와 있는데 언제 오시나요?"

그러자 전화기에서는 미안해하는 목소리가 들려 왔다.

"미안하네, 내가 급한 일이 있어 오늘은 못 만나겠어. 대신 다른 사람들을 좀 만나주게."

나루가 실망스러운 목소리로 물었다.

"다른 사람들이요?"

"그래, 거기에 두 여자 분이 와 있지 않나?"

나루는 그제야 뒤를 돌아 김 원장과 이 선생을 보며 말했다.

"아, 네 계시네요. 나이 드신 분과 젊은 분 맞죠?"

전화기에서 반가워하는 남자의 목소리가 들렸다.

"그래, 그래, 맞아. 아마 그 사람들이 자네를 찾을 걸세. 그럼 이야기 잘하게나."

나루가 뭐라고 말하기 전에 남자는 전화를 끊어 버렸다. 그가 다시 두 여자 쪽을 보니 그들은 쑥스럽게 웃으며 그를 보고 있었다.


잠시 후 나루와 두 여자는 연성산의 등산로 중간에 있는 정자에 앉아 있었다. 정자는 등산로에서 좀 떨어져 있어서 이곳까지 오는 사람들은 별로 없었다. 또한 정자 앞에는 두 그루의 커다란 소나무가 서 있어서 정자 안의 많은 부분을 가려 주었다. 두 사람이 그에게 사람들의 눈에 띄지 않는 조용한 곳으로 가자고 했을 때 그는 이곳이 생각난 것이었다. 예전에 산을 오르면서 이곳에 숨어서 데이트하는 남녀를 자주 보곤 했다.

정자에 앉아서 한동안 김 원장과 이 선생은 나루에게 계속해서 자신들의 이야기를 해 주고 있었고 그는 놀라기도 하고 되묻기도 하면서 그들의 이야기를 듣고 있었다. 하지만 시간이 지나면서 그의 표정은 믿기 어려운 이야기를 마지못해 듣는 것 같은 어색한 표정이 되었다.

두 여자의 이야기가 어느 정도 끝나자 나루가 물었다.

"그러니까 두 분과 신원이란 그 남자 분은 몇 천 년 동안 살아오셨던 분들이라 이거죠?"

"거의 오천 년이지요."

김 원장이 쑥스러운 표정으로 말했다. 하지만 나루는 믿을 수 없는 표정으로 짐짓 짜증 나는 말투로 두 사람을 경계하며 말했다.

"두 분은 제가 바보로 보이나요? 그 말을 제가 믿을 수 있다고 생각하세요? 사람이 어떻게 수천 년의 시간을 살 수 있겠어요? "

이 선생이 이해한다는 얼굴로 나루를 똑바로 보면서 말했다.

"믿기 어려운 거 알아요. 그런데 사실이에요."

나루는 뭔가 잘못되었다고 생각했다. 그토록 만나고 싶었던 남자를 대신해서 만나고 있는 두 여자가 좀 이상한 사람이 아닌가? 그는 실망스러웠으나 그냥 장난이라고 넘기기에는 두 사람의 표정이 너무 진지했다. 그 역시 이 세상에는 사람이 믿을 수 없는 일이 얼마든지 일어나고 있다는 사실을 듣고 있었지만, 그것이 막상 자신 앞에서 벌어지는 것이 당황스러웠다.

"아시겠지만 두 분의 이야기는 정말 믿기 어려워요. 환인, 환웅 이런 분들의 이름은 고조선의 역사를 배우면서 국사 시간에 들었지만 그건 아주 간단한 내용이었거든요. 두 분과 같은 분들이 있다는 이야기는 들어보지 못했어요. 그래요, 저도 두 분을 믿고 싶어요. 제가 믿을 수 있도록 해 주실 수 없나요? 제가 두 분의 말을 믿기 위해서는 뭔가 증거가 필요하지 않겠어요?"

나루의 말을 듣고 두 사람이 서로 마주 보았다. 그리고는 이 선생이 뭔가 결심한 듯 그를 쳐다보며 말했다.

"아까 산에 오를 때 내가 보통 사람과는 좀 다르지 않았나요?"

나루가 이 선생을 보면서 돌이켜 생각해 보았다. 이 선생은 아까 산에 오를 때 자신보다 빠르게 걸어 오른 사람인 것은 분명했다. 그렇지만 그는 곧 실망스러운 표정으로 말했다.

"그게 증거인가요? 그건 그냥 등산을 잘한다는 이야기잖아요. 선생님 말고도 저보다 등산 잘하는 여자들은 아마 많이 있을 거예요."

이 선생은 답답한 표정으로 말했다.

"등산을 잘한다고 산을 그렇게 빠르게 걸을 수 있을 것 같아요? 그건 경공술이에요! 경공술!"

"경공술이요?"

경공술이란 말을 듣고 나루의 눈동자가 커졌다.

"몸을 가볍게 만든다는 기술 말인가요?"

나루의 놀란 표정을 보고 이 선생이 비로소 웃음을 보이며 말했다.

"맞아요. 나루 씨도 알고 있군요. 저는 제 몸을 가볍게 만들 수 있어요!"

"몸을 가볍게 만들 수 있다고요?"

"그래요, 나루 씨가 기억날지 모르겠지만 저는 몇 달 동안 나루 씨의 뒤를 밟은 적도 있답니다."

그 말을 듣자 나루는 왜 이 여자의 낯이 익었는지 생각이 났다. 그랬다. 이 여자는 몇 달 전에 그를 따라다녔던 사람이었다. 동작이 너무 빨라서 잡을 수 없다고 생각했는데 오늘에야 그 당시 그가 아무리 노력해도 도저히 잡을 수 없었던 이유가 밝혀진 것이다.

"아! 그랬었군요! 그래서 제가 선생님을 잡을 수 없었던 것이었군요!"

나루가 반가운 듯 소리치자 이 선생이 웃으면서 말했다.

"그때 애 많이 쓰는 것 같았어요!"

"네, 하지만 동작이 너무 빨라서 잡을 수가 없었어요."

"그래도 대단했어요. 내가 따라다니는 것을 알아채다니…… 역시 운동 신경이 대단해요!"

이 선생은 감탄한 듯했지만 김 원장은 웃지 않고 심각하게 말했다.

"이 세상에는 우리 같은 사람들이 아직 꽤 많이 남아 있어요. 모두 신선술이란 초능력을 터득한 사람들이에요. 이곳에서 오랜 시간을 지내는 동안 사용할 일이 없어서 그 능력이 좀 쇠퇴한 경우도 있지만 그래도 모두 각자 자기만의 능력을 갖추고 있어요."

김 원장은 어이없어하는 나루의 표정을 보면서 이야기를 계속했다.

"여기 있는 이 선생은 경공술과 염력을 익혔어요. 나는 뇌전술을 시현할 수 있어요. 몸에서 전기를 내는 신선술이지요."

나루는 아직 실감하지 못하는 표정으로 두 사람을 보고 있었다. 그러자 김 원장이 할 수 없다는 듯 갑자기 그의 손목을 잡아끌었다.

"꼭 보여줘야 믿을 수 있다는 표정이군요. 그럼 보여줄 테니 놀라지 마요!"

김 원장은 주변에 지나는 사람들이 없는 것을 다시 한 번 확인하더니 갑자기 목에 걸린 나무 십자가를 풀어 나루의 손목에 감았다. 그녀는 놀란 그의 모습에 아랑곳하지 않고 눈을 감고 기를 모았다. 순간 그는 손목에 전기충격을 느꼈다. 큰 충격은 아니었지만, 분명히 전기의 짜릿한 느낌이었다.

나루가 놀라서 눈을 깜박거리며 신음하듯 중얼거렸다.

"이, 이게……"

김 원장이 진지한 표정으로 말했다.

"지금은 약하게 그저 느낌만 주었지만 아주 강하게 충격을 주면 생명에 지장을 줄 수도 있어요."

나루는 놀라서 김 원장과 이 선생을 번갈아 쳐다보았다.

"그럼 나도 보여줄까요?"

이번에는 이 선생이 발밑에 놓여 있는 주먹만 한 돌 하나를 노려보면서 기를 모았다. 그러자 돌이 천천히 하늘로 떠올라서 나루의 앞으로 갔다.

"손바닥을 펴 봐요."

이 선생이 속삭이자 나루는 엉겁결에 손바닥을 폈다. 그러자 그 돌은 그의 손바닥 위에 내려앉았다. 이 광경을 보면서 그는 너무 놀라서 입을 다물지 못하다가 간신히 한마디 했다.

"정말이네요! 이거 마술 같은 눈속임은 아니죠?"

"이런 산속에서 어떻게 속임수를 쓸 수 있겠어요?"

이 선생이 입술을 삐죽 내밀면서 말했다.

"정말 대단하네요. 정말 내 눈으로 보고도 믿기가 어려워요."

나루가 연신 감탄하면서 신기해하자 잠시 그 모습을 지켜보던 김 원장이 말했다.

"지금 우리는 나루 씨가 감탄하라고 이런 것을 보여 준 것이 아니에요. 사실 우리는 능력을 인간들에게 보여주지 않아요. 이렇게 보여주는 것은 나루 군에게 할 이야기가 있기 때문이에요."

김 원장의 말을 듣고 나루도 놀란 얼굴을 바로잡고 물었다.

"그러네요. 신원이란 분이나 두 분께서 저를 도와주시고 이렇게 만나러 오신 것도 이유가 있겠죠. 저에게 하실 말씀이란 무엇인가요?"

김 원장이 조용하지만 무거운 목소리로 대답했다.

"우리는 이 세상 인간들과는 다른 존재에요. 천국에서 왔죠. 우리 스스로는 천인이라고 해요."

나루가 놀라서 눈이 커지며 물었다.

"천인이요? 그리고 천국이라면 하늘에 있는 나라인가요?"

"개념적으로는 높은 곳에 있는 것이 맞지만, 물리적인 높이가 아니고 차원이 높은 곳이에요."

김 원장의 이야기를 나루는 이해할 수 없었다.

"높은 차원이라니, 그게 무슨 말인가요?"

나루의 질문에 김 원장은 잠시 고개를 갸웃거리며 생각을 하다가 말했다.

"그 부분은 쉽게 설명하기 어려운데, 천국에서와 이 세상에서의 시간과 공간의 개념이 다르기 때문이에요. 흔히들 말하듯이 차원이 다르다는 말로밖에 설명할 수가 없네요. 그 때문에 천국은 인간들의 일반적인 지능과 능력으로는 이해하기도 찾기도 어려운 거예요."

김 원장은 초점을 잃은 눈을 껌뻑거리는 나루를 보고 안타까운 표정으로 이야기를 계속했다.

"아마 나루 군이 지금은 이해하기 힘들 거예요. 지금 모든 것을 한꺼번에 설명할 수는 없고 차차 조금씩 알아가도록 해요. 시간이 지나면 스스로 모두 이해하게 될 거예요."

나루는 그녀의 말대로 천천히 알아가기로 했다. 하지만 그는 물리학을 전공하는 여울이면 아마 한 번에 이해했을지도 모른다고 생각했다. 이 순간에 갑자기 그녀가 생각난 것이 스스로 신기했지만, 그는 이 두 여자의 이야기에 집중하기로 했다.

"그건 그렇고, 그럼 두 분이 제게 말씀하시고 싶은 것이 뭐죠?"

김 원장이 이제야 본론에 들어간다는 표정으로 대답했다.

"우리 둘뿐 아니에요. 모든 천인들은 나루 군이 우리를 도와주길 바라고 있어요!"

나루가 의아한 표정으로 되물었다.

"제가 모든 천인들을 돕는다고요? 초능력까지 있는 여러분들을, 보통 사람인 제가요?"

김 원장은 전혀 웃음기 없이 진지한 표정으로 대답했다.

"그래요, 나루 군은 인간이면서도 우리보다 훨씬 큰 잠재력이 있기 때문이에요."

나루는 김 원장의 말을 믿을 수 없는 표정으로 말했다.

"잠재력이요? 제가요? 좋아요. 제가 그렇다 치더라도 도대체 어떤 일을 도울 수 있는 거죠?"

김 원장은 나루가 비아냥거리는 것에도 실망하지 않고 침착하게 계속 설명했다.

"지금 이 세상에 초능력을 가진 존재들이 우리만 있는 것이 아니에요. 우리와 같은 능력을 지녔지만, 인간들을 지배하여 자신들의 세상을 만들려는 악한 존재들도 있어요. 그들이 바로 역천인들이에요. 그들과 싸우기 위해서 나루 군의 능력이 필요한 거예요."

"역천인이요?"

나루의 외마디 질문에 김 원장은 고개를 끄덕이며 말했다.

"그래요. 우리 천인들은 환인 천제께서 주신 홍익인간의 이념대로 세상의 선의 기운을 키워서 모든 사람들을 이롭게 하려고 지금까지 노력해 왔어요. 그런데 천국에서 이 세상으로 온 것은 우리 천인들뿐만이 아니었어요. 그들은 원래 천국에서 반란을 일으키려다 환인 천제에 의해서 천국에서 지상으로 추방된 자들인데 이제는 우리 천인들뿐만 아니라 이 세상의 인간들을 모두 노예로 삼아 자신들의 세상을 만들려는 음모를 꾸미고 있어요. 그들이 바로 역천인들이에요."

여기까지 김 원장이 이야기를 마치자 이 선생이 말을 이었다.

"그들도 우리와 같은 능력을 갖추고 있어요. 아니 더 강한 능력을 갖춘 존재들도 있어요. 그들이 원하는 것이 무엇인지 들었죠? 그래서 그들은 그 능력을 주로 나쁜 곳에 사용해요. 혹시 얼마 전에 사회적으로 명망 있는 분들만을 납치한다는 이상한 사건들 이야기 들었나요? 그것이 바로 역천인들이 우리 천인들을 살해한 것이에요. 여기 계신 김 원장님께서도 하마터면 그들에게 봉변을 당할 뻔하셨다가 간신히 빠져나오셨어요!"

이 선생이 흥분을 억누르며 어두운 표정으로 이야기를 마쳤다.

"그분들이 납치된 것이 아니라 살해된 것이라고요?"

나루가 놀라서 물었다. 그를 비롯한 모든 사람들이 납치로 알고 있었던 사건들이었다.

"맞아요. 천인들과 역천인들은 죽으면 세상에서 사라지게 된답니다. 형태는 좀 다르지만……."

김 원장이 한숨을 쉬며 안타까운 표정으로 대답했다. 나루는 최근에 여울과 의인들의 납치에 대해 이야기했던 것이 생각났다. 그들이 살해된 것이라니! 경찰이 그 사건들을 해결하지 못하는 것이 이해되었다. 피해자와 범인들이 보통 인간들이 아니었고 죽으면 세상에서 사라져 버리기 때문이었다. 이제야 그는 그 사건들의 배경을 이해할 수 있을 것 같았다.

이 선생이 이야기를 계속 이었다.

"원래 역천인들은 세상에 선한 기운이 많이 있으면 그것에 눌려서 활동을 할 수 없는 존재들이에요. 하지만 요즘 인간 세상에 악행이 난무하고 도덕이 무너지다 보니 선의 기운이 너무 약해져서 더 이상 역천인들의 기세를 억제하지 못하고 있어요. 환웅 이후 지난 오천 년 동안 요즘처럼 인간 세상이 사악해진 경우는 없었으니까요!"

이때 김 원장이 다급하게 이어서 설명했다.

"남아 있는 우리 천인들은 최선을 다해서 주변의 인간들을 교화하며 세상을 밝게 해보려고 노력을 했지만 역부족이었어요. 그래서 걱정을 하던 중에 역천인들이 하나씩 나타나기 시작한 거예요. 그런데 이것보다 더 큰 일이 일어나고 말았어요. 얼마 전에 역천인들의 괴수가 봉인에서 해제되었거든요. 그는 이미 우리 천인들의 은신처들을 습격해서 많은 천인들을 살해했어요. 하지만 이제부터 일어날 일을 생각하면 지금까지 일어난 일은 아무것도 아닐 거예요. 누군가 그 일이 일어나기 전에 막아야만 해요!"

김 원장이 불안한 모습으로 이야기하자 나루도 걱정스러운 표정으로 물었다.

"또 무슨 일이 일어난다는 말이죠?"

이 선생이 역시 불안한 목소리로 끼어들었다.

"그 괴수가 세상에 다시 나왔으니 이제 역천인들은 인간들까지 공격하게 될 거예요."

그 이야기를 들은 해루가 멋쩍게 웃으며 말했다.

"하지만 나라에는 경찰도 있고 군대도 있는데 인간들을 공격하는 것이 가능할까요?"

"그것은 나루 씨가 이들이 얼마나 사악하고 강한 존재인지를 몰라서 그래요. 이들은 우리가 전혀 상상할 수 없는 방법으로 자신들을 드러내지 않으면서 인간들을 어느 날 갑자기 공격할 거예요. 그것은 특히 인간들이 서로 믿지 못하고 불안해하는 것을 이용할 거예요. 그렇게 된다면 정말 무서운 일이 일어날지도 몰라요. 그러니 그 전에 꼭 막아야 해요……."

김 원장은 잠시 숨을 고른 다음에 다음 이야기를 하였다.

"역천인들과 그 괴수는 그것을 알고 방해하는 인간들이나 우리 천인들을 제거하여 일이 빨리 진행되도록 하겠죠. 문제는 지금의 인간들은 세상의 절대적인 선악을 구별하지 못하고 자기에게 이익이 되면 악조차 선이라고 여긴다는 점이에요. 그들의 힘을 더욱 키우도록 도와주는 것이죠!"

옆에 있던 이 선생이 이야기를 도왔다.

"그런데 그 괴수는 정말 강한 존재에요. 지금 우리 천인들 중에서 아무도 그를 이길 수 없어요. 이제 그 괴수는 역천인들의 세상을 만들기 위해서 우리 천인들을 모두 몰살시켜 버릴 거예요. 그리고 모든 인간들을 자기들 맘대로 하려고 하겠죠. 물론 굴복하지 않는 인간들은 천인들처럼 세상에서 없애버릴 테고요."

두 사람의 말은 나루에게 충격을 주었다. 만약 이들 같은 초능력을 가진 집단이 인간을 대상으로 공격한다면 그 결과는 감당할 수 없을 것이 분명했기 때문이었다. 인간들의 무기 수준이 아무리 발달했다 하여도 전혀 예측하지 못한 방법으로 공격을 당한다면 그것을 막는 것은 불가능할 것이다. 만약 이 선생 같은 사람이 염력을 사용해서 핵무기의 스위치를 눌러 버린다면 어떻게 되겠는가? 여기까지 생각이 미친 그는 다급하게 물었다.

"그럼 제가 어떻게 도와야 하죠?"

나루의 질문에 두 여자가 기다렸다는 듯이 한목소리로 대답했다.

"그래서 그 이야기를 하려고 지금 우리가 여기 온 거예요."

김 원장이 이 선생에게 고개를 끄덕인 후 간절한 목소리로 나루에게 이야기했다.

"되도록 빨리, 강원도의 금룡산으로 가서 신원 님을 만나 주세요."


오천 년 만에 봉인이 해제된 화천은 태선이 준비한 역천인들의 비밀 장소에 있었다. 무상은 봉인 해제를 하는 장소에는 함께 있었지만, 화천이란 존재를 받아들이는 데는 상당한 어려움을 겪는 것 같았다. 화천의 모습 자체에 겁을 먹은 그는 화천에게 한 마디만을 남기고 방을 나갔다.

"당신! 당신이 얼마나 대단한 초능력을 가졌는지는 모르겠지만, 당신을 살려낸 것은 나야! 그러니 내 지시에 따라야 해!"

무상은 그 이후에도 화천을 직접 만나지는 않고 태선을 통해서만 지시하려고 했다. 그가 화천을 두려워하기는 해도 자신의 도구 중의 하나로 보는 시각에는 변함이 없었다.

화천이 봉인 해제 되고 가장 먼저 한 일은 관악산을 비롯한 전국에 있는 천인들의 은신처를 습격한 것이었다. 태선이 미리 확보했던 정보로 은신처들의 위치를 확인한 그들은 불시에 천인들을 기습하여 그곳에 있던 많은 천인들을 살해하고 시설을 파괴하였다. 천인들의 지도자격인 태신원을 놓친 것은 아쉬운 일이었지만 다수의 천인들이 살해되고 뿔뿔이 흩어졌으니 그들에게는 상당한 타격이 될 것이었다. 이제 천인들의 세력이 상당히 약해졌을 것이라고 생각하고 있을 때 화천은 태선으로부터 뜻밖의 보고를 받았다.

"뭐라고? 그게 정말이냐?"

화천이 놀란 목소리로 태선에게 물었다.

"천부검과 천부령을 도둑맞았다고?"

태선이 아무 말도 못 하고 힘없이 고개를 끄덕이자 화천이 다시 물었다.

"도대체 어떤 놈이 감히 그 귀한 영물들을 훔쳐간 것이냐?"

"아무래도 천인 놈들인 것 같습니다."

태선의 대답을 듣자 화천은 이해가 안 된다는 표정으로 물었다.

"지키는 자들이 있다고 하지 않았느냐? 그들은 무엇을 하고 있었다 하더냐?"

태선이 곤란한 표정으로 말했다.

"글쎄 잠이 들어 있었다고 합니다. 뭔가 수면제 같은 것에 취한 것 같습니다."

"뭐라고 누가 그런 것을 그들에게 먹였다는 말이냐?"

화천의 질문에 태선은 계속 알 수 없다는 표정으로 대답했다.

"아마도 침입자가 수면 가루를 그들이 있는 곳에 뿌린 것이 아닌가 생각됩니다."

화천은 고개를 끄덕이는 듯했지만 아직도 이해가 안 되는 부분이 있는 표정이었다.

"하지만 우리가 이미 없애버렸기 때문에 놈들에게는 해루의 육신이 없다고 하지 않았느냐? 그런데 그놈들이 왜 천부령을 가져간 것이냐?"

태선이 입술을 깨물며 대답했다.

"그렇습니다. 저도 아무리 생각해도 그 이유를 모르겠습니다. 다만, 지금의 추측으로는 천부인의 세 가지를 모두 모으면 천하를 차지한다는 전설이 있으니 그 이유가 아닌가 싶습니다."

화천이 더욱 분노한 목소리로 말했다.

"뭐라고? 이 화천이 세상에 나왔는데 누가 감히 세상을 넘본다는 것이냐?"

태선이 화천의 화 난 표정을 보면서 말했다.

"그러게 말입니다. 꼭 되찾도록 하겠습니다. 특히 지난번에 도망친 그 태신원이란 놈이 이 모든 것을 조종하고 있을 텐데 꼭 잡아서 그놈들의 계획을 알아내도록 하겠습니다. 지금 우리에게는 YCI그룹의 정보망이 있습니다. 그러니 지난번에 놈들의 은신처들을 찾은 것처럼 신원을 다시 찾아내는 것이 크게 어렵지는 않을 것입니다. 너무 걱정하지 않으셔도 됩니다. 해루의 육신이 없는 그놈들에게 천부검과 천부령은 아무 의미가 없습니다."

태선의 설명은 들은 화천이 표정이 조금 부드러워지더니 말했다.

"하긴 해루의 육신도 없는 천인 놈들이라면 언제든지 되찾아 올 수 있는 것이니…… 과연 현명하구나! 그래서 내가 네 말을 듣고 그 표무 상인가 하는 건방진 놈을 그냥 두고 보는 것 아니냐?"

태선이 부드러운 표정으로 급히 대답을 했다.

"잘하셨습니다. 표무상 회장은 장군의 봉인 해제에 큰 도움이 되었을 뿐만 아니라 앞으로도 우리에게 많은 도움이 될 자입니다. 이 시대에서는 상당한 힘을 가진 자이옵니다. 그자를 잘 이용하면 장군을 비롯한 우리 역천인들이 세상을 지배하는 데 도움이 될 것입니다."

그러나 화천은 못마땅한 표정으로 말했다.

"하지만 그놈이 자꾸 나를 자신의 수족으로 부리려 한다면 가만히 두지 않을 것이다. 환웅이 천국으로 돌아간 이후로 이제 이 세상에 나에게 지시를 내릴 자는 아무도 없단 말이다!"

화천이 흥분한 모습을 보이자 태선이 그를 달래며 말했다.

"예, 예. 저도 잘 알고 있습니다. 장군께서 세상의 주인인 것은 당연하십니다. 다만 그때가 올 때까지만 좀 참으시라는 것입니다. 그자를 없애는 것은 언제든지 쉽게 할 수 있을 것입니다."

잠깐 말을 멈춘 태선은 갑자기 뭔가가 떠오른 표정으로 화천에게 물었다.

"그런데 지난번에 말씀드린 그 천나루라는 절대기맥의 아이는 어떻게 하시겠습니까?"

화천이 좀 생각에 잠긴 듯하다가 대답했다.

"예언도 있고 하니 그 녀석을 내 옆에 둬야 하지 않겠나? 그 녀석을 설득할 방법이 없는 거냐?"

태선이 난감한 얼굴로 대답했다.

"예, 몇 번을 설득해 봤는데 잘 안 되었습니다. 저도 그 아이가 거절하는 이유를 잘 모르겠습니다. 역시 절대기맥의 소유자라 일반인들과는 많이 다른 것 같습니다."

화천도 좀 생각하는 표정이었다.

"하지만 그 녀석이 나에게 도움이 된다고 하니 함부로 다룰 수도 없지 않느냐? 그래도 전설 속의 영웅이라면 나와 해루밖에 없는데 해루 놈이 이제 없으니 서두를 필요는 없을 것 같다. 어차피 나에게로 올 수밖에 없을 테니 시간을 두고 설득해 보는 게 좋을 것 같구나!"

태선이 공손히 고개를 숙이고 대답했다.

"네, 알겠습니다. 시간을 두고 계속 설득하겠습니다. 비록 지난번에 신원이 그를 만났다 하나 해루가 없는 그들로서는 천나루를 통하여 얻을 수 있는 것은 아무것도 없을 것입니다."

태선의 대답이 만족스러운 듯 화천은 고개를 끄덕였다. 그리고 태선을 바라보며 말했다.

"비록 오천 년 만에 세상에 다시 나왔지만 네가 잘 준비해 준 덕분에 내가 아주 편하게 이 세상을 도모할 수 있겠구나. 그동안 정말 수고했다. 음골!"

그러자 태선이 고개를 숙여 화천에게 인사하며 대답했다.

"장군께서 저를 원래 이름인 음골로 불러주시니 감개가 무량합니다. 지난 오천 년간 이름과 얼굴을 바꿔가며 음지에 숨어 지내며 이날을 위해 버텼습니다. 이제껏 제가 한 일은 아무것도 아닙니다. 이제부터 장군께서 저희를 이끄셔서 세상을 우리 것으로 만들어 주시기 바랍니다!"

숙연해 보이기까지 하는 태선을 보면서 화천 역시 감정이 복받치는 얼굴이었다.

"그래, 당연히 그래야겠지. 이제는 나만 믿어도 좋다! 내가 우리의 세상을 만들 것이다! 그러기 위해서는 남아 있는 천인 놈들을 모두 없애 버려야겠지! 오천 년 전에 당한 치욕을 생각하면 나의 복수는 아직 반

도 끝나지 않았다. 세상에 남아 있는 모든 천인 놈들과 특히 그 태신원
이란 놈이 있는 곳을 빨리 찾아내어 알려라! 내가 그놈들 하나하나를
직접 처치할 것이다!"

　화천이 부릅뜬 눈으로 태선을 보며 말했다. 주먹 꽉 쥔 그의 손이 가
볍게 떨리고 있었다.

2권에 계속